Sten Johanss

Secesio

SERIO ORIGINALA LITERATURO

STEN JOHANSSON

Secesio

Romano

MONDIAL

Mondial
Novjorko

Sten Johansson:

Secesio

Originala romano en Esperanto

Kovrilo: Mondial

Kovrilbildoj el Vikipedio, de supre malsupren:
Gustav Klimt: Beethoven-Friso (parto), videbla en la konstruaĵo de la Viena Secesio; la hodiaŭa *Karl-Marx-Hof* (Karl-Marx-korto; parto), fotis Herbert Frank; *Februaraj bataloj en Vieno 1934*, fonto: Bundesarchiv (Germana federacia arkivo)

ISBN 9781595694256

www.esperantoliteraturo.com

Enhavo

1925

Teo kun rumo

Unuafoje mi renkontis ŝin pro pura hazardo en la konstruaĵo de la Viena Secesio ĉe Friedrichstraße. Mi iris tien por eble inspiriĝi de la ekspozicio pri ekspresionisma arto, kiun oni aranĝis memore de Egon Schiele, artisto mortinta antaŭ sep jaroj pro la tielnomata hispana gripo fine de la Mondmilito. Tiu omaĝo vekis indignon inter la burĝaro de Vieno, kiu memoris lin pli multe kiel pornografon, seksan krimulon kaj deloganton de neplenaĝuloj, ol kiel epokfaran artiston, sed fakte li ja estis gravulo en nia moderna art-historio. Nun oni eksponis de li kelkajn nudojn, tamen ne de adoleskantoj, eble por eviti skandalon. Aperis ankaŭ desegnoj pri lia edzino faritaj en ilia lasta vivojaro, ĉar ankaŭ ŝi mortis pro la sama timiga plago, kiu rikoltis eĉ pli da vivoj ol la ĵusa milito mem.

Mi estis scivolema kaj serĉis novajn ideojn. La mortmaskosimilaj gipsaj vizaĝoj, kiujn mi lastatempe kreis, jam ekŝajnis al mi tro kliŝaj. Necesis io nova, io neatendita kaj ĝis nun nevidita, kaj la eksponataj verkoj ja interesis min, almenaŭ multaj el ili. Oni prezentis kelkajn pentraĵojn de Kokoschka kaj Kirchner. De Otto Mueller aperis tre esprimforta bildo, 'Du knabinoj en la verdaĵo', kiu ŝajne kaŭzis preskaŭan apopleksion al la moralisma art-kritikisto de *Illustrierte Kronen-Zeitung*. Granda parto de la ekspozicio tamen prezentis verkojn de vienaj artistoj ne vaste konataj, inter kiuj mi rekonis kelkajn nomojn el la tempo de mia propra arta lernado, kvankam mi studis en lernejo por virinoj, kaj ĉi tie aperis nur verkoj de viroj.

Dum mi rigardis la verkojn tamen iom ĝenis min la densa mondumo el amelitaj sinjoroj kaj parfumitaj sinjorinoj, kiuj kunpuŝiĝis en la halo. Incitis min la stulteco de kelkaj disaj komentoj, kiujn mi kaptis.

"Ĉi tion povus pentri pli bone mia kvarjara nepo", diris unu maljuna sinjoro al alia.

"Certe, certe", respondis tiu. "Aŭ simio en la zoo de Schönbrunn."

Poste ili ambaŭ kore ridis pri sia propra sprito.

Evidente la ekspresionismo ankoraŭ ne konkeris la publikan opinion de Vieno, kaj mi jam preparis min por baldaŭ forlasi la konstruaĵon. Tiam mi ekvidis personon en nedifinebla vesto verdigre verda, kiu kun notlibreto enmane intervjuis artiston antaŭ bildo konsistanta el citronflava homa figuro tordita kvazaŭ pro doloro sur brikruĝa fono el flamoj. La intervjuanto estis virino, sendube, sed la mallongaj haroj, la vesto kaj la maniero moviĝi estis tute apartaj, nek inaj nek viraj, kaj la samo validis pri ŝia laŭta ekrido, kiu tranĉis tra la fona voĉbruo. Mi tuj sentis ke mi devas iel ekkoni tiun strangan personon.

Tio tamen unue montriĝis ne tute facila. Ja eblis aliĝi al la ekstero de la rondo da gesinjoroj el la viena artamanta mondumo, kiu ĉirkaŭis ŝin. Baldaŭ ŝia flua germana parolo kun akĉento el regiono ne tuj rekonebla penetris en miajn orelojn kaj aldoniĝis al la jama impreso. Sed tro da aliaj homoj pli memfidaj baris la vojon kaj malfaciligis rektan kontakton.

Tiam, tute neatendite, la fremda virino estis tiu, kiu de sia flanko alproksimiĝis al mi. Tio okazis, kiam ŝi jam ĉesis skribi en sia notlibreto kaj komencis rigardi ĉirkaŭ si, kvazaŭ serĉante ion pli interesan ol la grego da kulturaj avangarduloj, aŭ eble homoj scivolaj pri skandalo, kiuj kolektiĝis en la Secesia ekspozicia halo. Ŝi alkroĉis siajn helbrunajn okulojn al mi kaj kubutis al si vojon tra la amaso.

"Dank' al Dio", ŝi ekkriis atingante min. "Mi jam malesperis, pensante ke nur sinjoretoj ĉi-lande interesiĝas pri nova arto."

Nun ŝia kurioza akĉento klare aŭdeblis, kvankam mi ne povis identigi ĝin. Kaj fakte ŝajnis ke precipe viroj kolektiĝis ĉirkaŭ ŝia persono, dum la virinoj de la mondumo tenis pli da distanco al ŝi.

"Bonvolu diri al mi, sinjorino", ŝi plu direktis sin al mi sen prezentiĝo aŭ alia ceremonio, "kion vi pensas pri ĉio ĉi. Ĉu valora arto?"

Ŝi gestis vaste sed malprecize al la bildoj de la ekspozicio. Poste sekvis paŭzo, dum kiu ni rigardis unu la alian rekte, scivole kaj iel nude, mi pensis, ĝis mi la unua devis cedi per mia rigardo, turnante la okulojn suben al la stranga jupo de la fremdulino. Aŭ ĉu ĝi efektive estis eĉ vasta pantalono? Kompare kun mi ŝi estis alta kaj svelta, tamen ne tro malgrasa, kaj sen tre evidente inaj formoj, krom eble la etaj manoj kun fingroj senringaj, kies ungoj estis mallongaj sed karmine ruĝlakitaj.

"Mi ankoraŭ ne scias, kiom valora", mi hezite diris sen antaŭe plani, kion mi efektive opinias. "Ĉiuokaze ĝi devigas min pensi kaj senti, kaj tio ne estas malbona."

"Trafe!" elsputis la alia kun grimacosimila rideto. "Ĉu vi restos ankoraŭ iom? Mi ŝatus pli paroli kun vi, sed unue mi devas intervjui ankaŭ la kreinton de alia verko. Mi estas ĵurnalisto."

Tiel ŝi efektive diris. Ne ĵurnalistino, sed ĵurnalisto. Eble tio estis nur stumblo pro ŝia neperfekta rego de la germana. Sed iel tio ŝajnis al mi intenca elekto.

"Mi restos", mi respondis kaj post momento aldonis precizigan "ĉi tie", kvankam nur al ŝia ĵurnalista dorso, kiu jam malproksimiĝis inter plejparte viraj dorsoj, ŝultroj kaj brustoj en la halo.

Restis de ŝi nur la forta impreso kaj krome svaga odoro de kamforo kaj cigareda fumo.

Malgraŭ mia antaŭa decido foriri mi do restis, plu studante bluajn ĉevalojn, kurbe klinajn domojn kaj torditajn korpojn. Ĉio vere impresis kiel intenca rompo de la ĉirkaŭanta stilo de la halo, kvazaŭ temus pri ia secesio disde la Viena Secesio. Post iom pli ol duonhoro la fremdulino retrovis min, kaj laŭ mia propono ni interkonsentis kune forlasi la konstruaĵon.

La posttagmezo komence de oktobro estis varmeta sed iom humida, kaj en la verda foliaro de la aleaj arboj jam aperis sufiĉe multaj orflavaj folioj. Mi kondukis ŝin al la kafejo *Museum* tute apude, ĉe la angulo de Operngasse. Ordinare mi sentus etan embarason enirante kafejon sen vira akompano, sed kun la fremdulino ne ĝenis min elekti tablon tie kaj trankvile atendi la alvenon de kelnero. Ĉe ŝia flanko mi ne timis ke oni neglektos min kaj ne permesos al mi mendi ion. Kaj post ne tre longe seriozmiena kelnero fakte aperis antaŭ ni.

"Bieron, mi petas", tuj diris la ĵurnalistino. "Ĉu ankaŭ vi?"

Ŝi turnis sin al mi kun demanda mieno.

"Tason da teo", mi diris. "Kun rumo", mi aldonis, rimarkante ŝian ironian mienon.

La kelnero preskaŭ nevideble kapklinetis kaj senvorte malaperigis sin. Dum momento ni silentis, rigardante unu la alian super la tablo. Mi rimarkis ke ŝi observas miajn manojn, kiujn mi metis antaŭ min surtable. Ŝi elsakigis arĝentbrilan skatoleton kaj plukis el ĝi cigaredon, kiun ŝi plantis inter la lipojn, etendante la skatolon al mi.

"Bonvolu! Estas tabako el Virginio, laŭdire."

"Dankon, sed mi ne fumas."

"Domaĝe. Fumado estas unu el malmultaj pekoj, kiujn virino povas permesi al si plenumi publike. Nu, ne surstrate, komprenеble."

Mi ne komentis tion.

"Pardonu", ŝi poste diris. "Mi ankoraŭ ne prezentis min. Mi nomiĝas Wilhelmine Singer kaj venas el Danlando."

Mi rigardis ŝin. Danlando! Tion mi ne suspektis, sed tio eble klarigis la akĉenton, kvankam ĝi ne estis tre frapa. Ŝiaj okuloj brilis kun koloro de sekaj abrikotoj en la lampolumo, ŝajnis al mi, kaj la haroj mallonge tonditaj laŭ moderna modo estis kaŝtane ruĝbrunaj. La vizaĝo havis oblongan formon kun sufiĉe pinta mentono kaj granda buŝo karmezine ŝminkita.

"Louise Gerber", mi respondis. "El Vieno."

Mi ekridis mallonge, kvazaŭ por ekskuzi la lastan informon.

"Mi tre ĝojas. Ĉu vi estas artisto?"

"Jes. Skulptistino."

"Ha! Kia bonŝanco! Do mi havos okazon aŭdi la prijuĝon de fakulo pri tiu ekspresionismo."

"Nu, mi vere ne konsideras min fakulo pri ĝi. Fraŭlino Singer, ĉu vi do vojaĝis al Vieno specife por ĉi tiu ekspozicio?"

Responde sonis ridego, kiu vekis la intereson kaj eble indignon de sinjoroj sidantaj kun ĵurnaloj ĉe tabloj ĉirkaŭ ni. Mi timeme rigardis alterne ambaŭflanken, dum fraŭlino Singer atentis nur min.

"Certe ne", ŝi diris. "Fakte mi ekloĝis ĉi tie antaŭ du monatoj. Sed mi multe vojaĝas por trovi temojn, pri kiuj verki artikolojn. Kulturajn aferojn, precipe. Kaj Vieno sendube estos bona elirpunkto."

"Ĉu vi verkas por dana gazeto?"

"Jes, eĉ por kelkaj ĵurnaloj. Kaj unu magazino. Sed kiel libera kunlaboranto. Mi ankaŭ kontribuas al ĵurnalo en Hamburgo, kiam mi trovas amikon por korekti miajn erarojn. Jen unu plua kialo veni ĉi tien. Cetere, Louise, ĉu mi rajtas nomi vin tiel?"

"Bonvolu. Tio estas pli facila."

"Do, Louise, vi nomu min Willi. Neniu fraŭlinado, mi petas. Kaj sendube vi konsentas ke Wilhelmine estas ege tro longa, ĉu ne?"

Mi ridetis al ŝi, ripetante en mi la nomon Willi. Ĝi vere konvenis al tiu drasta kaj senhezita persono, mi pensis. Nia konversacio paŭzis, kiam la kelnero alportis niajn trinkaĵojn. Poste mi klopodis klarigi al Willi kaj al mi mem, kion mi spertis en la Secesia konstruaĵo.

"Mi pensas ke ĉiu artisto strebas vidi aferojn en nova maniero por iel liberiĝi el la ŝarĝo de ĉio jam multfoje spertita. Almenaŭ oni devus havi tian aspiron. Kaj por fari tion la ekspresionistoj evidente provas novan vojon, kie ili strebas esprimi internajn sentojn anstataŭ nur resti ĉe la eksteraĵo."

Willi ekfosis en sia sako.

"Pardonu min, Louise; mi devas noti."

"Cetere tiuj klopodoj laŭ mi ne estas novaj", mi daŭrigis. "Mi certas ke inspiris ilin pioniroj kiel van Gogh, Munch kaj Nolde. Sed al Vieno nuntempe novaĵoj alvenas kun prokrasto de jaroj, se ne de jardekoj."

Mi rigardis ŝin por vidi, ĉu ŝi sekvas miajn vortojn.

"Ĉu ili sukcesas pri sia strebado, laŭ vi?" ŝi demandis.

"Mi ne scias, sed ili meritas laŭdon pro la provoj. Ne havas grandan sencon pentri aŭ skulpti ĉion en la samaj stilo kaj formo kiel ĉiam. Tio signifus ne krei sed ripeti."

Mi trinketis mian teon, rigardante ŝin skribi en sia notlibro. Antaŭ ŝi mi sentis pli da certeco kaj memfido koncerne la artan strebadon, kvazaŭ ŝia forto kaj energio iel transirus ankaŭ al mi. Jen iu, kiu provas novan manieron esti virino, mi pensis. Mi tre scivolis, kiel vivas tiu novspeca virino kun karesnomo iomete vireca. Ĉi-momente ŝi avide glutis bieron, ricevante lipharojn el ŝaŭmo, tiel ke mi devis rideti. Willi reciprokis per larĝa rideto kaj viŝis al si la supran lipon.

"Sed bonvolu diri, kiel vi trovas Aŭstrion", mi petis, por ke nia konversacio ne haltu.

"Nu, Vieno ŝajnas bona", ŝi diris kun esplora rigardo al mi. "Antaŭe mi loĝis kelkatempe en Hamburgo kaj Berlino, sed ĉi tien mi venis el Essen, kie mi volis sperti kaj priskribi la retreton de la okupanta franca armeo. Mi vidis la loĝantojn jubili, kriante ke ili venkis la francojn per sia paca rezistado kaj iom da sabotado. La vera kialo de la retreto tamen estis ke la franca maldekstro gajnis la parlamentajn elektojn lastjare, kaj tiu nova reĝimo de Francio ne volis daŭrigi la okupadon."

Mi jam legis pri la tumultoj en Rejnlando kaj la Ruhr-regiono, sed mi ne sciis sufiĉe por komenti tion. Tio cetere ne necesis, ĉar ŝi tuj saltis al alia temo.

"Louise, ĉu mi rajtas vidi viajn skulptaĵojn? En kia stilo vi laboras?"

Tio evidente ne estis nur ĝentila konversacio sed vera intereso. Kredeble ŝi volis verki artikolon pri nuntempaj vienaj artistoj ekspresionismaj kaj aliaj. Ĉu tio povis interesi legantojn en la fora Danlando? Ŝiaj mirindaj okuloj restadis direktitaj al mi, kiu denove devis la unua cedi per la rigardo, kvankam mi iel ne volis tion. Mi timis ke se mi renkontus ŝian rigardon, miaj okuloj malkaŝus al ŝi miajn sentojn, kaj tio povus iĝi ege embarasa.

"Mi volonte montros al vi. Pri la stilo mi ne scias, kion diri. Prefere vi juĝu mem. Ankaŭ mi serĉas novajn esprimojn, novajn formojn. Jen kial mi vizitis la ekspozicion hodiaŭ."

"Do almenaŭ vi ne kopias la formojn de la Viena Secesio, mi supozas."

"Eble necesas ĉiam novaj secesioj", mi diris kun emfazo, kiu surprizis eĉ min mem.

"Trafe!" ŝi replikis kaj glutis pli da biero.

"Bedaŭrinde la gusto de la publiko ofte restas iom tro konvencie dolĉa", mi daŭrigis. "Kaj iufoje ja necesas adaptiĝi al tio por povi vendi ion."

Ŝi vigle kapjesis.

"Vi tre pravas! Mi ofte spertas la samon. La ĉefredaktoroj kutime estas timuloj, kiuj ne kuraĝas publikigi ion ajn, kio povus ŝoki la filistrojn."

Mi ne povis bone klarigi al mi, kial tiom fascinas min ĉi tiu malkonvencia virino. Unue mi supozis ke ŝi estas okaza vizitanto, sed kiam mi eksciis ke male temas pri persono, kiu ĵus ekloĝis en Vieno, mi sentis subitan ĝojon ne facile kompreneblan.

"Willi", mi hezite diris, unuafoje aŭdacante prononci tiun karesnomon. "Ĉu vi do trovis loĝejon en la urbo?"

Ŝi faris nekonfirmajn geston kaj mienon, levante la brakojn kaj brovojn, kaj paŭtis per sia granda buŝo.

"Mi ankoraŭ restadas en ia pensiono", ŝi diris. "Sed mia konato promesis helpi min serĉi apartamenton. Tamen ŝajnas ke en Vieno oni ne ŝatas luigi al solaj inoj de duba reputacio, aŭ en plej bona okazo sen reputacio."

Mi ridetis por montri ke mi komprenas.

"Des pli se ŝi estas eksterlandano", aldonis Willi. "Sed Johnny, tio estas mia konato Joseph Weininger, certe trovos ion. Li konas amason da homoj de ĉiaspecaj reputacioj. Eble ankaŭ vi konas lin, ĉu?"

"Ĉu Weininger? Mi bedaŭras ke ne."

"Li multe societumas kun avangardaj artemuloj, kvankam li mem estas ĝisosta filistro, kiu laboras en la banko *Creditanstalt* kaj krome atendas enkasigi sian heredaĵon."

Ŝia buŝo faris oblikvan grimacon.

"Vi devos haltigi min; alie mi babilos senfine", ŝi pluis. "Do bonvolu rakonti pri vi mem, Louise. Kie vi loĝas? Kiel vi vivas?

Ĉu vi estas edzino kun dek infanoj? Certe ne, ĉar se jes, vi ne skulptus, krom eble hepato-knedlikojn."

Mi ridis kaj rigardis, kiel Willi ekbruligas novan cigaredon kaj avide suĉas fumon el ĝi. Mi tute ne volis ke ŝia parolado ĉesu. Fakte mi tre ĝuis la kaprican vorto-fluon de la stranga danino, kiu tamen ja devus jam konstati ke mi ne portas ringon.

"Ne, mi ne estas edzino", mi diris por kontentigi ŝian scivolemon. "Mi havas atelieron en Alsergrund kaj ankaŭ loĝas en apuda ĉambro tie. Nur mezvintre, ĉe ekstrema frosto, mi rifuĝas ĉe miaj gepatroj en la kvartalo Leopoldstadt."

Willi penseme kapjesis kaj rigardis min dum kelka tempo. Ial mi nervoziĝis, kvazaŭ mi estus ekzamenata kaj riskus ne esti aprobita.

"Ĉu tio signifas ke ankaŭ vi serĉas pli bonan loĝejon?" ŝi demandis, blovante fumon flanken, direkte al ĵurnalleganto ĉe najbara tablo.

"Nu, mi ja ŝatus, sed tio estas demando de ekonomio – kaj de rekomendoj."

Willi denove kapjesis.

"Mi aŭdis ke la socialdemokratoj, kiuj regas la urbon, promesis konstrui plurajn dekmilojn da apartamentoj por malriĉuloj. Eble ankaŭ ni povos profiti el tio."

"Mi dubas", mi diris. "Kaj ĉiuokaze pasos jaroj antaŭ ol ili pretiĝos. Povas esti ke vi havus pli da ŝancoj serĉante ĉambron por sublui en Leopoldstadt, kie loĝas multaj neriĉaj judoj."

Dum momento Willi mienis senkomprene sed poste ekridis laŭte.

"Ho, vi celas pro mia familia nomo. Nu, ĝi vere estas juda. Mia patro devenas de juda familio el Vilno, kvankam li mem naskiĝis en Kopenhago. Sed mia patrino estas filino de etbienuloj sur la insulo Als. Nun ĝi jam denove apartenas al Danlando, sed en ŝia junaĝo ĝi estis parto de la germana Ŝlesvigo. Ŝi estas danlingva sed frekventis germanan lernejon. Jen kial mi parolas du lingvojn, kvankam mia germana iom lamas. Aŭ eble platas."

Ŝi ridis pri sia propra ŝerco, glutis pli da biero kaj tuj poste inhalis fumon de sia Virginia cigaredo kun mieno, kvazaŭ ŝi prefere farus ĉion samtempe dum la babilado.

"Sed ĉu via familio do estas juda?" ŝi poste demandis.

"Jes", mi konfirmis. "Mi estas judino. Tamen ne praktikanta. Ankaŭ Patro ne estas religiema, sed Patrino jes, kvankam nur modere. Kaj ŝi neniam insistis ke mi praktiku la religion. Se ŝi atendis ion de mi, tio estis aliaj aferoj. Ŝi jam komencas malpacienci pri mia fraŭlina stato. Verŝajne al ŝi plej gravus havi genepojn, ĉar mi ne havas gefratojn."

Willi ridetis kun komprenema mieno.

"Pri mi ili delonge malesperas", ŝi diris. "Sed feliĉe mi jam havas tri genevojn, kaj pluaj sendube sekvos, do mi eskapis el la devo frukti kaj multiĝi."

Dum kelka tempo ni denove sidis silentaj, rigardante unu la alian kun ambaŭflankaj intereso kaj simpatio. Mi trovis ke nekutime facilas interkonatiĝi kun ĉi tiu persono. Mi ŝatus plu interparoli kun ŝi pri amaso da temoj, sed samtempe mi diris al mi ke tio ne urĝas. Plaĉis al mi sidi tie en la kafejo, simple rigardante ŝin stumpigi la cigaredon kaj gluti ankoraŭ buŝplenon da biero. Pasis apenaŭ du horoj de kiam mi unuafoje ekvidis ŝin, sed mi jam sentis fortan ligon inter ni. Ĉu tio estis nur iluzio?

"Nu, ĉu vi invitos min al tiu ateliero kaj hejmo en Alsergrund?" diris Willi kun bonvola rideto.

"Kompreneble!" mi eldiris kun neklarigeble feliĉa sento. "Kiam ajn vi volas."

"Bone. Do, ĉu konvenus al vi... ni diru, ekzemple... tuj?"

Mi ekridis. Mi volis krii "jes!" sed samtempe mi iom hontis kaj ŝatus elpensi same spritan respondon.

"Ne eblas", mi do diris, klopodante alpreni petolan mienon. "Mi devos unue fini mian teon, kaj restas ankaŭ al vi iomete da biero."

Willi tuj kaptis la ŝercon. Fulmrapide ŝi malplenigis sian bierkruĉon.

"Preta", ŝi anoncis, sekigante la ruĝajn lipojn per viŝtuko.

Do mi devis eltrinki mian tason da teo kun rumo kaj prepari min por ekiri tri kilometrojn norden per tramo.

Ekstere jam regis oktobra duonobskuro, kvankam ankoraŭ ne vesperiĝis. La tramo estis plena de urĝataj vienanoj en trivitaj, ne tro freŝaj vestoj. Ĉe kelkaj oni tamen vidis laŭ la pli flegita aperaĵo ke por ili jam pasis la plej mizeraj postmilitaj jaroj. Sinjoro en lodena palto proponis al Willi sian sidlokon, kiun ŝi tamen rifuzis, kaj ni ambaŭ stare tenis nin ĉe la ledaj rimenbukloj dumveture. Post ne tro longa promeno de la haltejo ni baldaŭ alvenis al mia postkorta ateliero en malalta konstruaĵo de iama stalo, kiun oni atingis per la enireja arkaĵo de kvinetaĝa loĝdomego. Mi eklumigis la elektran lampon, iomete nervoza pri tio, kion pensos mia gasto pri la vidaĵo. Teretaĝe la vasta laborejo estis plena de miaj skulptaĵoj malnovaj kaj pli novaj el gipso, ceramiko kaj marmoro. Per la ŝtuparo en angulo eblus atingi mian subtegmentan loĝejon, sed ni kompreneble restis malsupre en la ateliero.

"Bonvolu pardoni la pelmelon kaj la gipsan polvon, kiu neeviteble kovras ĉion", mi diris. "Oni simple ne povas liberiĝi de ĝi."

Willi senurĝe paŝis tra la ejo, dum ŝi scivole rigardis ĉirkaŭ si. Sur stabloj, seĝoj kaj la planko staris kaj kuŝis la kutima miksaĵo el gipsaj kapoj, bustoj kaj statuetoj kune kun ĉiziloj, marteloj, truletoj kaj peco da desegnokarbo. Ŝi rigardis la murojn, kie pendis pentraĵoj, maskosimilaj gipsaj vizaĝoj kaj reliefoj. El marmora bloketo aperis la komencita kapo de infano, pri kiu mi laboris de du semajnoj. En malluma angulo staris mia potista stablo kun torno-disko kaj simpla sidilo.

"Vi laboras en diversaj materialoj, evidente", diris Willi, pesante ceramikan birdon enmane.

Mi ne sciis, kiom klarigi. Mi ankoraŭ ne certis, kial ŝi invitigis sin ĉi tien kaj ĉu efektive interesas ŝin la skulptaĵoj, aŭ ĉu ŝi havas alian motivon por veni.

"Nu, la gipsaĵoj estas modeloj por eblaj bronzaĵoj. Sed necesas mendo por igi elfandi ilin. Mi ne povas fari tion je propra kosto. Cetere, Willi, mi ŝatus regali vin per io, sed mi havas preskaŭ nenion. Ĉu tamen tason da kafo?"

"Mi volonte iam vidus vin labori, Louise. Sed jes, mi ŝatus trinki kun vi kafon."

Do mi iris flanken al la kuireja tablo kun miaj mastrumaj iloj. Kredeble ŝi trovos mian kuirejon terura rubejo, mi pensis, nenion dirante. Mi ĉerpis akvon el la surmura krano, ekbruligis la primuson, malfermis skatolon da kafgrajnoj, el kiuj mi ŝutis iom en la kafmuelilon, kiun mi komencis kranki.

"Kiel vi vidas, mi vivas tre lukse", mi diris kun pardonpeta mieno.

"Nu, sinjorino, mi komprenas ke vi hodiaŭ forpermesis la servistaron, ĉu ne?"

Mi ĵetis al ŝi rigardon, kaj niaj ridetoj renkontiĝis, kiam Willi tuŝis mian manon kaj prenis de mi la kafmuelilon.

"Do eble mi povas anstataŭi vian kuiristinon."

Minutojn poste agrabla odoro de kafo disvastiĝis en la ateliero, kaj ni sidiĝis flanko ĉe flanko sur la dupersonan kanapeton, ĉiu kun taso enmane.

"Ĉe ni", diris Willi, "oni nomas ĉi tion gefianĉa kanapo."

Poste ŝi albuŝigis la tason. Mi dume ne kuraĝis rigardi ŝin kaj preskaŭ misglutis mian kafon. Pro embaraso mi restis muta.

"Ĉu vi mem elfandas, se oni mendas de vi bronzaĵon?"

Mi kapneis, kontenta ke mi povos denove paroli pri mia laboro.

"Tute ne. Ne eblus ĉi tie, kaj oni bezonas metian lerton. Sed mi konas posedanton de fandejo, kiu bone mastras la arton. Li eĉ foje konsentis al mi krediton, sed hodiaŭ tio ne plu eblas."

"Evidente mi elektis pli facilan metion ol vi", diris Willi pens-eme. "Mi bezonas nur paperon kaj skribilon por plenumi ĝin. Kaj krome mian impertinentan altrudiĝemon, kompreneble. Sen-dube vi trovas min terure ĝena."

Mi rigardis ŝin, ridetis kaj devis forturni la okulojn.

"Male, mi tre ĝojas ekkoni vin. Ĉu pli da kafo?"

Mi bedaŭris pro mia etburĝe konvencia tono. Willi tamen ne respondis. Ŝi stariĝis, iris pli proksime observi pentraĵon de violonisto surmure.

"Ĉu vi ankaŭ pentras?"

"Iam, sed apenaŭ plu. Neniu mendas. Jen portreto de mia patro, kiu estas muzikisto. Mi ŝatas rigardi ĝin, dum mi pripensas kiel solvi iun problemon. Li ĉiam kuraĝigis min, dirante ke mi kapablas ĉion, se mi klopodas."

"Jen bona instigo. Ĉiuj devus havi tian patron."

Mi rigardis ŝin, dum mi pripensis ŝian komenton. Fakte mi antaŭe ne multe konsideris, ĉu mi havas gepatrojn pli aŭ malpli bonajn ol la plej multaj aliaj homoj. Mia infanaĝo ŝajnis al mi meza etburĝa familia vivo, almenaŭ por vienanoj. Mi naskiĝis unu jaron antaŭ la alveno de nova jarcento, la dudeka. La akuŝo okazis en la apartamento de miaj gepatroj en la kvartalo Leopoldstadt, kaj mi imagas ke ĝi estis pure virina afero. Ĉeestis, mi pensas, krom la estontaj patrino kaj filino, akuŝistino, la servistino Anna kaj la vidvino Brettschneider, kiu estos avino. Laŭdire mia estonta patro Ludwig Gerber dume ludis aldviolonon en la teatro *Carltheater* ĉe Jägerzeile, nur kelkcent metrojn for de la okazanta nasko. Oni tie prezentis la opereton *Malpeza Kavalerio* de Franz von Suppé.

La akuŝo do okazis hejme, kaj tio certe ne estis hazardo. Iam la hospitalaj akuŝejoj de Vieno havis malbonan reputacion pro la alta nombro da postnaskaj mortoj inter naskantinoj kaj infanoj. Tro longe oni rifuzis akcepti la pruvojn de doktoro Semmelweis, ke tion kaŭzis la fakto ke la kuracistoj - male al la akuŝistinoj - ne lavis la manojn antaŭ ol akuŝigi virinojn. Tian novan ideon oni tute ne aplaŭdis en Vieno, des malpli de hungaro! Male, la impertinenta doktoro estis maldungita kaj devis reiri al sia Pest. Poste, dum la lastaj jardekoj antaŭ mia naskiĝo, oni tamen ja devis akcepti ke ia nevidebla malpuraĵo nomata bakterioj kaŭzas tiun altan mortokvanton kaj ke eĉ kuracistoj bezonas lavi siajn manojn. Sed inter multaj vienanoj la malbona famo de la akuŝejoj plu restis.

Postnaskaj mortoj tamen ja okazis ankaŭ en hejmoj, kaj mia patrino havis gravan kialon timi tion. Kun kelkjara intertempo ŝi jam naskis du filojn. La unua mortis post horo, la dua post du semajnoj. Do mi certas ke mi estis ege bonvena, kaj ke oni zorge atentis mian sanon. La fakto ke mi estas knabino eble ŝajnis al mia patrino bonaŭgura. Estis konata afero ke knabinoj ne tiel sentemas kiel knaboj. Kaj supozeble ĉio indikis ke la nova familiano intencas resti longe. Tion klare konfirmis miaj krioj kaj la avida serĉado de mia buŝo por trovi cicon, kiam oni metis min sur la bruston de mia patrino.

Ankaŭ la freŝa patro sendube estis tre kontenta vidi sian filinon jam kviete dormi, kiam li revenis hejmen de la opereto. Verŝajne li dumvespere estis sufiĉe nervoza pro la akuŝo samtempe okazanta en lia hejmo, sed ludi aldviolonon en opereto li povus fari preskaŭ aŭtomate, do certe neniu kolego nek aŭskultanto rimarkis ĉe li ion nekutiman.

"Kiel ili fartas?" li supozeble demandis la akuŝistinon.

"Vi havas bravan filineton, sinjoro, fortan kaj sanan. La sinjorino estas laca, kompreneble. Do necesas permesi al ŝi ripozi. Ŝi ne povos mastrumi dum ĉi tiu semajno."

Nu, almenaŭ ion similan ŝi diris, mi vetas.

"Kompreneble, kompreneble", nervoze ripetis mia patro, dankante kaj pagante al la akuŝistino.

Efektive mi montriĝis pli vivipova ol la mortintaj fratoj, kaj baldaŭ mi estis la eta princino de ambaŭ miaj gepatroj. Eĉ Anna, la servistino, amegis min kaj dorlotis min per ĉio, kion ŝi antaŭ dudek jaroj ne havis okazon doni al sia propra forlasita filineto, pri kiu ŝi poste parolis nur en momentoj de malĝojo.

Mia patro anoncis mian naskiĝon kaj la nomon Louise en la urbodomo, kaj mia patrino portis min al *simĥat bat*, la ĝojo pri filino, en la sinagogo ĉe Seitenstettengasse, kie mi ricevis la nomon Leah. Kaj ĉiufoje poste, kiam mi kriis pro malsato, mia patro citis la signifon "leonino" de mia hebrea nomo, kvankam ĉiutage oni nomadis min nur Louise, kies "e" estis muta ĉe la gepatroj sed klare aŭdebla ĉe Anna.

Mi plu kreskis, restis sana, iĝis tute ne gracia sed fortika kaj iom kompakta, ricevis edukadon hejme de la patrino kaj poste en lernejo por knabinoj, ĝis la granda milito komenciĝis kaj mia patro devis provizore ĉesi pri sia muzikista profesio kaj preni fusilon enmane anstataŭ la arĉo. Male al tro da aliaj, li tamen fine revenis hejmen kaj post kelkaj kaosaj jaroj povis rekomenci ludi sian aldviolonon, unue en *Carltheater* en Leopoldstadt, poste en la *Ŝtata Operejo* kaj fine, dank' al rekomendo de goja kolego, eĉ atingi prestiĝan pozicion en la Viena Filharmonia Orkestro kaj do ludi en la luksa koncertejo *Musikverein*.

Dum la malfacilaj jaroj mia patrino portadis pezan ŝarĝon, donante privatajn lecionojn pri pianludado al pli-malpli muzikemaj burĝidoj. Instrui al ili la ĝustan almetadon de fingroj tamen estis preskaŭ same malfacile kiel akiri ĝustatempan pagon de iliaj gepatroj. Du-trifoje dum la plej severa milita tempo mi devis porti al lombardisto erojn el nia arĝenta manĝilaro kaj centjaran kruĉon el la Viena Porcelan-manufakturo hereditan de la geavoj.

Iele-trapele la familio malgraŭ ĉio travivis kaj eltenis la militan tempon, la pereon de la imperio, la mankon de nutraĵoj, la militofinan gripon, pro kiu malsaniĝis mia patro, la frenezan inflacion, la antisemitismon kaj ĉion alian. Nu, preskaŭ ĉion. La granda malfeliĉo de miaj gepatroj estis ke ili ankoraŭ ne atingis vidi sian solan idon edzino kaj patrino, kvankam mi jam preterpasis mian dudeksesan jaron.

Mi esperis ke la nova amikeco fariĝos firma kaj daŭra. Sed jam ĉe nia sekva renkontiĝo en la kafejo *Central* ĉe Herrengasse, Willi rakontis ke ŝi forvojaĝos de Vieno por kelka tempo.

"Perletere mi atingis interkonsentojn pri intervjuoj kun la profesoro Mathilde Vaerting en Jena kaj la artisto Käthe Kollwitz en Berlino, kiuj ambaŭ tre interesas min", ŝi diris. "Vaerting estas la unua virino, kiu profesoriĝis en Jena, kaj Kollwitz verŝajne estas konata ankaŭ al vi, ĉu ne?"

"Kompreneble! Mi tre admiras ŝin. Krom desegni, ŝi ankaŭ skulptas."

"Jes, vi pravas. Eble vi devus akompani min al Berlino por pli bone prepari min antaŭ la renkontiĝo. Cetere mi esperas havi okazon fari intervjuojn ankaŭ kun aliaj. Ekzemple kun George Grosz, kiu antaŭ kelkaj jaroj famiĝis kiel dadaisto sed nun faras la plej akre kritikajn desegnaĵojn pri la vivo en la germana respubliko. Kaj John Heartfield, la fotografia artisto. Ekzistas ankaŭ interesa juna teatristo, Broch aŭ Brech aŭ io simila. Sed unue mi do haltos en Jena."

Ŝi interrompis sian vortfluon por gluto da kafo kaj mordaĵo de bulko kun pruna farĉo.

"Ho, mi amegas la vienajn buĥtojn! Nu, mi ekiros jam morgaŭ vespere per la nokta trajno, do mi supozas ke vi ne povus tiel subite ekvojaĝi."

Mi klopodis rapide pripensi, kiel reagi al tiu konsterna demando, kiun mi tamen apenaŭ povis konsideri serioza. Iel ĝi ŝajnis al mi nesincera invito.

"Estus ege interese, sed mi timas ke tio ne eblas", mi diris hezite.

"Mi komprenas", ŝi diris, ekbruligante cigaredon, kvazaŭ ne sufiĉus al ŝi kafo kaj bulko. "Eble alifoje ni povos ion entrepreni. Fakte mi preferus iri per aŭto, sed Berlino estas tro malproksima. Tamen mi tre ŝatus iam fari kun vi pli modestan ekskurson per la aŭto de mia konato Johnny, se vi kuraĝus veturi kun mi."

"Ĉu vi do scias mem stiri aŭtomobilon?"

"Jes, certe. Mi faris tion jam en Danlando, je la teruro de mia patrino. Unufoje mi eĉ trafis en la vojfosaĵon. Pri tio tamen kulpis ne mi sed la mizera dana landvojo, kiu turniĝis senmotive."

Ŝi sonigis gajan ridon, elblovis fumringon supren laŭ la kolonoj al la volba plafono kaj plu ĝuis sian prunbulkon. Inter du mordaĵoj ŝi subite ekfosis en sia sako kun mistera rideto.

"Mi kunportos ankaŭ ĉi tion, kion mi ĵus akiris. EsperebIe mi havos okazon fari kelkajn fotojn."

Ŝi elsakigis etan aparaton el brila metalo, kiun ŝi tenis per unu mano kaj poste metis sur la tablon. Mi rigardis ĝin mirante.

"Ĉu tiu etaĵo do estas fotoaparato?"

"Jes, ĝi estas nova germana inventaĵo nomata *Leica*. Tre oportuna. Eblas facilege kunporti ĝin ĉien ajn."

Mi ekzamenis kaj admiris la aparaton.

"Sed ĉu ankaŭ la fotografaĵoj fariĝas same malgrandaj?"

"La negativoj jes, do necesas pligrandigi, kiam oni faras la kopiojn. Sed tion prizorgos la fotografia laboratorio. Ĉu mi rajtas ekzerci min fotografante vin?"

Ŝi ne atendis permeson sed levis la aparaton ambaŭmane, direktis ĝin al mi kaj premis butonon, tiel ke aŭdiĝis eta klako. Ĉe apuda tablo maljuna ŝakludanto levis la rigardon de siaj ludpecoj por observi nin, dum lia kunludanto cerbumis pri sia venonta movo.

"Ĉu jam preta?" mi demandis.

"Ĝi estas preta sur la filmo, sed necesas atendi riveladon kaj kopiadon."

Ni plu babilis sufiĉe longe en la kafejo, sed mi jam sentis min iel forestanta kaj ne multe atentis, pri kio ni efektive interparolas. Mi miris pri mia propra reago. Willi ja revenos post dek aŭ dek kvin tagoj. Ĉiuokaze ŝi asertis ke jes, sed al mi ŝia restado en Vieno ankoraŭ ŝajnis iel hazarda kaj necerta. Ŝi subite eklogis ĉi tie sen tre evidenta motivo, do kio malhelpus al ŝi same subite translogiĝi aliloken? Al Berlino, ekzemple, kiu supozeble estis ege pli viva kaj moderna urbego ol nia degradita aŭstra metropolo.

Ni disiĝis kaj Willi malaperis. Mi klopodis pri miaj skulptaĵoj sed sen la ĝusta kapablo koncentriĝi. Post semajno alvenis poŝtkarto de Willi kun entuziasmaj vortoj pri la ekscitaj distraĵoj de Berlino. Pri sia intervjua laboro ŝi skribis nenion, sed la spaco disponebla sur la karto ja ne estis tre granda.

Pasis do pluraj tagoj, kaj nenio nova aŭdiĝis de la energia dana ĵurnalistino. Preskaŭ tri semajnojn post ŝia ekiro mi staris en mia ateliero, ĉizante singarde la trajtojn de la marmora infankapo, kiun oni mendis de mi por ornami la pediatrian klinikon en la Ĝenerala Hospitalo de la urbo Vieno. Subite mi sentis leĝeran fluon de malvarmeta aero, kiu indikis ke oni malfermis la pordon de la korto. Kaj jen ŝi staris, elegante kaj laŭmode vestita en leda jako kaj kvadratita lana jupo de skota tipo, apenaŭ kovranta la genuojn.

"Saluton, Louise", ŝi vokis kun larĝa rideto. "Aŭskultu. Mi prunteprenis la aŭton de Johnny. Ĉu vi konsentos kuniri en eta ekskurso? La vetero estas mirinda!"

Do ŝi forestis tri semajnojn preskaŭ sen vivsigno, kaj nun ŝi volas ke mi alkuru kiel gaja hundo, kiam ŝi fajfas.

"Hodiaŭ mi ne povas. Eble en alia tago."

Mi volis diri ke mi estas meze de mia kreado kaj ne povas tuj forkuri de ĝi je la unua kaprica mansigno de iu ajn konato. Tamen mi ne sukcesis klarigi mian rifuzon. En mia koro la sento de ofendo konkuris kun varma ekscitiĝo, kaj mi ne sciis, kiel solvi la dilemon.

"Louise, pardonu min!" respondis Willi. "Mi devus kontakti vin unue por fiksi konvenan momenton, sed ĉar vi ne havas telefonon, mi preferis mem veni. Ĉu via kreado ne povus profiti de paŭzeto? Nu, ne gravas, ni interkonsentu pri alia tago, kaj mi esperebIe povos denove prunte uzi la aŭton."

Kompreneble mi ne povis rezisti ŝin sed demetis la ĉizilon kaj martelon.

"Bone do. Sed donu al mi momenton por revesti min. Kiam vi revenis en Vienon?"

La lastan demandon mi eldiris dorsen, paŝante al la ŝtuparo en angulo de la ateliero. Willi ne respondis ĝin sed rondiris, rigardante la diversajn gipsaĵojn kaj aliajn objektojn - pli-malpli la samajn kiel ĉe ŝia unua vizito tie. Kiam mi post dek minutoj revenis malsupren en mia lana vojaĝkostumo, Willi jam eliris surkorten.

"Ĝi estas vera belulino, ĉu ne?" ŝi entuziasmis, starante apud malhelverda sport-veturilo, kiam ŝi vidis min eldomiĝi.

Je dekmetra distanco kvar knabetoj el la apuda loĝdomego same admiris la maloftan aperaĵon de preskaŭ luksa aŭtomobilo sur la korto, kie ili ludis.

Mi rigardis ĝin. Mi ne havis grandan sperton pri aŭtomobiloj, sed mi vere trovis ĝin eleganta. Ne nur pro la luksa verda koloro, dum preskaŭ ĉiuj, kiujn oni ĉiutage vidis surstrate, ja estis nigraj. Ĝi estis sentegmenta kaj havis du sidlokojn unu apud la alia malantaŭ larĝa faldebla frontglaco.

"Permesu al mi prezenti Miss *Frazer Nash*", diris Willi. "Ŝi estas anglino, kompreneble. Johnny amas ĉion britan. Jen kial mi surmetis ĉi tiun kilton. Jen, prenu ĉi tion."

Ŝi mane svingis la jupon, tiel ke ĝi malkovris eĉ pli de ŝia genuo, kaj samtempe transdonis al mi ledan kaskon, kiun mi devis fiksi per rimeno sub la mentono.

"Kion vi mem havos surkape?"

"Ĉi tion."

Ŝi surmetis protektajn okulvitrojn kaj poste elsakigis grandan tukon kun desegno brik-ruĝa kaj violkolora, kiun ŝi zorge volvis ĉirkaŭ la kapon. Mi rigardis la aŭtomobilon. Ĝi ŝajnis al mi preskaŭ triangula, kun larĝa fronto sed nur metron mallarĝa fino, kio estis nekutima formo. Dum sekundo mi imagis ĝin renversiĝi en akra vojkurbiĝo. Aŭ eĉ leviĝi de la tero – kun tiuj okulvitroj ŝi aspektis kiel aviadisto en aeroplano.

"Ĉu vi vere scias stiri ĝin?" mi diris.

"Ne timu. Ni veturos sekure kaj nerapide. Fidu min."

Ŝi sidiĝis dekstre ĉe la stirrado, kaj mi maldekstre. Poste ŝi ekfunkciigis la motoron, kaj ni ekmoviĝis. La irado efektive ne estis tre rapida sur la urbaj stratoj, sed poste sur la ŝoseo norden Willi akcelis la aŭtomobilon, kiam aliaj veturiloj ne baris al ni la vojon. La motoro krakbruis laŭte, la veturvento vipis mian vizaĝon malgraŭ la frontglaco kaj la kasko, kaj la tuta afero skuiĝis forte. Interparoli dum la veturado tute ne eblis. Sed la suno brilis sur la pejzaĝon, la aŭtunaj koloroj estis buntaj kaj la rapideco de la irado kaŭzis al mi vertiĝon kvazaŭ de ebrio.

Ni iris norden kaj poste okcidenten laŭlonge de Danubo. Post iom pli ol horo Willi haltis antaŭ malnovstila taverno en la urbeto Tulln. Dum momento mi pensis ke ŝi elektis tiun urbon, ĉar tie naskiĝis Egon Schiele, la ekspresionisma artisto pro kiu ni unue ekvidis unu la alian en la Secesia konstruaĵo. Sed sendube temis pri pure hazarda koincido, almenaŭ se ekzistas tiaj en la vivo.

"Ĉu ni trinku glason da vino?" ŝi proponis. "Kaj eble prenu mordaĵon da io? Mi jam vizitis ĉi tiun lokon kun Johnny kaj trovis ĝin sufiĉe ĉarma. Mi ŝatis la kamparstilan kelnerinon."

"Volonte", mi respondis, kontenta eskapi el la bruo kaj aerblovo. "Mi ŝatus aŭdi pri Berlino."

Ni forskuis de ni iom da polvo kaj eniris, trovis liberan tablon inter kelkaj grupoj da viroj ŝajne lokaj, kiuj gapis al ni, eble pro la aŭtomobilistaj okulvitroj kaj kasko, kiujn ni deprenis kaj metis sur la tablon, aŭ pro la ĉe-genua juprando kaj la sveltaj kruroj en travideblaj silkaj ŝtrumpoj de Willi. Aŭ eble simple ĉar ni estis virinoj.

Ni mendis vinon. La aero en la taverno estis saturita de odoroj el biero, spicvino, kuirgraso, saŭrkraŭto kaj fumo.

"Bonvolu rakonti pri via vojaĝo", mi diris. "Ĉu prosperis al vi la intervjuado?"

Willi ridetis reveme kaj ekbruligis cigaredon de la marko *Manoli*, alportitan el Berlino.

"Prosperis", ŝi konfirmis. "Nu, almenaŭ tiu kun Mathilde Vaerting en Jena. Tiu profesoro pri pedagogio estas vere interesega. Ŝi verkis pri la seksoj kaj konkludis ke la diferenco inter viroj kaj virinoj, nu, en spirita senco, estas rezulto de malsama edukado. Se entute ekzistas denaskaj diferencoj, ili ĉiuokaze malgravas kompare kun la lernitaj diferencoj. Kompreneble aliaj sciencistoj, ekskluzive viraj, atakis kaj ofende kontestis ŝiajn tezojn, sed ŝi nur ironie demandis min, ĉu mi trovas tiun atakemon denaska aŭ sekvo de ilia milita eduko. Tre stimulan interparolon ni havis; mi nur iom dubas, ĉu mi sukcesis prezenti tion interese al miaj legantoj."

"Tio estas pensiga ideo; tamen malfacilas imagi ke ĉio tipe vira fakte estas nur lernita konduto. Al mi ili ŝajnas grandparte viktimoj de siaj krudaj instinktoj. Sed kio pri sinjorino Kollwitz en Berlino?"

"Ho! Ŝi estas tre simpatia kaj admirinda sed mi trovis ŝin iom laca. Poste mi renkontis Grosz-on, kiu pli-malpli insultis min, rifuzante respondi ion ajn. La dramisto Bertolt Brecht provis amindumi min, kaj John Heartfield akompanis min en kelkajn libermorajn klubojn kaj varieteon kaj regalis min per kokaino. Entute estis pli da distraĵoj ol laboro, sed tre interese. Mi tamen verkis artikolojn pri Vaerting, Kollwitz, Brecht kaj la nokta vivo de Berlino kaj sendis ilin al la kutimaj danaj ĵurnaloj, sed mi ankoraŭ ne scias, ĉu oni publikigos ilin aŭ ne. Mi ja ricevis mendon kaj partan antaŭpagon de unu ĵurnalo; tamen ĝis nun la elspezoj ege superis la enspezojn de tiu vojaĝo. Krome la fotografadoj en Jena kaj Berlino plejparte fiaskis, kio tre ĉagrenas min. La fotografisto en la butiko poste klarigis ke endome mi devas uzi tripiedon por ebligi pli longan eksponadon. Sed tio ja tute nuligas la avantaĝon de tiu facile portebla fotilo. Idiote! Nu, ricevinte tiun informon mi provis en diversaj lokoj kaj lumkondiĉoj, do nun mi esipereble pli bone regas ĝin."

Oni alportis la vinon, kaj Willi trinkis avide.

"La vojo estis sufiĉe polvoplena", ŝi klarigis. "Kaj mi ankoraŭ ne tute alkutimiĝis al la maldekstraflanka trafiko. Bonŝance tamen la brita aŭto estas farita por tio, kun la stirrado ĉe la dekstra sidloko."

"Ĉu ĉe vi oni veturas dekstre?"

"Jes, en Danlando dekstre, kiel en Germanio. Sed en la najbara Svedio maldekstre, kiel ĉi tie. Imagu, eĉ pri tia simpla afero oni ne sukcesas interkonsenti."

Dum momento mi pensis pri tio sed tuj returnis la atenton al ŝia vojaĝo.

"Ĉu vi vidis skulptaĵojn de sinjorino Kollwitz?" mi demandis.

"Plejparte desegnojn kaj grafikaĵojn, sed ŝi vere estas brava virino. Vera nestorino. Ŝi estis ano unue de la Berlina Secesio, kaj poste de la Libera Secesio ĝis antaŭ nelonge. Tiuj secesioj cetere ne egalas la Vienan, kies stilon ili prefere nomas 'Junaĝa', same kiel ĉe ni en Danlando. Nu, lastatempe ŝi faras fortajn grafikaĵojn kontraŭ milito kaj malsato. Ŝi perdis filon en la Mondmilito. Mi vizitis ŝin en ŝia loĝejo ĉe Weißenburger Straße en Prenzlauer Berg, tio estas en la norda parto de la urbo."

Ŝi paŭzis por trinki.

"Mi vere bedaŭras ke vi ne akompanis min. Kredeble vi povus pli bone ol mi veki ŝian intereson."

Mi volis diri ke tio ja povus okazi, se mi estus pli frue avertita, aŭ se Willi efektive volus ke mi kuniru. Sed ĉi-okaze mi nenion diris, nur penseme kapjesis.

"Pri la aliaj lokoj kaj personoj, kiujn mi vizitis, mi ne certas, ĉu vi ŝatus ilin", daŭrigis Willi. "Aŭ eble jes. Mi ankoraŭ ja ne vere konas vin."

Fakte ŝi pravis. Ni ankoraŭ ne bone konis unu la alian. Kion ŝi pensos kaj kiel ŝi reagos, se ŝi vere ekscios ĉion pri mi? La imago pri tio timigis kaj ekscitis min.

Post pripenso ni mendis supon kun nokoj kaj pli da vino. La ĉirkaŭaj viroj ŝajne alkutimiĝis al nia aperaĵo kaj nur de temp' al tempo ĵetis al ni rigardon. Entute ankaŭ mi trovis la tavernon simpatia kun ia kvieta, senurĝa etoso malofte spertata en la ĉefurbo.

Kiam ni reveturis, la aŭtuna suno jam kaŝiĝis malantaŭ la montetoj de Viena Arbaro, kaj Willi veturigis pli rapide ol antaŭe. Jen kaj jen laŭ la vojrando kuŝis falintaj folioj, kiuj leviĝis en ŝvebanta kirlo, kiam la veturilo preterflugis. Tamen ŝi bonŝance evitis la vojfosaĵon, kaj dank' al la vino mi estis malpli nervoza. Mi eĉ ĝuis la rapidecon kaj dum kelka tempo ripozigis la kapon sur la ledkovrita ŝultro de la ŝoforino, kiu ŝajne ne kontraŭis tion.

"Mi tre ĝuis la ekskurson", diris Willi, liverante min apud la atelieron ĉe Glasergasse. "Ĉu vi tre enuis? Ĉu mi tedis vin per mia troa babilado?"

Mi ridetis, leĝere tuŝante ŝian brakon. Fakte restis nenio el mia antaŭa malkontenteco.

"Estis bonega tago", mi diris. "Mi dankas vin pro la iniciato."

"Dankindas Johnny, kiu pruntedonis al ni sian verdan diablinon. Do, ĉu vi akceptus iam ripeti la aferon?"

"Certe", mi diris, kapjesante.

Mi volus ion aldoni sed ne trovis konvenan vorton. Cetere Willi antaŭis min.

"Bonege", ŝi diris. "Kaj mi devus iam verki artikolon pri nuntempaj artistoj en Vieno, ne nur ekspresionistoj. Ĉu vi konsentos al mi intervjuon?"

"Volonte."

"Bone. Do, ĝis baldaŭ kaj bonan nokton, Louise!"

"Ĝis revido, Willi!"

1926
Ne nur elekti

Dum tiu vintro Willi kaj mi fariĝis nedisigeblaj. Ni kutimis rendevui en muzeoj, teatroj, koncertejoj, kafejoj – kie ajn troviĝis lokalo sufiĉe hejtata – kaj de temp' al tempo ŝi gastis ĉe mi. En mia ĉambro super la ateliero la nokta temperaturo tamen kelkfoje nur je kelkaj gradoj superis nulon. Do mi ofte elektis dormi ĉe miaj gepatroj, kaj tien mi ne povis venigi Willi-n.

Ankaŭ ĉe ŝi en la pensiono ne eblis renkontiĝi pro la striktaj reguloj de la vulturosimila pensionestrino. Multfoje ni sidis ambaŭflanke de kafeja tableto, rigardante unu la alian sen eblo intertuŝi aŭ eĉ laŭte eldiri tion, kio plenigas niajn korojn, kaj kio jukas en ĉiu vejno de la korpoj. Almenaŭ tiel sentis mi, kaj sendube Willi spertis ion similan, se juĝi laŭ ŝiaj vortoj kaj konduto.

Unufoje en januaro mi sugestis al ŝi peti intervjuon kun la modernisma komponisto Alban Berg, kiu estis ano de la tielnomata Dua Viena Skolo kaj disĉiplo de la dekduton-teknika Arnold Schönberg. La ideon mi ricevis, ĉar mia patro menciis ke Berg komponis operon, kiun oni ne volis surscenigi en Vieno. Anstataŭe ĝi ĵus premieris en Berlino, kie ĝi laŭ Patro vekis viglan debaton por kaj kontraŭ la nova muziko.

"Li estis unu el la komponistoj malantaŭ fifama skandalkoncerto de la Filharmonio jam jaron antaŭ la Mondmilito", mi klarigis al Willi.

"Kiaspeca skandalo?"

"Nu, parto de la aŭskultantoj tiel protestis kaj bruis pro indigno, ke necesis interrompi la ludadon. Mi mem tiam adoleskis, kaj Patro ludis operetojn en *Carltheater*, sed liaj nunaj kolegoj rakontis pri la okazaĵo. Unu ĉeestanto eĉ vangofrapis alian, kaj iu kritikisto poste skribis ke tiuj frapoj estis la plej harmoniaj sonoj aŭdeblaj dum la koncerto."

"Ha ha! Mirinde! Mi amas tiajn skandalojn."

Mi efektive sukcesis ne nur ridigi ŝin sed ankaŭ instigi ŝin aranĝi rendevuon kun la skandala komponisto. Sed laŭ ŝia posta rakonto li havis sian propran ideon pri la intervjuo.

"Li nun okupiĝas pri arĉa kvarteto, kiun li nomas 'Lirika suito'. Laŭ lia klarigo ĝi esprimas intensan amon, kaj eble tio inspiris lin sufiĉe insiste amindumi min."

"Ĉu vere?" mi ekkriis, dum momento bedaŭrante mian sugeston.

Mi konstatis ke jam duafoje ŝi asertas ion similan pri viro, kiun ŝi volis intervjui. Ŝi tamen nur ridetis al mi.

"Ne timu. Li ne estas mia preferata speco de persono."

Ni vizitis ankaŭ la kabaredon *Simpl* kaj spertis la ŝercadon de la duopo Fritz Grünbaum kaj Karl Farkas. Sed pli ofte mi akompanis ŝin en artmuzeojn. Unue, kompreneble, en la Arthistorian muzeon ĉe la placo de Maria Theresia. Ni trairis la antikvajn kolektojn relative rapide sed restis pli longe admirante la italan, nederlandan kaj flandran kolektojn. Dum mi ĝuis la pentraĵojn de Rembrandt, Rubens kaj van Eyck, je mia surprizo ŝi pasigis pli da tempo antaŭ la naivaj ĝenroj de Bruegel, kiujn la plej multaj kleruloj ne prenas tre serioze.

"Mi fajfas pri la prijuĝo de saĝuloj", ŝi gaje diris. "Ĉi tion mi trovas pli valora ol la karnoriĉaj nudoj de Rubens. Rigardu ĉi tiun, ekzemple. Tiom da amuzaj kaj interesaj ludoj de infanoj."

"Certe ja historie interesa", mi diris, "sed ne arte. Tie fore tamen estas unu kun pli sukcesa kompono, kie li uzis la grafikecon de proksimaj figuroj kontraŭ neĝa pejzaĝo."

"Kaj atentu la hometojn sur la glacio. Ili eĉ ludas kurlingon."

Mi ne sciis, kian ludon ŝi aludas, do mi ĉesis diskuti pri Bruegel kaj reiris admiri pentraĵojn de Tiziano.

Ni vizitis ankaŭ aliajn muzeojn, interalie la kastelon de *Belvedere*, por rigardi verkojn de Klimt, Schiele, Kokoschka kaj aliaj modernaj artistoj, kaj tiuj interesis ŝin pli multe ol la klasikaj, kvankam ŝi iom moketis la emon de Klimt almeti orfolion sur la pentraĵoj.

"Ĉu li vere pensis ke oro altigas la valoron de la arto?"

Eble la nudoj de Klimt kaj aliaj estis tio, kio fine pelis nin kunen. Kiam ŝi gastis en mia ĉambro mi forĵetis mian heziton kaj timon kaj senhonte petis ŝin vespere ne reiri al sia pensiono sed resti dumnokte ĉe mi. Kaj baldaŭ ni vere ekkonis unu la alian ĝis sub la nuda haŭto. Nur unufoje antaŭe en la vivo mi tiel intimiĝis kun la korpo de alia persono, kaj neniam antaŭe kun ies animo. La fakto ke nia rilato devis resti absolute sekreta sendube nur intensigis ĝin.

Post la plej malvarma periodo de la vintro tamen venis al ni surprize frua printempo. La lasta malpura neĝokaĉo forfluis, glacipendaĵoj ĉe la tegmento-randoj degelis guto post guto, kaj varmeta vento krispis la akvon de la Danuba kanalo. Tiam mi persvadis mian amikinon finfine forlasi sian abomenindan pensionon kaj eklogi konstante ĉe mi en mia ĉambro, kie neniu kaj nenio malhelpos nian kunestadon. Mi tamen estis iomete maltrankvila ke ŝi trovos ĝin tro malkomforta.

"Vi jam scias ke ĝi estas tre simpla kaj provizora loĝejo", mi avertis.

"Ne timu. Mi jam dormis en dana fojnejo kaj germana arestejo. Mi ne estas tiel luksama, kiel vi pensas."

"Mi tamen demandas min, kiel fari, se revenus vere serioza frosto. Vi ne povus akompani min al la Maco-insulo."

"Al kia insulo?"

"Ha, mi volis diri al miaj gepatroj. Tio estas ŝerca nomo de Leopoldstadt, pro ĝiaj multaj judaj loĝantoj."

"Nu, aŭ mi restus ĉi tie envolvita en ĉiuj kovriloj, aŭ mi reirus al la pensiono. Ne anticipu mizeron, kiu eble neniam alvenos. Mi pensas ke ni vivos tre bone ĉi tie, se vi almenaŭ toleros mian fumon."

"Mi jam alkutimiĝis kaj eĉ ekŝatis la odoron, same kiel tiun de via kamfora haŭtkremo."

Willi rigardis min kvazaŭ por esplori, ĉu mi sinceras.

"Ĉu vere?"

"Jes, la fumodoro kaj la cigaredo simple estas partoj de vi. Se mi skulptus vin, mi metus cigaredon enbuŝe."

"La fumon vi tamen ja ne povus skulpti, ĉu?"

Mi ridetante pripensis dum kelka tempo.

"Se mi sukcesus skulpti vin vere konvinke kun cigaredo en la buŝo, oni eĉ flarus la fumodoron. Se ne, mi ne estus artistino."

Willi ridis sed tuj reserioziĝis.

"Mi ŝatas tiun sintenon, Louise. Kutime vi estas eĉ tro modesta, sed kiam temas pri via arto, vi ne hezitas. Por mi eble estas inverse. Mi vere ŝatus havi tian memfidon pri mia verkado. Sed eble mi estu danka ke miaj verkoj iras en rubujon post unu tago, dum la viaj restos eterne."

Mi rigardis ŝin surprizite. Ĉu eblas ke Willi sentas mankon de memfido pri io ajn? Aŭ ĉu ŝi nur pozas per falsa modesteco?

La timo pri severa frosto tamen montriĝis senmotiva. Male la printempo plu evoluis nehaltigeble kun ekfoliiĝo de arbustoj en la parkoj kaj ĉiam pli kaj pli longaj tagoj. Mi pretigis la infankapon kaj liveris ĝin al la malsanulejo. Poste mi plu okupiĝis pri diversaj projektoj ne menditaj.

Willi aranĝis skribtablon ĉe unu fino de la ateliero. Tie ŝi sidis skribante, cerbumante aŭ simple observante mian laboradon.

"Mi amas rigardi viajn muskolajn brakojn, kiam vi laboras", ŝi diris unu tagon, sidante tie. "Precipe kiam vi ĉizas ŝtonon. Vi estas vera fortulo, Louise!"

Mi ĵetis al ŝi rapidan rigardon por esplori, ĉu ŝi mokas min, sed ŝi mienis tre admire.

"Mi tute ne komprenas ke mia korpo povas plaĉi al iu", mi diris. "Malalta, kompakta, kun kruroj kiel fostoj, tro grandaj mamoj kaj vizaĝo kvarangula kun granda nazo, dikaj lipoj kaj hararo kiel krinoj en senbrile nigrebruna koloro."

Willi simple ridis pri mi.

"Kian ridigan spegulon vi rigardas?"

"Ĉu vi almenaŭ ne trovas miajn brakojn tro virecaj?" mi demandis.

"Ha, tute ne, eĉ male! Vi estas vera moderna virino! Cetere mi pensas ke virinoj ĉiam estis fortaj. Pensu nur pri lavistinoj, melkistinoj aŭ aliaj kamparaninoj, kaj laboristinoj en la teksfabrikoj. Nur la burĝaj sinjorinoj, kiuj nenion faras, estas tiaj anemiaj senhelpaj malfortulinoj, kiajn amas la viroj. Prefere en tiel strikte laĉitaj korsetoj ke eĉ ne eblas spiri."

Mi ridis pri ŝia diraĵo.

"Vi fiksiĝis en la antaŭa jarcento, Willi. Ĉu ekzemple via patrino estas tia eksmodulino? Kaj ĉu ŝi vere faras nenion?"

"Mi almenaŭ neniam vidis ŝin plenumi ion pezan. Por tio ŝi dungis servistinon. Sed mi estas serioza. La viroj plu preferas tiajn senkapablajn virinetojn, kiuj tute dependas de ili, same kiel antaŭ tridek jaroj. La moderna virino timigas ilin. Kaj ili ja timu! Ili tute pravas. Baldaŭ ni venos forrabi de ili la privilegiojn!"

Mi denove ridis. Esence ŝi sendube pravis, sed ŝi esprimis tion en ridige pompa maniero. Poste mi reseriozigis.

"Ni jam ricevis la rajton voĉdoni, ĉu ne?" mi diris.

"Ĉu tio vere ŝanĝis ion?"

"Eble ankoraŭ ne."

"Ĝis nun mi voĉdonis nur unufoje, por la radikalaj liberaluloj. Je la aliaj balotadoj mi ĉiam estis eksterlande. Tamen necesas ne nur elekti, sed krome esti elektitaj."

Mi komprenis ŝin sed ne sciis, ĉu konsenti aŭ ne.

"Nu, mi pensas ke mia patrino laboris sufiĉe multe en sia vivo", mi kontestis. "Ĉefe en la hejmo. Kiam mi estis infano ni ja havis servistinon, sed dum la milito kaj poste ne eblis plu dungi ŝin. Fakte mi ne bone komprenas, kiel Patrino sukcesis nutri kaj vesti nin dum la plej malfacila tempo."

"Bone, mi ne konas viajn kondiĉojn, do pardonu min. Fakte mia panjo devenas de forte laborantaj terkulturistoj, kaj junaĝe ŝi estis kudristino, sed post la edziniĝo al la ŝtofbutikisto, tio estas mia patro, ŝi fariĝis vera burĝino. Do, certe mi estas pli dorlotita ol vi, Louise."

"Kredeble", mi konsentis kun rideto.

"Nu, kiam ŝi vizitas la parencojn en la bieno, ŝi fakte rapide refariĝas kamparano kaj eĉ ekparolas pli dialekte."

Mi plu rigardis ŝin sen komenti tion. Plaĉis al mi aŭskulti, kiam ŝi rakontis pri sia familio.

"Ĉiuokaze viaj brakoj estas belegaj", ŝi daŭrigis. "Mi ŝatus vidi ankaŭ la ŝultrojn kaj dorson, kiam vi atakas la ŝtonon. Vi devus ne nur skulpti nudojn, sed skulpti nuda."

Kia ideo! Tio ja estis frenezo, tamen mi ne povis ne ekscitiĝi iomete, imagante tion.

"Kion vi farus, se mi laborus nuda?"

"Unue mi fotografus vin per mia *Leica*."

"Hm. Ĉu viaj danaj ĵurnaloj publikigus tian ilustraĵon kun via artikolo?"

"Mi ne proponus ĝin sed konservus tiun bildon por mi mem."

"Bone. Kaj poste? Kion vi farus post la fotografado?"

Mi sentis ke ŝi rigardas min dum kelka tempo antaŭ ol respondi.

"Tion vi spertus. Nur klopodu imagi."

Kaj tion mi ja faris.

Sur ŝia skribtablo staris ankaŭ telefono, kiun ŝi igis instali. Ĝin ŝi nepre bezonis kaj uzis por kontakti homojn, kiuj eble povus proponi al ŝi verkotemon aŭ doni informojn pri io interesa.

"Johnny sukcesis aranĝi por mi intervjuon kun Karl Kraus", ŝi diris unu tagon en aprilo. "Normale li ne konsentas intervjuojn, kaj certe ne al virino. Sed li admiras la faman parencon de Johnny, kaj pro tio li faris escepton."

"Kiun parencon?"

"Ho, estis filozofo, kiu verkis ion pri la seksoj kaj poste sinmortigis."

Mi pripensis mallonge sed preskaŭ tuj memoris.

"Ĉu Otto Weininger?"

"Trafe! Jen la nomo. Ĉu vi eĉ legis lian verkon?"

Mi pripensis kaj klopodis revoki el la iamo la impreson de tiu libro.

"Duonon de ĝi", mi diris. "Poste mi tediĝis. Estis antaŭlonge, sed laŭ mia memoro ĝi temis pri tio ke viroj estas virtaj, kuraĝaj geniuloj. Virinoj estas voluptamaj, regataj de sia seksorgano kaj de la obsedo reproduktiĝi."

"Ha, ha! Mi eble devus legi tion antaŭ la intervjuo. Sed ĉu vi do ne konsentas?"

"Mi pensas ke la malo estus pli vera, sed esence temas kredeble nur pri lia timo al virinoj."

Willi ridetis kaj rigardis min kun intereso.

"Al mi tio sonas kiel kredinda analizo. Se li ne mortigus sin, li povus iĝi fama paciento de doktoro Freud. Sed mi scivolas, kion la konata severulo Kraus respondus al tio. Laŭ via klarigo la ideoj de tiu filozofo ŝajnas tre malmodernaj, kvazaŭ transvivintaj el la romantismo aŭ eĉ pli frue. Eble lia familio klopodis edzigi lin al fraŭlino, kiu tre deziris edziniĝi kaj patriniĝi, dum li supozeble havis la saman preferon kiel sia nevo aŭ prakuzo aŭ mi-ne-memoras-kio. Sed Johnny almenaŭ ne timas virinojn. Nu, ĉiu-okaze lin ne timigas mi. Pri virinoj pli edziniĝemaj mi fakte ne scias. Li sendube evitas ilin."

Mi jam kelkfoje renkontis ŝian konaton Johnny, alinome Joseph Weininger. Li estis pli ol tridekjara fraŭlo, svelta kaj sufiĉe alta, kun malhele blondaj haroj kombitaj malantaŭen de la frunto kaj kutime kun bonvola rideto sur la maldikaj lipoj. Li ĉiam aperis zorge vestita kaj razita, kaj mi baldaŭ konstatis ke li preskaŭ same babilemas kiel Willi, sed en pli supraĵa maniero, ŝajnis al mi. Plej multe li impresis kiel moda dando. Willi ŝatis moketi kaj provoki lin, kaj li videble aprezis ŝiajn drastajn diraĵojn.

Foje li invitis nin al printempa festo kun moderna amerika muziko prezentata parte per orkestreto, parte per gramofono. Tie ĉeestis viroj kaj virinoj de specoj, kiujn mi malofte renkontis. Kelkaj estis sufiĉe snobaj, aliaj simple malkonvenciaj aŭ eĉ vaga-bonde malzorgataj. Johnny mem estis ĉiam eleganta laŭ altklasa stilo, eĉ en ebria stato. La alkoholo fluis abunde, kaj mi rimarkis ke oni prenis ankaŭ aliajn substancojn. Iumomente Willi retiriĝis ien, kaj kiam mi revidis ŝin, ŝi videble ŝajnis pli intense ĝuanta la festan etoson.

En la sekva mateno ŝi konfesis ke ŝi ensnufis kokainon.

"Ne ŝokiĝu, Louise! Ĉu plia koktelo aŭ iomete da neĝo vere ne tre gravas. Cetere la kokteloj de Johnny estas iom tro dolĉaj por mia gusto. Necesas festi, kiam estas festo, ĉu ne? Da laboro ni havas sufiĉe, kaj ĝi ĉiam restos al ni matene postfeste. Tamen mi ne proponis al vi, ĉar mi ne volas trudi. Simple diru, kiam vi ŝatus provi tion, kaj mi peros la kontakton."

"Ne dankon, Willi. Mi tro timus perdi la memregon."

Ŝi ridis.

"Kara Louise, via memrego estas pli forta ol tiu de la papo. Kaj same neerarpova."

"Cetere, ĉu tiaj aferoj ne estas ege multekostaj?" mi demandis.

"Nu, sufiĉe, sendube. Mi vere ne bone scias. Feliĉe ĉeestis malavaraj sinjoretoj en tiu festo, kaj kun la amikoj de Johnny mi plej ofte ne bezonas timi ke necesos alimaniere pagi."

Ŝi glutis sian matenan kafon kaj stumpigis cigaredon de sia kutima marko *Tabu*, kiu estis la sola afero konsumata kun la kafo je tiu horo.

"Nu", ŝi diris decide. "Jam sufiĉe da kokaino, kafeino kaj nikotino. Nun ek al la laboro. Vi devas helpi min prepariĝi por tiu timinda Kraus. Ĉu vi ĉi tie havas la libron de la seks-filozofa parenco de Johnny?"

"Ne. Fakte mi ŝtellegis ĝin kiel adoleskulino, trovinte ĝin sur la librobreto de mia patro, kiam li estis fore en la milito. Sed, kiel mi jam diris, nur duonon. Mi atendis ion ekscite maldecan, sed mi trovis ĝin plejparte teda teoriaĵo iom insulta. Nu, mi aĝis eble dek sep kaj ne sciis tre multe pri la viroj."

Willi direktis al mi varman rideton.

"Sed nun vi jam scias ĉion, ĉu ne?"

Mi faris grimaceton.

"Certe ne ĉion, sed pli ol sufiĉe. Mi dubas, ĉu iu scias ĉion pri la viroj. Ili estas la granda mistero de la vivo."

Willi rigardis min penseme, klinis sin malantaŭen kaj etendis la manon al sia cigaredujo. Sed ŝi ŝanĝis sian intencon kaj rektigis sin surseĝe.

"Bone", ŝi diris. "Mi supozas ke vi ne volos prezenti min al viaj gepatroj kun la peto prunti al mi tiun fifaman libron. Do mi demandos, ĉu Johnny posedas ĝin. Certe li ja havas ĝin, kvankam li ne multe legas. Eble eĉ kun persona dediĉo de la aŭtoro. Aŭ eble ne. Laŭdire tiu prakuzo ko-to-po tuj sinmortigis verkinte ĝin. Jen ne tre forta rekomendo al lego, ĉu? Sed eble aliaj verkistoj devus konsideri la ekzemplon."

Ŝi plu rigardis min fini mian matenmanĝon el kafo kaj bulkoj. Ĝuste kiam mi glutis la lastan pecon, ŝi ne plu rezistis sed ekbruligis novan cigaredon.

"Louise", ŝi diris sub la fumringoj, kiujn ŝi tre artisme ŝvebigis supren, "diru al mi, kion vi scias pri Karl Kraus. Pro kio li efektive famas?"

Mi pripensis.

"Malfacilas diri. Iel li simple estas natura famulo. Eble plej multe pro siaj dramoj, precipe tiu pri la Mondmilito, kaj pro la ĉiama severa kritiko kontraŭ ĉio en nia lando. Li eldonas la gazeton 'La Torĉo', en kiu li nuntempe mem verkas ĉion. Li aranĝas publikajn prelegojn kaj laŭtlegadon de klasikaj kaj modernaj literaturaĵoj, iufoje eĉ de operetoj, kaj la mondumo de Vieno vicostaras por aŭskulti, kiam li skoldas ilin."

"Stranga prefero, ĉu ne?"

"Nu, ŝajnas al mi ke se ni aŭstroj havas nacian karakteron, ĝi konsistas el la ĝuado, kiam iu vipas nin. Se tiu estas unu el niaj propraj, kompreneble."

"Mi provu tion foje", ŝi diris ridante.

Mi kunridis, kvankam mi ne certis, ĉu ni vere ridas pri la sama afero.

"Ne forgesu ke Sacher-Masoch estis aŭstro", mi aldonis.

"Interese", ŝi diris. "La Sacher-torto kaj la masoĥismo, jen la aŭstra esenco, do."

"Povas esti", mi konsentis ridetante.

Mi iom bedaŭris, ke mi ne povis pli multe helpi ŝin prepariĝi por la tasko. Finfine mi tamen dubis, ĉu tio gravis. Eĉ kun la plej zorga preparo, ŝia intervjuo sendube fiaskus. Kvar tagojn post nia interparolo ŝi revenis de la rendevuo en stranga humoro, samtempe kolera kaj tre gaja.

"Kia viro!" ŝi ekkriis. "Li eĉ ne enlasis min en sian kabineton. Starante en ia vestiblo aŭ koridoro de lia domo ĉe Lothringerstraße, mi devis aŭskulti dudekminutan prelegon pri la fakto ke la gazetaro kaj la ĵurnalistoj estas tombofosistoj de la kulturo. Ni nenion scias, nenion komprenas, regas nek la semantikon nek la ortografion kaj fuŝas eĉ la interpunkcion. Nia laboro konsistas el malklerigado de la popolo. Mi volis konteste atentigi ke li mem ja estas ĵurnalisto, sed li ne permesis al mi malfermi la buŝon. Precipe virinoj devus tuj rezigni ĉiun ambicion verki ion ajn kaj anstataŭe dediĉi sin al sia granda tasko - provu diveni kio! La naskado de filoj, sendube. Fine li montris al mi la pordon eksteren, turnis al mi la dorson kaj malaperigis sin. Vere interesa persono!"

"Mi bedaŭras ke vi vizitis lin vane", mi diris.

"Ĉu vane? Tute ne! Mi verkos brilan artikolon pri ĉi tiu rendevuo. Esti elĵetita de Karl Kraus persone, jen grava honorigo. La artikolo pri tio certe estos pli facile vendebla en Danlando ol enua raporto pri demandoj kaj respondoj. Kaj se diri la veron, mi suspektas ke tiu viro konscias tion. Li impresas kiel aktoro, kiu lerte ludas la rolon de si mem."

"Fakte li ja verkas teatraĵojn. Kaj mi aŭdis ke li junaĝe eĉ provis aktori."

"Tio tute ne surprizas min. Verŝajne li akceptis min nur por havi okazon prezenti tiun teatrecan monologon."

La estraro de la Ĝenerala Hospitalo estis tre kontenta pri mia kapo de infano, kaj nun oni mendis virinon kun infaneto por la renovigata akuŝejo. Tio estis pli granda labortasko, kiu garantios ke mi plu vivtenos min sufiĉe longe. Samtempe mi sentis tre fortan premon. Mi absolute ne rajtos malsukcesi, nek eĉ krei nur mediokran artaĵon. Feliĉe mi ne plu estis sola. Willi senĉese kuraĝigis min kaj forgesigis al mi la pezon de la tasko kaj la riskojn en la laboro. Pri skulptado ŝi vere sciis preskaŭ nenion. Sed ŝi estis tre lerta pri homaj interrilatoj kaj pri la tasko instigi kaj entuziasmigi min al sentima krea laboro.

En lundoj, kiam ne okazis koncertoj, mi ofte vespermanĝis ĉe miaj gepatroj en la apartamento ĉe Taborstraße, kie pasis miaj infanaĝo kaj junaĝo. Evidente mi ne povis eviti de temp' al tempo mencii al ili mian danan konatinon, kaj ili jam kelkfoje petis min inviti ŝin al tia familia manĝo. Mi longe klopodis eviti tion, kvankam Willi ja volonte kunirus por renkonti ilin, sed fine ne plu eblis trovi pretekstojn por bari ŝian ĉeeston.

"Memoru ke vi absolute ne loĝas ĉi tie", mi admonis ŝin antaŭe. "Ili scias ke ekzistas nur unu ĉambro, kie eblas dormi. Ni prefere diru ke vi subluas ĉambron de familio en la ĉestrata domego antaŭ la korto. Tio bone klarigus, kial vi ofte gastas ĉe mi. Kaj mi ŝatus, se vi povus babili iomete malpli ol kutime."

Willi faris geston kvazaŭ sigelante siajn lipojn.

"Kaj ĉu vi pensas ke eblus rezigni viajn cigaredojn? Mia patrino trovas fumantajn virinojn malbonmoraj, aŭ eĉ pli fiaj."

"Se ni restos longe, mi sendube nervoziĝus sentabake. Cigaredo trankviligus min. Ĉu via paĉjo ne fumas manĝinte?"

"Kompreneble. Ĉe viro tio ne ĝenas ŝin."

"Do postmanĝe vi dediĉu vin al via panjo, kaj mi povos ĝui cigaredon babilante kun la paĉjo."

Mi tre timis ke ŝi kondutos tro libere kaj ŝajnos al miaj gepatroj danĝere emancipita. Je mia surprizo kaj ĝojo, okazis male. Ili ambaŭ videble ekŝatis mian amikinon. Ŝi vere estis ege lerta pri kiel konduti al diversaj homoj. Kun Patrino ŝi estis mole ĝentila kaj evitis ĉiajn drastaĵojn en sia konversacio. Kun Patro ŝi montris iom pli liberan flankon, diskutante pri komponistoj kaj muzikverkoj. Ili interkonsentis ke Beethoven estas la granda majstro, "kvankam li naskiĝis en Germanio", kaj ke Mozart kaj la familio Strauss kreis plaĉajn distraĵojn por la popolo. Ŝi eĉ petis lin ludi ion, sed li rifuzis tion, anstataŭe invitante ŝin al koncerto de la Filharmonio.

"Volonte mi verkus ion pri tiu fama orkestro kaj la luksa koncertejo", ŝi flatis lin.

Plue ŝi menciis al li ideon vojaĝi al Budapeŝto por verki pri la famaj ciganaj violonistoj en restoracioj, sed tio ne imponis al mia patro.

"Tia distra muziko ne havas grandan valoron."

"Tamen mi pensas ke ili prezentas ĝin tre virtuoze, ĉu ne?"

"Certe. Ili ja portas tion en la sango."

Mi vidis ke Willi faris malkontentan grimaceton.

"Pardonu min, sinjoro Gerber, sed mi jam aŭdis ĝissate, kion judoj portas en la sango. Do mi ne tre aprezas tiajn prijuĝojn."

Patro tamen ne ofendiĝis pro ŝia kontesto sed nur ridis.

"Eble vi pravas, fraŭlino Singer. Tio estas nur parolturno."

Mia patrino ĉefe interesiĝis pri ŝia familio kaj kompreneble plej multe pri tiu de ŝia patro. Ŝia patrino, la ŝlesviga kamparanino, ne multe valoris en la okuloj de mia patrino. Kutime ŝi ankaŭ ne tre alte taksis la orientajn judojn, "kiuj donas al ni malbonan reputacion per siaj fremdaj galiciaj kutimoj", sed litvanoj el Vilno jam estis io alia, kaj se ili alvenus en Vienon per du-tri-generacia kromvojo tra la dana Kopenhago, ŝi evidente ege pli estimus ilin.

"Sciu, fraŭlino Singer, ke ni ambaŭ, mia edzo kaj mi, devenas el Bohemio", ŝi fiere informis. "Sed ni naskiĝis ĉi tie en Vieno. Oni kelkfoje ŝercas ke ĉiu vera vienano radikas en Bohemio, kaj eble estas iom da vero en tio."

"Nu, bedaŭrinde mi ne scias tre multe pri la familio Singer el Vilno", diris Willi. "Laŭdire mia avo venis kun siaj du fratoj en Kopenhagon iam en la kvindekaj jaroj kaj tie komencis pri etskala komercado. Unu el ili mortis frue, sed la du restantaj iom post iom prosperis kaj fondis sufiĉe sukcesajn butikojn, unue de ŝtofoj, poste de pretaj vestaĵoj, kio verŝajne estis novaĵo meze de la antaŭa jarcento. Kaj miaj patro kaj onklo plu estras po unu el tiuj butikoj en la urbocentro. Ili ne riĉiĝis, sed ni ĉiam vivis sufiĉe bonstate, kaj eĉ en paco post la milito en sesdek kvar, kiam mia unujara panjo fariĝis germanino."

Feliĉe ŝi ne menciis ke krom Prusio, Hanovro kaj kelkaj aliaj germanaj regnoj ankaŭ Aŭstrio partoprenis en la konkerado de Ŝlesvigo kaj Holstinio. Mi sciis tion, ĉar ŝi foje petolis ke ni estus malamikoj, se ni vivus tiuepoke, tio estas en la sesdekaj jaroj. Sed ĉiuokaze mia patrino ne volis fosi en tiu malnova milita historio.

"Vivas pluraj familioj Singer ankaŭ ĉi tie en Vieno", menciis Patrino. "Tamen kredeble ne ekzistas interligo."

"Supozeble ne. Nek kun la stebmaŝinoj, mi pensas."

Normale mi atendus ke Willi laŭte ridus pri sia propra komento, sed ĉi-foje nur milda rideto sidiĝis sur ŝia buŝo, dum mia patrino timide ekridis, komprenante post momento ke temas pri ŝerco. Ŝi eĉ ne mienis malaprobe, kiam Willi baldaŭ poste ekbruligis cigaredon samtempe kun la cigaro de mia patro.

Entute ĉiuj estis tre kontentaj post la vespermanĝo. Ambaŭ miaj gepatroj gratulis min pro mia konatiĝo kun tiel simpatia kaj klera eksterlandanino. Willi trovis ilin ĉarmaj kaj antaŭĝojis pro la oportuno verki raporton pri la Filharmonio kaj la koncertejo *Musikverein*. Kaj mi sentis grandan malpeziĝon reirante hejmen trans la Danuban kanalon en la verda krepusko de la milda printempa vespero, ĉar ĉio pasis sen embarasoj.

Ni kune ĉeestis printempan koncerton de la Filharmonio, kiu prezentis unue la variaciojn de Brahms pri temo de Haydn, kaj poste la kvinan simfonion de Beethoven, la tielnomatan Sorto-simfonion. Post la koncerto Willi invitis mian patron kaj min al la kafejo *Museum*. Mi eksentis piketon de ekscitiĝo, revenante al la loko, kie mi unue ekkonis ŝin, sed estis sufiĉe strange ke nun Patro akompanas nin. Ŝi tamen estis tre bonhumora kaj kondutis sen videbla embaraso.

"Jen belega prezentado", ŝi laŭdis. "Precipe de la simfonio, kompreneble. Verŝajne vi ĝuas ludi tiun faman verkon, ĉu ne?"

"Certe", konfirmis Patro. "Fakte mi preferas la naŭan, sed ĉiuj simfonioj de Beethoven estas elstaraj komponaĵoj. Kaj oni rimarkas ke li mem ŝatis ludi aldviolonon."

"Ĉu vere?"

"Jes. Same kiel Mozart, cetere."

"Interese. Mi ne sciis tion. Sed al mi estis amuza kontrasto inter ĉi tiu simfonio - kiu laŭ mi esprimas sopiron al libereco kaj instigon al ribelo, ĉu ne? - kaj la pompa ore ornamita koncertejo."

"Nu", diris Patro, "Beethoven ja estis iasence ribelulo kaj tre moderna en sia epoko - fakte la unua sendependa komponisto en Vieno. Tamen ankaŭ li devis subiĝi al la kondiĉoj kaj ne povis libere esprimi siajn progresemajn ideojn, krom eble kaŝe, per la muziko. Li estis sub observado de la imperia sekreta polico."

Willi faris mienon de surpriziĝo, elblovis fumoringon direkte supren al la plafono kaj glutis vinon.

"Mi komprenas. Sed al mi malfacilas imagi lin germano."

"Tamen ne pruso sed rejnlandano, kiel Heine. Ankaŭ Goethe venis el la okcidento proksime de Rejno, el Frankfurto. Tiuj regionoj estas la plej progresema parto de Germanio."

"Eble vi pravas, sinjoro Gerber, kvankam mi ne certas ke la hamburganoj konsentus."

"Nu", ridis Patro, "en tiuj nordaj hansaj urboj oni laŭdire zorgas nur pri sia komercado, ĉu ne?"

Pri tio ankaŭ Willi ridis gaje. Mi apenaŭ partoprenis en la interparolo sed tre ĝuis aŭskultante ĝin, kontenta ke miaj amikino kaj patro tiel bone interrilatas. Iel mi trovis tiun kafejon magia loko, kie estiĝas bonaj rilatoj en mia vivo. Mi trinketis el mia vino kaj rigardis ilin alterne.

"Cetere lia patro estis de flandra origino, kiel aŭdeblas de la nomo", aldonis Patro.

"Ĉiuokaze", diris Willi, "la naŭa simfonio de Beethoven iom troas por mia gusto. Laŭ mia memoro ĝi estas duoble tiel longa kaj kvinoble tiel pompa kiel la kvina."

"Nu, jen lia majstreco", respondis Patro. "En lia verkaro ekzistas simfonio por ĉiu gusto. Kaj se vi ne ŝatas pompon, eble la sesa pli plaĉus al vi."

"La sesa? Ĉu la pastorala? Jes, ĝi estas bela. Sed la kvina havas pli da elano."

Mi do plu aŭskultis ilian diskuton kun sekreta ĝojo, ke ili trovis komunan paroltemon, kvankam mi mem ne kapablus distingi la diversajn simfoniojn, krom tiun kvinan, kiun ni ĵus aŭskultis, pro ties frapa ripetata motivo, kaj la finon de la naŭa, dank' al la koruso kantanta la *Odon pri ĝojo* de Schiller. Sed mi miris kaj admiris ke Willi povas memori ilin. Nu, ŝi ja aĝis kelkajn jarojn pli ol mi kaj eble jam ofte vizitadis koncertejojn en Kopenhago kaj diversaj urboj de Germanio.

Semajnon poste ŝi estis invitita ĉeesti provludadon kaj intervjui la ĉefdirigenton von Weingartner pri liaj ideoj kaj pri la historio de la orkestro kaj tiu de la koncertejo.

"Stranga maljunulo", ŝi poste diris pri la ĉefdirigento. "Mi ne sukcesis tre bone kompreni lin. Unuflanke li ŝajnas tre konservativa rigidulo, aliflanke iom malserioza adepto de esoteraĵoj, sed kvazaŭ tio ne sufiĉus, li havas ankaŭ tute modernajn ideojn, kiel la ambicion registri muzikon sur gramofondiskoj. Nu, li evidente estas amanto de Beethoven, kaj pro tio mi emas pardoni al li ĉion."

"Kaj ĉu vi povis uzi vian fotoaparaton?"

"Jes, mi multe fotis en la koncertejo, oritajn gipsaĵojn ĝissate kaj eĉ pli. Espereble la lumo sufiĉis."

Ŝi verkis artikolojn pri la orkestro kaj la konstruaĵo de *Musikverein*, kaj eble ŝi sukcesis vendi ilin, kvankam mi poste ne plu aŭdis pri tio.

Dum someraj vesperoj, enlitiĝinte en la ĉambro super la ateliero, Willi kutimis intervjui min pri mia ĝistiama vivo kaj kelkfoje enŝovi epizodojn el sia propra. Precipe interesis ŝin, kiel mi fariĝis skulptisto, kiel ŝi diris.

"Jam en mia frua adolesko amiko de mia patro donis al mi lecionojn pri pentrado", mi klarigis. "Sed poste la vivkondiĉoj iĝis tro malfacilaj por tia lukso. Baldaŭ post la Mondmilito Patro tamen povis komenci kiel muzikisto ĉe la Ŝtata Operejo. Tiam li eksubtenis mian deziron plu studi arton. En la Arta Lernejo por Virinoj, kiu baldaŭ fariĝos Virina Arta Akademio, mi lernis skulptadon de la profesoro Richard Kauffungen, maljuna sinjoro kun impona barbo."

"Ĉu do tie estis nur virinoj kiel lernantoj?"

"Jes, ĉar en la vera Arta Akademio oni ne akceptis nin. Kaj oni tre zorgis pri la deco. Kiam ni krokizis, la viraj modeloj ne pozis tute nudaj sed surhavis ian kalsoneton."

Willi ridis.

"Kaj la inaj? Ĉu nudaj?"

"Jes, kompreneble. Oni ne povas imagi arton sen nudaj virinoj."

"Bone por vi, ĉu ne?"

Nun estis mia vico ridi, dum ŝi stariĝis, demetis sian noktoĉemizon kaj vere ekpozis por mi, eksponante sian belan sveltan korpon. Mi sentis deziron kreski en mi kaj volis revoki ŝin al la lito, sed antaŭ ol mi havis tempon diri ion, ŝi streĉis sin supren kaj malfermis la tegmentan fenestron je fendo.

"Estas tro varme ĉi tie", ŝi diris. "Ni bezonas aeron."

Freŝa vespera aero ja enfluis suben de la fenestro, kaj kun ĝi ankaŭ sonoj de akra kverelo inter geedza paro en la transkorta loĝdomego. La sakroj kaj insultoj eĥiĝis inter la muroj, kaj baldaŭ enmiksiĝis la raŭka voĉo de alia najbaro, kiu krie ordonis al ili silenti por ebligi al honestaj loĝantoj dormi antaŭ peza labortago.

"Ni estas feliĉaj, kiuj evitas tian geedzan inferon, ĉu ne?" diris Willi. "Sed diru, kiel vi do konatiĝis kun la korpoj de viroj senkalsonaj?"

Eble ŝi nur mokis min; tamen mi plu rakontis.

"En la lernejo ni mem sekrete aranĝis pozadon de nudulo, ĉar unu el la studentinoj jam estis edzino, kaj ŝi persvadis sian edzon modeli. Ni ja devis lerni ĉion, ĉu ne?"

"Certe. Kredu-nekredu, kvankam mi ne scias tiri eĉ unu linion, mi partoprenis en tia leciono en Kopenhago, tamen ne por desegni sed por pozi kaj verki artikolon pri la arto-studentoj."

Mi rigardis ŝin konsternite.

"Kio!? Ĉu vi mem pozis? Tamen ja ne nuda, ĉu?"

"Kompreneble nuda. Estis krokiza leciono. Sed tie oni lernis en miksita klaso."

Ŝi plu staris nuda sub la malfermita tegmenta fenestro, kaj mi kredis vidi la haretojn de ŝiaj brakoj kaj kruroj stariĝi en la malvarmeta aerfluo. Ŝi rigardis min kun spita rideto, kiu starigis ankaŭ miajn haretojn.

"Vi estas vere konsterna persono, Willi. Ĉu vi nudigis vin antaŭ tiuj studentoj de ambaŭ seksoj por verki artikolon pri ili?"

"Tio estis bona maniero proksimiĝi al ili kaj rompi la glacion."

"Ĉu vi ne hontis?"

Ŝi turnis sin tute al mi, etendante la brakojn ambaŭflanken.

"Pri kio mi hontu, laŭ vi? Fakte, dum la pozado mi havis la impreson ke ili rigardas min kiel ian mutan naturon, eble kombinaĵon de florvazo kaj du pomoj, kiujn ili devas desegni. Poste, kiam mi intervjuis ilin plene vestita, mi rimarkis ke la junaj viroj embarasiĝis, sendube ĉar ili memoris, kion kaŝas mia vesto. Sed tio ne estis malavantaĝo."

Mi cerbumis pri ŝia rakonto.

"Via lando kredeble estas pli moderna ol la mia."

"Eble tiurilate. Alie mi dubas. La redaktoro de la ĵurnalo forigis mian mencion de tiu pozado. Li ne kuraĝis riski ke la legantoj ŝokiĝos, li diris."

Ŝi repaŝis al la lito kaj sidiĝis litorande.

"Sed kiel vi praktike eklaboris, Louise?"

Per ioma fortostreĉo mi revenis enpense al mia junaĝo, kiu ŝajnis al mi tre fora, kvankam temis pri tempo antaŭ kvin jaroj pli-malpli.

"Nu, fakte mi baldaŭ povis dediĉi min tute al la arto, komence dank' al financa subteno de la gepatroj, sed iom post iom pli sendepende. Kaj dum Patrino ĉiam klopodis trovi bonan judan junulon, kiu eble povus kontentiĝi pri edzino nebela, Patro fieris pri mia kreado kaj ĉiam kuraĝigis min. Eble li suspektis ke neniu junulo svatos sin al mi, aŭ ke mi neniam akceptus svatiĝanton. Verŝajne ambaŭ supozoj estis veraj. Mi neniam revis pri junuloj, kaj ne ekzistas junulo, kiu revus pri mia plumpa korpo."

Dum mi parolis, ŝi reenlitiĝis sen la noktoĉemizo kaj nun brakumis min.

"Stultaĵo! Vi estas bela virino, Louise. Finfine agnosku tion!"

Mi ridetis pri ŝia provo flati, kiu ne tre konvinkis min, kvankam mi ja aprezis la intencon.

"Mia unua vera sukceso sur la kampo de skulptado sendube estis anĝelo por la tombo de juna knabino, filino de riĉa fabrik-posedanto, kiu mortis dekkvinjara pro ftizo. Poste mi faris ankaŭ portretajn bustojn de kelkaj anoj de la Viena etburĝaro, por kiuj la prezo estis pli grava ol la famo kaj sekso de la skulptisto."

"Ĉu tiam vi jam disponis ĉi tiun atelieron?"

"Komence mi laboris gaste ĉe unu instruistino de la lernejo, kiu helpis kaj inicis min diversmaniere. Poste mortis mia avo, kaj Patro proponis uzi la heredaĵon por aĉeti ĉi tiun iaman stalon, ĉar la gepatroj ne plu tro urĝe bezonis la monon, kaj pro la inflacio necesis rapide investi ĝin en nemoveblaĵo. Sen tiu aĉeto, mia kariero estus ege pli malfacila."

Parolante, mi mane karesis ŝian haŭton, kaj nun mi montris per kiso ke mi jam finparolis. Sed ŝi kaptis mian manon, tenis ĝin senmova sur ŝia dekstra mamo kaj mem ekparolis.

"Por mi la komenco estis pli facila. Mi bezonis nur plumon kaj inkujon."

"Ĉu en la redaktejo ne ekzistis skribmaŝinoj?"

"Certe, sed nur por la viraj ĵurnalistoj. Ja ne eblis postuli ke ili manskribu legeble, do ili rajtis tajpi. Komence mi tamen nenion perlaboris. Mi estis akceptita kiel tielnomata volontulo en redakcio de kopenhaga ĵurnalo, kio signifis tondi pecojn el aliaj ĵurnaloj kaj reverki aŭ traduki ilin, senpage do, por edukiĝi en la profesio. Sed mi mem trovis interesajn temojn, pri kiuj verki, kaj kiam mi proprainiciate finis tiun sklavecan dungiĝon, mi povis vendi artikolojn kaj pli-malpli vivteni min per propra laboro. Tio estis dum la Mondmilito, do eblis vojaĝi nur en Skandinavio, kiu restis ekster la milito. Mi raportis interalie pri skikonkurso en Kristianio kaj tumulto de malsatantoj en Gotenburgo. Fakte mia unua laboro en alia eksterlando estis en la hejmregiono de Panjo, antaŭ la plebiscito de 1920, kiam la loĝantoj devis elekti, ĉu plu aparteni al Germanio aŭ reveni en Danlandon. Jen la unua okazo, kiam Panjo laŭdis mian laboron, leginte la artikolojn, ĉar en la kamparo de ŝia insulo preskaŭ ĉiuj preferis Danlandon, dum en la urbo Sønderborg la loĝantaro estis pli dividita."

"Mi supozas ke ankaŭ al ŝi pli gravis trovi bofilon, ĉu ne?" mi diris.

Willi grimacis kaj gestis sub la litkovrilo, kvazaŭ forpuŝante tiun ideon.

"Tion ŝi kredeble jam frue rezignis, sed ŝi preferus ke mi restu hejme, kiel deca fraŭla filino helpanta pri la mastrumado. Ŝi devus kompreni ke se mi provus tion, mi frenezigus ŝin kaj min mem kaj eble forpelus Paĉjon en trinkejojn. Do ŝi devus danki min, ke mi savis la familiajn pacon kaj sanon, kiam mi forlasis la hejmon en 1922 por ekiri al Hamburgo."

"Kaj via patro?" mi scivolis. "Ĉu li subtenis vin?"

Ŝi ridetis sed samtempe leĝere elsnufis.

"Paĉjo nenion malpermesis al mi, sed li ne vere enmiksiĝas en la aferojn de la familianoj. Tion li lasas al Panjo. Supozeble vere gravas al li nur la ŝtofoj de lia butiko."

Per tio ni ambaŭ ĉesis paroli. Ankaŭ trans la korto la kverelantaj geedzoj jam rezignis aŭ eble repaciĝis. La somera nokto estis plene nia kaj akompanis nin per la ĉiam ĉeestanta fona brueto, kiu estis la paca spirado de la urbego.

Dum la paso de la aŭtuno ni havis trankvilan kaj tre bonan tempon, laŭ mia opinio. Mi finis la skulptaĵon por la akuŝejo kaj rikoltis laŭdojn. Laŭ Willi mi devus prezenti la momenton, kiam la infaneto eliĝas el la patrina sino kaj unuafoje renkontas la taglumon. Mi ridis pri tiu ideo.

"Vi estas freneza! Se mi skulptus tion, mia artista kariero riskus esti finita kaj oni eble frakasus la skulptaĵon. Ion tiel maldecan oni apenaŭ tolerus eĉ de vira artisto."

"Kial do maldecan? Tiel ja ĉiu homo komencas sian vivon. Ĉu ni hontu pri tio? Temas pri la idiota moro ke ni devas kaŝi niajn generajn partojn, dum la viroj povas eksponi la siajn libere. Rigardu la antikvajn statuojn! La nudaj virinoj aperas kun nenio, efektive eĉ ne fendeto. Dume la viroj montras ĉion."

"Eble ili montras ĉion, sed ilia ĉio ne tre imponas", mi deklaris.

Per tiu prijuĝo mi gaje ridigis ŝin.

"Ha ha! Trafe! Cetere, mi iam aŭdis kelkajn studentojn pri arto en mia lando mencii onidiron pri pentraĵo de la franca artisto Courbet. Ŝajne neniu vidis ĝin sed ĉiuj iel konas ĝian famon, kaj laŭ la onidiro ĝi nun troviĝas ĉe privatulo en Budapeŝto."

"Do kion ĝi prezentas? Ĉu akuŝon?"

"Ne, nur la nudan trunkon kaj subventron de virino, pentritan de sube, tamen sen kapo, brakoj kaj kruroj, se mi bone komprenis ilian priskribon."

Mi ridetis.

"Do virino perfekta el la vira vidpunkto, ĉu ne? Sed Willi, certe iuj el tiuj arto-studentoj jam kreis similan bildon; tamen ili montras ĝin nur inter si. Ial la virojn regas samtempe terura obsedo kaj granda timo al niaj generaj partoj. Jen unu el la misteroj de la vira sekso."

Ŝi rigardis min penseme kaj poste kapjesis.

"Vi pravas, Louise. La loko, el kiu ili naskiĝis kaj en kiun ili ĉiam strebas reveni, devas nepre esti kaŝita kaj prihontata. Jen vera paradokso."

Kompreneble tiu malpermeso montri la nenomeblan parton validis ankaŭ por mi, do mia marmora akuŝantino devis resti same diskreta pri sia intima anatomio kiel ĉiuj skulptaĵoj de virinoj, ekde Venuso el Milo ĝis nia epoko kun origitaj nudoj de Klimt kaj aliaj. Nur pratempe la homoj havis alian preferon, kiel videblis de la figuro trovita en Willendorf tuj sude de Vieno, nun prezentata en la urba Naturhistoria muzeo. Mi decidis iam venigi kun mi Willi-n tien por admiri ĝin. Kompare kun tiu, mi mem estis svelta silfino kun virgulinaj mametoj. Nu, laŭ la ordinara difino de la vorto mi sendube ĉiam restos virga, kvankam mi certe ne konsideris min tia.

Je aliaj okazoj Willi evidente enuis en la ateliero, ĉar ŝi ne trovis sufiĉe defiajn labortaskojn. Tamen ŝi raportis al siaj gazetoj pri multaj aferoj kaj faris mallongajn laborvojaĝojn al Salcburgo, Budapeŝto kaj Prago por verki pri Mozart, cigana muziko kaj la dana astronomo Tycho Brahe. Mi ŝatus, se ŝi foje petus min akompani ŝin en iu el tiuj vojaĝoj, sed evidente ŝi ne volis miksi laboron kun plezuro. Aŭ ĉu ŝi havis alian motivon?

Ni tamen ja faris unu vojaĝon kune, denove per la aŭtomobilo de Johnny. En bela tago de oktobro ni ekveturis orienten al Pressburg, aŭ Bratislava, kiel oni nun nomis tiun urbon en la sendependa Ĉeĥoslovakio. Kvankam tute proksima al Vieno, ĝi estis preskaŭ nekonata al mi kaj eble ĝenerale neglektata de la vienanoj. Mi sciis nur ke ĝi estis hungara ĉefurbo dum ducent kvindek jaroj, post kiam Buda estis konkerita de la turkoj en la deksesa jarcento.

Ni senprobleme ricevis kunan ĉambron en sufiĉe bona hotelo urbocentre.

"Ĉu vi tamen ne pensas ke estus pli sekure preni du ĉambrojn?" mi nervoze demandis, rigardante la du litojn starantajn unu apud la alia.

"Rilaksiĝu! Se la pordisto ne protestas, ne estas problemo. Li eble supozas nin fratinoj."

"Neeble! Ni ja devis lasi niajn pasportojn."

"Ne timu! Ĉi tio estas kampara urbeto. Oni sendube kutimas je eĉ pli miksitaj kompanioj, kiuj dividas ĉambron."

Nu, kampara urbeto ja estis troigo, sed kompare kun Vieno ĉi tiu urbo efektive ŝajnis provinca kaj preskaŭ forgesita angulo de Eŭropo, kvankam la sama Danubo preterfluis ĝin survoje de Vieno al Budapeŝto. Supozeble Willi tie trovis nenion, pri kio verki. Ni pasigis la vesperon en sufiĉe bona restoracio, kaj la sekvan tagon promenante tra la eta urbocentro kun preĝejoj kaj malnova urbodomo, kaj plu supren dum peza spirado al la kastelruino sur monteto kun bela panoramo al la rivero. Jen plimalpli ĉio, kion ni vidis en la najbara urbo, antaŭ ol denove reveturi okcidenten per la verda fraŭlino *Frazer Nash*. Kaj eble tiu veturado kaj la stirado de Willi estis la ĉefa afero de ĉi tiu kuna ekskurso. Ŝi videble tre ĝuis ĝin, kaj ankaŭ mi ĝuis, vidante ŝin ĝui.

Iom post nia ekskurso orienten Willi faris vojaĝon en la mala direkto por fari intervjuon menditan de unu el ŝiaj ĵurnaloj. La persono intervjuata estis fama dana verkisto, kies nomon mi tamen neniam antaŭe aŭdis: Martin Andersen Nexø.

"Li verkis du romanegojn po pluraj volumoj pri la vivhistorio de homoj el la plej malriĉa laborista klaso, kaj li politike aktivas por la Komunista partio. La ĵurnalo *Politiken* scivolas, kion li verkas nun. Ni vidu, ĉu mi sukcesos ekscii ion."

La verkisto jam de kelkaj jaroj loĝis ĉe Bodenlago en la plej suda Germanio, kio klarigis, kial oni taskis al Willi intervjui lin. Ŝi ekiris per la aŭtomobilo de Johnny kaj forestis dum tri tagoj. Revenante, ŝi estis je kurioza humoro.

"Jen denove stranga sperto", ŝi diris. "Pri lia nuna aŭ venonta verkado mi eksciis nur ke li okupiĝas pri nova projekto de socia realismo, lokita al la dana kamparo dum la Mondmilito. Sed pri la benaĵoj de soveta potenco li pretis klarigi eĉ pli ol mi deziris. Li tamen tre ŝatis, kiam mi veturigis lin aŭte de Allensbach ĉe Konstanz, kie li loĝas, per pramo trans la lagon kaj plu laŭlonge de la lagobordo; ju pli rapide, des pli li ĝuis. Dume li distris min per senĉesa predikado, dirante ke la literaturo estas nur unu el la esprimrimedoj de la politiko, kaj ke li tute ne havas stilon sed verkas nur tiel, kiel la aferoj statas, kaj plu similmaniere. Mi ne povis noti dum la stirado sed devis konservi ĉion enkape ĝis poste laŭ mia plej bona kapablo. Do la ĵurnalo sendube tre kontentos pri mia raporto, almenaŭ se mi ne tro detalumos pri la sovetoj."

En decembro, tuj antaŭ Kristnasko, okazis en Vieno stranga evento, pri kiu Willi decidis verki artikolon. Temis pri la unua kongreso de internacia movado kun la nomo Paneŭropa Unio, kies celo estis anstataŭigi la multajn eŭropajn ŝtatojn - krom Britio kaj Sovetunio - per unu tia unio. Ŝi efektive ĉeestis publikan kunsidon kaj poste sukcesis eĉ intervjui la ĉefan fondinton de la movado, la grafon Richard von Coudenhove-Kalergi.

"Jen sufiĉe interesa persono", ŝi poste klarigis al mi. "Fakte li mem enkorpigas eĉ tutmondan unuiĝon. Lia patro estis aŭstra-hungara diplomato kun kastelo en Bohemio, sed de familio kun radikoj en multaj landoj. Lia patrino estas japanino, kaj li mem naskiĝis kaj loĝis infanaĝe en Japanio. Tamen mi ne kapablas prijuĝi, kiel realismaj estas liaj ideoj. Li ŝajnis al mi sufiĉe aristokrate elitisma. Eble li efektive revas pri renaskiĝo de la Habsburga imperio, kvankam vastigita al la tuta Eŭropo."

"Ĉu li do estas ia historia reakciulo?" mi demandis.

"Tute ne, aŭ almenaŭ ne tute. Li parolis favore pri la social-demokratoj, kaj li mem estas pacifisto, framasono kaj akra kritik-anto de faŝismo kaj antisemitismo. Li diris ke Eŭropa Unio es-tus bona precipe por la judoj, ĉar ĝi forigus la rasmalamon kaj ŝovinismon. Li mem tamen ne estas juda, sed lia edzino jes.

Evidente li ĝuas iom da prestiĝo inter kelkaj potenculoj. Ĉeestis la viena ambasadoro de Francio, kaj la franca socialisto Léon Blum sendis salutmesaĝon, same kiel mia samlandano, la maljuna beletristo Georg Brandes. Tamen mi demandas min, kiel li kaj liaj samideanoj sukcesos konvinki pli ol etan nombron da idealistoj por sia plano."

"Kiel li imagas ke la diversnaciaj eŭropanoj povos kunlabori pace, kiam eĉ en unu sama lando ili ne ĉiam faras tion?"

"Mi ne scias. Sed en sia libro *Paneŭropo* li antaŭdiris ke la tuta mondo evoluos en nur kvin regnojn: Ameriko sub usona gvidado, La Brita imperio, Eŭropa Unio, Sovetunio kaj Orienta Azio sub japana gvidado. La cetera mondo sendube restos kolonioj."

Mi klopodis kompreni, kion ŝi rakontis.

"Ĉu tio ne signifus nur ke sekvus nova terura mondmilito inter tiuj kvin grandpotencoj?"

"Nu, pri tio mi ne demandis", diris Willi. "Verŝajne li elpensis ian solvon ankaŭ por eviti tion. Aŭ eble li fidas ke la Ligo de Nacioj garantios la mondpacon same kiel ĝi faras nun, eĉ se ĝi fariĝos ligo de nur kvin nacioj."

1927
Gesinjoroj kun subluanto

Tiu vintro estis sufiĉe pluva sed ne tre malvarma; ni neniam spertis severan froston dum pluraj sinsekvaj tagoj. Tamen la ateliero ofte estis iom malagrabla loko pro la ekstera pluvo kaj malvarma blovado. En la dormoĉambro mi algluis paperbendojn sur la fendoj ĉirkaŭ la tegmenta fenestro por eviti trablovon kaj gutadon de pluvakvo, sed tio apenaŭ plialtigis la temperaturon. Willi kelkfoje minacis reiri al la pensiono, kiu sendube estis bone hejtata.

"Ne foriru, mi petas", mi diris al ŝi. "Sen vi mi ne facile konservus la varmon ĉi tie."

"Mi tamen ja ne estas kameno por centra hejtado", ŝi grumblis.

Ial ŝi ankoraŭ prokrastis la foriron, kaj fine alproksimiĝis la printempo kun pli homa temperaturo. Sed tiam ŝi alportis konsternan novaĵon, kiu unue ŝokis min kaj poste ŝanĝis mian situacion dum longa tempo. Fakte, pli-malpli ĉio en mia plua vivo sekvis rekte aŭ nerekte de tiu ŝanĝo.

Jam delonge mi aŭdis malmulte pri Johnny, la viena amiko de Willi. De temp' al tempo ŝi ja parolis kun li telefone kaj renkontis lin en kafejo aŭ en lia hejmo, ankaŭ okaze de festo kun liaj aliaj konatoj. Sed post la unua tia okazo mi ne plu akompanis ŝin al tiuj kunestadoj, kaj ŝi preskaŭ nenion diris pri ili. Mi sciis ke ilia rilato estas pure amika, kaj ke estus ridinde senti ĵaluzon. Sed en la fino de marto ŝi rakontis pri li sufiĉe gravan informon.

"Johnny havos okazon aĉeti domon en Nussdorf", ŝi diris. "Sed por tio li bezonos uzi parton de sia onta heredaĵo, kaj lia patrino, la vidvino Adelheid Weininger, naskita Engel, permesos tion nur se li edziĝos. Ŝi ne estas kontenta pri lia nuna vivstilo, kvankam ŝi feliĉe ne konas ĉiujn detalojn, aŭ almenaŭ ne volas koni ilin. Do li subite eksentis bezonon de fianĉino, kio verŝajne neniam antaŭe okazis al li."

"Mi komprenas. Sed supozeble li ne povos ŝanĝi sian naturon nur ĉar li volas aĉeti domon, ĉu?"

Ni sidis ĉetable en la ateliero, manĝante improvizitan vespermanĝon el fritita terpomoj kaj ovoj. Mi ne komprenis, kiel la ama vivo de Johnny tuŝas min.

"Temas tute ne pri tio. Sed krom la domo, edzino estus ankaŭ bona protekto kontraŭ malicaj onidiroj. Do, vi certe komprenas, ĉu ne?"

"Kion?"

"Li demandis min."

Mi gapis al ŝi nekomprene. Mi jam pli-malpli alkutimiĝis al ŝia drasta ŝercemo, sed ĉi tio estis neniel amuza, nur absurda.

"Willi, vi ne povas esti serioza", mi diris kun glacibloko en la brusto.

Ŝi ekridis.

"Ne mienu kiel ĉasata kuniklo, Louise. Jes, mi ja estas serioza. Ankaŭ por vi kaj mi tio estus utila protekto kontraŭ misfamigo. Pensu pri viaj panjo kaj paĉjo, ekzemple. Imagu ke ili venus ĉi tien je neanoncita momento."

Ŝi enbuŝigis plian pecon da terpomo kaj verŝis bieron al ni ambaŭ. Mi ne sciis, kion pensi. Ĉu ŝi volas edziniĝi por trankviligi miajn gepatrojn? Mi sentis kapturnon kaj demetis la forkon apud mian teleron, ne povante plu manĝi ion.

"Do, vi komprenas, ĉu ne?" ŝi daŭrigis, glutinte la terpompecon. "Estos formalaĵo por la ŝajno, evidente. Ni oficiale ekloĝos en la domo kiel geedzoj, kaj post kelka tempo vi subluos ĉambron tie. La venontan vintron ni ne plu tiel diable frostos dum la noktoj. Kaj Johnny povos senĝene akcepti vizitojn de siaj amantoj. Tio ja ne embarasos nin, ĉu? Estos bonega aranĝo por ni ĉiuj. Kaj certe estos avantaĝo por mia laboro, kiam mi povos prezenti min kiel sinjorino Wilhelmine Weininger."

Mi estis ŝokita kaj konsternita. Se mi ne jam sidus ĉetable, mi sendube devus tuj sidiĝi por ne riski sveni pro la kapturno. La tuta afero ŝajnis al mi granda blago. Sur mia telero plu restis manĝaĵoj, sed mi jam tute perdis la apetiton.

"Mi ne povas forlasi la atelieron", mi diris tute konfuzite.

Kompreneble mi pensis ne pri ĝi sed pri Willi; tamen estis por mi pli facile paroli pri mia ateliero, ol eldiri ke mi timas perdi ŝin.

"Certe vi konservos ĝin. Sed la malvarmegan kaj malkomfortan ĉambron ĉi-supre vi povos adiaŭi. Vi facile iros trame inter Nussdorf kaj Alsergrund por plu labori ĉi tie. Estos multe pli bone."

Mi kaptis mian glason da biero kaj malplenigis ĝin per unu longa tiro por retrankviliĝi kaj se eble pensi klare.

"Sed mi ne perlaboras sufiĉe por lui apartan loĝejon krom la ateliero."

Fakte, la atelieron mi posedis dank' al mono heredita de mia avo, sed necesis ja pagi akvon, gason kaj elektron, kaj eble iam ankaŭ riparojn de la konstruaĵo, aŭ almenaŭ de la likanta tegmenta fenestro.

"Ne zorgu. Ni certe interkonsentos. Kiam Johnny posedos la domon kaj mi estos lia laŭleĝa edzino, ni solvos tion. Apenaŭ estos kroma kosto, kiam ankaŭ vi eklogos tie."

Mi rigardis ŝin, daŭre ne komprenante, kiel ŝi povas preni ĉi tiun frenezaĵon kiel ion simplan kaj naturan. Kaj kiel eblis tio ke ŝia voĉo sonas tute stabila kaj senhezita?

"Willi, ĉu vi estas serioza? Ĉu vi vere volas edziniĝi?"

Mi klopodis emfazi ĉiun vorton, por ke ŝi komprenu ke ĉi tio ne estas amuza ludo. Ŝi rigardis min ridetante, poste ŝi subite ekstaris kaj brakumis min de malantaŭe.

"Louise, amata", ŝi flustris al mia nuko. "Tio estos nur formala ŝajnigo. Fidu min, mi petas. Ni ĉiuj profitos el tio."

Dum aprilo Willi daŭre kampanjis por persvadi min akcepti ŝian proponon pri transloĝiĝo, kaj ŝia propra decido restis firma. En tiu tempo okazis ankaŭ en nia socio kampanjoj por konvinki la aŭstran popolon pri diversaj ideoj. Temis pri la elekto de federacia parlamento. La socialdemokratoj akre kritikis la konservativan registaron kaj precipe ties nekapablon malpliigi la senlaborecon. Ĉe la dekstra flanko la Kristan-Socia partio unuiĝis kun la partioj German-Naciisma kaj Nazia, kaj ili grandparte uzis antisemitan kaj ksenofobian propagandon por gajni voĉojn. Pro ĉiaj sociaj problemoj, precipe la senlaboreco kaj manko de loĝejoj, oni kulpigis la judojn, precipe tiujn, kiuj je la militofino enmigris el orientaj partoj de la iama Aŭstrio-Hungario, kaj ankaŭ aliajn enmigrintojn el tiuj sudaj kaj orientaj landoj, kiuj secesiis per la disfalo de la imperio. En la elekto tiu strategio montriĝis sukcesa, ĉar la koalicia dekstra listo akiris propran plimulton en la federacia parlamento kaj povos plu regi la respublikon, dum la socialdemokratoj plu regos la ĉefurbon Vieno.

Tiu elekto tamen ne tre interesis mian amikinon, kiu estis okupata de siaj privataj aferoj. En la fino de aprilo Johnny aĉetis por ŝi fianĉinan ringon kaj ili iris inspekti la domon. Revenante ŝi estis tre entuziasma, kaj post semajno ŝi veturigis min al la strato Nussberggasse per la "verda diablino" por ke ni admiru la eksteran aspekton de ŝia venonta hejmo. Ĝi estis sufiĉe granda domo en iomete 'patruja stilo' el la okdekaj jaroj kun fasado parte brika, parte stukita en pale okra koloro sub tegola tegmento sufiĉe kruta. Super la ĉefpordo aperis ĝia nomo en kartuŝo: *Vilao Elise*. Malantaŭ ĝi videblis ĝardeno iom ĝangala.

"Ĝi aspektas tre granda", mi diris el mia loko maldekstre de Willi.

"Vi pravas. La interno estas vasta kun deko da ĉambroj, se kalkuli ankaŭ la etajn. Estos sufiĉe da spaco por loĝado, por mia laboro kaj por tranoktantaj gastoj. Kaj ĝi havas ĉiajn modernaĵojn, eĉ bankuvon. Vi tre ŝatos, mi ĵuras!"

Mi ankoraŭ ne jesis al ŝia aŭdaca aranĝo, sed mi devis koncedi ke la ekstero de la domo ja imponas. Tamen mi plu havis fortan senton ke la plano estas iluzio, kiu pli-malpli baldaŭ krevos kaj montriĝos nura fantazio. Willi tamen ne atentis mian singardemon sed daŭrigis pri siaj preparoj, kaj evidente ankaŭ ŝia subita fianĉo jam firme decidis realigi la planon.

"La patrino de Johnny kompreneble volis ke ni geedziĝu en preĝejo, prefere en la katedralo de Sankta Stefano, sed tio ja ne eblas."

"Kial ne?"

"Pro evidentaj kialoj. Li estas katoliko, kiel sia patrino, kvankam la patro origine estis juda. Mi estas senkonfesia sed baptita, kun juda patro kaj luterana patrino. Plena mikspoto, ĉu ne? Do temos pri tielnomata civila geedziĝo pro konfesia obstaklo."

Mi ne komprenis, kiel ŝi povis trakti la aferon kiel amuzan ŝercon.

"Kion vi diros, kiam oni ordonos al vi ĉiam obei vian edzon? Kaj kiam oni diros ke la geedzeco estas kreita por generi idojn?"

"Kara Louise, mi neniam antaŭe edziniĝis, sed laŭ mia kompreno, la sola vorto, kiun mi devos elparoli, estos 'jes'. Do mi diros ĝin. Kion kroman babilos la geedziga funkciulo, pri tio mi sincere fajfos."

Do, en la mezo de majo okazis tre rapida geedziĝa ceremonio en la Nova Urbodomo ĉe la parada Ringstraße. Mi partoprenis kiel atestanto, same kiel du amikoj de Johnny kaj lia patrino. Jen la tuta aro ĉeestanta dum tiu diskreta aranĝo. La vidvino, kiun mi vidis unuafoje, mienis sufiĉe ambigue per dolĉacida rideto. Sendube ŝi estis kontenta kaj surprizita pro la subita emo de la filo fariĝi honesta edzo. Sed la hasto, la strangeta fianĉino de nekonata eksterlanda familio kaj la absoluta manko de ĉia pompo certe konsternis ŝin. Se ŝi ne intue konus la preferon de sia filo, ŝi eble suspektus ke nepo jam estas survoje, kaj ke tial la afero ege urĝas, sed la svelta figuro de la fianĉino tute ne konfirmis tian supozon. Kaj la novaj geedzoj eĉ ne interŝanĝis kison post la surmeto de ringoj. Vere la bopatrino de Willi ne povis esti tute trankviligita.

Kiam ni eliris kaj renkontis la delikatan verdon de platanoj en la Urbodoma parko, ankaŭ mi eksentis min ne tre bone. Willi antaŭe klarigis ke "pro la teatraĵo" ŝi devos akompani sian edzon al la domo ĵus aĉetita kaj ankoraŭ tre avare meblita, kie ŝi pasigos sian nuptonokton. Ŝi faris grimaceton kaj okulumis, dirante tion, sed tiu mieno tute ne trankviligis min. Mi antaŭtimis ke devas esti ia hoko en la ezoko. Ĉu ĉi tiu formala ŝajngeedziĝo vere restos nur ŝajno?

Laŭ la plano, al kiu mi ankoraŭ ne definitive konsentis, mi ekluos ĉambron en la domo de la geedzoj, tamen ne tuj, sed ekde la komenco de junio. Do mi subite trovis min denove sola kaj celibata en la subtegmenta ĉambro super la ateliero. Tiu unua nokto iĝis sendorma koŝmaro. Mi eĉ ne povis konfesi al mi mem la fantaziajn scenojn, kiuj altrudis sin en mia delira menso. Frumatene je la kvina horo mi finfine rezignis ĉiujn klopodojn endormiĝi, do mi ellitiĝis kaj subeniris por labori pri miaj skulptaĵoj, sed ankaŭ tio montriĝis vana. Por la momento mi ne havis mendojn sed povis okupiĝi nur pri propriainiciataj verkoj. Tamen mi simple ne sukcesis inspiriĝi, nek koncentriĝi pri io ajn.

Je la deka kaj duono sonoris la telefono de Willi plu restanta en mia ateliero. Tre hezite mi respondis per raŭka voĉo, kiu preskaŭ fiksiĝis en mia gorĝo.

"Bonan matenon!" mi aŭdis sopranan saluton en la aŭskultilo. "Jen sinjorino Wilhelmine Weininger. Ĉu mi parolas kun fraŭlino Louise Gerber?"

Sonis la tiel konata kora kaj laŭta ridado.

Mi ne sciis, kion diri. Mi simple mutis.

"Louise! Luizeta!" ŝi daŭrigis kun petega voĉo. "Ne koleru al mi. Ĉu mi povas tuj veni viziti vin? Ne rifuzu, mi petas! Mi volas esti kun vi."

"Bone", mi sukcesis flustri. "Vi povas veni."

"Do mi tuj ekiros. Mi tramos, ĉar Johnny jam foriris aŭte por renkonti iun. Atendu min post duonhoro."

Kiam ŝi alvenis en la atelieron post iom pli ol horo, ŝi estis pli tenera ol iam ajn antaŭe. Mi observis ŝin por eble vidi ian ŝanĝiĝon, sed ŝi restis entute sia kutima memo, se ne eĉ pli ol kutime.

"Ne ĵaluzu, fraŭlino Gerber", ŝi kaĵolis min. "Nenio fakte ŝanĝiĝis. Mi estas la sama persono kiel antaŭ dudek kvar horoj, eĉ la sama kiel je nia renkontiĝo en la Secesia konstruaĵo, nur jaron kaj duonon pli aĝa. Kaj jarcenton pli saĝa."

Kiel kutime ŝi ridis laŭte pri sia propra ŝerco.

Mi ne tre aprezis ŝian fraŭlinadon kaj volis iel rebati.

"Nu, ne ĉiam per aĝo mezuriĝas la saĝo. Sed ĉu ekde nun vi ĉiam aperos sub via sinjorina nomo, eĉ verkante?"

"Tute ne. Nek sub la fraŭlina. Ĉion mi aperigas pseŭdonime."

"Ho, tion mi ne sciis. Kiu do estas via pseŭdonimo?"

"Bubo."

"Ĉu 'Bubo'? Vi sendube ŝercas!"

"Tute ne. Nu, mi iam uzis aliajn, sed delonge 'Bubo' estas tiu, kiu fiksiĝis kaj restis."

"Strange. Vi ĉiam pledas por la rajtoj de virinoj, do kial aperi kiel miskonduta knabo?"

"Mi ne volas ke la legantoj juĝu miajn artikolojn laŭ mia sekso."

Mi pripensis tion dum kelka tempo. Fakte mi ne komprenis, kiel okazis tio ke ni diskutas ŝian pseŭdonimon. Tio neniam estis mia intenco. Mi volis nur iom piketi ŝin pro la nova sinjorina titolo.

"Tamen ankaŭ knabo ja havas sekson", mi poste diris.

"Trafe, sed tion oni ĝenerale ne atentas. Vira ĵurnalisto estas simple ĵurnalisto, dum ina estas ĵurnalistino, do ne tute aŭtenta."

Mi kredis kompreni ŝin kaj eĉ pretus diri ke io simila sendube validas pri artistoj. Kaj mi memoris, kiel ŝi unuafoje prezentis sin en la ekspresionisma ekspozicio. "Mi estas ĵurnalisto".

"La redakcioj tamen devas scii, ke vi estas virino, ĉu ne?" mi diris.

"Certe. Tion mi rimarkas pro la honorarioj, se ne pro alio. Kaj sendube ankaŭ kelkaj regulaj legantoj scias. Almenaŭ en Danlando. En la hamburga *Bergendorfer Zeitung* oni ne permesas la pseŭdonimon, do tie mi aperas kiel W Singer, kaj certe mi restos tia, dum oni plu akceptos kontribuaĵojn."

"Nu", mi diris, "en mia profesio mi ja ricevas mendojn de temp' al tempo, kvankam mi estas virino. Ĉu laŭ vi mi pli prosperus kun vira nomo?"

"Mi ne scias. Mi ne konas vian artan medion sufiĉe bone. Sed pripensu, kiajn mendojn vi ricevas. Anĝelon por tombejo, virinon kaj infanojn por hospitalo. Oni ne mendas de vi rajdistan statuon de Francisko Jozefo."

Nun estis mia vico ridi. Kia ideo! Ŝi vere sciis turni interparolon kaj ŝanĝi la etoson per komento drasta aŭ eĉ bizara.

La tagon post ŝia edziniĝo, kiu estis sabato, ni do pasigis kune, kaj mia humoro iom post iom pliboniĝis. Sed vespere Johnny alveturis por venigi ŝin hejmen per sia aŭtomobilo. Jes, ŝi fakte diris "hejmen", kvankam kun ironia mieno.

"Vi devas pardoni min, Louise. Necesas dormi tie pro la scivolaj najbaroj malantaŭ la heĝoj. Ni volas jam dekomence aperi kiel normala paro. Sed mi invitas vin morgaŭ viziti nin tie por rigardi la domon, vian estontan hejmon, ĉu ne? Mi jam elektis nian ĉambron, sed ankaŭ vi devos kundecidi pri tio. Ĉu vi volas trami tien, aŭ ĉu mi sendu la ŝoforon por venigi vin?"

Ŝi ridante puŝis la flankon de Johnny, kiu faris mallertan soldatsaluton per la mano ĉe la tempio.

"Mi iros per tramo. Kiuhore?"

"Se konvenas al vi, venu tagmeze kaj restu tiel longe, kiel vi volas."

Kompreneble mi sekvis ŝian proponon. Kion alian mi povus fari? Dimanĉe post dua nokto en soleco, dum kiu mi tamen dormis kiel klabito, mi do ekiris iom post la dekunua horo kaj suriris tramon de la linio D en la direkto norden. De la fina haltejo mi devis promeni kelkcent metrojn. Mi rekonis la domon de longa distanco. Ĝi efektive estis impona, kvankam kelkaj aliaj vilaoj en la kvartalo ŝajnis eĉ pli luksaj.

Willi kaj Johnny akceptis min tre kompleze, konkurante pri la privilegio montri al mi la internon de la domo, kaj dume Ossian, la flaveta mopso de Johnny, kuradis ĉe la kalkanoj de sia mastro, videble ĵaluza pri li. Willi gvidis min tra la teretaĝo kun saloneto, manĝoĉambro, kuirejo kaj du aliaj ĉambroj. En la pli granda el ili staris dupersona lito.

"Ĉi tiun mi provizore elektis kiel nian dormoĉambron", ŝi diris kun nekutime nervoza esprimo. "Ĉu ĝi plaĉas al vi? Se ne, ni trovos alian."

Ĝi havis palverdan tapeton kun ia orbruna desegno, simila al strobiloj, kaj fenestron al la ĝardeno. Krom la lito staris tie nur seĝo kaj vestoŝranko. Ne eblis diri ion negativan pri ĝi, krom eble ke la tapeto ne estis tre gaja. Ĝi estis tute bona dormoĉambro. Mi sentis ke fariĝas jam tro malfrue por rifuzi la planon de Willi.

"Ĝi ŝajnas bona", mi do diris.

Ŝi kondukis min plu al la kuirejo, kaj de tie al apuda servistina ĉambreto.

"Evidente ni devos servi nin mem", ŝi diris tie. "Ĉiuokaze ĝis vi famiĝos kaj skulptos rajdistajn statuojn. Ĝis tiam mi uzos ĉi tiun ejon kiel laborĉambron, se vi permesos."

Johnny transprenis la stafetilon kaj kondukis min per ŝtuparo al la supra etaĝo, kie estis pli granda salono, dormoĉambro por la sinjoro de la domo, banĉambro kaj du pliaj ĉambroj.

"Subtegmente estas vasta tenejo kaj du ĉambretoj ĉe la gabloj", diris Johnny, montrante al la ŝtuparo plu supren, dum Ossian boje konfirmis lian diraĵon. "Oportunaj kiel gastoĉambroj, post kiam ni provizos ilin per mebloj."

Mi rigardis ankaŭ la ĝardenon plenan de spireoj, orpluvoj, filadelfoj kaj aliaj arbustoj inter kelkaj arboj de nekonataj specoj. Post nelonge Willi vokis min al tagmanĝo. Mi jam alkutimiĝis al ŝia kuirado, kiu ne sekvis tradiciajn receptojn, sed ĉi-okaze ŝi surprizis min per tute bona etburĝa tagmanĝo el buljono kun ovoflavoj sekvata de steko kun brunigitaj terpomoj, cepetoj kaj kukumsalato. Evidente ŝi decidis fari al mi bonan impreson. Kaj Johnny faris same, malfermante botelon da stokita ruĝa vino, kiun li prezentis kiel parton de la heredaĵo. Ni do sidis kiel stranga triopa familio ĉirkaŭ tablo en la sufiĉe vasta manĝoĉambro, ĝuante la pladojn, la vinon kaj nian interparoladon.

Mi unuafoje havis okazon pli longe kaj trankvile konversacii kun Johnny, ĉar je antaŭaj okazoj li ĉiam estis inter aro da siaj amikoj, al kiuj li dediĉis la plej grandan atenton. Nun li parolis pri tio ke li tre kontentas finfine elekti en unufamilia domo en kvieta antaŭurbo, post la jaroj en malvasta urbocentra apartamento.

"Ankaŭ por Ossian estos multe pli bone loĝi en propra domo", li aldonis, kio impresis min iom komike.

Krome li laŭdis la ĝardenon kaj petis konsilojn, kiel rearanĝi ĝin. Li demandis pri mia arta laboro kaj esprimis la deziron iam rigardi miajn skulptaĵojn. Entute li estis surprize atentema kaj kompleza samtablano, dum Willi en nekutima silentemo rigardis lin kun amuziĝo. Miaflanke mi komencis senti ke la propono ekloĝi ĉi tie eble ne estas tiel absurda, kiel mi unue pensis.

Post la tagmanĝo Willi volis ĉiĉeroni min tra la ĉirkaŭaĵo. Ni ekiris per la aŭtomobilo, veturis tra la kvartalo kaj la apuda kampareca antaŭurbo Grinzing, kaj plu supren sur la deklivoj de la monto Kahlenberg kun belega vidaĵo al la urbo. Mi sentis iom strange ke mia dana amikino montras al mi ĉi tiun parton de Vieno, kvankam mi estas la denaska vienanino kaj ŝi estas enmigrinto. Sed fakte pasis jaroj de kiam mi ekskursis en ĉi tiu norda parto de la urbego, kaj ŝi tiel entuziasmis pri la stirado kaj la lokoj, kiujn ŝi evidente ĵus malkovris, ke mi nur ĝuis kaj lasis ŝin gvidi min. Posttagmeze ni revenis al tio, kion ŝi jam nomis "hejmo", kaj post simpla vespermanĝo ni restis sidi triope konversaciante kaj denove trinkante glasojn da vino ĝis malfrua vespero.

"Nu, vi devas pardoni, se mi retiriĝos", fine diris Johnny. "Mi estas diligenta oficisto, do mi bezonas nokte dormi."

Willi ridetis al li ironie.

"Unuafoje mi aŭdas tian deklaron de vi, kiam la horloĝo nur ĵus preterpasis noktomezon. Ĉu vi jam iĝas filistro?"

"Sendube jes", li respondis. "Kaptita per la ora kateno de edzeco."

Li flirtigis antaŭ ni siajn manojn kun la ora edza ringo surfingre.

"Mi supozas ke vi restos dumnokte, Louise", li daŭrigis. "Do, bonan nokton al vi ambaŭ. Matene mi supozeble ne vidos la estimatajn sinjorinojn."

Li iom superflue emfazis tiun "bonan", kaj Willi nur paŭtis, sed mi reciproke deziris al li bonan nokton, sen emfazo. Poste mi rigardis ŝin.

"Ĉu mi povas resti? Malgraŭ la najbaroj?"

Ŝi kapjesis.

"La najbaroj zorgu vivon sian kaj ne ŝovu la nazon en nian vazon. Ni devas inaŭguri la ĉambron, ĉu ne?"

Do, tion ni faris.

En la unuaj tagoj de junio mi translokis miajn privatajn aferojn, vestaĵojn, tolaĵojn, librojn, manĝaĵojn kaj vazaron al *Vilao Elise* kaj do efektive ekloĝis tie. Willi kaj mi dividis la ĉambron, kiun mi oficiale subluis de la geedzoj Weininger. En la supra dormoĉambro de Johnny ŝi lasis kelkajn virinajn vestaĵojn kaj paron da ŝuoj, "por la ŝajno, se iu neinicito hazarde venus tien". Eble ŝi pensis pri la bopatrino, la vidvino Weininger.

"Ĉu vi scias, kiu estis tiu *Elise* de la vilao?" mi demandis dum vespermanĝo kun Willi kaj Johnny.

"Supozeble edzino de la unua posedanto, kiu konstruigis la domon", diris Johnny. "Sed ni fantazias ke ŝi eble estis la nekonatino, al kiu Beethoven komponis *Por Elise*. Vi certe scias ke li iam loĝis proksime de ĉi tie, ĉu ne?"

"Ne, mi ne sciis."

"Sed la Elise de Beethoven certe jam delonge kuŝis en tombo, kiam oni konstruis nian domon", deklaris Willi pli sobre.

"Aŭ eble ŝi estis naŭdekjara maljunulino, kiu pavis antaŭ la pranepoj per sia iama amafero kun la fama komponisto", ŝercis Johnny.

Post nelonge mi jam sentis min hejme en la domo. Johnny akiris pli da mebloj por la salonoj kaj la gastoĉambroj, kaj baldaŭ li komencis akcepti gastojn, foje eĉ dumnokte. Tamen jam estis somero, kaj kelkaj el liaj amikoj forestis de la urbo. Kelkfoje li mem malaperis dum semajnfino per sia verda diablino por viziti iun konaton en ties somera restadejo ĉe la lago Attersee en Salzkammergut aŭ aliloke.

Kiam li estis hejme en la domo, li plu kondutis al mi tre amike kaj eĉ kompleze. Mi jam konstatis ke li estas nekutime atenta pri la bonfarto kaj deziroj de aliaj homoj, iufoje eĉ en grado preskaŭ ridinda, sed tio ege faciligis al ni la interrilatojn kaj precipe la ĉiutagan vivon en nia triopo. Por Willi kaj mi li estis la perfekta ŝaperono, kaj certe ŝi ludis similan rolon por li.

Ĉi-somere juĝafero en Vieno vekis grandan atenton pro politikaj kialoj. En januaro tri anoj de dekstrula kvazaŭarmea organizaĵo pafmurdis viron kaj knabeton en la urbeto Schattendorf, dum kunpuŝiĝo inter socialistoj kaj dekstruloj. Nun okazis juĝafero kontraŭ la murdintoj, kaj la tribunalo trovis ilin senkulpaj pro la motivo ke ili agis memdefende.

La absolva verdikto provokis enorman furiozon ĉe vienaj laboristoj, kaj oni vokis al striko kaj manifestacio. Tiuj okazis vendrede la 15an de julio, kaj la sekvo fariĝis terura.

Dum plejparto de la tago mi estis en mia ateliero, rimarkante nenion, krom tio ke la tramoj ne iris. Matene mi tamen sukcesis ekiri de Nussdorf per eta vagonaro venanta el Klosterneuburg ĝis la stacidomo de Francisko Jozefo. De tie mi piediris al mia ateliero ĉe Glasergasse. Posttagmeze mi preparis min por reiri, kiam mi rimarkis murmuradon de ekscititaj homoj surkorte kaj eksciis de ili pri la manifestacio kaj pri tumulto, kiu sekvis ĝin. Surstrate mi hezitis, ĉu mi piediru la tutan vojon norden aŭ atendu eblan vagonaron, aŭ ĉu estus preferinde resti kaj tranokti super la ateliero. Ĝuste tiam Johnny alveturis aŭtomobile de sia banko kaj petis min sidiĝi apud lin. Mi kompreneble akceptis tion.

"Ĉu vi aŭdis ion de Willi?" li nervoze demandis.

"Nenion. Ĉu ŝi estas en la urbocentro?"

"Ŝi ne respondas telefone. Evidente ŝi volas sperti la tumulton. Mi timas ke okazos gravaj perfortaĵoj."

Tamen ne eblus ja trovi ŝin meze de homamaso, en kiu kelkaj eble eĉ pretus ataki aŭtomobilistojn, pensante ke ili estas malamikoj. Do ni hejmeniris al *Vilao Elise*, kie atendis nin la mopso Ossian sed kompreneble neniu Willi. Johnny telefonis laŭvice al kelkaj konatoj por demandi pri novaĵoj sed eksciis malmulte, ĉar ili ĉiuj enfermis sin en siaj hejmoj, timante molestadon, se ili elirus sur la stratojn. Malfacilis scii, ĉu fakte regas tia tumulto aŭ ĉu liaj amikoj estas superflue timemaj. Sekve mi devis pasigi longajn vesperon kaj nokton en angora atendado.

"Ne timu", Johnny ripetis al mi fojon post fojo, sendube por mastri siajn proprajn nervojn. "Ŝi kompreneble volas ĉeesti, kie okazas aferoj, sed ŝi estos sekura. Ŝi scias helpi sin. Ŝi estas spertulo."

Mi klare vidis ke li estas eĉ pli nervoza ol mi kaj fakte nur klopodas trankviligi sin mem.

Matene je la tria kaj duono ŝi revenis.

"Kafon!" ŝi raŭkis. "Kuiru por mi fortan kafon, kara. Mi devas tuj skribi, dum ĉio restas enkape. Estis masakro!"

Ŝi rifuzis tuj diri ion plian sed sidiĝis en la servistina ĉambreto por skribi. Mi prezentis al ŝi kafon kaj ŝian preferatan sandviĉon kun kokinaĵo, aŭ ian imiton de ĝi, ĉar normale ĉiam preparis ĝin ŝi mem. Je la naŭa horo ŝi ekiris aŭte por telegrafi tekston al Danlando, kaj nur proksime al la tagmezo ni finfine povis ekscii, kion ŝi spertis hieraŭ.

"Unue mi iris al Schottenring, ĉar la manifestaciantoj kolektiĝis sur la ringostrato ĉirkaŭ la urbocentro. Tie ili unue atakis la Universitaton kaj redaktejon de ĵurnalo. Poste ili pluiris suden laŭ Ring des 12. November al la Parlamentejo, dum alfluis miloj da pliaj homoj. Sed la ĉefa celo de ilia kolero fariĝis la Justica Palaco, kie ĉirkaŭ la tagmezo kelkaj personoj sukcesis enrompi kaj ekbruligi unue aktojn kaj meblojn, poste la konstruaĵon mem. Ĉi tion mi eksciis de homoj fuĝantaj el la palaco pro la varmego, ĉar dum la posttagmezo la fajro plu disvastiĝis kaj la konstruaĵo eĉ komencis disfali iuloke. Krome ŝvebis super la stratoj fetora fumo de brulanta papero. La fajrobrigado ne sukcesis efike estingi la brulon, ĉar la kolera homamaso malhelpis ĝin. Sed subite aŭdiĝis pafado, kaj homoj komencis kuregi. La polico pafis per fusiloj rekte en la amason, kaj la pafado daŭris longege. Mi aŭdis salvon post salvo eĥiĝi tra la muĝado de la fajro kaj la homa kriado, kaj poste mi vidis ke oni forportas dekojn da kadavroj de ordinaraj civiluloj en laboristaj vestoj. Estis aŭtenta masakro!"

Mi aŭskultis ŝin kun blokego da glacio enbruste. Tiel proksima ŝi do estis de la morto, dum Johnny ĉi-hejme klopodis trankviligi min.

"Terure! Ĉu ĉio ĉi daŭris eĉ ĝis la tria horo matene?" mi demandis.

"Ne, sed mi iris al la Ĝenerala Hospitalo por eble ekscii pli multe pri la nombro de mortintoj kaj vunditoj. Tie tamen neniu akceptis paroli kun mi, krom aro da virinoj, kiuj vane serĉis siajn familianojn. Poste ne eblis trovi taksion, kaj surstrate plu vagis indignaj homoj, el kiuj kelkaj ŝajnis tre agresemaj. Do mi elektis paŝi iom singarde laŭ kromvojoj por reveni ĉi tien."

Dum kelkaj tagoj poste oni flaris en la urbocentro malagrablan odoron de brulinta papero. Ni eksciis ke dum la manifestacio la policestro de Vieno, Johann Schober, petis asiston de la armeo, sed la politikaj gvidantoj rifuzis permesi tion. Tiam li mem ordonis al la policistoj pafi kontraŭ la manifestaciantoj. Rezulte oni pafmortigis 89 civilulojn. Mortis ankaŭ kvin policistoj.

Baldaŭ poste ni surpriziĝis kaj impresiĝis pro kuraĝa kaj drasta ago de Karl Kraus. Evidente trovante ke ne sufiĉas verki en lia propra gazeto 'La Torĉo', ĉar tiun legos nur intelektuloj, li kreis afiŝon, kiun li aperigis sur reklamtabuloj ĉie en Vieno, kun tre forta kaj konciza teksto: "Al la policestro de Vieno JOHANN SCHOBER. Mi admonas vin eksiĝi."

Kompreneble la admono de Kraus havis neniun praktikan efikon. La policestro restis en sia posteno sen konsekvencoj. Por mi persone la masakro ĉe la Justica Palaco fariĝis decida signo montranta ke nia respubliko portas en si vere fatalajn konfliktojn, kaj ke iel mankas matureco solvi tiujn konfliktojn en paca maniero. Antaŭe mi supozis ke la socio evoluos en pozitiva direkto kaj iom post iom forigos mankojn hereditajn el la pasinteco. Ekde nun mi ege dubis pri tio.

Willi antaŭe ne montris grandan intereson pri la aŭstria politiko, sed post la masakro de la 15a de julio ŝi komencis pli multe demandi kaj esplori. Plej interesis ŝin la diversaj movadoj de la ekstrema dekstro, precipe la kvazaŭmilitistaj organizaĵoj. La plej grava el tiuj estis la "hejmdefenda" *Heimwehr*, kiu mobilizis kaj armis homojn en la kamparo de la tuta respubliko.

"Mi ŝatus verki artikolon pri tiuj homoj", ŝi diris. "Sed kiel mi povus kontakti ilin kaj atingi ke ili fidos min? Mi ja estas fremdulo ĉi-lande."

Evidente nek mi nek Johnny estis taŭgaj personoj por helpi ŝin pri tio, kaj cetere mi tute ne komprenis, kial ili interesas ŝin.

"Laŭ mia kompreno temas pri homoj, kiuj plu vivas en la pasinteco", mi diris. "Ili ne povas akcepti ke Aŭstrio ŝrumpis de imperio al landeto inter aliaj samgrandaj. Kredeble ili sentas ke tio malpligrandigis ankaŭ ilin mem. Ili kutimis senti sin superaj al ĉeĥoj, slovenoj kaj hungaroj kaj tute ne volas kompreni ke tiuj popoloj nun estas niaj egaluloj. Sed plej multe ili malamas judojn kaj socialistojn."

"Ĝuste tial gravas verki pri ili, por averti. Eble se mi prezentus min kiel germanino, ili akceptus min? Mia akĉento povus esti platdiĉa, ĉu ne? Mi eĉ provus memori kelkajn esprimojn, kiujn mia panjo kelkfoje uzis ŝerce."

"Nu, mi ne scias. Ja kelkaj el tiuj dekstruloj estas germannaciistoj aŭ nazioj, kiuj ŝatus ke Aŭstrio unuiĝu kun Germanio, sed mi pensas ke ili estas malmultaj. La granda plimulto sendube malamas ankaŭ la 'prusojn', kiel oni diras, kaj precipe kiam temas pri luteranoj el la nordo."

"Mi komprenas. Nu, mi iam elpensos ion."

Nun, kiam mi praktike kunloĝis ne nur kun Willi sed ankaŭ kun Johnny, mi pli ol antaŭe miris ke ili konas unu la alian. Ŝajnis al mi ke ili havas nenion komunan. En Johnny videblis pluraj malsamaj trajtoj: la diskreta bankoficisto, la eleganta burĝido kun heredaĵo, la dando vestita laŭ la lasta modo, la ĝuama diboĉulo kun dubindaj konatoj. Iutage mi rekte demandis, kiel li kaj Willi unue ekkonis unu la alian.

Ili interŝanĝis rigardojn kaj ridetojn.

"Ni renkontiĝis unuafoje en Berlino", diris Johnny.

"Ĉu en Berlino? Tio ne eblas. Willi parolis pri vi jam antaŭ sia vojaĝo tien."

"Ne tiufoje sed pli frue", intervenis Willi. "En la jaro dudek tri. Mi restadis en Germanio interalie por raporti pri la terura inflacio. Unue mi ekloĝis en Hamburgo, sed poste mi pluiris al Berlino kaj spertis amason da distraĵoj tie, meze de la valuta krizo. Ĉiutage la valoro de la marko falis kiel ŝtono, sed por aliaj valutoj, precipe dolaroj kaj pundoj, oni povis ricevi ĉion, absolute ĉion."

Johnny ridis.

"Tamen ne per kronoj, almenaŭ ne la niaj! Fakte oni ĵus komencis bridi la aŭstrian inflacion, kaj ĝuste tiam mi ekhavis la ideon iri al Germanio, kie ĝi tiujare fariĝis milionoble pli freneza. Sed per dolaroj ja eblis ege amuziĝi, kaj Willi vere profitis de tio. Mi ekkonis ŝin en la klubo *Eldorado* en Schöneberg kaj baldaŭ invitis ŝin al Vieno, sed pasis preskaŭ du jaroj ĝis ŝi efektive venis ĉi tien."

"Kia klubo estis tio?"

Denove ili interŝanĝis rigardojn.

"Nu", diris Willi, "ĝi estis vera amuzejo. Ni kutimis veti inter ni, ĉu nia kelnero efektive estas viro aŭ virino, sed kutime ne eblis certiĝi pri tio, ĝis li aŭ ŝi senvestiĝis."

"Fakte eĉ tiam oni povus iom heziti", ridis Johnny.

Mi daŭre ne bone komprenis, kial ili amikiĝis, sed mi preferis lasi la temon. Mi suspektis ke mi eble ne scias ĉion pri Willi, kaj mi ne certis, ĉu mi volus ekkoni ĉiujn ŝiajn flankojn.

Dume mi baldaŭ tute alkutimiĝis al la pli komforta vivo en *Vilao Elise*. Preskaŭ ĉiutage mi veturis trame al mia ateliero por labori pri diversaj skulptaĵoj. Survoje tra Heiligenstadt mi preterpasis ampleksan terenon inter la tramlinio kaj la fervojo, kie la regantoj de la urbo Vieno komencis grandegan projekton por konstrui loĝejojn por laboristoj. Jen unu el la lokoj, kie oni planis milojn da apartamentoj ne tre grandaj sed tute modernaj kaj kun bone aranĝitaj kortoj. Kaj tio ja estis ege bezonata. Por granda parto de la vienanoj la loĝkondiĉoj estis mizeraj. Oni loĝis multope en etaj apartamentoj sen eĉ baza higieno. Krome, kelkloke en la periferio de la urbego kaj sur tero iel preterlasita kreskis mizerkvartaloj el provizoraj domaĉoj, kie vivis la plej malriĉaj homoj en teruraj kondiĉoj, precipe vintre, kiam homoj eĉ frostmortis tie. Se ĉiuj mizeruloj povos ekloĝi en modernaj loĝejoj, tio estos grava paŝo antaŭen por nia socio. Mi tamen supozis ke tiu tasko postulos multajn jarojn.

Aŭtune mi ricevis mendon, kiu eble ne estis la plej defia el arta vidpunkto sed promesis al mi enspezon dum sufiĉe longa tempo.

Temis pri ornamaj stukaĵoj por la salono de novkonstruota kino-teatro ĉe Opernring, kie oni montros sonfilmojn, kiam produkt-iĝos tiaj por publika prezentado. Jam antaŭ dudek jaroj oni ja produktis filmetojn, tielnomatajn tonbildojn, kie konata kantisto, kiel ekzemple la komikisto Girardi, prezentis popularan kanton, kies sonon oni samtempe aŭdigis per gramofondisko. Sed tio estis nur mallongaj fragmentoj; estonte temos pri plentempaj aktorfilmoj kun parolo kaj ĉiaj sonoj.

La kino-kompanio havis sufiĉe precizajn ideojn pri motivoj kaj stilo: palmoj, lianoj kaj aliaj plantoj, elegantaj birdoj kaj kompreneble nudulinoj, tamen "ne en tro ekscitaj pozoj" - kaj ĉio en la nova simetria art-dekora stilo de Parizo aludanta pri antikvaj idealoj. Do, nenio secesia, krom se oni konsiderus tiun novan stilon secesio disde la antaŭa Viena Secesio el la jarcentoŝanĝo, kiun oni en la Okcidento nomas 'Nova Arto'. Mi devis montri miajn skizojn al kelkaj sinjoroj de la kompanio, kaj ili bonvole akceptis preskaŭ ĉion.

"Ĉu vi bezonas modelinon por tiuj nudaj figuroj?" demandis Willi petole.

"Mi dubas, ĉu vi povus pozi sufiĉe neekscite", mi respondis samtone. "Sed ni provu."

Ni tamen devis prokrasti ŝian pozadon, ĉar intertempe ŝi ekhavis tute alian ideon. Ŝi kredis trovi eblon kontakti tiujn anojn de hejmdefenda kvazaŭarmeo, kiuj ial interesis ŝin.

"Permesu al mi prezenti min", ŝi aktoris ĉe la vespermanĝa tablo en unu aŭtuna tago. "Mi estas Wilhelmine el Ŝlesvigo. Kion bonvole deziras mendi la gesinjoroj?"

Ŝi eldiris tion kun ia terura norda akĉento, pri kies aŭtenteco mi ege dubis. Sed fakte mi tute ne konis la malaltgermanajn dialektojn, dum ŝi efektive havis patrinon el regiono almenaŭ najbara.

"Mi ne komprenas, kion vi celas", mi diris, sidiĝante ĉetable.

"Mi akiris laboron en taverno de urbeto en la suda Stirio", ŝi informis. "Kaj laŭ mia politike aktiva konato, kiu ja estas socialisto sed malgraŭ tio esperebleble scias, pri kio li parolas, tiu regiono estas hejmo de tre aktiva grupo de *Heimwehr*. Nu, tiaj viregoj kompreneble kolektiĝas en la taverno post siaj armilekzercoj, ĉu ne?"

Mi rigardis ŝin mute. Mi kredis jam koni ŝin sufiĉe bone, sed ĉi tio ŝajnis al mi frenezo.

"Kion vi faros en tiu taverno?" demandis Johnny.

"Servos la gastojn per vino kaj biero. Mi estos kelnerino."

"Ĉu vi havas kapablon por tio?"

"Kara edzo, mi jam vizitis sufiĉe da urbaj kaj urbetaj trinkejoj por akiri proksimuman ideon pri la taskoj de kelnerino. Kaj se oni plendos ke mi faras ion mise, mi simple blekos ke tiel ni kutimas en Ŝlesvigo."

Johnny skuis la kapon, ridante pri ŝi, kaj mi ankoraŭ ne reakiris la parolkapablon.

"Kaj se tiu *Heimwehr* kolektiĝos en alia konkuranta gastejo?" li proponis.

"Nu, ne eblas antaŭe postuli garantiojn. Necesas iom fidi je la ŝanco."

Evidente ŝi trovis ĉi tion amuza ludo, dum mi timis ke ĉio ajn povos okazi al ŝi. Ĉu ŝi povos konvinki iun en la rolo de taverna kelnerino? Fakte ŝiaj kaŝtanaj haroj nuntempe estis pli longaj ol kiam mi unuafoje ekkonis ŝin, sed necesus aranĝi ilin pli virine, eble kun plektaĵoj, se la longeco sufiĉus por tio. Kaj trovi konvenajn vestaĵojn.

Fine mi retrovis la voĉon.

"Kiel longe vi intencas resti tie?"

"Dependos de la rezultoj. Kaj iomete de la gastejestro. Monaton, eble. Ni vidu. Nun mia ĉefa zorgo estas trovi veston sufiĉe rustikan por la stirianoj."

Nenio estis farebla. Mi eĉ ne provis persvadi ŝin rezigni la aferon, sciante ke tio estus vana. Post kelkaj tagoj Willi do ekiris vagonare tra Graz al la urbeto Leibnitz proksime al la limo de la Reĝlando de serboj, kroatoj kaj slovenoj.

La aŭtuno iĝis pli kaj pli malluma tempo, ne nur pro la pluvado kaj la mallongiĝado de la tagoj, sed krome ĉar Willi restis for dum pli ol monato. Dum tiu tempo ŝi dufoje sendis al mi leterojn kaj unufoje telefonis por trankviligi min. Evidente ŝi almenaŭ komprenis ke mi estas maltrankvila. Sed nek parole nek skribe ŝi efektive rakontis tre multe pri kiom prosperas ŝia plano kaj ĉu ŝi povas verki ion aŭ kolekti materialon por siaj artikoloj. Ŝi plejparte rakontis amuzajn aŭ kuriozajn anekdotojn el sia kelnera laboro, ekzemple ke du kamparanoj jam svatis sin al ŝi kaj sekve malpaciĝis inter si, trovante sin rivaloj pri la nova kelnerino. Mi vere ne sciis, ĉu kredi ŝin aŭ ne.

"Bonŝance mi deponis ĉe vi la edzinan ringon", ŝi skribis en la dua letero. "Kun ringo surfingre estus pli malfacile atingi ion." Krome ŝi petis min pacienci. "Eble mi devos resti pli-malpli ĝis Kristnasko."

Sed tiel ne okazis. Tute neatendite la 29-an de novembro ŝi revenis en sufiĉe malbona humoro.

"Oni maldungis min", ŝi grumblis. "Laŭdire la edzinoj de kelkaj gastoj komencis plendi ke mi turnas la kapon de iliaj edzoj, kaj evidente mi eĉ ne estas katolika. Ĉu ili preferus ke katolikino kokru ilin? La gastejestro kritikis ke mi pli multe babilas kun la gastoj ol plenumas miajn taskojn. Stultaĵo! Mi vetas ke la vendado de vino kreskis dum mia tempo tie."

Pri *Heimwehr* ŝi komence ne volis paroli sed sidiĝis por skribi en sia laborĉambreto, petante ke ni ne ĝenu ŝin. Do mi lasis ŝin en paco, tre kontenta ke ŝi revenis sana, kaj dediĉis min al mia laboro en la ateliero, formante armaturojn el dika fera drato kaj miksante gipson kun pulvorigita marmoro por skulpti la neekscitajn virinojn kaj palmojn.

Sed post tri tagoj ŝi komencis rakonti. Unue ŝi parolis pri la neatendita fino de la servado.

"Supozeble mia plej grava krimo estis ridi pri ilia *Perchtenlauf*. Mi antaŭe tute ne konis tiun tradicion kaj trovis ĝin absolute komika maskerado, kie ĉiuj konkuris aperi kiel plejeble groteska diablo. Montriĝis ke ĝi male estas tre serioza afero, kiun oni ne rajtas moki. Post la procesio, se eblas nomi ĝin tiel, ni havis la plej urĝan vesperon de la tuta tempo en la taverno. En la sekva tago ĉiuj suferis pro postebrio, kiun necesis kuraci en la taverno. Kaj en la tria tago oni maldungis min."

Mi mem nur unufoje ĉeestis tian folkloran prezentadon de batalo inter du aroj da plej timige maskitaj kaj bruantaj figuroj, okazanta en diversaj tagoj komence de la vintro. Tio okazis kelkajn jarojn antaŭ la Mondmilito, do mi estis infano kaj trovis la spektaklon timiga, kvankam mi ja komprenis ke tiuj malbelegaj diabloj estas nur maskitaj homoj. Sed ke oni daŭre prenas tiun tradicion serioze, mi ne imagis.

"Sed ĉu vi entute ekhavis kontakton kun la koko-vostuloj?" demandis Johnny.

Tio estis populara moknomo de la hejmdefendaj dekstruloj, donita pro ilia ridinda uniformo kun tetra plumo sur la ĉapelo.

"Nu, iom", Willi respondis nekutime vortavare.

Dum kelka tempo ŝajnis ke ŝi plu sekretos pri siaj spertoj.

"Fakte", ŝi tamen daŭrigis, ekbruliginte cigaredon, "ili ne estas multaj en la urbeto mem sed ĉefe en la ĉirkaŭaj kamparo kaj vilaĝoj. La urbeto estas tre malgranda, kaj krom kelkaj kafejoj ekzistas nur unu vera gastejo, do ĉiuj venas tien. Kaj precipe en foirotagoj aŭ ĝenerale, kiam la kamparanoj iras urben por prezenti siajn produktojn sur la vendoplaco, ili ofte finas per vizito en la taverno. Do mia ideo estis tute ĝusta. Nu, almenaŭ parte ĝusta. Sed tiam ne eblis vidi aŭ ekscii, kiuj el la gastoj estis aktivuloj de *Heimwehr*. Baldaŭ mi tamen spertis ke dimanĉe post la meso ili paradas en siaj uniformoj sur la ĉefstrato. Sekve mi klopodis liberiĝi por observi la paradantojn kaj espereble poste rekoni ilin kiel gastojn en la taverno."

Ŝi paŭzis por fumi kaj pripensi, kiel daŭrigi.

"Bedaŭrinde estis eta hoko en la ezoko. Mi neniam povis liberiĝi dimanĉe post la meso. Male, ĝuste tiam mi devis servi tiujn, kiuj eksoifis en la preĝejo kaj tial pasigas la posttagmezon kaj vesperon en la gastejo kun kruĉo da biero, glaso da vino kaj eble telero da *Tafelspitz*. Lunde kaj marde antaŭtagmeze oni volonte liberigis min, sed el tio mi gajnis nenion. Nu, la dimanĉa parado kompreneble preterpasis antaŭ la taverna domo, do mi ĉiam gvatis tra la fenestroj kaj post du semajnoj jam kredis rekoni dutri el la gvidantoj. Kaj kiam tiuj viroj efektive aperis en la taverno samvespere aŭ alitage, mi servis ilin ne nur per la menditaj trinkaĵoj sed krome per laŭdoj pri ilia preteco defendi la hejmon. Mi aldonis ke ion similan ni bezonus en mia hejma Ŝlesvigo, sed mi rapide konstatis ke tiu fora lando tute ne interesas ilin."

Etendante la manon, ŝi rimarkis ke la cigaredo, kiun ŝi demetis sur cindrujon, jam plene cindriĝis. Do ŝi ekbruligis novan kaj avide ensuĉis ĝian fumon.

"Pri la propra agado ili ja volonte fanfaronis, sed bedaŭrinde malmulte pri la lastatempa kaj estonta. Ili pli ŝatis babili pri siaj bravaĵoj je la militfino. Tiam ili batalis kontraŭ slovenoj en la najbara Marburg kaj kontraŭ hungaroj fore ĉe iu Sankta Gotthard, se mi bone komprenis. Nun ili estis senpaciencaj, volante venki la ruĝulojn. Mi demandis, ĉu efektive ekzistas tiaj en la regiono, kaj ili diris ke jes, en la urbeto, sed plej amase en Vieno, kompreneble, la terura Babilono plenplena de judoj kaj bohemoj. Pri konkretaj planoj ili ne volis paroli sed deklaris ke oni devus butonumi tiujn fiulojn malvaste, kiel faris Mussolini en Italio. Kiam mi demandis pri la federacia registaro, ili diris ke la kanceliero Seipel ja estas bona, sed aliaj ministroj estas moluloj. Oni ne plu domaĝu la socialistojn, ili proklamis."

"Tio ne surprizas min", mi komentis. "Sed mi ne bone komprenas, kion plian vi volis malkaŝi. Ĉu sekretajn planojn? Ili ja ne povas esti tiel naivaj ke ili likus tiujn al vi."

"Neniam subtaksu la potencojn de alkoholo kaj plaĉa kelnerino", ŝi diris kun ironia rideto.

"Nu, eble vi supertaksis ilin. Sed ĉu vi vere povis verki pri ĉi tio dum kelkaj tagoj?"

"Certe. Mi enmiksis informojn el aliaj fontoj kaj iom da turismaj priskriboj pri la pejzaĝo kaj popolo de Stirio. Inkluzive de la *Perchtenlauf*. Sed mi bezonis tiujn personajn spertojn kiel framon. Tio ja valoris kelkajn pinĉojn al mia postaĵo."

Mi rigardis ŝin fikse por kompreni, ĉu ŝi ŝercas aŭ parolas serioze.

"Ĉu vi vere toleris tion?" mi demandis.

Ŝi ridis gaje.

"Necesas iom oferi kaj suferi en ĉi tiu profesio."

Mi povus aldoni ke la samo evidente validas por persono, kiu proksime rilatas al iu kun tia ĵurnalista ambicio, kiel Willi. Sed mi elektis silenti.

1928
Sub abrikotarbo

La jarfinajn festojn mi pasigis plejparte kun miaj familianoj – ĉefe la gepatroj, sed ankaŭ onklino Esther kaj miaj kuzinoj. Nur kelkajn tagojn post Epifanio Willi revenis al Vieno el la nordo. Unuafoje en kelkaj jaroj ŝi pasigis tri semajnojn ĉe siaj gepatroj, aliaj parencoj kaj konatoj en Danlando. Mi atendis ke ŝi nun vivos pli kviete, almenaŭ dum kelka tempo, kaj tio efektive okazis – kaj daŭris dum deko da tagoj. Poste ŝi komencis inviti homojn al vespermanĝoj en nia hejmo.

Jam ekde la komenco Johnny havis viglan socian vivon kun festoj kaj kunestadoj, en kiuj partoprenis liaj amikoj sed ne tre multe Willi kaj mi. De temp' al tempo ni tamen ĉeestis dum la unua parto de tia festo, sed ne dum la pli intima fina parto. Kelkfoje okazis kunpuŝiĝoj inter Johnny kaj ni pro liaj kutimoj. Unufoje Willi insiste admonis lin ne inviti tro junajn knabojn, por ne riski sian reputacion de deca etburĝa edzo. Alifoje mi hazarde trafis nekonatan nudulon en la banĉambro matene.

"Kara Louise, kiel skulptistino vi ja devas lerni, kiel aspektas viro", Johnny ridante diris, kiam mi poste menciis tiun surprizan renkontiĝon.

"Ne kredu ke mi lernis ion novan, sed bonvolu informi viajn gastojn ke ĉi tio estas mia hejmo. Se iu volas pozi por skulptaĵo, li venu al mia ateliero."

Sed nun temis pri pli konvenciaj aranĝoj, kie necesis ke Willi kaj Johnny aperu kiel la feliĉaj geedzoj, kaj mi kiel la subluanta amikino. Tiu rolo ne ĉiam tre plaĉis al mi, sed mi devis rekoni ke ili ambaŭ faris ĉion por faciligi ĝin kaj eviti embarasajn situaciojn.

Kiam la vidvino Weininger vespermanĝis ĉe siaj filo kaj bofilino, mi kompreneble ne kunmanĝis sed aktoris kiel servistino. Sed poste unuafoje gastis ĉe ni miaj gepatroj. Mia patro plu tre aprezis la kompanion de Willi, dum al Johnny li estis videble pli suspektema. Kaj mia patrino kondutis sindetene; evidente la kunestado igis ŝin necerta pri la sociaj roloj de ni ĉiuj. Ŝi bezonis sekurajn etburĝajn formojn por senti komforton en la interrilatoj.

Du semajnojn post la vizito de miaj gepatroj Willi igis min inviti aliajn parencojn, sed ĉi-foje en dimanĉa tagmanĝo. Temis pri onklino Esther, fratino de mia patro, ŝiaj du filinoj Hedwig kaj Elisabeth, kaj krome Herbert, la edzo de Hedwig. Johnny forestis ĉe iu el siaj amikoj, do tio fariĝis virina tagmanĝo kun la kompatinda Herbert kiel sola reprezentanto de la vira sekso. Komence la etoso estis sufiĉe rigida, kaj oni aŭdis ĉefe la tintadon de manĝiloj kontraŭ la teleroj, sed iom post iom ni malstreĉiĝis kaj povis sufiĉe vigle babili pri ĉio kaj nenio. Kuzino Hedwig estis graveda je sia unua infano, kaj onklino Esther malfacile povis paroli pri io ajn alia, dum Elisabeth, kiu plu estis fraŭlino kaj helpis sian patrinon en la hejmo, videble iom enuis. Willi vane klopodis diskuti kun ŝi pri politiko kaj literaturo. Fine mi lanĉis la temon muziko, ĉar mi sciis ke Elisabeth talente ludas pianon, kaj de tiam ŝi kaj Willi enprofundiĝis en aron da komponistoj, de Schubert ĝis Chopin.

"Mi komprenis ke via edzo estas bankisto, sinjorino Weininger", Herbert poste sondis ĉe Willi. "Ĉu vi scias, kiel li taksas la ekonomian evoluon en la venonta jaro? Ĉu ekzistas motivo por optimismo?"

Mi timis ke ŝi forregalos lin per ŝerco aŭ eĉ moko, sed ŝi fakte komencis interparolon pri la nacia ekonomio, kiun mi tute ne komprenis, kaj mi tre dubis ankaŭ pri ŝiaj scioj. Mi neniam aŭdis ke Johnny parolas pri ĝi. Sed Willi vere havis talenton babili pri ĉio kun ĉiuj, kiam ŝi tion volis. Jen arto, kiu grandparte mankis al mi, sed kiun mi tre admiris. Nun, dum la onklino kaj Hedwig plu parolis pri la venonta infaneto, kun ekzamenaj ŝtelrigardoj al Willi, sendube por ekscii, ĉu ankaŭ ŝi atendas idon, mi do devis ekzerci min konversacii kun mia pli juna kuzino Elisabeth.

Vespere, kiam ni denove estis duope, mi estis lacega pro la peno de societumado, dum Willi ŝajnis pli vigla ol iam ajn.

"Simpatiajn parencojn vi havas, Louise. Ĉu eĉ pli multajn?"

"Nu, jes. Estas pliaj geonkloj kaj gekuzoj, sed mi neniam renkontas ilin."

"Kial ne?"

"Kiel vi certe rimarkis, mi ne estas familiema persono. Krome mi timus ke ili suspektus ion pri ni."

"Stultaĵo! Kion ili suspektu? Jen por kio utilas Johnny, eĉ se li hodiaŭ forestis. Tio estas la beno de geedzeco - ĝi forigas ĉiajn suspektojn."

Vilao Elise jam delonge estis plene meblita kaj aranĝita en ia eklektika mikso de niaj diversaj gustoj. Al la salonoj mi alportis plurajn el miaj gipsaj modeloj, kiuj plaĉis al ambaŭ miaj kunloĝantoj. Kaj Johnny pendigis surmure kelkajn malnovstilajn olepentraĵojn, portretojn de iamaj parencoj, kiujn li prenis el sia heredota kolekto de artaĵoj. La stilkonflikto ĝenis neniun el ni, kaj ĝi povus fariĝi eĉ pli akra, se ankaŭ Willi alportus artaĵojn laŭ sia prefero, sed ŝi ne posedis tiajn, ĉiuokaze ne ĉi-lande. Kaj por aĉeti ion valoran ŝi ne havis sufiĉan monon. Ŝi tamen forte influis la elekton de mebloj, kvankam ŝi ofte plendis ke ĉi tie ne eblas trovi ion en la hela, malpeza skandinava stilo, kiun ŝi preferus.

"Ĉio estas peza, malhela kaj tro ornamita", ŝi diris. "Mankas nur ruĝa veluro kaj oraj kvastoj kaj franĝoj por reveni al la epoko antaŭ tridek jaroj, kiun ĉe ni oni nomas 'la kvasto-tempo'. Kie estas la modernismo, kiam ni bezonas ĝin? Certe ne en la vienaj meblobutikoj!"

Ankaŭ en la ĝardeno mi starigis du skulptaĵojn. Temis pri ceramikaj birdoj, por kiuj mi kreis lignajn piedestalojn kaj apude cementan banujon por veraj birdetoj.

"Ho, vi estas diable mult-talenta", komentis Willi. "Eĉ lignaĵisto, krom ĉio alia."

Mi plu laboris pri miaj kinejaj stukaĵoj kaj foje vizitis la konstruatan kinoteatron por ekhavi senton pri la karaktero de la salono. Pro la konstrulaboroj ankoraŭ ne eblis tien loki la artaĵojn, do mia ateliero pli kaj pli aspektis kiel stokejo - aŭ, kiel diris Willi okaze de vizito tie, kiel luksa bordelo.

"Mi ne sciis ke vi konas tiajn amuzejojn", mi respondis.

Ŝi laŭte ridis kaj kisis min.

"Ne pensu ke vi jam scias ĉion pri mi", ŝi diris. "Ĉu mi nun pozu por statuo?"

"Jes. Bonvolu senvestiĝi kaj ne babilu stultaĵojn."

"Kaj kie vi volas min?"

"Jen, mi petas. Sub la palmo, apud la sako da gipso."

En februaro Willi invitis sian "politikan konaton" al familia vespermanĝo ĉe ni en Nussdorf. Lia nomo estis Franz Halder, kaj li estis aktiva socialdemokrato kaj funkciulo en la urba magistrato kun parta respondeco pri la konstruado de novaj loĝejkvartaloj por laboristoj. Mi memoris ke Willi iam, kiam mi ĵus ekkonis ŝin kaj ŝi loĝis en pensiono, esprimis esperon ke ankaŭ ŝi povos ekhavi tian loĝejon. Nun ŝi loĝis ĉi tie en vasta domo meze de sufiĉe riĉa kvartalo. Mi scivolis, kiel ŝi povis konatiĝi kun tiu socialisto, kaj kion li pensos pri nia hejmo.

"Mi volis inviti ankaŭ lian koramikinon aŭ fianĉinon, kiu estas sampartiano", ŝi diris. "Sed laŭ lia embarasita reago mi komprenis ke tiu rilato jam ĉesis."

Sinjoro Halder do alvenis sola. Li estis viro ĉirkaŭ tridekkvinjara, ne tre alta sed kun sufiĉe atleta korpo, aŭ eble eks-atleta, ĉar kiam li sidiĝis, oni ekvidis ĉe li iomete pufan ventron. Li havis simpatian esprimon de la vizaĝo kaj sonoran voĉon, kiam li parolis kun tipe viena akĉento. Li aperis en malpeza kompleto, kiu ŝajnis iom malvarma, se konsideri la sezonon. Sendube li jam kutimiĝis rilati al diversspecaj homoj, kaj li montris neniun surpriziĝon pri la domo, nek pri ĝiaj loĝantoj. Male li salutis nin tre amike kaj nature, dirante ke li sentas honoron gasti ĉe ni. Kun Willi li havis ian ŝerceman ĵargonon; al Johnny kaj mi li komence sin tenis pli formale, sed dum la paso de la vespermanĝo li iĝis iom pli senĝena.

"Mi preskaŭ ĉiutage preterpasas vastegan konstruejon en Heiligenstadt, irante trame al mia ateliero", mi diris al li super la fritita truto. "Sendube fariĝos ege multaj loĝejoj tie."

"Jes", li konfirmis, "ĝi estos unu el la plej ampleksaj, kaj ni ĵus decidis nomi ĝin *Karl-Marx-Hof*."

"Ho", diris Johnny ironie, "do nur ĝisostaj socialistoj rajtos loĝi tie, ĉu ne?"

Sinjoro Halder ridetis.

"Ni ne demandas pri tio. La validaj kriterioj por ricevi novan loĝejon temas pri enspezo, nunaj loĝkondiĉoj kaj grandeco de la familio."

"Tamen tiuj homoj sendube jam estas la viaj", komentis Johnny. "Fakte ŝajnas al mi ke vi aplikas fuŝan strategion. Se vi anstataŭe konstruus por la meza klaso, vi povus gajni novajn voĉojn."

"La celo ne estas gajni voĉojn sed solvi la socian problemon pri loĝado. En Vieno ni jam ricevas du trionojn de la voĉoj. Kaj la meza klaso evidente mem trovas sufiĉe bonajn loĝejojn sen nia helpo."

"Trafe!" diris Willi. "Sed pri nia triopo la vero estas ke ni loĝas ĉi tie pro komplezo de la supera klaso. Pli precize dank' al onta heredo de mia edzo."

Ni ĉiuj ridis pli aŭ malpli embarasite pro tiu eta vorto-skermado.

"Tamen *Karl-Marx-Hof* ne estas la plej granda konstruprojekto", diris nia gasto. "Tio estas *Sandleitenhof* en Ottakring, kiu enhavos pli ol mil kvincent loĝejojn, kiam ĝi estos kompleta. Kaj granda parto jam estas preta. Ĉu vi jam vidis ĝin?"

Neniu el ni havis okazon viziti tiun kvartalon.

"Mi volonte montrus ĝin, se tio interesus vin. Pluraj arkitektoj desegnis malsamajn partojn."

"Mi ŝatus vidi ĝin", mi diris. "Ĉu aperas iaj artaĵoj en la novaj loĝkvartaloj?"

"Certe. Ni ne volas starigi nur kvazaŭajn kazernojn, sed ĉirkaŭ kaj inter la domoj ni planas parkojn kaj verdajn kortojn, kaj tie ja aperas kelkaj statuoj, fontanoj kaj tiel plu."

Mi tuj ekpensis ke tio povus prezenti al mi eblon ricevi novan mendon, sed mi ne volis tro rapide altrudi min. Pli bone atendi lian proponon pri ĉiĉeronado, mi pensis.

Post tiu vespermanĝo pasis iom da tempo ĝis sinjoro Halder trovis liberan okazon, sed komence de marto Willi kaj mi rendevuis kun li en la okcidenta kvartalo Ottakring.

Kiel li diris, granda parto de la novaj loĝejoj jam estis pretaj kaj loĝataj, kaj la kortoj kaj stratetoj estis plenaj de ludantaj infanoj. Ĉi-sezone la medio tamen ne estis tre bela vidaĵo. Iom da neĝo parte kovris la teron, sed ĝi jam iĝis bruna kaj kota, kaj el ĝi nigre elstaris junaj arbetoj kaj arbustoj, evidente plantitaj antaŭ nelonge kaj nun kompreneble senfoliaj. Sur la Placo de Rosa Luxemburg videblis fontano kun bronza statuo de infano, por la momento senakva.

"Mi devos iam verki artikolon pri ĉi tiuj konstruprojektoj", diris Willi. "Ankaŭ en Kopenhago ekzistas io simila en la kvartalo Nørrebro de antaŭ kvin jaroj proksimume, sed mi ne certas, ĉu ĝi estas destinita specife al malriĉuloj. Ĉiuokaze la konstruado de loĝejoj ĉe ni lastatempe iom stagnis, do oni sendube bezonus tian iniciaton denove. Mi mem apenaŭ vidis tion, sed laŭdire multaj ankoraŭ loĝas mizere."

"Kiu partio regas vian landon?" demandis sinjoro Halder.

"Ni fakte havis socialdemokratan registaron dum mallonga tempo, tamen sen plimulto en la parlamento. Nun denove regas liberaluloj kun konservativa subteno."

Ni plu paŝis surstrate inter la domblokoj.

"Kelkaj skulptaĵoj aŭ reliefoj surfasade ĉe la stratpordoj ja donus pli da karaktero kaj individueco al la domegoj", mi proponis. "Ĉu vi ne pensis pri tio?"

"Nu, vi sendube pravas. Tamen necesas doni prioritaton al la bona funkciado de la loĝejoj."

"Laŭ mi arto kontribuas al bona funkciado. Ĝi donas al la loĝantoj la eblon fieri kaj senti ke iliaj hejmo kaj kvartalo iom valoras kaj ne estas nura tranoktejo."

Li ridetis al mi.

"Mi proponos al miaj kolegoj konsideri tion. Kiel vi vidis, oni ja mendis de iu skulptisto statuon sur la placo, sed certe eblus fari pli multe. Eble vi, fraŭlino Gerber, volus viziti nian oficejon en la Nova Urbodomo por pledi por via afero?"

"Volonte."

"Sed ĉu vi povus unue montri al mi ion, kion vi jam faris? Eble mi eĉ vizitu vian atelieron?"

Mi pensis pri la ateliero magazene ŝtopita per stukaĵoj en stilo kaj formo, kiun la socialista funkciulo eble trovus tro etburĝe malserioza.

"Ĉi-momente mi laboras por nova kinoteatro, kiu eble ne tre interesus vin. Sed en la Ĝenerala Hospitalo troviĝas du el miaj skulptaĵoj, kaj mi volonte montrus ilin."

"Bone", li diris. "Mi antaŭdankas. Cetere ankaŭ la kinematografio interesas min. Filmojn mi konsideras arto de la estonteco por la amasoj. Precipe kiam ni povos sperti la novajn sonfilmojn."

Mi ne volis komenti tion. La malmultaj filmoj, kiujn mi jam spektis, estis tre malproksimaj de arto, laŭ mia kompreno de tiu nocio. Ili konsistis aŭ el teatreca melodramo, aŭ el simplaj pajacaĵoj kun reciproka ĵetado de tortoj alvizaĝe. Se li konsideras tion arto por la amasoj, li ne tre alte taksas la amasojn, mi pensis sed ne eldiris.

"Nu, mi okupiĝas nur pri dekorado de la salono", mi diris kun ekskuza ekrido.

Tamen post kelkaj pluaj semajnoj mi ja vizitis kun li la Ĝeneralan Hospitalon por montri miajn skulptaĵojn tie, kaj en la sekva tago mi interparolis kun li kaj alia funkciulo de la Urbodomo pri arto en la novaj loĝkvartaloj. Rezulte ili promesis diskuti la aferon kaj eble kontakti min por eventuala mendo.

Post tio sinjoro Halder volis vidi mian atelieron, kaj nun mi komencis suspekti ke lia intereso eble ne estas nur arta. Mi jam konstatis ke li same kiel mi ne surhavas ringon, kaj pri lia iama fianĉino, kiun aludis Willi, mi ne plu aŭdis ion. Tamen mi certe ne atendis de li ian provon amindumi min. Li tute ne impresis al mi kiel tia viro, kaj mi evidente ne estis tia virino, kiu allogas flirtemajn virojn. Krome mi timis ke li intuas ion pri la rilato inter Willi kaj mi.

Nu, feliĉe li kondutis tute neriproĉeble, kaj bonŝance la kinejkonstruo jam progresis tiom ke oni ĵus komencis tien transporti kelkajn el miaj stukaĵaj figuroj por muntado surloke. Do la ateliero ne plu estis same ŝtopita kiel antaŭ monato. Restis kelkaj verkoj, kiujn mi plu prilaboradis, kaj krome miaj propraj diversaj artaĵoj, kiuj jam ŝajnis al mi pli-malpli antikvaj. Tamen li estis kontenta pri tio, kion li vidis.

"Evidente vi estas talenta artisto, fraŭlino", li diris. "Nu, mi jam konstatis tion en la malsanulejo, sed ĉi tie mi vidas grandan varion de stiloj kaj formoj."

"Nu, mi volas ne nur ripeti, kopiante verkojn jam faritajn, sed serĉi novajn vojojn. Sed pri ĉi tiuj ornamaĵoj por la kinoteatro mi devis adapti min al sufiĉe precizaj postuloj de la mendanta kompanio."

"Mi komprenas, sed laŭ mi ili estas imponaj", li diris, admirante statuon de nudulino tenanta kornon de abundo.

Fakte ĝi estis eĉ tiu, por kiu pozis Willi, sed tion li esperеble ne rimarkis.

"Por la novaj loĝkvartaloj", mi diris, dezirante memorigi al li mian proponon, "ĉar temas pri loĝejoj por laboristaj familioj, mi trovus konvene fari reliefojn pri diversaj metioj aŭ laboristaj profesioj, tradiciaj kaj modernaj. Kion vi opinius pri tio, sinjoro Halder?"

"Kial ne? Tio signifus honori la korpan laboron, kio ĝis nun ne estis ofta temo de la arto, bedaŭrinde."

Evidente mi bone kalkulis kaj trafis ion, kio estis grava por li, kvankam verdire mi ne funde pripensis la ideon. Povus esti problemo, se necesus serĉi modelojn meze de bruaj fabrikoj. Eble Willi povus helpi min, fotografante laboristojn en plena agado.

Sinjoro Halder proponis al mi tagmanĝi en restoracio ĉe la relative proksima Bauernfeldplatz, kaj tie ni daŭrigis nian konversacion en sufiĉe plaĉa etoso. Mi forte esperis ke la tempo, kiun mi dediĉas al ĉi tiu gravulo, estos repagita per mendo de skulptaĵoj por iu el la konstruotaj loĝkvartaloj, ĉar mi ankoraŭ ne havis pluajn mendojn por la tempo post la finpretigo de la kineja salono.

"Kiel vi efektive ekkonis sinjoron Halder?" mi demandis, kiam Willi kaj mi foje parolis pri liaj konstruprojektoj.

"Unuafoje mi renkontis lin antaŭ jaro, kiam mi serĉis informojn pri la batalo en Schattendorf, kie dekstruloj murdis viron kaj knabeton. Kaj poste denove en aprilo antaŭ la elekto de parlamento. Mi serĉis ankaŭ informojn el la Kristan-Socia partio, sed tie mi ne ekkonis same bonvolan informanton. Eble pro mia nomo, ĉar tiam mi ankoraŭ estis Singer."

"Mi eĉ ne sciis ke vi verkis pri la elekto."

"Nu, mi ne povas raporti al vi pri ĉiuj artikoloj, kaj cetere neniu aĉetis ĝin. Pri elekto de aŭstria parlamento danaj ĵurnaloj ne tre interesiĝas. Precipe kiam la rezulto alportas neniun ŝanĝon. Maksimume ili citas telegramon de novaĵagentejo."

Mi atendis ian mesaĝon de la magistrato pri ebla mendo, sed tio prokrastiĝis. Dufoje mi telefonis al la oficejo de Halder, sed ambaŭfoje li estis neatingebla. Post la dua fojo li tamen rekontaktis min telefone por peti ke mi havu paciencon.

"Intertempe mi eble rajtus proponi al vi denove tagmanĝi ie?"

Pro oportuneco ni iris al la sama restoracio kiel lastfoje. Ĝi estis malnovstila gastejo kun tradiciaj pladoj, tamen bonaj.

"Kiel prosperas via kineja laboro?" li scivolis.

"Preskaŭ finita. En la fino de aprilo oni planas malfermi la kinoteatron kaj prezenti usonan sonfilmon pri ĵazkantisto, se mi bone komprenis."

"Ho, ekscite! Ĉu mi tiam povos akompani vin tien por kune ĝui tiun spektaklon?"

Mi sentis min iom embarasita, kvankam lia intereso ja ankaŭ flatis min, kaj mi ne volis rifuzi por ne riski la eventuale venontan mendon de skulptaĵoj. Ĉiuokaze restis kelkaj semajnoj ĝis la premiero.

"Nu, kial ne, se tio interesas vin", mi do respondis.

"Mi antaŭvidas ke en la estonteco la kinejoj fariĝos la teatroj de la popolo", li diris. "Precipe se aperos sonfilmoj."

"Povas esti. Ĝis nun mi ne multe spertis projekciadon de filmoj."

Li observis min en silento, dum la kelnero surtabligis niajn eskalopojn.

"Viaj amikoj, la gesinjoroj Weininger, sendube signifas multon al vi, ĉu ne?" li subite demandis.

"Jes, certe. Mi ja subluas de ili."

"Ne nur tion, mi supozas. Fakte mi ja ekkonis fraŭlinon Singer jam antaŭ ŝia edziniĝo, kaj la neatendita informo ke ŝi fariĝis sinjorino Weininger sufiĉe surprizis min, mi konfesas."

Li rigardis min fikse, kaj mi ne sciis, kiel komenti tion. Kiom li efektive komprenis?

"Willi havas sian apartan kondutmanieron", mi diris. "Eble ĉar ŝi estas danino. Mi ne konas aliajn skandinavojn, do mi ne scias."

Li ridetis, nenion dirante.

"Mi mem estas denaska vienanino", mi pluparolis por laŭeble forlasi la temon de ŝia edziniĝo. "El Leopoldstadt. Ĉu ankaŭ vi naskiĝis en Vieno?"

"Certe, ĉu tio ne aŭdiĝas?"

Mi ridis bonvole.

"Fakte, junaĝe mi laboris dum tri jaroj en Munkeno", li daŭrigis. "Antaŭ la milito. Mi estis tornisto en mekanika laborejo sed devis reveni en Aŭstrion por soldatiĝi je la militeksplodo."

Mi enpense kalkulis. Li do verŝajne aĝas pli-malpli tridek kvin jarojn. Nu, tiel li ankaŭ aspektas, mi pensis, kun siaj malhelbrunaj haroj, kiuj retiriĝas de la tempioj, kaj kun du vertikalaj sulkoj inter la brovoj. Sendube agema kaj rapidpensa. Mi iom miris ke li estas eksa tornisto. Li ŝajnis al mi sufiĉe klera homo. Iel mi ŝatus diri al li ke li ne malŝparu tempon, alkroĉante siajn sentojn al mia persono. Sed necesis pensi pri mia mendo, kaj cetere oni ja ne parolas tiel malkaŝe. Tio ne estas bontona.

Tiuprintempe Willi komencis paroli pri Hungario. Ŝi volis iri tien por verki artikolojn pri ekzotaĵoj, profitante de tio ke ŝi loĝas sufiĉe proksime. Precipe interesis ŝin la romantika vivo de rajdantaj paŝtistoj sur la pusto.

Mi ridetis.

"Tio estas nur opereta kliŝo", mi diris.

"Des pli bone! Do mi malkaŝos la veron malantaŭ tiu kliŝo."

Unue ŝi devis prepari sin kaj informiĝi, precipe pri kien en la lando ŝi devus iri, kaj espereble ricevi mendon kaj antaŭpagon de dana gazeto.

"Vi jam estis en Budapeŝto, ĉu ne?" mi memorigis ŝin.

"Jes, por verki pri alia kliŝo: la ciganaj muzikistoj. Do, tiufoje mi vidis preskaŭ nur la internojn de kafejoj kaj restoracioj. Diru, Louise, ĉu vi iom komprenas la hungaran?"

"La lingvon? Tute ne."

"Domaĝe. Al mi ĝi aspektas absolute netravidebla. Kiel la gronlanda. Aŭ finna. En unu restoracio mi eĉ hazarde vizitis la necesejon de viroj, ĉar la vortoj surporde estis plene enigmaj. Ĉu vi pensas ke la hungaroj ĝenerale scias la germanan? Mi celas ekster la kafejoj de Budapeŝto."

"Eble en la urboj, sed la ŝafpaŝtistoj certe ne."

"Tamen mi ne ŝatus venigi kun mi interpretiston. Cetere mi ne povus pagi lin. Do mi fidu mian eltrovemon kaj la korpan lingvon."

Ŝi iris al la Nacia Biblioteko por studi, kio jam estas verkita pri ŝiaj paŝtistoj, kaj sendube trovis sufiĉe multe, ĉar ŝi pasigis tie kelkajn tagojn.

La 28an de aprilo feste kaj solene malfermiĝis la nova kinejo *Metropol* ĉe Opernring. Mi tamen ne ĉeestis la premieron. Fakte, la kinokompanio ne invitis min. Ankaŭ Franz Halder ne rekontaktis min kun invito tien. Pri tio lasta mi kompreneble estis kontenta kaj sentis senŝarĝiĝon; tamen mi ankaŭ iomete elreviĝis ĉar oni forgesis min kaj mian laboron.

En la ĉefaj ĵurnaloj de Vieno aperis plejparte laŭdoj pri la kinoteatro, kaj oni plurfoje menciis la belajn stukaĵojn kaj aliajn ornamojn. Pri la usona sonfilmo la kritiko estis pli miksita. Iu trovis la kantadon sengusta. Aliaj provokiĝis de tio ke la protagonisto estas judo. Por la konservativaj, naciismaj kaj antisemitaj ĵurnaloj juda kantisto de negra kakofonio nomata ĵazo absolute ne meritis lokon sur la ekrano de viena kinejo. Iu opiniis ke tio estas nova pruvo pri la degenero de la junaj generacioj.

Post iom pli ol semajno sinjoro Halder tamen telefonis al mi.

"Mi petas pardonon ke mi ne kontaktis vin, fraŭlino Gerber, sed mi estis plene okupata pri la unua de majo. Sed via kinejo ja ricevis aklamojn, ĉu ne? 'La plej luksa kinoteatro en Vieno'. Do vi faris mirindan laboron kaj plene meritas la laŭdojn. Gratulon!"

"Mi kore dankas. Nu, tio estis por mi tasko ampleksa kaj iom nekutima."

"Kaj ĉe ni oni pli-malpli interkonsentis peti vin proponi ornamajn skulptaĵojn de la sekva norda etapo de *Sandleitenhof*. Do oni deziras konkretajn skizojn, sed mi povas diri ke la decido praktike jam estas farita."

"Ho, mi ĝojas! Kie kaj kiam mi prezentu la skizojn?"

"Tio iom dependas de kiom da tempo vi bezonos. Ĉu eblus post du semajnoj?"

"Certe. Kiel vi eble memoras, mi jam havas ideojn enkape."

"Bone. Do oni sendos formalan inviton. Intertempe mi ŝatus demandi, ĉu vi akompanos min por spekti tiun ĵazkantiston – kaj por aŭskulti lin! Sed eble vi jam ĉeestis tie?"

"Ne, mi ne spektis ĝin. Nu, povus esti interese. Mi neniam antaŭe spertis tian spektaklon, filmon kun kantado kaj parolo."

"Neniu tion spertis! Do, ĉu la venonta sabato konvenus al vi?"

"Jes, en ordo."

Mi eĉ ne konsideris la eblon rifuzi lian inviton. Post lia provizore pozitiva informo pri la mendo, tio estus tre maldankema. Kaj nur poste mi ekpensis ke mi povus proponi al li inviti samtempe Willi-n. Sed ne, oni ne iras triope al kinejo. Tiuokaze necesus inviti "la geedzojn Weininger", kaj tio ne plaĉus al mi.

Pasis kelkaj tagoj, dum kiuj mi estis nervoza kaj samtempe embarasita, ĉar tute mankis ja motivo nerviziĝi. Sed kiam fine alvenis la sabato, mi retrankviliĝis kaj jam certis ke ĉio pasos senprobleme.

Estis sufiĉe stranga sed interesa sperto spekti la filmon kaj samtempe aŭskulti la kantadon kaj foje paroladon de la personoj sur la ekrano. Mi eĉ ne sciis, kiel tio eblas, sed supozis ke oni uzas gramofondiskojn. La sono estis en la angla, do el la parolo mi komprenis nenion, sed feliĉe aperis intertekstoj por klarigi la okazaĵojn tute kiel en ordinara filmo, kaj tiuj tekstoj estis germanaj.

Mi ankaŭ sentis ekscitiĝon revidante miajn plastikaĵojn en la interno de la salono apud pentraĵoj, lampoj kaj foteloj en moderna art-dekora stilo. Eble la vortoj de Willi pri luksa bordelo estus pli trafaj ĉi tie, sed mi ĉiuokaze fieris esti grava kontribuinto al la arta impreso de la kinejo. Kaj sinjoro Halder eĉ videble ĝuis la medion.

Pri la neevitebla embaraso post la spektaklo mi sukcesis aranĝi tre ruze. Fakte, kiam mi rakontis al Willi pri mia kineja rendevuo, ŝi mem proponis sin por veturigi min tien kaj reen, se Johnny ne bezonos la aŭtomobilon. Kaj tiel okazis. Do, post la filmo, kiam Franz Halder insistis ke ni iru al restoracio aŭ trinkejo, ŝi atendis min en la verda diablino ekster la kinejo. Mi ne sukcesis kapti la mienon de mia akompananto, kiam li ekvidis kaj rekonis ŝin, sed finfine ni iris triope al proksima trinkejo. Mi timis ke li estos malkontenta aŭ eĉ kolera pri mia ruzo, sed li montris tute gajan vizaĝon kaj vigle konversaciis kun Willi, dum ni ĝuis usonstilajn koktelojn, kies nomojn nur Willi sciis bone prononci. Kaj poste ni kompreneble devis disiĝi, ĉar la aŭtomobilo havis sidlokojn nur por du personoj, kaj cetere Willi kaj mi celis norden, dum li loĝis en suda kvartalo.

En la Urbodomo tri sinjoroj, el kiuj Franz Halder estis unu, scivole rigardis miajn skizojn kun videbla plezuro, jen montrante al unu figuro kun gaja komento, jen diskutante pri alia, kion efektive faras la persono, jen donante al mi komplimentojn. Mi tamen sentis certan embarason. Se Halder estis iama tornisto, eble la du aliaj bone konis aliajn metiojn, kiujn miaj skizoj misprezentis.

"Mi pardonpetas pro mia mallerteco kaj manko de sperto pri la teknikaj aferoj", mi diris. "Kompreneble mi studos ĉiujn laborojn zorge antaŭ ol skulpti, sed mi ankoraŭ ne havis okazon fari tiajn esplorojn."

"Ne gravas; ni helpos vin trovi lokojn kaj personojn, kiujn vi povos uzi kiel modelojn", diris unu el la sinjoroj.

"Se mi bone komprenis", diris Franz Halder, "sinjorino Weininger, kiu estas ĵurnalistino, proponis sin por fotografi laboristojn de kelkaj metioj."

"Jes, tio helpos, sed mi volas ankaŭ mem studi la diversajn laborojn."

Tiu el la viroj, kiu promesis helpon, komencis diskuti kun Halder pri la tornisto, dum la tria proksime studis alian el la figuroj.

"Fraŭlino Gerber, kion reprezentas ĉi tiuj figuroj?" li demandis, montrante iom hezite al tiu skizo.

"Tio estas akuŝistino, kiu asistas naskantinon."

"Mi pensis tiel. Sed ĉu tio ne estus iom aŭdaca sceno sur fasado de familia loĝdomo, kie pasos ankaŭ infanoj?"

Laŭ mia opinio la skizo estis sufiĉe diskreta kaj devus ŝoki neniun, sed povas esti ke jam la temo estis provoka.

"Eble la infanoj ŝatus vidi, kiel ili venis en la mondon", diris Halder ridante.

"Tiam oni povus montri al ili ankaŭ la...", komencis la tria sinjoro sed haltigis sin, kaj ĉiuj tri samtempe videble embarasiĝis kaj rigardis min kiel hontemaj hundoj.

"Ne", mi diris. "Tion mi ne konsideras metio aŭ profesio."

Ili ridis, kaj la etoso senteble pliboniĝis.

"Nu, mi volis proponi ankaŭ virinan profesion", mi daŭrigis, "krom la teksistino. Sed kompreneble ni povos ekskludi la akuŝistinon, aŭ anstataŭigi ŝin per flegistino ĉe malsanulo."

Tio trankviligis la trian sinjoron, kaj post ankoraŭ kelkaj komentoj kaj komplimentoj ili faris al mi buŝan mendon, kiu estos konfirmita per kontrakto post kelkaj tagoj. Mi pleniĝis de sento kvazaŭ de ŝaŭmvino. Denove mi havos daŭran laboron kaj enspezon por monatoj. Ankaŭ Franz Halder mienis feliĉe. Evidente li antaŭe pledis por mi kaj preparis mian sukceson. Mia ruzo, kiam Willi alvenis por mi post la filmo, ŝajne ne tro ĉagrenis lin.

Dum majo kaj junio mi do kune kun Willi vizitadis vicon da fabrikoj, laborejoj, konstruejoj kaj eĉ la pediatrian klinikon de la Ĝenerala Hospitalo, kie jam staris mia kapo de infano, por studi, skizi kaj fotografi aron da diversprofesiaj laboristoj. Krom la ampleksa materialo, kiun mi kolektis, estis ankaŭ tre interese rigardi la profesiulojn meze de ilia laborado, aŭdi la bruon de maŝinoj aŭ la plorĝemojn de etaj pacientoj, senti la malsamajn etosojn de tiel diversaj laborejoj, kie homoj penas por vivteni sin sed ankaŭ plenumas utilajn kaj necesajn servojn, pri kiuj ili devus fieri. Iufoje mi vere kredis vidi tian fieron, sed por multaj la ĉiutaga penado evidente estis nur necesa plago.

Por mi tiuj vizitoj fariĝis kvazaŭ lernejo pri nia socio, pli precize pri ĝia ekonomia bazo, kiun la arto kutime tute neglektas. En la pentroarto aperas miloble pli da diinoj - kompreneble nudaj - aŭ sanktulinoj - kutime dece vestitaj - ol da laboristinoj. Kaj se temas pri statuoj, aperas ĉefe du specoj: famaj viroj el politiko, kulturo aŭ scienco, kaj virinoj anonimaj aŭ alegoriaj - same nudaj kiel la diinoj. Mi pli kaj pli konsentis kun la vortoj de sinjoro Halder ke indus honori la korpan laboron, kvankam mi origine lanĉis tiun ideon ĉefe por iom sukeri mian proponon al li.

Krome mi sentis grandan kontentiĝon unuafoje labori flankon ĉe flanko kun Willi. Ŝi kompreneble ne limigis sin al fotografado sed ĉie klopodis interparoli kun homoj, demandi pri iliaj laborkondiĉoj, kiam iliaj taskoj ne malhelpis al ili respondi. Kutime ŝi ĉesis nur kiam laborestro alvenis por malpermesi al ŝi ĝeni la produktadon. Kaj kvankam mi mem kutime nenion demandis nek komentis, mi ja observis kaj aŭskultis, kaj tio donis al mi pli profundan komprenon pri la sorto de la homoj en tiuj diversaj laborejoj. Aŭ ĉiuokaze mi kredis kompreni pli multe ol antaŭe.

Dum mi okupiĝis pri la preparoj antaŭ ol efektive komenci pri la skulptado, ni havis malbonvenan viziton en nia hejmo. Poste ni povis ŝerci kaj ridi pri ĝi, sed al mi la okazaĵo ĉiam konservis sufiĉe amaran guston kaj senton de angoro.

Estis vendreda vespero en la fino de majo. Johnny kiel ofte havis kelkajn gastojn, kaj pro la varmeta vetero ni ĉiuj vespermanĝis en nia ĝardeno ĉe la subiranta suno kaj en tre bona etoso dum gaja kaj vigla babilado kaj ŝercado. Poste ni endomiĝis, kaj baldaŭ forlasis nin la konatoj de Johnny krom lia speciala amiko Hansi, bela junulo iom rondeta kun senkulpa vizaĝo kaj sufiĉe memfida karaktero, laŭ tio kion mi ĝis tiam spertis de li. Willi kaj mi enlitiĝis, kaj supozeble Johnny kaj lia amiko faris same en la supra etaĝo. Mi ankoraŭ ne endormiĝis, kiam mi aŭdis aŭtomobilon halti surstrate antaŭ nia domo kaj tuj poste fortajn frapojn sur la pordo. Mi leviĝis siden sur la lito, unue pensante ke iu el la aliaj gastoj postlasis ĉe ni ion gravan kaj nun revenis taksie por preni ĝin. Sed la batoj estis tro fortaj. Mi paŝis cele al la dompordo, kaj jen mi aŭdis de ekstere bruskan voĉon.

"Polico! Tuj malfermu!"

Mi rekuris al mia ĉambro, tiris Willi-n el la lito kaj igis ŝin rapidi supren al Johnny kaj Hansi, kunportante siajn vestaĵojn. Poste mi surmetis negliĝon kaj ne tro haste reiris al la pordo, dum la vokoj de ekstere ripetiĝis eĉ pli laŭte.

Mi iom palpadis por manipuli la seruron kaj fine malfermis la pordon.

"Moralpolico, enlasu, mi petas", dikulo en uniformo deklaris, puŝis min flanken kaj enpaŝis, sekvata de dua pli svelta kolego.

Ili rapide eniris en la saloneton, kie restis glasoj de niaj postmanĝaj drinketoj, poste la dikulo turnis sin, ĵetis rigardojn en mian ĉambron kaj la kuirejon plenan de pliaj glasoj kaj vazoj de la vespermanĝo.

"Kie ili estas?" li demandis per voĉo laŭta kaj malamika, apenaŭ rigardante min.

"Kio do okazis?" mi demandis. "Pri kio temas? La gesinjoroj sendube jam dormas. Kion vi serĉas ĉi tie, komisaro? Ĉu ŝtelistojn?"

"Gesinjoroj, ĉu? Provu alian fabelon. Kie?"

Mi klopodis pensi kiel eble plej rapide sed samtempe ŝajnigi ke mi tre malrapide komprenas. Fine li kaptis miajn ŝultrojn kaj skuis min. Mia rigardo alterne saltis inter lia pustule ruĝeta vizaĝo kaj la glate pala de lia maldika kolego.

"Respondu do, damne, stulta virino!"

Mi ĵetis maltrankvilan rigardon al la ŝtuparo.

"La ĉambro de la gesinjoroj Weininger estas en la supra etaĝo, sed ili ne ŝatus ke..."

En sekundo la dikulo jam estis duonvoje al la ŝtuparo. Lia kolego sekvis lin tien kaj plu supren, kaj ankaŭ mi postsekvis, preĝante al mi-ne-scias-kiu ke oni havu tempon kaŝi la amikon de Johnny en la subtegmento.

Kiam mi atingis la dormoĉambron de Johnny, mi devis ŝtelrigardi tra fendoj inter la du policistoj por vidi ion ajn en la mallumo. Sed jen kuŝis Willi en lia lito, tenere brakumante sian edzon, kiu ŝajnigis senhaste vekiĝi kaj rigardi la entrudiĝantojn. Inter la lito kaj la pordo staris la mopso Ossian, minace grumblante kontraŭ la fremduloj.

"Kie ili estas?" ripete trumpetis la dikulo, peze anhelante post la supreniro laŭ la ŝtuparo.

Nun Ossian ekbojis kolere. Willi ŝajne dormeme eklumigis la litolampon kaj leviĝis siden, eksponante la dekoltaĵon de sia noktoĉemizo. Dume Johnny pudore kaŝis sian nudan bruston per la littuko kaj provis alpreni sian bankoficistan personecon.

"Pardonu, sed kio rajtigas vin penetri en la dormoĉambron de honestaj civitanoj? Bonvolu montri permesilon!"

Lia sinteno tamen ne imponis al la moralpolicistoj.

"Ne babilu!" elsputis la dikulo. "Prefere montru, kie vi kaŝis viajn njo-knabojn! Kaj silentigu la hundaĉon!"

"Sinjoro, bonvolu atenti ke ĉeestas sinjorino! Elektu viajn vortojn, mi petas. Kaj estu certa ke mi plendos ĉe via ĉefo pro ĉi tiu entrudo."

"Baf! Ĉi tie ĉefas mi."

La dikulo nun returnis sin al mi.

"Kie estas la aliaj?" li ripete demandis laŭte por supervoĉi la bojadon de Ossian.

"Kiuj aliaj?" mi klopodis prokrasti.

"La bugrantoj de tiu perversulo."

"Mi ne komprenas..."

Li senpacienciĝis kaj turnis sin al sia kolego.

"Ni simple trakribru la tutan domon. Ili ne povas eskapi."

Tiam ekparolis Willi el la lito de Johnny.

"Vi eraras, sinjoro. Ni havas nur unu gaston. Li estas negoca kolego de mia edzo, kiu pro oportuno tranoktas ĉi tie. Sed li dormas en supra gastoĉambro, krom se vi jam vekis lin kriante."

La dikulo tuj denove turnis sin al mi.

"Montru", li elpafis, ŝovante min for el la geedza nesto.

Kiam ni forlasis la ĉambron, Ossian finfine kvietiĝis. Mi denove paŝis laŭeble malrapide al la ŝtuparo. Mi ne tre ŝatis supreniri en negliĝo kun du policistoj ĉe la kalkanoj, sed eĉ malpli mi volis ke ili kuru antaŭ mi. La plej kutima gastoĉambro estis tiu ĉe la okcidenta gablo, do mi iris unue orienten, malfermis kaj aktoris surprizite, kiam ĝi estis malplena. Poste do okcidenten, kaj tie ja kuŝis Hansi en lito, kiu ĉiam estis aranĝita por akcepti eventualan gaston.

"Stariĝu kaj vestu vin!" ordonis la dikulo kaj eklumigis la elektran plafonan lampon.

Denove mi preĝis, esperante ke Hansi sukcesis kunporti siajn vestaĵojn kaj ŝuojn ĉi-supren, kaj mia pia preĝo estis plenumita.

"Kio okazas? Kion vi volas?" murmuris la junulo.

"Ne bleku. Mi konas vin, bubaĉo. Vi venos kun ni."

Hansi ŝajne jam havis spertojn de la moralpolico. Do kun grimaco li komencis surmeti vestaĵon post vestaĵo, dum mi retretis por ŝajnigi embarasiĝon.

"Sinjoro inspektoro, mi certigas al vi ke vi faras teruran eraron", mi aŭdis de la gastoĉambro.

"Fermu la faŭkon kaj rapidu pretiĝi."

Unuafoje mi nun ekaŭdis la voĉon de la dua policisto, kiu parolis al la dikulo.

"Kiel ni procedu pri la sinjoro malsupre?"

"Nenio farebla. Ni povus nenion pruvi."

Tiu respondo trankviligis min. La samo devus validi pri Hansi, sed li ne havis tian socian pozicion kiel Johnny, do lin oni povas senpune turmenti, mi supozis.

Kiam la du policistoj jam fortrenis la junan amikon de Johnny kaj ni aŭdis ilian aŭton foriri, ni restis preskaŭ paralizitaj dum kelka tempo. Johnny supreniris en la subtegmenton por gvati tra la fenestroj ambaŭflanken al la najbaraj domoj, provante esplori, ĉu videblas ia agado tie. Ĉar evidente la kialo de la razio estis denunco fare de iu, kiu vidis kaj aŭdis nin en la ĝardeno dum kaj post nia vespermanĝo. Tion pli-malpli pruvis la gurdado de la dikulo pri "la aliaj".

"Kio okazos al Hansi, laŭ vi?" mi demandis, kiam Johnny revenis suben en la salonon, kie Willi verŝis al ni tri sufiĉe grandajn glasojn da konjako.

"Espereble nenio grava. Oni batos lin, sed tion li jam antaŭe spertis. Neniu prokuroro prezentos akuzon nur surbaze de klaĉado fare de prudaj najbaroj, kiuj povis vidi nenion."

Mi esperis ke li pravas. Iom post iom ni retrankviliĝis kaj fine revenis al niaj ĝustaj lokoj.

"Kompatinda Hansi", diris Willi kun la brakoj ĉirkaŭ mi. "Kaj Johnny. Mi kompatas lin, ĉar li devas nun kuŝi sola en sia granda lito."

"Nu, vi videble tre bonfartis en ĝi. Ĉu vi pripensas reiri supren?"

Ŝi ridis.

"Mi amegas, kiam vi ĵaluzas."

Jen la fino de tiu neatendita vizito. Post semajno ni eksciis de Johnny ke Hansi eĉ evitis batadon en la policejo.

"Bonŝance tiunokte deĵoris tie komisaro, kiun li iomete konas, do li povis anstataŭe fari al tiu personan servon."

Li ne precizigis pri kia servo temis, eble ĉar tio ne estis afero konvena por la oreloj de senkulpaj virinoj.

Okaze de niaj vizitoj al diversaj laborejoj Willi kaj mi vidis multajn pezajn kaj netolereblajn kondiĉojn. Ŝi ofte poste parolis pri virino, kiun ni renkontis en bierfarejo en Schwechat apud Vieno, kie ŝia tasko estis lavi uzitajn botelojn reuzotajn. Pro la forta lesivo en la lavakvo ŝiaj manoj estis tute ruĝaj kaj aspektis preskaŭ senhaŭtaj. Ŝi estis sudet-germanino el norda Bohemio sed vivis en Vieno ekde la militaj jaroj. Ŝi rakontis ke ŝi edziniĝis kaj naskis filon, sed la edzo malaperis en la milito, kaj la ŝtato neniel kompensas ŝin, ĉar mankas pruvo ke li mortis. Kiam ŝi plendis, oni respondis ke li estas mankanta, kaj aludis ke li eble dizertis. La filon ŝi devis dumlabore lasi sen vartado en la domaĉo, kie ili loĝas. Nun li jam estas dekdujara, kaj ŝi vidas lin nur de temp' al tempo, kiam li revenas por peti monon aŭ manĝon de ŝi; ceteratempe li vagas en nekonataj lokoj, farante nekonindajn aferojn.

"Kion ŝi povas antaŭvidi aŭ eĉ esperi?" demandis min Willi. "La filo, se li vivos, sendube finos en malliberejo. Kiam ŝi ne plu eltenos la malhoman laboron, oni ĵetos ŝin sur rubejon, krom se ŝi jam antaŭe frostmortos en sia ĉambro."

"Eble ŝi ricevos apartamenton en unu el la novaj loĝkvartaloj", mi provis kontesti ŝian pesimismon.

"Ĉu ŝi povos pagi la luon? Certe ne, kiam ŝi ne plu povos labori."

Mi sciis ke ŝi pravas. Mi bone konis la ekziston de mizeruloj en la urbego. Leopoldstadt estis plena de galiciaj judoj, kiuj almozpetis aŭ plenumis okazajn simplajn laborojn por kelkaj groŝoj, kaj krome devis timi molestadon fare de junaj antisemitoj. Ofte granda familio loĝis en unu ĉambro, kie oni eble eĉ subluigis kuŝlokon dumtage al iu nokta laboristo. Sed mi ne ŝatis tro multe paroli pri tiaj aferoj, kiujn mi ne povis ŝanĝi. Tio nur deprimis min kaj donis al mi vanan senton de kulpo, ĉar mi estas pli bonŝanca.

Kiam alvenis somera varmego ni ĉesigis la vizitojn al fabrikoj kaj mi finfine povis komenci pri la konkreta kreado de skulptaĵoj. Mia metodo estis unue krei gipsfigurojn, kaj poste per tiuj argilajn muldilojn por la pretaj cementaj reliefoj, kiuj eltenos la klimaton sur la ekstero de domfasadoj.

Dum pliparto de la printempo Willi ne parolis pri sia hungara ideo. Nun ĝi denove aktualiĝis, sed en julio estus tro varme por konsideri ĝin. Anstataŭe ŝi decidis iri al Tirolo por verki turismajn raportojn el la pitoreskaj alpaj vilaĝoj.

"Edelvejson kaj jodladon miaj legantoj sendube jam ricevis ĝissate", ŝi diris, "sed eble mi trovos ion novan, pri kio ili antaŭe ne legis."

Do, dum mi ŝvitis en mia ateliero, ŝi piediris en la freŝa montara aero sur verdaj alpaj deklivoj de gastejo al gastejo, unu pli pitoreska ol la alia, fotografante kaj skribante notojn pri la belaj pejzaĝoj kaj komfortaj montaj hoteloj, kvankam ŝi mem devis kontentiĝi tranokti en malpli kostaj pensionoj.

"Ankaŭ en tiu regiono *Heimwehr* tre aktivas", ŝi rakontis, reveninte post semajno kaj duono. "Kaj oni strebis ĉiel malhelpi al mi piediri sen akompano laŭ la montaraj padoj. Laŭdire tio ne estas sekura por sola virino."

"Se mi konas vin bone, vi fajfis pri tiuj avertoj."

"Kompreneble. Des pli ĉar la akompano konsistus el pagata ĉiĉerono."

Same kiel post la pli longa restado en Leibnitz ŝi sidiĝis por verki artikolojn, ĉi-foje tamen ne en sia laborĉambro, la iama servistina ĉambreto, sed sub nia abrikotarbo en la ĝardeno. Ni havis ankaŭ du pomarbojn kaj unu cidoniarbon, sed Willi precipe ŝatis la molan ombron sub la abrikotarbo, kie staris eta tablo kaj du seĝoj. Kaj ĉi-foje ŝi ne izolis sin spirite dum la verkado sed ofte paŭzis por babili, trinki kafon aŭ bieron kaj fumi.

"En Zillertal ĉio estis pli-malpli kiel mi atendis. Oni tre koncentriĝis pri turismo kaj la ebloj vendi ion al la turistoj kaj alie servi ilin. Sed poste mi iris per la fervojo tra la pasejo de Brenner en Sudan Tirolon, kie oni nun ĝuas la reĝimon de Mussolini. Tio estis pli interesa. Evidente liaj nigraĉemizaj faŝistoj jam regas tie tute sen opozicio."

Malgraŭ la oftaj novaĵoj el Italio pri ĝia nova gvidanto kaj lia marŝo al Romo, mi ne sciis tre multe pri la lando. La lastatempaj okazaĵoj iel impresis al mi kiel opereto, sed supozeble mi eraris. Eble temis pli vere pri tragedio.

"Nu, bonŝance ekzistas neniu tia figuro ĉe ni", mi diris. "Kaj eĉ se li ekzistus, la konservativaj aŭstroj sendube trovus lin tro malserioza por atenti."

"Mi ne certas pri tio", diris Willi. "Tiuj 'hejmdefendantoj', kiujn mi renkontis, sendube sopiris ĝuste je tia forta gvidanto. Kaj en Suda Tirolo, kie la itala regado ĝenerale ne estas populara, multaj ŝajne faras escepton, se temas pri Mussolini. Laŭdire li kreas ordon en la lando, kio estas tre bezonata."

Al tio mi havis nenion por diri. Entute la paroltemo ne tre plaĉis al mi. La politiko ofte maltrankviligis min, kaj eble plej multe la sento ke mi povas nenion fari pri ĝi. Eble mi devus diskuti tion kun Franz Halder, mi ekpensis sed forpuŝis la ideon, dubante ke li havas solvon. Estas tre bela ideo ke ĉiuj homoj egalas, sed laŭ mia sperto multaj tute ne deziras egalecon. Ili preferas malegalecon, se tio signifas ke ili estas superaj kaj povas malestimi kaj malami aliajn homojn. Verŝajne nur la plej suba tavolo en la socio sopiras je egaleco, ĉar por ili ĝi signifus grimpadon supren el la mizero inter la pli bonŝancajn homojn, sed tiuj homoj tute ne bonvenigus la mizerulojn.

Willi rekomencis skribi kaj nur jen kaj jen ĵetis al mi rigardon per siaj helbrunaj okuloj. Mi memoris ke en la komenco mi trovis ilian koloron simila al tiu de sekigitaj abrikotoj. Mi rigardis supren. La arbo, sub kiu ŝi sidis, alportos sufiĉe grandan rikolton, kaj ĝiaj fruktoj jam komencis maturiĝi, kvazaŭ por konfirmi sian nomon, kiu laŭdire signifas 'frue maturiĝanta'. Baldaŭ necesos pluki ilin kaj tuj manĝi aŭ konfiti, ĉar mi ne sciis, kiel sekigi ilin por posta uzo. Mi pensis ke tiel same estas pri multaj aferoj en la vivo. Necesas ĝui ilin tuj kiam ili maturiĝas, ĉar ne eblas konservi ilin por la estonteco.

Mi pretigis unu post la alia el la metiistaj reliefoj. De temp' al tempo mi vizitis la konstruejon ĉe Liebknechtgasse en Ottakring por vidi, kiom prosperas la domkonstruado. Ankoraŭ ne eblis munti la reliefojn, ĉar ili povus difektiĝi dum la plua masonado de la muroj. Mi scivolis, kion opinios la estontaj loĝantoj pri miaj skulptaĵoj.

En septembro Willi finfine ekiris al Hungario. Origine ŝi volis ke mi akompanu ŝin per vaporŝipo al Budapeŝto, sed mi ne estis preta forlasi mian laboron, do ŝi iris sola per vagonaro kaj intencis post kelkaj esploroj en la hungara ĉefurbo pluiri orienten al Debrecen.

Du tagojn post ŝia foriro mi hazarde ekvidis noticon en ĵurnalo, kiun mi normale eble ne atentus, sed kiu vekis mian intereson pro la loko. En la tirola Zillertal, kie Willi pasigis kelkajn juliajn tagojn, piedirante en la montaro, okazis murdo. Juda familio vizitis la valon kiel turistoj, kaj la patro kaj filo promenis sur monta pado. Ial la patro falis aŭ estis puŝita de krutaĵo, kaj post la falo li estis prirabita kaj mortigita. Nun oni arestis lian filon kaj akuzos lin pri murdo ĉe loka tribunalo, ŝajne sen ajna pruvo.

Mi scivolis, kion dirus Willi pri tiu okazaĵo. Sed ŝi tutcerte ne legis pri ĝi, restante en Budapeŝto aŭ pli fore. Ia timo kaptis min. Kiel ŝi povas vojaĝi tiel senprotekte? Io simila ja tre facile povus okazi al ŝi. Kompreneble ne ekzistas tiaj krutaĵoj sur la hungara ebenaĵo, kiel inter la Alpoj, sed akcidentoj kaj krimoj povas okazi ĉie ajn, en ĉiaj pejzaĝoj.

Post semajno venis de ŝi bildkarto sendita el Debrecen kaj montranta statuon de ia historia figuro. Ŝia mesaĝo surkarte tekstis: "Ĉi tio estas lando de hajdukoj, kaj jen ilia princo." Poste mi plu ricevis neniun informon, dum la tagoj sumiĝis al semajnoj. Mi laboris pli multajn horojn ol iam, ĉar kion alian mi povus fari por forpeli la pensojn? Alvenis la fino de septembro, kaj neniu signo de Willi. Ŝi ne precizigis, kiel longe ŝi intencas resti fore, tamen tri semajnoj por sperti la vivon de paŝtistoj aŭ hajdukoj ŝajnis al mi pli ol sufiĉe.

Franz Halder vizitis min en la ateliero kaj ege laŭdis miajn jam pretajn reliefojn, sed ĉu sincere aŭ por gajni mian favoron, mi ne povis prijuĝi. Entute mi ne sukcesis dediĉi al li grandan atenton pro zorgoj pri mia arta kreado kaj pri Willi.

"Mi certas ke oni multe admiros la novan kvartalon", li diris. "Pro multaj kialoj, kompreneble, kaj ankaŭ pro la arto."

"Nu, mi supozas ke ankoraŭ restas multaj senhejmuloj en Vieno", mi respondis iom pesimisme.

"Prave, sed ni plu konstruos, kaj post ankoraŭ kelkaj jaroj la problemo de loĝado estos solvita. Baldaŭ oni pretigos la apartamentojn ankaŭ de *Karl-Marx-Hof*. Fakte mi mem pripensis, ĉu peti loĝejon tie. Mi preferus loĝi inter mia popolo."

Mi pensis ke li ja ne estas senhejma, do kial li prenu apartamenton de iu, kiu pli multe bezonas ĝin? Sed kompreneble mi ne diris tion. Cetere mi ne konis la sistemon, laŭ kiu oni akceptas luantojn en la novaj laboristaj kvartaloj, kvankam Halder iam menciis kelkajn kriteriojn. Do mi plu laboris pri mia reliefa masonisto, kiun espereble baldaŭ vivaj kolegoj povos fiksi super la enirejo de loĝdomego ĉe Liebknechtgasse.

Johnny daŭre plu invitadis amikojn al festoj en nia domo, kvankam ne plu en la ĝardeno, sub la okuloj kaj oreloj de najbaroj, kaj ankaŭ Hansi de temp' al tempo gastis ĉe ni. Unu kurioza persono inter la gastoj estis Felicia, kiu oficiale nomiĝis Felix Hofer. Ŝi estis alta, grandmama blondulino kun sonora alda voĉo. Malfruvespere post vico da drinkaĵoj ŝiaj blondaj bukloj fojfoje glitis iomete oblikven, montrante kelkajn subajn harojn tre malhelajn, kaj sur la vangoj iam aperis blueca ombro, dum la rigardo de la brunaj okuloj iom paliĝis. Post kelkatempa restado en la banĉambro tamen reaperis la kutima granda, vigla blondulino kun larĝaj ŝultroj kaj biĵuterio sur la fingroj de la grandaj manoj. Iel ŝi impresis min kvazaŭ karikaturo pli grandformata de ordinara virino, kaj ŝia ĉiam gaja humoro kelkfoje ŝajnis eĉ tro gaja, preskaŭ mania, kvazaŭ ŝi klopodus bari ĉiajn negativajn pensojn per digo el gajeco. Tamen ŝi plaĉis al mi pro sia bonvolema karaktero, kaj evidente ŝi estis ŝatata persono en la rondo de Johnny.

En unu el la komencaj tagoj de oktobro Johnny alparolis min serioze, kiam mi venis hejmen de la ateliero.

"Aŭskultu, Louise. Okazis io maltrankviliga. Willi telegrafis al mi en la laborejo. Mi devis sendi al ŝi tricent ŝilingojn telegrafe per banko en Debrecen. Oni evidente rabis ŝian vojaĝkason."

Mi rigardis lin kun sento de glacio interne. Mi ja antaŭvidis tion, legante pri la murdo en Zillertal. Ĉu mi iel kaŭzis ĉi tion? Stultaĵo!

"Kiel ŝi fartas? Ĉu ŝi estas sana?"

"La telegramo menciis nenion pri tio. Nur ke ŝi revojaĝos hejmen."

Ĉiu nervo en mia korpo tremis, sed necesis pensi racie. Se ŝi sendis telegramon, ŝi devas esti sekura. Ŝi estas prirabita, ne murdita. Mi devis klopodi por trankviliĝi.

"Bone. Do morgaŭ aŭ postmorgaŭ ŝi jam estos ĉi tie, ĉu ne?"

"Espereble. Sed vi scias, pri Willi oni neniam certas."

Reale pasis kvar tagoj ĝis ŝi revenis. Unuavide sana kaj sekura, sed ŝia konduto ne estis la kutima. Ŝi estis iel fermita en sin mem. Ni ja brakumis nin, tamen mi sentis ŝin fora. Ŝi nenion rakontis pri sia vojaĝo aŭ pri la rabo. Nek pri la pusto aŭ iaj paŝtistoj. Kaj vespere ŝi decidis enlitiĝi en unu el la gastoĉambroj.

"Atendu, Louise", ŝi diris. "Paciencu."

Do, reveninte ŝi estis eĉ pli fora de mi ol dum la vojaĝo.

Matene ŝi diris nur ke ŝi devas konsulti kuraciston sed espereble revenos hejmen posttagmeze.

"Kio do okazis, Willi? Vi devas rakonti!"

Ŝi kapneis kun mieno de koncentriĝo kaj decidemo. Mi povis nenion fari.

"Lasu ŝin", konsilis Johnny. "Ŝi klarigos, kiam ŝi estos preta por tio."

Sed tio ne okazis. Willi ne vere klarigis, kio okazis al ŝi en Hungario. Ŝi dumlonge ne pretiĝis por tio, aŭ eble ŝi ne trovis min preta por ekscii. Kelkfoje mi suspektis ke ŝi efektive rakontis pli multe al Johnny sed devigis lin silenti pri tio. Sed eble mi nur fantaziis tion.

Pasis semajno, pasis kelkaj semajnoj. En novembro la ĵurnaloj denove menciis la murditan judan turiston en Zillertal, kiam tribunalo de Innsbruck kondamnis lian filon je malliberigo pro la murdo. Mi montris tiun informon al Willi, sed ĝi ne vekis ŝian intereson.

En la fino de novembro ŝi tamen ŝajne ekfartis pli bone. Ŝi finfine revenis al mi en mia ĉambro, kiu ja estis la nia, reale. Ŝi ankaŭ komencis rakonti kelkajn aferojn pri la vojaĝo. Ŝi parolis pri la urbo Debrecen, pri ĝia granda reformita preĝejo kun blanka interno preskaŭ senornama. Ŝi parolis pri la vasta senarba stepo kun la baskul-putoj, ĉevaloj, bovoj, vilaj porkoj kun bukla lano kaj strangaj ŝafoj kun kornoj rektaj, spirale pintaj ĉe ambaŭ seksoj. Ankaŭ pri la paŝtistoj ŝi iom parolis, sed nur tre ĝenerale, ke ili vivas ege primitive en kabanoj apud la gregoj kun siaj ŝafistaj hundoj similaj al nigraj ŝvabriloj. Fotografaĵojn ŝi tamen ne povis montri, ĉar ŝi perdis kaj la fotoaparaton kaj la eksponitajn filmojn.

Kaj mi ne vidis ŝin verki artikolon. Tio estis konsterna. Ĝis nun ŝi ĉiam sukcesis iel turni ĉiujn spertojn en gazetartikolojn, sed nun tiu ideo ŝajnis eĉ naŭzi ŝin. Kiel ŝi elturniĝos, se ŝi ne plu povos verki?

Sed la tempo plu pasis. Mi finis la lastan reliefon, kiu dum la vintro devos resti kun la aliaj en la ateliero. Ankaŭ la domkonstruado pli-malpli haltis pro la sezono. Kiel nun vivtenas sin la konstrulaboristoj, mi ne imagis. Necesis simple atendi la printempon. Tiam miaj artaĵoj estos muntitaj sur la fasadoj de *Sandleitenhof.* Mi esperis ke tio kondukos al pliaj mendoj de diversspecaj skulptaĵoj. Kaj espereble Willi revenos al sia normala memo kaj povos denove verki siajn artikolojn. Jes, tiel ja devos okazi. Printempe nia vivo refariĝos normala kaj poste daŭros kiel antaŭe. Tiam ĉio sendube estos pli bona.

1929
La fama envio

En januaro mi fariĝis tridekjara. Mi invitis la gepatrojn al *Vilao Elise* por tagmanĝo, dum kiu Willi kaj Johnny rolis kiel diskretaj servistoj, kiuj prezentis al ni la pladojn el legomsupo kaj anasaĵo kun oranĝo, verŝis la ŝaŭmvinon kaj tiel plu. Tio estis eta teatraĵo, kompreneble, kaj poste ni ĉiuj kune ĝuis kafon, likvoron kaj veran Sacher-torton aĉetitan de Johnny en la samnoma urbocentra hotelo. Patro videble aprezis la ludon, dum Patrino ŝajne ne sciis precize, kion pensi pri ĝi. Sed ŝi havis alian zorgon, kiun ŝi volis dividi kun mi, tamen neniun novan.

"La tempo pasas tro rapide, Louise", ŝi diris. "La vivo ne daŭras eterne. Ĉu vi vere volas plu resti sola? Pensu, post kelkaj jaroj jam estos tro malfrue. Via arto certe nun gravas al vi, sed ĝi ne povas anstataŭi familion."

Mi volis peti ŝin rigardi ĉirkaŭ si; mi ja ne estas sola! Sed ne eblus komprenigi tion al mia patrino. Al Patro eble jes, kvankam mi embarasiĝus klarigi al li, kiel mi vivas, kaj ke mi efektive ne estas sola. Sed por Patrino tio estus tute neimagebla. Nature ŝi pensis plej multe pri infanoj, pri nepoj. Pro la mortintaj fratoj, kiuj antaŭis mian naskiĝon, miaj gepatroj havis nur unu idon, kaj ĝuste tiu ido ne donos al ili genepojn. La familio Gerber finiĝos per mi. Cetere, eĉ se mi iel trapasus metamorfozon kaj fariĝus bonkonduta etburĝa edzino kaj patrino, miaj infanoj havus alian nomon. Fakte mi ja havis gekuzojn, sed ili estis idoj de mia patrinflanka onklo kaj de miaj du patroflankaj onklinoj; do ankaŭ ili portis aliajn familiajn nomojn. El tiuj gekuzoj mi kutimis renkontiĝi nur kun Hedwig kaj Elisabeth, la du filinoj de onklino Esther. En Bohemio, en la nuna Ĉeĥoslovakio, laŭdire estis pli foraj parencoj kun nia nomo, sed mi ne konis ilin.

Mi ne sciis, ĉu miaj gepatroj klopodis ekhavi pli da infanoj post mia naskiĝo, aŭ ĉu ili male zorgis eviti tion. Pri tiaj aferoj ne eblis demandi ilin. Povus esti ke kuracisto malkonsilis pluan gravedecon. Ĉiuokaze nun nenio ja fareblis. Mi ne povus ŝanĝi mian naturon, kaj infanoj ne venas el nenio. Des malpli nepoj.

Vespere mi denove festis mian maturan aĝon, sed tiam jam kun miaj kunloĝantoj kaj kelkaj amikoj de Johnny. Kvankam ilin mi ne konis tre bone, kaj eĉ ne tre ŝatis kelkajn, kun ili mi povis esti mi mem, kaj tio signifis tre multe. Mi povis senstreĉiĝi, ripozi. Ne plu mi estis la subluanto de la gesinjoroj, nek la solfilino, kiu ne trovis edzon. Mi estis Louise, tutsimple. Ĉu do tiu bunta kaj iom taŭzita grupo da homoj estas mia vera familio? Tamen ne, sed inter ili mi povis dum momento forgesi la striktajn limojn, postulojn, antaŭjuĝojn kaj minacojn de la ekstera socio.

Kaj en tiu ekstera vivo ne ĉio estis ideala. Mia kuzino Hedwig kaj ŝia edzo, kiuj nun jam havis duonjaran filon, ĵus vizitis la usonan ambasadon por esplori la eblojn elmigri al Norda Ameriko. La ĉefa kialo de tio estis la kreskanta antisemitismo kaj la supozo de Herbert ke oni neniam promocios lin en lia profesio de licea instruisto.

"Mi volas ke miaj infanoj kresku en lando kun egalaj oportunoj por ĉiuj", diris Hedwig.

Eĉ pli grave, la situacio de mia patro en la Filharmonio ne plu restis kiel antaŭe. Li estis kvindekokjara judo, kaj inter liaj kolegoj pli kaj pli multaj volis forigi lin por anstataŭe doni lian oficon al pli juna "arja" muzikisto. La antaŭa ĉefdirigento von Weingartner protektis la judajn orkestranojn, sed la nuna ne volis aŭ ne kuraĝis fari tion. Tuj antaŭ Pasko Patro eksciis ke ĉi tiu printempa sezono estos lia lasta en la prestiĝa orkestro.

Dum ĉi tiu printempo mi pli ofte ol en la lasta jaro renkontis miajn gepatrojn. Patrino multe maltrankvilis, kiel ili elturniĝos sen la salajro de Patro. Mi promesis helpi ekonomie, kiam mi povos, sed bedaŭrinde mi ne havis regulan enspezon, kaj ĝuste nun ekmankis al mi novaj mendoj. Iam Patrino donis privatajn lecionojn pri pianludado, sed ĉu ŝi povos denove komenci pri tio? Ĉu eblos trovi familiojn, kiuj pretos pagi por sendi siajn infanojn al ŝi?

Patro estis pli ĉagrenita ol vere maltrankvila.

"En Vieno ĉiam ekzistos laboro por lerta muzikisto", li asertis.

Eble li pravis, sed ne estis facile antaŭvidi, kie li trovos novan dungon. La operetejo *Carltheater*, kie li junaĝe ludis, jam de kelka tempo suferis de ekonomiaj problemoj, kaj oni ĵus anoncis ke ĝi definitive fermiĝos ĝuste ĉi-printempe en la fino de majo. Eble li efektive povos trovi okazajn taskojn por ludi ĉe entombigoj aŭ en kafejoj, sed ĉu li eltenos la humiligon, kiun tio signifos? Ĉu li akceptos ludi ĉiutage la samajn popularajn melodiojn, dum neniu vere aŭskultas lian aldviolonon? Kafeja muzikisto estas profesio simila al tiu de purigistino, kiun la homoj rimarkas nur kiam ŝi ĉesas labori.

Jam longe Willi volis fari intervjuon kun sinjorino Rosa Mayreder, kiu lastjare estis nomita honora civitano de la urbo Vieno. Nun finfine ŝia deziro realiĝis. Post tiu intervjuo ŝi tamen ne estis entuziasma.

"Kompreneble ŝi faris gravajn aferojn. Ŝi estas feministo, kiu kritikis la limigitajn kondiĉojn de virinoj sur ĉiuj kampoj, ŝi verkis pri sekso kaj kulturo kaj pri sia propra vivo, kaj ŝi estas prezidanto de la Virina Ligo por Paco kaj Libereco. Sed nun ŝi estas sepdekjara kaj impresas min sufiĉe burĝa laŭ sia aperaĵo. Mi rimarkis ke ŝi tute ne ŝatas min, sed mi ne komprenis kial - ĉu malplaĉis al ŝi mia akĉento aŭ mia hararanĝo. Ŝi respondis seke kaj mallonge al miaj demandoj pri la rilatoj inter la seksoj, kaj kiel verki ion interesan pri ŝi, mi ĉi-momente ne imagas.

Mi ĵus komencis prepari vespermanĝon, kaj kiam Willi aliĝis al mi en la kuirejo, mi esperis ricevi iom da helpo. Ĉi tiu okazo ne estis la unua, kiam ŝi elreviĝis pri la rezulto de intervjuo, al kiu ŝi antaŭe ligis tro grandan esperon. Sed tion mi kompreneble ne diris al ŝi. Anstataŭe mi iom paŭzis en mia senŝeligado de terpomoj por kuraĝigi ŝin.

"Ĉu vi demandis ion pri arto?" mi scivolis. "Ŝi estas ankaŭ pentristino kaj unu el la fondintoj de la artlernejo, kie mi lernis skulptadon."

Willi iom suspiris kaj sidiĝis ĉe la kuireja tablo.

"Jes, pri tio ŝi male tre volonte parolis kaj profundiĝis en memorojn de antaŭlonge. Sed ŝi mem neniam instruis tie, ĉu?"

"Tute ne. Ŝi estis nur ia fona mecenato, laŭ mia scio. Mi neniam eĉ renkontis ŝin."

"Mi komprenas. Cetere ŝi estas tre fascinita de Nietzsche kaj Rudolf Steiner, kiuj ne tre interesas min. Eble mi devus pli bone prepari min antaŭ la intervjuo."

"Povas esti ke ŝi simple havis malbonan tagon, kaj hazarde vi devis suferi pro tio", mi provis konsoli ŝin, kvankam mi pensis ke eble pli vere temis pri malbona tago de Willi. "Cetere, ĉu vi povus tranĉi la panon?"

Bona afero pri Willi estis ke ŝi kutime ne longe grumblis pri siaj elreviĝoj sed rapide trovis novan ideon. Ofte en la tempo, kiam ŝi kaj mi loĝis super mia ateliero, ni preterpasis la straton Berggasse, kaj tiam ŝi ŝerce komentis "ho, la strato de la fama doktoro". Temis kompreneble pri doktoro Freud, kies konsultejo jam delonge situis tie. Nun, tranĉante la panon por nia vespermanĝo, ŝi komencis pli multe paroli pri li, kaj pri diversaj provoj kuraci malsanojn de la menso.

"Mi vere ŝatus kuŝiĝi sur lia divano por asocii libere kaj poste verki artikolon pri tio. Sed mi ne scias, kiel konduti por fariĝi lia paciento. Kaj kredeble necesus pagi altan honorarion."

"Kio do estus via malsano, kiun li kuracu?"

"Ne necesas malsano. Sufiĉus sonĝi aŭ memori ion. Ke mia paĉjo fipalpis min, kiam mi estis knabino, ekzemple."

Mi konsterniĝis pro ŝiaj vortoj kaj gapis al ŝi terurite.

"Ĉu li faris tion?"

"Laŭ mia memoro ne. Sed imagi ja eblus. Aŭ eĉ pli bone, mi dirus al li ke mi revas penetri vin kiel viro."

Nun mi rigardis ŝin skeptike. Ŝi ŝercas, kompreneble. Per kio ŝi do penetrus min? Fakte ŝi ja iam menciis al mi ke iuj virinoj ŝatas ludi per alfiksebla postiĉo, sed ni ambaŭ trovis tion ridinda – almenaŭ tion mi tiam supozis.

"Ho, la fama envio", mi diris. "Ĉu vi vere envias la virojn?"

"Kompreneble! Ĉu ne vi? Mi envias al ili la monon, la potencon, la liberecon. Jen la envioj, kiuj devus interesi la doktoron. Sed tiujn li eĉ ne vidas. Li estas tro okupata rigardi al sia umbiliko kaj plu suben."

"Tamen ne ĉiuj viroj estas riĉaj kaj potencaj."

"Prave, sed ja liberaj. Ili ne bezonas ĉiam timi. Ili ne senĉese riskas tion, kion ni riskas."

Ŝi ne precizigis, pri kio ŝi pensas. Tio ne necesis. Cetere ŝi evidente ne parolis pri si mem, dirante ke virinoj ĉiam timas. Fakte iom pli da timemo kelkfoje eble utilus al ŝi.

"Ĉiuokaze", mi diris, "la analizoj de doktoro Freud daŭras dum jaroj, ĉu ne? Vi ne havus paciencon por tio. Eĉ se vi havus sufiĉe da mono."

"Mi scias, sed tio ne necesus. Se li bezonus jarojn por verki pri mi, al mi sufiĉus monato por verki pri li."

"Eble eĉ sufiĉus al vi preterpasi sur la strato kaj observi la fasadon de lia domo", mi diris ridetante.

Ŝi ĵetis al mi abrikotkoloran rigardon.

"Dankon pro la ideo! Kelkfoje vi montras veran talenton de ĵurnalisto, Louise."

Ni ankoraŭ staris en nia kuirejo, babilante kaj kune preparante vespermanĝon. Neniu el ni estis vera dommastrino, sed mi malkovris ke kuiri estas ege pli plaĉa tasko, se kunlaboras du aŭ pli da personoj. Povas esti ke tro da kuiristoj kaĉon difektas, sed ili igas la kuiradon ĝuebla, kaj tio iom valoras.

"Tamen interesas min ankaŭ, kiel oni flegas mensajn malsanulojn en moderna hospitalo, kiel tiu *Am Steinhof*. Mi vere ŝatus esplori tion. Certe mi pli facile estus akceptita kiel paciento tie ol ĉe la doktoro de Berggasse."

"Pro Dio, Willi, ne provu tion!"

La voĉo de Johnny sonis absolute angorplena. Mi antaŭe eĉ ne rimarkis ke li aliĝis al ni en la kuirejo, ĉar mi estis plene okupata tranĉi cepon.

"Ne, tio ne estus bona ideo", mi subtenis lin, dum larmoj ruliĝis sur miaj vangoj pro la cepo.

"Trankviliĝu. Ne ploru pro mi", diris Willi. "Mi ŝajnigus ian nedaŭran mensan perturbon. Tio ne estus malfacila. Post konvena tempo mi resaniĝus."

"Eble laŭ vi", diris Johnny, "sed ne laŭ la kuracistoj. Kredu min, se vi jam unufoje enirus en tian lokon, vi povus resti por ĉiam, kaj ĉu vi estas sana aŭ ne, decidos ne vi sed ili."

"Vi troigas."

"Tute ne. Post kelka tempo en frenezulejo vi eĉ reale freneziĝus. Homoj vere restas tie por ĉiam. Mi iam konis junulon, kiun la gepatroj sendis al tia loko, kaj li neniam revenis."

Ni ambaŭ rigardis lin. Li fakte havis angoran mienon kaj aspektis vere afliktata.

"Kio okazis al li?" mi demandis, viŝante miajn cepajn larmojn.

Johnny sidiĝis.

"Lia nomo estis Heinrich. Li estis mia unua amanto. Kaj... Nu, li havis ankaŭ alian amikon, kaj la gepatroj de tiu junulo surprizis ilin en intima momento. Ili faris skandalon kaj minacis per polico, ĉar kompreneble la 'kulpo' estis de Heinrich, kaj liaj gepatroj sendis lin en mensmalsanulejon por ke oni kuracu lin de la malsano. Vi ja scias ke ni estas malsanuloj, ĉu ne? Malsanuloj, kiuj devas timi malsanulejon."

"Kion oni faris al li tie?" demandis Willi.

"Mi ne scias. Kion ajn oni faris, li ne eltenis tion. Li fariĝis nur deknaŭjara. Tio estis en 1912. Mia sola konsolo estas ke li almenaŭ ne devis sperti la frenezon de la milito."

Nia kuirado paŭzis. Ni ambaŭ rigardis lin malĝoje kaj kompate.

"Johnny, mi tre bedaŭras ke vi perdis vian amikon", diris Willi. "Tio eĉ pli konvinkas min ke necesus ekzameni kaj verki pri la mensa flegado. Laŭdire la hospitalo *Am Steinhof* estas tre moderna kaj humana institucio, sed kion tio signifas konkrete, se temas pri kuracmetodoj, mi ĝis nun ne komprenis. Oni konstruis tie por la pacientoj eĉ belegan preĝejon en stilo de la Viena Secesio, sed tio ne klarigas la flegadon, krom se la religio estas parto de ĝi. Jen kial tio interesas min."

"Tre bone", li diris. "Sed forgesu la ideon fariĝi paciento tie."

"En ordo. Sed mi konstatis ke ĵurnalisto kelkfoje devas sperti aferojn de interne. Ne sufiĉas nur intervjui la respondecajn funkciulojn. Necesas trovi metodojn por penetri sub la fasadojn, ne nur tiun ĉe Berggasse."

Ni forlasis la temon, pretigis la vespermanĝon kaj konsumis ĝin en iom dampita etoso. La rakonto de Johnny efektive skuis min. Kutime li estis senzorga, iom supraĵa persono, eĉ facilanima diboĉulo, foje. Dum la timiga vizito de la moralpolico li montris neniun timon. Tial la rakonto el lia junaĝo impresis des pli forte. Do ankaŭ en lia vivo troviĝis mallumaj profundoj. Mi eĉ suspektis ke tiu dua amiko de Heinrich eble efektive estis Johnny mem, kaj do lia patrino malkovris ilin kaj kulpigis la alian knabon, sed kompreneble mi ne povus demandi lin, ĉu tiel estis.

Revenis al mi ankaŭ la timo, kio povos okazi al Willi dum ŝiaj tro aŭdacaj projektoj. Laŭ mia opinio tiu deziro sperti aferojn de interne ĝis nun ne donis al ŝi pli da materialo ol la normala ĵurnalistiko, sed ŝi kredeble ne konsentus pri tio. Kaj ĉiuokaze mi ne povis atendi ke ŝi ĉesos pri sia metodo. Mi supozis ke ĝi estas io plia ol nur profesia laborprocedo; ĝi sendube estas ŝia maniero plene vivi. La plej bona afero, kiun mi povos esperi, estos ke ŝi ĉiufoje revenos hejmen al mi sana kaj sekura post siaj aventuroj. Tiu mia rolo ne tre plaĉis al mi. Iel ĝi tro similis la rolon de tradicia edzino, kaj tian vivon mi jam antaŭlonge rezignis.

Willi sukcesis intervjui la faman pentro-artiston Oskar Kokoschka, dum li kelkatempe vizitis sian hejmurbon inter vojaĝoj diversloken, kaj poste ŝi verkis artikolon pri li kaj lia arto.

"Li estas interesa persono, kvankam mi ne aparte ĝuas liajn bildojn. Mi dubas, ĉu la personoj, kies portretojn li pentris, tre aprezas ilin."

"Nu", mi diris, "kiel vi jam spertis, li estas ekspresionisto kaj certe ne celas unuavidan belecon sed pli profundan esprimon."

"Certe, mi komprenas tion, sed ĉu do ĉiuj homoj tiel malbelas interne? Nu, eble jes, do ni lasu tion. Interalie li donis al mi ideon pri alia artikolo. Li menciis ke en Ĉeĥoslovakio kelkaj modernismaj artistoj plejparte germanlingvaj ĵus fondis novan grupon 'Praga Secesio'. Estus interese iri tien por verki ion. Ĉu vi ŝatus kuniri? Estas ankaŭ skulptistoj inter ili."

Mi jam konis Pragon kaj trovis ĝin romantika urbo, kvankam eble iom preterlasita de la moderna epoko. Do, iri tien kun Willi ja logis min, kaj precipe se okazas tie io nova sur la kampo de la arto.

La preparoj okazis senprobleme, kaj komence de majo ni ekiris vagonare al Prago. Tiu vojaĝo vere fariĝis bela kaj grava travivaĵo por mi. Unue dank' al la promenoj kun Willi tra mezepokaj stratetoj ambaŭflanke de la rivero. Interalie mi turmentis ŝin per studado de dekoj da skulptaĵoj, kiel tiuj sur la Karola ponto kaj eĉ pli tiuj en la ĝardeno de Wallenstein, kiuj tamen estis nur kopioj de la originaloj, kiujn ŝtelis la svedoj fine de la Tridekjara milito.

Plej multe mi ĝojis pro mia renkontiĝo kun la skulptistino Mary Duras, pli-malpli samaĝa kun mi. Ŝi estis ege impona artisto, unu el la fondintoj de la Praga Secesio kune kun sia edzo Max Kopf. Fakte ŝi ŝajnis al mi vivi por sia arto, kaj dum momento mi eĉ suspektis ke eble ilia geedzeco estas aranĝo simila al tiu de Willi kaj Johnny. Nu, mi havis okazon vidi ŝin labori en sia ateliero, kie ŝi okupiĝis pri statuo de Eva, alta du metrojn kaj duonon, kiu staros en la ĝardeno de riĉa komercisto. Ŝi skulptis tiun el sabloŝtono, kio por mi estis materialo ne provita. Mi vidis ankaŭ plurajn portretajn bustojn el gipso.

Mary ne estis tre babilema persono, sed post mallonge mi sentis ke ni havas veran kolegan kontakton kaj sufiĉe similajn vidpunktojn pri la arto. Ankaŭ ŝi strebis al novaj esprimrimedoj kaj volis ne nur ripeti jam konatajn formojn. Jen kaj jen mi eĉ kredis rimarki ian ĵaluzon ĉe Willi, aŭ eble ŝi simple trovis ke mi akaparas de ŝi objekton de intervjuado.

Dum kelkaj jaroj Mary loĝis kun sia edzo en Novjorko kaj Parizo, kaj ŝi priskribis la vivon en Usono sufiĉe kritike.

"Tie konkurado dominas en ĉiuj flankoj de la vivo, kompreneble en la ekonomio, sed ankaŭ en la arto kaj eĉ en personaj rilatoj. Nur ekstera sukceso valoras ion."

Cetere, ŝia edzo Max Kopf, pentristo kaj skulptisto kelkajn jarojn pli aĝa ol ŝi, vojaĝis eĉ pli vaste, interalie al Pacifikaj insuloj, laŭ la spuroj de Gauguin.

Kompreneble ni renkontis ankaŭ aliajn artistojn el la grupo kaj rigardis ilian ekspozicion en la Bohemia Arta Societo ĉe la strato Pštrossova en la Nova Urbo, de kie oni poste venigis nin al amika bierumado en la tute proksima malnova gastejo *U Fleků*. Sed por mi la okazaĵo plej grava de tiu vojaĝo estis la konatiĝo kun Mary, kolegino iel samspirita, kun kiu mi poste tenis kontakton letere.

Okazis la lasta koncerto de la Filharmonio, kie mia patro kunludis. Oni prezentis verkojn de Gluck kaj Strauss, kio sendube estis bona, ĉar tio faciligis al li forlasi la orkestron kaj la koncertejon. Li ofte grumblis pri tio ke oni pli kaj pli preferas leĝeran muzikon, kiu ne postulas tro multe da atento flanke de la publiko. Se li mem elektus repertuaron, aperus kompreneble Beethoven kaj Brahms, sed ankaŭ pli modernaj komponistoj kiel Mahler, Dvořák, Janáček, Kodály. La muziko de Mahler ja de kelka tempo furoris, sed la tri lastajn oni ludis malofte en Vieno, sendube pro naciismaj motivoj, asertis mia patro.

Post la koncerto li pendigis sian aldviolonon surmure en la apartamento ĉe Taborstraße, kvazaŭ li intencus neniam plu tuŝi ĝin. Nek mi nek mia patrino komentis tion. Mi supozis ke li bezonos iom da tempo por digesti la maldungon kaj alkutimiĝi al la situacio.

Willi ne plu menciis siajn ideojn esplori la mensan flegadon de interne. Ŝi tamen verkis artikolon pri Freud, aŭ pli ĝuste pri lia influo en la nuntempo. Ŝi bazis ĝin sur intervjuoj kun du psikologoj, kiuj ne akceptis liajn ideojn, kvankam ili ne povis eviti uzi parton de liaj terminoj. En la artikolo ŝi tre sprite kaj ironie moketis ilin pro tio, kaj kvankam forestanta el la teksto, la doktoro ĉe Berggasse tamen iel aperis kiel la grava noviganto sur la tereno de la menso. Eblus diri ke lia ombro dominis la artikolon. Mi helpis ŝin traduki ĝin al la germana por proponi ĝin ankaŭ al ŝia hamburga ĵurnalo.

Poste ŝi tamen alfrontis la malsanulejon *Am Steinhof*, sed en sufiĉe konvencia maniero. Ŝi vizitis ĝin kaj havis okazon intervjui kuracistojn kaj eĉ pacientojn elektitajn de la hospitalaj gvidantoj, kompreneble. Ankaŭ el tiu vizito rezultis artikolo, sed ĝi restis nur danlingva, do mi ne eksciis ĝian enhavon. Mi tamen estis tre kontenta ke Willi akceptis labori per pli tradicia ĵurnalista metodo, ĉar tion mi supozis pli sekura.

Miaj reliefoj estis muntitaj, kaj la apartamentaj domoj, sur kiuj ili sidis, ricevis loĝantojn. Unu tagon mi iris tien kun Franz Halder por rigardi, kiel aspektas la tuta medio.

"Vi povas fieri pri tiuj artaĵoj", li diris al mi antaŭ unu el ili, kiu hazarde prezentis laboriston ĉe tornilo.

"Kaj vi pri la loĝejoj", mi reciprokis. "Ĉu vi rekonas vin en tiu reliefo?"

Li ridis.

"Nu, mi ne pozis kiel modelo antaŭ vi, do ne eblas rekoni la viron, sed lia laborpozicio estas bone kaptita."

Virino kun du infanoj ĝuste tiam eniris tra la stratpordo, tamen sen levi la rigardon supren al la reliefo.

"Supozeble la loĝantoj ne multe atentas ilin", mi diris. "Kompreneble plej gravas la moderna loĝejo."

"Ili certe fieras loĝi ĉi tie kaj ĝojas pro ĉio, ekde la propra gasforno kaj la komuna lavejo ĝis la arto."

Ni promenis tra la kvartalo. En la pli frue konstruita parto la kortoj jam estis verdaj pro ekfoliantaj arbustoj kaj gazonoj. Kaj ĉie svarmis infanoj ludantaj per globetoj, saltoŝnuroj kaj sur balanciloj, aŭ simple tuŝludante en grego da kurantaj, kriantaj kaj ridantaj knaboj kaj knabinoj. Mi ekpensis pri la vortoj de mia patrino, ke post kelkaj jaroj jam estos tro malfrue. Eble ŝi pravis pri tio ke mi malhavos ion gravan en la vivo, sed kion fari? Tio estis neevitebla.

Mi turnis min denove al Franz Halder, for de la infanoj.

"Se mi bone komprenis, oni plu konstruos novajn loĝkvartalojn, ĉu ne? Eble mi povus ricevi mendon pri arta ornamo ankaŭ aliloke?"

"Mi esploros. Por *Karl-Marx-Hof* oni jam ligis aliajn artistojn al la projekto. Sed ja sekvos aliaj. Ĉi-jare ni komencos konstrui sur tereno trans Leopoldstadt, inter la nuna kaj la iama Danuboj. Mi klopodos aranĝi ion tie. Verŝajne plej bone estus, se vi povus kunlabori kun la arkitektoj jam de frua stadio de la planado."

"Vi certe pravas. Mi estus ege danka, se mi havus plian mendon."

"Ni sidiĝu en kafejo, ĉu ne, por diskuti, kiel procedi."

Do, denove ni de temp' al tempo renkontiĝis, kaj mi baldaŭ forgesis la iaman antaŭtimon ke li eble iel altrudos sin en maniero nedezirata. Fakte estis tre interese interparoli kun li. Li rakontis pri sia laboro kaj pri la problemoj, kiujn la konservativa federacia registaro kaŭzas al la magistrato de Vieno.

"Ekzistas eĉ tiuj, kiuj volas forpreni de la ĉefurbo la staton de federacia lando, kio kaŭzus gravajn problemojn, ĉefe por la ekonomio. La edukan reformon kaj la konstruadon de novaj loĝejoj ni financas per aparta imposto de la federacia lando Vieno, sed sen tiu ni simple ne havus monon por tiaj ampleksaj taskoj."

Mi jam sciis tion, ĉar de temp' al tempo Johnny grumblis pri la alta imposto pagenda pro posedo de domo. Sed tion mi ne menciis al Franz.

Jes, je ĉi tiu tempo ni jam forĵetis inter ni la pezajn "fraŭlino" kaj "sinjoro" por fariĝi tutsimple Louise kaj Franz. Tio estis granda simpligo. Por li tio sendube estis natura afero, kutima inter laboristoj kaj socialistoj; tamen li longe prokrastis proponi tion, ĉar kvankam mi kutimis voĉdoni por lia partio, mi tamen ne estis vera partiano. Krome li eble sentis ke mi ne devenas el la sama socia klaso kiel li, kaj ankaŭ tio povus bremsi la rezignon de titoloj. Ĉiuokaze mi tre aprezis la pli amikan rilaton al li kaj esperis ke ni bone komprenas unu la alian. Certe ja ankaŭ li aspiras nur amikecon, mi pensis.

La printempo plu progresis. Niaj fruktarboj delonge ĉesis flori kaj jam plene verdiĝis same kiel la arboj de ĉiuj parkoj kaj avenuoj de la urbego. Paseroj, paruoj kaj fringoj pepadis kaj kolektis konstrumaterialon por siaj nestoj, aŭ eble jam kovis siajn ovojn, kaj el la arbarkovritaj deklivoj apud nia domo en Nussdorf aŭdiĝis najtingaloj, kukoloj kaj turdoj. Kiam alproksimiĝis la somero, Willi faris al mi proponon.

"Kial ne fari turistan vojaĝon kune en la plej varma tempo fine de julio? Mi proponus denove vojaĝi al Tirolo, eble al tiu sama Zillertal, sed nun kun vi. Kaj poste plu suden al Venecio. Mi ĉiam revis pri tiu urbo, kaj ankaŭ vi neniam vidis ĝin, ĉu ne?"

La mencio de Zillertal memorigis al mi la skandalon pri murdita patro kaj kondamnita filo. Mi legis ke oni apelaciis, sed la kazo ankoraŭ ne estis fine traktita. Sed mi sciis ke tiu afero ne interesas ŝin.

"Ĉu ni vere havas monon por tio?" mi anstataŭe demandis.

"Mi pensas ke jes. Ni evitos la luksajn hotelojn, evidente."

"Sed ĉu estos sekure vojaĝi en la faŝista Italio?"

"Ni simple evitos tiujn nigraĉemizajn bandojn kaj zorgos ne rompi la leĝojn. Ne estos danĝere."

Mi iom kontemplis la proponon.

"Nu, tio sonas tre agrable", mi diris. "Spiri freŝan montan aeron kaj poste gliti surkanale per gondolo inter la palacoj."

"Eble mi eĉ povus kombini tion kun iomete da laboro. Kvankam mi vere ne scias, kion novan mi trovus por verki pri Venecio."

Ni do komencis plani la vojaĝon, sed post kelka tempo mi devis interrompi la planadon.

"Willi", mi diris unu vesperon en nia ĝardeno. "Mi ne povos vojaĝi."

Ŝi sulkis la frunton kaj rigardis min akre.

"Kial do?"

Mi suspiris.

"Pro miaj gepatroj. Patro ankoraŭ ne havas novan laboron; kredeble li eĉ ne serĉas ion por fari. Li estas iel paralizita. Patrino ja ekhavis almenaŭ unu lernantinon pri piano, sed Patro ne eltenas la mallertan tintadon de tiu knabino kaj ĉiufoje eliras en kafejon, do ŝi ne volas akcepti pli multajn. Vere mi devos esti preta subteni ilin kaj ne povas elĵeti mian monon por plezuroj, dum ilia stato plu restas tiel malsekura."

"Sed Louise, vi ne povas respondeci pri ili!"

"Kiu do faros tion? Kompreneble mi devas. Ekzistas neniu alia. Vi ne komprenas ĉi tion. Mi ne povas vivi kiel vi, sen respondeco pri io ajn! Mi ne havas gefratojn kaj miaj gepatroj ne posedas luksan profitodonan butikon!"

Kompreneble mi troigis, sed ŝi vere povus montri pli da komprenemo al mia situacio. Sed ŝi eĉ ne faris etan klopodon. Ŝi vidis la mondon per siaj okuloj kaj ne konsciis, en kiaj kondiĉoj vivas aliaj. Nun ŝi nur rigardis min dum kelka tempo kun tute serioza mieno, dirante nenion. Poste ŝi stariĝis kaj forlasis min.

Post kelka tempo mi bedaŭris, kion mi diris, kaj volis trovi ŝin por peti pardonon. Sed ŝi ne plu restis hejme. Ŝi prunteprenis la aŭtomobilon kaj foriris per ĝi sola.

Mi atendis senpacience ke ŝi revenu, sed tio prokrastiĝis. Nokte je la dua horo ŝi alveturis, pene parkumis la aŭton kaj envenis al mi sufiĉe ebria.

"Willi, mi vere bedaŭras, kion..." mi komencis.

"Ne nun, Louise. Dormu. Bonan nokton."

En la sekva tago ni kompreneble reamikiĝis, sed eta dorno plu restis en mi. Kaj la kuna turista vojaĝo ne okazis. Ni ja faris du aŭ tri ekskursetojn en la Vienan Arbaron por spiri freŝan rezinodoran aeron, sed jen ĉio. Kaj ĉe miaj gepatroj ankoraŭ nenio ŝanĝiĝis. Ili plu havis iom da ŝparita mono, sed ĝi evidente ne daŭros por ĉiam.

Antaŭ kelka tempo Johnny aĉetis elektran gramofonon, kiu povis prezenti muzikon pli laŭte kaj pli fidele ol lia malnova funela aparato, kies risorton oni streĉis per kranko. Nun li ofte sonigis popularajn kantojn en la salono, ne nur en festoj sed preskaŭ ĉiuvespere. Lia gusto estis sufiĉe banala. Precipe li ŝatis la kantiston Richard Tauber, kaj ofte mi aŭdis ke Johnny mem zumkantas popularajn melodiojn, kiel *Floras la siringo blanka nun* de Franz Doelle aŭ *Vin amas mia kor'* el iu opereto de Lehár. Ankaŭ Willi kelkfoje aŭskultis ilin, kvankam kun ironia rideto. Ŝi tamen akiris kelkajn el la diskoj registritaj de la Viena Filharmonio ludanta la kvinan simfonion de Beethoven, kaj ni kelkfoje aŭskultis ĝin kune.

"Mi bedaŭras ke ne eblas registri tutan simfonion sur unu disko", ŝi grumblis iufoje, duonkuŝante sur la sofo, dum mi ŝanĝis la duan diskon al la tria.

"Por tio necesus disko granda kiel la tuta salono", mi respondis. "Do tio neniam okazos. Sed kuŝu kviete, mi petas; tute ne ĝenas min turni kaj ŝanĝi diskojn. Vi scias ke mi kutimas je torno-disko."

Mi tre ŝatis, kiam mi foje sukcesis ridigi ŝin.

De temp' al tempo Willi ĉeestis en la plej diversaj eventoj por eble verki pri ili. Komence de aŭgusto la movado por la internacia lingvo Esperanto aranĝis kongreson en Budapeŝto, kaj tuj antaŭe kelkaj el la movadanoj kolektiĝis en Vieno, interalie por inaŭguri novan muzeon. Supozante ke temas pri io simila al la anoj de eŭropa unio kongresintaj antaŭ tri jaroj, Willi iris tien.

"Estis solena sed teda inaŭguro", ŝi poste raportis. "Parolis via ŝtatprezidanto Miklas kaj kelkaj aliaj, ankaŭ en tiu artefarita lingvo. Ĝi sonis al mi iomete kiel la itala kun germana akĉento, eble ĉar la parolanto estis germano."

"Ĉu vi do komprenetis ion?"

"Ne vere. Kaj la muzeo mem ŝajnas modesta. Plej interesis min la filino de la kreinto, kiu donacis ian manuskripton de sia patro. Ŝi impresis min kiel sendependa virino kun propra volo, kaj mi volonte farus kun ŝi intervjuon sed ne sukcesis alproksimiĝi tra la aro da movadanoj, kiuj transdonis standardon, portreton de la kreinto kaj aliajn aferojn al la nova muzeo. Ili sendube preferis societumi en la propra rondo. Poste ili forveturis ŝipe sur Danubo al sia kongreso, kaj ankaŭ mi ŝatus fari tiun vojaĝon, prefere kun vi. Sed tio ja kostus iom, kaj kion mi farus tie, ne komprenante ilian lingvon? Des pli ĉar ĝi apenaŭ interesus la danan gazetaron. Kaj kiel ili savos la mondan pacon per ĝi, mi ne bone komprenas."

"Supozeble ili pensas ke la homoj amikiĝus, se ili komprenus unu la alian."

"Jes, mi trovis ilin revuloj sufiĉe naivaj, same kiel la anoj de eŭropa unio. Iufoje mi pensas ke eĉ preferindas ne kompreni ĉiujn homojn. Per tio oni evitas amason da sensencaĵoj."

En septembro okazis al ni kelkaj novaĵoj. Unue mi estis invitita al kunsido kun arkitektoj, kiuj desegnis la novan loĝkvartalon trans Leopoldstadt, por ke mi eble kontribuu per arta ornamado de la domoj aŭ kortoj. Due ankaŭ Willi prezentis novan projekton.

"Aŭskultu min, Louise. Dum kelka tempo mi restos fore. Sed ne miskomprenu, nek timu, mi petas. Mi ja revenos ĉi tien, kaj ĉio estos kiel kutime."

"Bone. Kien vi vojaĝos ĉi-foje?"

"Mi restos proksime de Vieno. Ĉu vi memoras sinjorinon Müller en la bierfarejo?"

"Certe. Precipe pro ŝia filo. Kio okazis al ili?"

"Al ŝi nenio. La filo tute malaperis. Ŝi ne scias, ĉu li plu vivas. Sed por mi temas ne pri tio. Mi sukcesis ekhavi laboron en tiu bierfarejo."

Mi rigardis ŝin konsternite. Fakte mi devus ne plu surpriziĝi. Se ne eblas al ŝi atingi la divanon de doktoro Freud, kaj se mensmalsanulejo estus tro riska, kial ne bierfarejo?

"Kian laboron?" mi demandis.

"La saman kiel ŝia. Mi laboros apud ŝi lavante uzitajn bierbotelojn."

Unue mi ne sciis, kion diri. Ni sidis en ŝia favorata loko de nia ĝardeno, sub la abrikotarbo, kaj la vespera sunbrilo filtriĝis tra la foliaro, lumigante ŝian vizaĝon iel makule. Sed mi nur vidis en mi la ruĝajn manojn de tiu laboristino.

"Ĉu vi memoras ŝiajn manojn?"

"Certe. Sed mi ne restos tie dumvive."

"Kaj kie vi loĝos, se ne plu ĉi tie?"

"Mi luos angulon de ŝia ĉambro. La kuŝlokon de ŝia filo, efektive. Kompreneble, se li reaperus, mi revenus ĉi tien."

Mi pripensis, kion diri por ne ofendi ŝin. Eble mi devus simple diri "bonan laboron kaj ĝis revido!" Sed ne, mi volis iel esprimi miajn pensojn.

"Willi, kial vi ludas tian ludon? Por tiu virino, tio estas serioza, ĝismorta neceso, ŝia vivosorto. Por vi tio estas ludo, kiun vi ludos tiel longe, kiel ĝi amuzos vin. Kian utilon ŝi gajnos el tio?"

"Pardonu min, Louise, sed vi eraras. Tute ne estas ludo, nek amuzo. Estas mia laboro. Ne kiel botellavistino, tio estas nur rimedo, sed mia laboro de ĵurnalisto. Kaj ankaŭ loĝi ĉe sinjorino Müller estos ĵurnalista laboro."

"Ĉu ŝi scias ke vi verkos pri ŝi?"

"Jes, kompreneble."

"Eble ŝi pensas ke tio famigos ŝin kaj portos ŝin for de tiu vivo."

"Ŝi ne estas tia stultulo."

Mi rigardis ŝin kaj konstatis ke ŝi mienas tute trankvile kun facila rideto ĉe la lipoj. Dume mi sentis ekĝermi en mia brusto malkontentecon kaj eĉ anksion. Ĉu mi vere devos ĉiam akcepti ŝiajn kapricojn?

"Willi", mi diris kaj rigardis ŝin intense. "Mi petas vin ne fari tion."

Ŝi sulkis la frunton kaj malaltigis la brovojn.

"Mi ja faros, kion mi decidis, sed ne timu. Mi riskos nenion."

Mi komencis koleri. Ĉu do ĉio orbitas ĉirkaŭ ŝi?

"Vi ja riskos nian rilaton!"

"Kiel do?"

"Mi pensas ke tiu via projekto povos esti danĝera. Se la bierfara kompanio malkovros vian intencon, ili agos leĝe aŭ alie kontraŭ vi. Sed ĉefe mi ne plu toleros ke vi ĉiam pensas nur pri vi mem kaj neniam atentas, kion viaj planoj signifas por mi."

Dum kelka tempo regis silento inter ni. Malforta vento susurigis la foliaron super niaj kapoj, kaj defore portiĝis al ni ia mallaŭta grincado, eble de tramo, kiu turniĝis sur la trakmaŝo de sia finhaltejo.

Willi faris geston de senpacienco.

"Vi troigas, Louise. Estas nenia danĝero, kaj por ni ambaŭ sendube estos bona afero ne ĉiutage frotiĝi unu kontraŭ la alia."

"Mi ne volas ke vi iru tien."

"Tio estas mia laboro. Vi ne povas malhelpi al mi labori."

Mi ne respondis sed stariĝis kaj iris endomen, en la saloneton, kie mi kaptis libron pli-malpli hazarde kaj sidiĝis por ŝajnigi legadon. Poste, dum la vespermanĝo preparita de Willi, ni ambaŭ mutis, dum Johnny vane provis konversacii kun ni. Pli malfrue mi enlitiĝis senvorte kaj atendis ke Willi aliĝos al mi, sed ŝi ne venis. Evidente ŝi preferis dormi en unu el la gastoĉambroj.

Tiunokte mi dormis nur malkviete kaj intermite. Matene mi trovis ŝin en la kuirejo, kie ŝi ĝuis sian kafon kun cigaredo.

"Louise, ĉi tio ne estas normala", ŝi tuj diris ekvidante min.

Mi volis iri brakumi ŝin sed sidiĝis trans la tablo, ne sciante, kion diri.

"Bone. Vi ĉiuokaze faros, kiel vi volas."

"Mi ja ne enmiksiĝas en viajn gipsaĵojn", ŝi diris kun persvada tono.

La imago de Willi kovrita de malseka gipso kontraŭvole igis min rideti.

"Eble jen, kion mi devus fari", mi diris. "Engipsigi vin, por ke vi restu ĉi tie."

Ŝi ridis.

"Tiuokaze mi fariĝus statuo, kaj vi devus ami vian skulptaĵon, kiel Pigmaliono!"

Ŝi verŝis al mi tason da kafo kaj mi iris al la ŝranko por preni hieraŭan bulkon el la panujo.

"Pardonu min", diris Willi. "Mi planis iri aĉeti por vi freŝajn post mia kafo, sed vi vekiĝis tro frue."

Fakte ŝi kutime estis la plej malfruema matene, do tio estis nur hipokrito, sed tion mi ne diris.

"Ne gravas. Ĉi tiu taŭgas."

"Dum mi forestos, vi ĉiuokaze devos mem eliri por freŝa pano, sed kiam mi revenos, mi prizorgos tion."

Mi trinkis buŝplenon da kafo kaj buteris la bulkon.

"Bone", mi diris. "Mi ne komprenas vin, sed ne eblas tion ŝanĝi. Via projekto almenaŭ ne estos mort-danĝera, espereble. Kiel longe vi planas foresti?"

"Mi ne scias. Kiel longe mi eltenos, laŭ vi?"

Mi ekvidis komencon de rideto sur ŝiaj lipoj kaj ne povis kaŝi la samon sur la miaj.

"Du horojn, eble?"

Ŝi ridis.

"Ni vidu. Se mi eltenos dum monato, mi kalkulos je tio ke vi poste flegos miajn manojn. Eble vi eĉ devos skribi je mia diktado, se mi ne povos teni skribilon."

"Ĉu dane?"

"Kial ne?" ŝi denove ridis. "Jam estas tempo ke vi lernu mian unuan lingvon."

Mia patro finfine trovis ion por fari, kvankam estis iom dubinde, ĉu eblas nomi tion vera laboro. Kune kun tri aliaj muzikistoj li fondis arĉan kvarteton – jes, li fakte nomis ĝin tiel, kvankam la instrumentkombino estis sufiĉe malkonvencia: violono, aldviolono, kontrabaso kaj klarneto. Ankaŭ la lerteco de la kvaropo estis varia, laŭ mia patro, sed tio ne tro gravis, ĉar ili adaptis sian repertuaron kaj la aranĝojn al siaj kapabloj kaj instrumentoj. Plejparte temis pri popularaj ŝlagroj, operetaj kantoj kaj kompreneble valsoj, ĉar oni ludis ĉe diversaj festaj okazoj privataj, kiel geedziĝoj, kvindekjariĝoj kaj alio. Multaj el la malnovaj operetaj kantoj de von Suppé, kiujn li bone konis el la komenco de sia kariero en *Carltheater*, ankoraŭ estis popularaj. Kiam ili sukcesos plivastigi sian repertuaron kaj pli bone adaptiĝi unu al la alia, ili proponos sin ankaŭ por entombigoj kaj kafejoj.

Temis do pri muziko, kiun Patro devus eĉ pli malestimi ol la lastatempan repertuaron de la Filharmonio, sed tion mi tute ne rimarkis, ĉiuokaze ne en la komenco. Male li estis sufiĉe gaja kaj prenis la aferon kiel amuzan ŝercon. Eble li senŝarĝiĝis, ne plu sentante malamon de kelkaj kolegoj. Ankoraŭ li ne estis certa, kioman enspezon la ludado donos, sed verŝajne ne tute bagatelan. Do la gepatroj jam ne havis urĝan bezonon de mia subteno, kaj tio estis bona afero, ĉar momente mi mem apenaŭ enspezis ion.

La trian de oktobro niaj sudaj najbaroj finfine forĵetis sian komplikan nomon, 'Reĝlando de serboj, kroatoj kaj slovenoj', kaj oficiale alprenis la nomon 'Jugoslavio', la Suda Slavio, kiu jam antaŭe estis uzata en ĉiutaga parolo.

"Mi precipe gratulas la futbal-fanojn de tiu lando", ŝercis Johnny. "Estos ege pli facile voki instigajn frapfrazojn por la nacia teamo."

Mi bonvole ridetis sed sentis fortan mankon de Willi, kiu pli bone ol mi povus aprezi la ŝercon, precipe ĉar ŝi ial interesiĝis pri tiu sporto kaj eĉ intervjuis kelkajn ludistojn okaze de konkurso inter la teamoj de Aŭstrio kaj Germanio. Unufoje ŝi eĉ sugestis ke ankaŭ virinoj povus piedpilki, kio ridigis min kaj Johnny-n.

Sed ŝi ankoraŭ estis for en sia bierfarejo en Schwechat. Unu vesperon ŝi mallonge telefonis al mi el telefonbudo por diri ke ŝi plu klopodas alkutimiĝi al la peza laboro kaj la lesivo.

Jam delonge la politika sistemo de nia respubliko estis senĉese atakata de diversaj dekstraj fortoj, ĉefe de *Heimwehr*, sed ankaŭ de aktivuloj de la reganta Kristan-Socia partio kaj de aliaj dekstruloj en la German-Naciisma partio kaj la Kampara Unuiĝo. Oni intertraktis pri konstitucia reformo, sed la dekstruloj rompis tiujn negocojn, pro kio demisiis la kanceliero Streeruwitz, kiu regis nur dum kelkaj monatoj, kaj la cetera registaro.

La nova kanceliero fariĝis Johann Schober, la "buĉisto de la 15-a de julio". Li fondis registaron plejparte el senpartiaj sed firme konservativaj funkciuloj. Schober estis politikisto kun internaciaj ambicioj, interalie kiel esperantisto. Sed unue kaj laste li estis policisto. Li fondis la internacian polic-union *Interpol*, li gvidis ne nur la masakron de julio 1927, sed ankaŭ similan mortpafadon de manifestaciantoj en 1919. Mi vere demandis min, ĉu nia lando nun definitive fariĝas ŝtato regata nur de la nuda armita perforto.

En la galerio *Kunstsalon Würthle* ĉe Weihburggasse, proksime de la katedralo de Sankta Stefano, okazis ekspozicio de tielnomata surrealisma arto. Mi jam sciis ke tiu arta movado de kelkaj jaroj disvastiĝas el Parizo en diversajn landojn, sed en Vieno regis ĝenerala opinio ke ĝi estas nur stulta modo de sentalentuloj.

Mi bedaŭris ke mi devas iri tien sola sen Willi, kaj eble pro la manko de ŝiaj freŝaj komentoj la pentraĵoj ne tre impresis min. Aŭ eble ĉar ĉi tio estis nur nia loka epigonaro de la internacia arta skolo. Do, dum kelka tempo mi vagis inter arboj kun manoj, geometriaj hundoj kaj nuboj kun homaj kapoj aŭ inverse. Mi serĉis inspiron de io nova sed ne vere trovis ideojn, el kiuj mi povus krei ion en mia ateliero.

Dume mi klopodis adaptiĝi al la arkitektoj, kiuj planis la novan kvartalon. Mi ne ĉiam komprenis, pri kio ili parolas, kaj ili montris tre malgrandan intereson aŭ respekton al mi. Inter progresemaj junaj arkitektoj lastatempe aperis moda ideo ke ornamado estas falsiga ŝminkado. Domo estu maŝino por loĝado. Ĝia formo esprimu la funkcion, kaj se ĝi faras tion sukcese, ĝi estas bela. Mi imagis ke eble Willi trovus tiun ideon alloga. Miaflanke mi tamen ŝatus demandi, ĉu ili hejme havas nur nudajn murojn, sed por ne blovi en abelujon mi kompreneble nenion diris. Mi nur memorigis al ili ke mia rolo en la projekto estas ĝuste proponi artaĵojn en formo de skulptaĵoj.

Poste montriĝis ke la aspekto de la ĉefa konstruaĵo de la kvartalo jam estas decidita, kaj laŭ la desegnoj ĝi tamen havos fasadajn skulptaĵojn, farotajn de alia artisto. Evidente mi trafis meze en disputon inter du malsamaj arkitekturaj skoloj. Finfine mi ricevis la taskon proponi kaj - en okazo de pozitiva decido de la magistrato - ankaŭ krei kelkajn statuojn por la kvartala parko kun ludejo. La temo estos muzikistoj. Mi jam komprenis ke laboro en la kadro de ĉi tiu projekto alportos saman malliberon kiel mia skulptado por la kinejo antaŭ du jaroj, kaj multe pli da burokratio.

En oktobro revenis Willi. Ŝi ne eltenis plenan monaton sed preskaŭ kvar semajnojn. Kiel ŝi antaŭvidis, mi devis helpi flegi ŝiajn manojn, tamen ne skribi laŭ ŝia diktado. Ŝi videble ĝuis ripozi en nia teretaĝa saloneto kaj longe dormi en la posta mateno, sed ŝi malmulte parolis. Videble la bierfareja sperto premis ŝin kaj forigis de ŝi iom da aplombo, almenaŭ provizore. Mi atendis ke ŝi komencu rakonti, aŭ male enfermi sin por verki, sed pasis du-tri tagoj, dum ŝi plu ripozis sen multe paroli. Kaj kiam ŝi diris ion, tio estis plejparte ĉiutagaj banalaĵoj.

"Willi", mi fine diris, "ĉu okazis io terura al vi aŭ tiu sinjorino Müller? Aŭ ĉu vi perdis ĉiujn fortojn? Mi ne scias, kiel agi por helpi vin."

Ŝi kapneis.

"Mi tutsimple estas eluzita. Tiu lavado kaj tiu mizerloĝejo estis iom tro."

Jen eble taŭga momento por memorigi al ŝi ke mi antaŭe avertis ŝin kaj insiste petis ke ŝi ne iru tien. Sed kompreneble mi rezignis tion kaj male provis kuraĝigi ŝin.

"Ĉu vi ne verkos pri tio?"

"Certe. Kiam mi reakiros sufiĉan energion. Sed mi ne scias, kiel eblos fari artikolon por dana ĵurnalo pri tiu sperto. Mi pripensis, ĉu verki libron kun ia kombinaĵo de propra atesto kaj kolekto da statistikoj, sed mi neniam antaŭe faris ion similan."

"Ĉu iu ajn antaŭe verkis tian libron?" mi demandis.

Ŝi levis la ŝultrojn.

"Mi ne scias."

Post kelkaj pluaj tagoj ŝi tamen sidiĝis por skribi, tamen ne tiel intense, kiel ŝi kutimis, sed jen kaj jen, kiam ŝi trovis forton kaj inspiron. Kaj simile ŝi ankaŭ ekrakontis fragmentojn de siaj spertoj dum la preskaŭa monato.

"Nokte en tiu domaĉo mi frostis kiel hundo pro la trablovo. En oktobro! Kiel ŝi faras en januaro?"

Kaj:

"Mi neniam plu trinkos bieron el botelo en trinkejo. Nur el barelo."

Alifoje:

"Por plenigi la botelojn necesas viroj, same por malplenigi ilin. Sed neniu viro akceptus lavi ilin."

Kaj ankoraŭ:

"Dufoje oni minacis maldungi min, ĉar mi interparolis kun la kolegino. Mi estis bolŝevisto, kiu kaŭzis malpacon, laŭdire, ĉar mi demandis pri iliaj laborkondiĉoj kaj salajroj. Cetere mi ne scias, kiel esti bolŝevisto en tiu laborejo, ĉar la sindikato akceptas nur virojn kiel membrojn."

Sekvis:

"La bier-koĉeroj post ĉiu livera rondiro reportas almenaŭ dudekon da boteloj, kiuj laŭdire rompiĝis dum la liverado, por ke oni sendu la rompaĵojn al vitrofarejo. Vi povas imagi en kia stato estas la koĉeroj post tia labortago, kaj foje ankaŭ la ĉevaloj."

Kaj alifoje:

"De laboristinoj oni atendas duoblan laboron kaj donas duonan salajron."

Finfine ŝi ja verkis kaj forsendis artikolon, sed ĉu ĝi efektive aperis aŭ ne, ŝi neniam raportis. Pri la libro ŝi de temp' al tempo ripetis ke ŝi verkos ĝin, sed tio evidente ne realiĝis.

Okazis dua juĝproceso kontraŭ la kompatinda Philip Halsman, kies patro estis mortigita kaj prirabita en la tirola montaro. Ĝi okazis denove en Innsbruck, kien la Alta Kortumo resendis la juĝaferon post apelacio. Anstataŭ la antaŭaj dek jaroj pro murdo, li nun estis kondamnita je kvarjara malliberigo pro hommortigo sen antaŭmedito. Ankaŭ post tiu proceso okazis kritikoj kaj kontestoj kontraŭ la verdikto, kiu ŝajnis baziĝi sur falsaj atestoj de antisemitaj lokanoj kaj klopodoj de la polico kaj juĝistoj por protekti la veran kulpulon.

Kaj tiu proceso poste ludis rolon en dramo, kiu okazis en la viena Leopoldstadt. Oni jam aranĝis diversajn protestojn de maldekstruloj kaj judoj, nomante la verdikton antisemita falsaĵo. Iu grupo de radikalaj cionistoj kutimis renkontiĝi en la relative luksa kafejo *Produktenbörse* ĉe Taborstraße, nur kelkajn domojn for de la hejmo de miaj gepatroj. Ĝi fakte estis la favorata kafejo de mia patro. La dektrian de decembro bando da nazioj kaj anoj de *Heimwehr* subite atakis la kafejon, rompis kaj frakasis ĝian tutan internon kaj vundis kelkajn el la kunvenantaj cionistoj. Ne estis klare, ĉu oni volis intence ataki ĝuste ilin, aŭ ĉu nur hazarde ili estis trafitaj, sed estis konata fakto ke la kafejo havas plejparte judajn gastojn. Oni alvokis la policon, kaj ĝi alvenis – post la fino de la frakaso kaj foriro de la nazioj.

Tuj kiam mi en la sekva tago eksciis pri la atako, mi rapidis al miaj gepatroj. Elirinte el la tramo mi preterpasis la frakasitan kafejon, tretante vitropecojn sur la trotuaro kaj vidante homojn preskaŭ senespere klopodi purigi kaj forbalai pecojn de rompitaj mebloj, speguloj kaj vazaro. La etoso inter ili estis tre prema.

Montriĝis ke miaj gepatroj nenion rimarkis dum la atako, kvankam ili ambaŭ estis hejme, sed ili ekaŭdis pri ĝi nur poste, same kiel mi.

"Mi ne certas, ĉu plu estas sekure loĝi ĉi-kvartale", mi diris.

"Nu, kien do transloĝiĝi?" respondis Patro. "Mi pensas male ke ĉi tie ni estas iom protektataj de la najbaroj, kvankam ja okazas pli kaj pli da molestado. Sed plej malfacile estas por la galicianoj, kiuj ofte rekoneblas laŭ sia eksmoda vesto kaj jida akĉento. Por ni la risko estas pli malgranda. Ni estas ordinaraj vienanoj, kiuj hazarde loĝas en la 'Maco-insulo'. Do, trankviliĝu, filino. Ni sendube travivos ankoraŭ iom."

Kiam mi poste reiris de miaj gepatroj al la tramhaltejo, la vitrosplitoj ekster la frakasita kafejo jam estis forbalaitaj. Anstataŭe falis desupre la unuaj neĝflokoj sur la trotuaron, anoncante la alvenon de nova vintro.

1930

Dua secesio

La nova jardeko por mi komenciĝis per neatendita embaraso. Mi sidis denove kun Franz en "nia" restoracio ĉe Bauernfeldplatz kun gulaŝo kaj glaso da ruĝa vino. Ni interparolis kiel kutime pri la loĝejkonstruado, mia skulptado kaj la kreskanta malamo flanke de dekstruloj kontraŭ socialistoj kaj la urbego Vieno, kaj same kontraŭ judoj kaj homoj el aliaj partoj de la iama imperio. Mi eble iom tro lamentis pri la atako ĉe Taborstraße kaj mia timo ke molestado iel trafos miajn gepatrojn. Poste mi klopodis plibonigi la etoson, rakontante pri la kvarteto de mia patro kaj pri lia amuziĝo pro la muzikado.

Franz estis iom streĉita kaj parolis malpli multe ol kutime, kaj eble tial mi iĝis pli parolema ol ordinare dum niaj renkontiĝoj, por ne enlasi embarasan silenton inter nin. Post kelka tempo mi eĉ ektimis ke mi enuigas lin per mia babilado. Do mi malgraŭ ĉio silentiĝis, maĉis kaj glutis mian gulaŝon kaj trinkis buŝplenon da vino.

"Pardonu min, Franz. Mi tro babilas. Vi sendube havas pli gravajn zorgojn."

Li ĵetis al mi rigardon timeman, ŝajnis al mi.

"Ne, tute ne. Nu... eble tamen. Ion tre gravan, fakte. Louise, mi ŝatus demandi ion."

"Bonvolu", mi diris, antaŭsentante ian ĝenon.

"Sed ne respondu tuj, mi petas. Pripensu tiel longe, kiel vi bezonas."

Li iom rektiĝis, preparante sin por la demando. Nun mi komencis senti veran maloportunecon. Finfine do demetu ĝin, mi pensis. Ne kovu ĝin pli longe, je kukolo.

Kaj tiam li eldiris la aferon.

"Kara Louise, vi certe jam konscias ke vi fariĝis al mi tre kara.

Vere, vi estas mirinda virino, kaj mi... Nu, mallonge, mi volas demandi vin, ĉu vi akceptus fariĝi mia edzino. Mi jam longe pensis pri tio kaj ne povas forlasi la ideon, do ne hastu respondi, mi petas. Mi komprenas ke vi... Ke povas ekzisti obstakloj. Sed mi firme kredas ke ni povus esti feliĉaj kune."

Mi ne estis preta renkonti lian rigardon sed levis la manon por haltigi lin. Mi ne volis ke li plu embarasu sin mem kaj min. Damne, kial li devas detrui nian amikecon? Mi ne kapablis rigardi lin rekte sed gapis suben al la tablo kaj mia telero.

"Franz", mi diris kun sento kvazaŭ mi preskaŭ ekplorus. "Tio ne estas bona ideo. Mi vere bedaŭras. Vi estus bonega edzo de alia virino, sed... Mi devas peti vin klopodi forgesi tiun ideon, kaj poste ni neniam plu parolu pri ĝi."

"Ne, ne, Louise! Ne diru tro multe, mi petas. Atendu, pripensu la aferon. Mi certas ke vi povus feliĉigi min, kaj mi farus ĉion por reciproki tion. Sed ja ne urĝas. Ni prokrastu la demandon, ni daŭrigu kiel antaŭe, kaj kiam vi estos perfekte preta por respondi, mi kompreneble akceptos vian decidon. Sed ne tro rapidu."

Mi turnis mian glason inter la manoj, provante trovi la ĝustan vorton, kiun li komprenos, sen ŝoki aŭ ofendi lin. Sed mi jam sciis, mi ja devus scii, ke tia vorto ne ekzistas. Mi eltrinkis mian vinon per kelkaj tiroj, viŝis la buŝon per la buŝtuko, levis la vizaĝon kaj finfine rigardis en liajn brunajn okulojn, pli malhelajn ol tiuj de Willi.

"Franz, aŭskultu. Ne indas atendi. Mi estas preta por respondi. Tio, kion vi proponas, ne povos okazi. Simple ne eblas. Mi ege bedaŭras. Mi devas peti vin neniam plu mencii ĉi tiun temon."

Li rigardis min kun neesprimeble serioza kaj malĝoja mieno. Mi vere ĉagrenis lin, nedubeble. Li iom kuntiris la brovojn, demandante:

"Ĉu tio estas pro... la gesinjoroj Weininger?"

Mi ridetis al li, sed tio estis rideto senĝoja.

"Temas ne pri iaj gesinjoroj. Mi ne povas edziniĝi al vi, nek al iu ajn alia. Ni simple ne plu parolu pri tio. Mi ne povas klarigi pli ol tiom."

"Ne necesas klarigi, Louise. Nu, mi esperis ke vi tamen konsideru la aferon, donante al ĝi iom pli da tempo. Tamen, mi ĝojas ke vi ne... ŝokiĝis aŭ forregalis min kun kolero."

"Kial mi koleru? Vi faris aŭ diris nenion ŝokan. Sed la afero simple ne eblas."

Ni restis ankoraŭ iom en la gastejo. Mi neniam antaŭe supozus ke oni povas post tia interparolo reveni al la antaŭa konversacio pri arto, loĝejoj kaj politiko, sed tio fakte okazis. Kredeble ni havis nenion novan por aldoni pri tiuj temoj, sed la ripetado de jam diritaj aferoj ŝajnis reestabli nian interrilaton, kia ĝi estis antaŭe. Mi tamen tute ne estis certa ke tio daŭros. Mi eĉ timis ke ĉi tio estos la fino de miaj taskoj koncerne artan ornamadon de novaj loĝkvartaloj. Kaj tre probable la fino de tagmanĝoj ĉe Bauernfeldplatz.

Postmanĝe ni do disiĝis, ripetante unu al la alia ke ni sendube baldaŭ revidos nin, kvankam mi tre dubis, ĉu tio efektive okazos. Mi reiris al mia ateliero, kaj li eble al la Urbodomo kaj siaj taskoj por la magistrato de Vieno. Mi sentis ke finiĝis io, kaj ke mi staras sur la sojlo de nekonata tereno. Ne eblis retroiri; necesis simple paŝi plu antaŭen en la vivo.

Mi neniam havis multajn amikojn. El la tempo de arta studado mi tamen konservis la kontakton kun kelkaj koleginoj, kvankam mi ĉiam sentis de ilia flanko ian rezervitan sintenon, pro kiu ankaŭ mi evitis altrudi min. Kutime mi pli facile interrilatis kun viraj kolegoj, sed mi neniam konis multajn, kaj post la renkontiĝo kun Willi mi pli kaj pli malofte vidis tiujn konatojn. Pro tio la amikeco kun Franz gravis al mi. Nia interparolado pri diversaj temoj ĝis nun ne havis perturbojn de emocioj, sed ekde nun tio sendube estos nur historio. Antaŭe mi apenaŭ spertis provojn de viroj romantike proksimiĝi al mi. Sendube tial mi longe supozis ke la aspiro de Franz celas nur amikecon.

Iutage, kiam nia triopo en *Vilao Elise* ĝuis vesperan glason da vino, dum neĝblovado siblis ekster la fenestroj, Willi faris surprizan demandon al Johnny kaj mi.

"Ĉu iu el vi scias skii?"

Ni ambaŭ kapneis.

"Kiel knabo mi ŝatis gliti per sledeto sur deklivaj stratetoj", diris Johnny. "Sed skii - ne. Laŭdire oni uzas tiajn ilojn en la alpaj regionoj por moviĝi, kiam neĝo kovras la vojojn."

"Jes, sed mi celas skiadon malsupren laŭ deklivo", precizigis Willi. "Mi ricevis proponon de la dana ĵurnalo *Politiken.* Oni sendis al mi noticon el *Neue Freie Presse*, petante min esplori kaj se eble verki raporton pri tio. Temas pri iu urbeto en Tirolo, kie oni aranĝas skiadon por turistoj. Kaj tie ne necesas unue paŝi supren sur la deklivo, ĉar eblas iri per tute nova telfero specife aranĝita por skiantoj kaj poste nur gliti malsupren sur la skioj."

"Ĉu vi mem do lertas pri skiado?" mi demandis.

"Tute ne. Mi scias ke norvegoj ŝatas tiajn ekzercojn, kaj junaĝe mi eĉ rigardis tion unufoje en la tiama Kristianio, sed en Kopenhago mankas deklivoj kaj plej ofte ankaŭ sufiĉe da neĝo. Sed mi sendube povus lerni. Ni ĉiuj povus lerni tion. Kion vi dirus pri kelktaga ripozado en la neĝo de Tirolo? Louise, tio povus esti kompenso pro la nuligita somera vojaĝo tien, ĉu ne?"

Mi estis konsternita. Kia ideo! Ŝi povus same bone proponi ke ni ekskursu en arbaron por grimpi sur arbojn.

"Nu, mi eble preferus sledon ankaŭ nun", diris Johnny. "Sed kiam mi pripensas tion, mi ja aŭdis ke kelkaj angloj el la supera klaso, kiuj ne scias, kion fari per siaj mono kaj tempo, ekhavis la ideon vintre vojaĝi al Svislando por diversmaniere gliti sur neĝo. Sed mi ne sciis ke ankaŭ en nia lando oni ofertas tiajn plezurojn."

"Mi certas ke tio povus esti tre amuza", diris Willi. "Johnny, petu kelktagan liberon de la banko kaj dume mi esploros pri hotelo aŭ gastejo. Ĉu vi konsentas, Louise?"

Kompreneble mi devis konsenti al la frenezaĵo. Kaj post du semajnoj ni efektive triope vojaĝis vagonare tra Salcburgo al la urbeto Kitzbühel, de kies stacidomo fiakro-sledo portis nin al hotelo kaj niaj ĉambroj, pli granda por la gesinjoroj kaj pli malgranda por la fraŭlino, kvankam nokte poste okazis diskreta relokado.

Ni ne estis tre bone vestitaj por la amaso da neĝo tie, sed per la hotelo ni povis prunti vent-jakojn, taŭgajn ŝuojn, skiojn kaj eĉ sledeton. Poste ni provis la novajn artojn de glitado sur neĝo, falado en neĝon kaj baraktado por restariĝi el neĝo. Kaj ĉion Willi zorgis fotografi per aparato okaze luita de la fotovendejo, ĉar ŝia propra *Leica* ja estis ŝtelita ie en Hungario. Feliĉe aliaj gastoj kondutis same mallerte kiel ni, kaj ni amuziĝis kiel infanoj. La sledeto, kiun Johnny pruntis, glitis bone sur dekliveto, kie multaj piedoj tretis la neĝon kompakta. Ekster tiu loko, en la malkompakta neĝo, la sledeto fiksiĝis aŭ renversiĝis, se la deklivo estis tro kruta. Post kelka tempo do ankaŭ li ŝanĝis al skioj. Post tia tago kaj riĉa vespermanĝo ni ĉiuj estis tiel lacaj ke Willi ne havis forton fari notojn por sia artikolo kaj ni apenaŭ trovis niajn ĝustajn ĉambrojn.

En la mateno ni jam estis sufiĉe kuraĝaj por efektive supreniri per la telfero, kaj poste ni uzis grandan parton de la tago por etape, de falo al falo, regliti malsupren per la skioj. Ni miris, kiam pli lertaj skiantoj rapide preterflugis nin, survoje al la valo per vastaj ĝiroj. Tiutage la vetero estis bela, kaj ĉirkaŭ ni reliefiĝis blindige blankaj Alpoj kontraŭ lazura ĉielo super malhelverdaj abioj en la valo.

"Domaĝe ke ne eblas fotografi la kolorojn", plendis Willi, direktante la fotoaparaton al la montopintoj. "Sed vi povus pentri ilin."

"Pasis tro da jaroj de kiam mi pentris."

"Aŭ skulpti la montojn el blanka marmoro."

"Prefere el meringo kaj batita kremo."

"Trafe! Ili efektive aspektas kiel tiaj delicaĵoj."

Kiam alproksimiĝis la vespero, la radioj de la subiranta suno bele rozkoloris la pintojn de la Alpoj. Tiuvespere ni estis eĉ pli lacaj ol hieraŭ, miaj okuloj ŝajnis plenaj de gruzo kaj mi sentis kvazaŭ mia korpo trairus kalandrilon.

"Se necesas tiom laciĝi", diris Willi, "mi tamen preferas ĉi tion al la bierfarejo."

Survoje hejmen per vespera trajno ni diskutis la novan sperton.

"Fakte mi tre amuziĝis", mi diris. "Sed mi ege dubas ke multaj el la viena burĝaro trovos tian ludon konforma al ilia digno. Des pli ĉar apenaŭ eblus skii en frako kaj dekoltita robo."

"Vi certe pravas", konsentis Johnny. "Verŝajne nur ni secesiuloj kuraĝas tiel senhonte oferi la dignon. Sed mi ne surpriziĝus, se angloj iam trovus la vojon ĉi tien. Finfine ili ne povas daŭre bonfarti en la puritana Svislando. Oni kutimas diri pri nia viena Centra Tombejo, ke ĝi estas duone tiel vasta sed duoble tiel gaja kiel Zuriko, ĉu ne?"

Mi komprenis ke Willi ege laciĝis, ĉar ŝi apenaŭ havis forton ridi pri lia ŝerco.

Origine mi ne intencis rakonti al Willi pri la svatiĝo de Franz. Mi timis ke ŝi mokete ridos pri mi aŭ diros ke mi mem kulpas, ĉar mi tro multe interrilatis kun li. Tamen, dum la tempo pasis kaj la vintro proksimiĝis al printempo, mi rimarkis ke la okazaĵo plu ronĝas mian menson, kvankam mi ne komprenis kial kaj faris ĉion por forgesi ĝin. Iutage mi fine decidis mencii ĝin tute pretere, kiel komikan stultaĵon. Mi atendis aŭdi ŝian laŭtan ridon, kiam ŝi eksciis pri tiu epizodo, sed ŝi reagis tute alimaniere.

"Nu, finfine!" ŝi diris. "Jam delonge mi scivolis, ĉu li neniam kuraĝos demandi."

Mi rigardis ŝin konsternite.

"Ĉu vi do atendis tion?"

"Kompreneble. Ĉu ne vi? Jam de du jaroj li postkuras vin kiel fidela hundo."

Mi preskaŭ ekkoleris. Foje ŝi vere povis diri malĝentilaĵojn.

"Kia sensenca aserto! Ni ja interrilatas profesie, kaj tion vi scias."

Ŝi ridetis ironie.

"Bone. Nur profesie, kompreneble. Kaj kion vi respondis al lia propono?"

Mi tute ne aprezis ŝian manieron reagi al mia rakonto. Fakte mi esperis ion tute alian ol ironion kaj insinuon. Paŭte mi turnis al ŝi la dorson.

"Kion vi supozas?" mi diris al ŝi trans la ŝultron. "Ĉu vi vere kredas ke mi pretus edziniĝi al li?"

"Mi ne scias, Louise. Kiel mi povus certi pri tio?"

Ŝia voĉo sonis neŭtrale aŭ eĉ indiferente. Mi paŝis de nia saloneto en la kuirejon kaj komencis lavi kelkajn tasojn kaj manĝilojn, supozante ke ŝi postsekvos min kaj eble demandos duafoje. Sed tio ne okazis; tra la pordo mi vidis ke ŝi restas sur sia fotelo en la saloneto kun libro enmane, kiun ŝi tamen ne malfermis.

Mi plu lavis, ĝis restis nenio por lavi. Tiam mi reiris al ŝi.

"Aŭskultu, Willi. Mi respondis ke tio ne eblas kaj petis lin forgesi la ideon por ĉiam. Sed mi tre bedaŭras ke li faris tiun vanan demandon, ĉar verŝajne tio signifas ke mi perdis la eblon ricevi pluajn estontajn mendojn pri artaĵoj."

"Ĉu nur tion vi bedaŭras?"

"Ne nur. De tiam mi aŭdis nenion de li. Do evidente ni ne plu havos kontakton. Mi perdis ankaŭ - bonan amikon."

Ŝi kelkfoje turnis la libron en la manoj kun pensema mieno. Mi vidis ke ĝi estas *La magia monto*, pri kiu ŝi ekinteresiĝis lastan aŭtunon, kiam ĝia aŭtoro Thomas Mann ricevis nobelpremion.

"Eble. Mi ne vetus pri tio. Povus esti ke li revenos al vi post kelka tempo. Sed kial vi mem ne kontaktas lin?"

"Tion mi evidente ne povas."

"Kial ne?"

"Ĉar li miskomprenus tion. Li pensus ke mi ŝanĝis mian opinion. Aŭ eble pretas ŝanĝi ĝin."

Ŝi alterne malfermis kaj refermis la libron sed plu nek eklegis nek demetis ĝin.

"Do vi klare diru al li, kion vi deziras, kaj kiel vi volas aranĝi vian vivon."

Mi pripensis ŝiajn vortojn.

"Ne facilas klarigi tion", mi diris.

"Certe ne facilas, sed ĉu vi ne ŝuldas tion al li? Sed eble vi devus unue klarigi al vi mem, kion vi volas de li?"

"Mi jam diris, ĉu ne? Profesiajn mendojn. Kaj la eblon de temp' al tempo amike interparoli pri interesaj kaj gravaj temoj."

Denove mi cerbumis sed ne trovis solvon de mia dilemo. Mi bedaŭris ne plu renkonti lin, sed kiel esprimi tion al li sen kaŭzi miskomprenon aŭ vanan esperon ĉe li? Mi returnis min por reiri en la kuirejon, kvankam tie restis nenio farenda.

"Ĉio pri viroj estas tiel diable komplika!" mi suspiris.

Kaj nun finfine ŝi aŭdigis sian laŭtan ridon.

"Trafe! Ĉu nur nun vi malkovras tion?"

Ankoraŭ kolektiĝis ĉe ni de temp' al tempo tiu rondo de amikoj kaj amantoj de Johnny, kiun li ŝerce nomis 'la dua viena secesio'. La junulo Hansi tamen ne plu aperis inter ili; anstataŭis lin maldikulo kun tragika vizaĝo, kiu nomis sin Jean-Pierre, kvankam li parolis kun forta viena akĉento kaj multaj slangaj vortoj, kiujn Willi tute ne komprenis kaj eĉ mi antaŭe ne aŭdis. La festado eble iomete kvietiĝis kompare kun la pli frua tempo, sed fojfoje oni plu ŝteliris en la banĉambron por revigliĝi, kredeble snufante tielnomatan neĝon. Aŭ, en la kazo de Jean-Pierre, por preni ion trankviligan. Mi suspektis ke li prenadas morfinon en iu formo.

La granda blondulino Felicia revenis post kelkatempa foresto. Sed nun ŝi sciigis sian intencon baldaŭ elmigri.

"Kien do?" demandis pluraj samtempe.

"Al Berlino, kompreneble."

"Berlino!" ekkriis Johnny kaj tuj komencis kanteti ian malnovan operetan ŝlagron: "Vi estas freneza, kara, / Do iru al Berlin', / kies frenezularo / bonvenigos vin."

Ĉiuj ridis, sed Felicia tuj reserioziĝis.

"Mi tamen ne ŝercas. Tie eblas eviti mistraktadon almenaŭ de la polico. La doktoro de la Instituto skribos ateston, kiu validas kiel legitimilo. Transvestula pasporto, oni nomas ĝin, kaj kun tio la polico lasos min en paco."

"Ho, kiel la francaj artistinoj de la antaŭa jarcento", mi ekkriis.

"Kio pri ili?" demandis Willi.

"Nu, pluraj el ili, ekzemple Rosa Bonheur, kiu estis pentristino kaj skulptistino, akiris transvestan permesilon de la polico por rajti surhavi pantalonon, ĉar la ĝispiedaj roboj de tiu tempo ĝenis ilin, kiam ili eliris por pentri pejzaĝon aŭ alian eksterdoman scenon."

Estiĝis vigla diskuto post la anonco de Felicia.

"Tia papero ne protektos vin de nazioj kaj aliaj molestantoj", diris Jean-Pierre.

Felicia levis la larĝajn ŝultrojn.

"Nu, ne indas atendi maleblaĵon", ŝi diris. "Necesos simple eviti tiujn banditojn."

"Kia instituto estas tio?" demandis Willi.

"Tiu de seksa scienco de doktoro Hirschfeld", klarigis Felicia. "Ĝi estas la plej grava en la mondo por esplori pri apartaj seksaj kondutoj, kaj ĝi ankaŭ protektas la rajtojn de diverstendencaj homoj."

"Mi aŭdis onidiron ke tiu kuracisto povus eĉ fari kirurgian operacion por ŝanĝi ies sekson", diris Jean-Pierre.

"Nu, detranĉi ja facilas, sed ĉu li povas ankaŭ ion aldoni?" diris Johnny kaj rikoltis ridojn.

Post tio la kunestado fariĝis adiaŭa festo por Felicia. Willi petis ŝin skribi al ŝi por rakonti pri siaj spertoj en Berlino, precipe de tiu instituto.

"Mi vere ŝatus verki ion pri ĝi", ŝi diris al mi pli malfrue en nia ĉambro. "Sed kie mi povus publikigi tion? Certe nenie. Imagu, se mi farus intervjuon kun persono, kies sekson oni ŝanĝis en tiu instituto. Tio estus sensacia, sed mi dubas, ĉu la mondo pretas por tia ŝoko."

"Verŝajne ne", mi diris. "Precipe se la artikolo estus ilustrita per fotografaĵoj."

Ŝi ridetis larĝe.

"Tio estus io por scienca publikaĵo aŭ faka libro, kaj tie oni certe ne bezonas helpon de ĵurnalisto."

Ŝi mienis iel enigme, kaj mi observis ŝin por eltrovi, kion ŝi efektive pensas.

"Willi", mi poste diris. "Ĉu vi ŝatus esti viro?"

Se ŝia buŝo tion permesus, la rideto sendube eĉ pli larĝiĝus.

"Certe ne. Sed estus amuze kelkfoje transvesti sin por sperti, kiel mi estus traktata de aliaj homoj, viroj kaj virinoj."

"Vi jam faras tion en viaj ĵurnaloj, ĉu ne? Bubo!"

"Jes, sed sperti vizaĝ-al-vizaĝe, kiel aliaj rigardus min, estus tute alia afero. Sed diru, Louise, ĉu vi ŝatus, se mi estus viro?"

Mi kapneis, nenion dirante, kaj ŝi ne insistis pri sia demando. Ni ambaŭ ja naskiĝis inoj, kaj la ideo ke eblus ŝanĝi tion estis plene absurda. Fakte ne ni devus ŝanĝiĝi, sed la ĉirkaŭanta socio, kiu baras al ni la eblon vivi tiel, kiel vivas aliaj homoj. Sed sendube neniu kirurgo povos operacie ŝanĝi la sintenon de la socio.

Finfine mi povis eklabori praktike pri miaj skulptaĵoj por la kvartalo inter la nuna kaj la iama Danuboj. Mi prezentis skizojn, kaj oni akceptis ilin. Estos tri figuroj elfanditaj el bronzo, kiuj prezentos tri muzikistojn: unu kun akordiono, unu kun tamburo kaj unu kun liuto. Ili havos grandecon proksimume de ses- aŭ okjara infano kaj estos lokitaj apud ludejo en parko meze de la kvartalo. Mi volis formi ilin fortikaj kaj kompaktaj, por ke ili bone toleru ludojn de infanoj, tuŝadon, puŝadon, alfrapon per pilkoj, eble eĉ grimpadon sur ili. Sammotive mi elektis la grandecon de infano, kio ankoraŭ plifaciligos al la ludantoj imagi kaj revi ke ili mem estas aŭ povus iam fariĝi tiaj muzikistoj.

Mi bedaŭris ke mi ne povas montri la skizojn al Franz kaj aŭdi liajn komentojn, sed li ankoraŭ ne rekontaktis min. Kaj cetere, kial li farus tion? Mi reiris al *Sandleitenhof*, kie staris statuo de knabo kun libroj enmane farita de skulptisto nekonata al mi, por vidi, ĉu infanoj iel ludas aŭ interagas kun ĝi. Sed ĝi staris sur placo apud loka biblioteko, ne proksime de ludejo, kaj dum mi observis ĝin, homoj en ĉiuj aĝoj nur preterpasis. Mi eĉ ne rimarkis ke ili rigardas la bronzan knabon; sendube ili jam alkutimiĝis al ĝi kaj reagus nur, se iutage ĝi subite mankus.

Do mi komencis labori pri mia gipsa modelo de la unua, la akordionisto. Mi elektis instrumentojn unue por ke ili estu rekoneblaj al la infanoj, kaj due por ke ne elstaru vundeblaj etdimensiaj partoj kiel de kverfluto aŭ arĉo. Mi iom dubis pri la liuto, sed laŭ mia skizo ĝia kolo kunfandiĝos kun la brusto kaj brako de la ludanto, kaj ĝi sufiĉe similos al gitaro aŭ mandolino por ŝajni familiara. Entute mi estis tre kontenta denove labori dum tutaj tagoj en mia ateliero pri tasko difinita kaj pagota.

Samtempe mi kredis rimarki ĉe Willi malpaciencon kaj malkontenton pri ŝia laboro. Mankis al ŝi novaj mendoj, mankis ankaŭ ideoj sufiĉe gravaj kaj frapaj por veki ŝian entuziasmon. Ŝi denove ekparolis pri vojaĝo al Italio kun la celo esplori kaj priskribi, kion la regado de faŝistoj konkrete signifas por diversaj homoj tie. Tamen ekzistis pluraj obstakloj. Plej grave, ŝi ne parolis itale, kaj krome sufiĉe multaj aliaj ĵurnalistoj raportis pri tiu sama temo. Ŝajne oni ĉie en Eŭropo interesiĝis pri la demando, ĉu Mussolini estas bona aŭ malbona por la italoj.

Mi proponis al ŝi preni intensan kurson de la itala. Kun ŝia intelekta kapablo, tio devus doni rapidan rezulton. Ŝi neniam lernis Latinon sed ja la francan. Ial mia sugesto tamen ne interesis ŝin; evidente ŝi trovus tian lernadon vana peno.

Mi timis ke ŝi refoje ĵetos sin en ian danĝeran projekton, en kiu ŝi aperos sub masko por esplori ion "de interne". Precipe kiam ŝi ŝercis pri transvestado kiel viro, mi sentis maltrankvilon. Ĉu tio estis nura ŝerco? Samtempe mi tre bone memoris nian unuan renkontiĝon, kiam mi ekvidis ŝin en la konstruaĵo de la Viena Secesio kaj trovis ŝin iel nedifinebla laŭ la aspekto. Tiam tio tre allogis min. Ĉu mi intertempe fariĝis pli timema?

Alvenis la somero. Mi plu laboris pri miaj muzikistoj. Unu tagon mi iris trame al Kaisermühlen kaj plu promenis ĝis la nova konstrutereno por eble identigi la lokon, kie staros miaj skulptaĵoj. Ĉie estis konstru-fosaĵoj, kaj en la fosaĵoj oni laboris pri muldado de betonplatoj kaj masonado de fundamentaj muroj. La terpeco, kie situos la ludejo, konsistis plejparte el argila koto. Ĉirkaŭe ja sovaĝe kreskis kelkaj arboj kaj arbustoj, sed pri parko ankoraŭ ne eblis paroli. Mi vagis iom tien-reen tra la tereno kaj poste esploris ankaŭ la ĉirkaŭaĵon. Tiam mi trovis tute apudan golfon, sendube reston de antaŭa fluo de Danubo, kie aro da duonnudaj infanoj ludis kaj banis sin. Ili aspektis pli-malpli sovaĝaj, kaj mi supozis ke ili venas el ia proksima mizerkvartalo, kvankam mi ne vidis tian.

La akvo estis sufiĉe malklara, kaj la strando konsistis el tero kun arbustoj kaj trudherboj, sed malgraŭ tio mi ŝatis vidi tiun aron da infanoj, kiuj amuziĝis kaj refreŝigis sin per la rimedoj disponeblaj. La odoro iom malfreŝa de la akvo ne fortimigis ilin. Mi supozis ke devas ekzisti pli bona strando ie ne tro malproksime ĉe la rivero, sed eble ĝi estis fermita por tiuj malriĉuletoj, do ili trovis sian propran paradizon, kaj la malpureco de la akvo evidente ne ĝenis ilin. Esperebl ĉi tiu loko povos servi ankaŭ al la estontaj loĝantoj de la novaj domoj, mi pensis.

Mi rimarkis ke mi lastatempe pli ol antaŭe rigardis ludantajn infanojn kun intereso. Tio ja estis natura sekvo de la arta projekto, pri kiu mi okupiĝis. Sed ial reaperis en mia memoro ankaŭ la vortoj de mia patrino antaŭ jaro kaj duono, en mia tridekjara naskiĝtago. Post kelkaj jaroj jam estos tro malfrue. Nun mi estis tridekunujara. Ĝis antaŭ nelonge mi tamen preskaŭ neniam zorgis pri ĉi tiu temo. Eble mi ja pensus pri ĝi, se mi pli ofte ĉiutage renkontus familiojn kun infanoj, sed la homoj, kun kiuj mi plej multe societumis, ĉefe Willi, Johnny kaj la 'dua viena secesio', pro naturaj kialoj ne estis gepatroj.

De temp' al tempo mi tamen vizitis mian kuzinon Hedwig, kies filo Kurt jam vigle kuradis kaj diris siajn unuajn vortojn. La deziro de la familio elmigri al Usono ankoraŭ ne efektiviĝis, kaj nun la ekonomia krizo tie eĉ pli malfaciligis tiun planon. Kaj lastfoje, kiam mi renkontis ilin, mi eksciis ke ŝi atendas duan infanon fine de la jaro.

Tiu informo tuŝis min en iom ambigua maniero. Kompreneble mi ĝojis pro mia kuzino, sed samtempe eĉ pli evidentiĝis ke mia propra situacio estas tute alia. Kompreneble, nenio estis farebla; mi jam delonge akceptis ke tia estos mia vivo. Efektive mi devus esti tute kontenta, do la fakto ke miaj pensoj pli kaj pli ofte revenadas al tiu temo iomete incitis min.

En la lastaj jaroj mi alkutimiĝis diskuti ĉion kun Willi, sed ial mi ne volis dividi kun ŝi ĉi tiujn pensojn. Mi antaŭvidis ke ŝi respondus tre ironie, se mi mencius ilin. Des pli nun post nia diskuto pri la svatiĝo de Franz. Ŝi sendube supozus ke la pensoj iel rilatas al tiu okazaĵo, kaj tio tute ne estis vera. Ja nur pro hazarda koincido tiuj aferoj okazis samtempe, sed tion Willi kredeble ne akceptus.

Malgraŭ mia decido ne paroli pri miaj pensoj kun Willi, ĝuste tio tamen okazis, kvankam tute ne intence. Mi iom babilis pri mia skulptado kaj pri kiel mi antaŭvidis ke la tri muzikistoj estos uzataj de la infanoj, kiuj estonte loĝos en la nova kvartalo. Eble mi menciis ankaŭ la filon de Hedwig kaj la bubetojn, kiujn mi vidis sur la kota strando. El tio Willi en sia kutima maniero faris konkludojn pri mi. Nu, tio sendube estis neevitebla. Ŝi posedis kapablon rekte trarigardi min, kiel iaspeca iks-radia aparato.

"Espereble vi komprenas, kion signifus por vi havi infanon", ŝi diris tute rekte sen hipokritado.

"Kion vi celas?"

"Vi apenaŭ povus labori. Krom se vi enspezus tiel multe ke vi povus dungi vartistinon."

"Willi, mi ne scias, de kie vi ekhavis la ideon ke mi volas infanon. Mi neniam diris tion."

"Prave, vi ne diris tion. Kaj ĝuste el tio mi ekhavis la ideon."

"Ĉiuokaze vi bone scias ke tio ne eblas", mi diris.

"Certe ja eblas. Ricevi infanon estas eĉ tro facile. Miloj da virinoj spertas tion, ofte eĉ tute senintence."

Ŝi sidis surkanape en la saloneto, fumante kaj foliumante danan magazinon, dum mi staris ĉe la tablo, specigante kaj faldante lavitajn kaj sekigitajn vestaĵojn. Ŝia tono estis seka, preskaŭ afereca, kio iomete incitis min.

"Kompreneble, por la plimulto tio facilas, sed por mi ne", mi diris.

"Ankaŭ por vi tio ne postulus grandan penon. Kutime la viro prizorgas la ĉefajn agojn, sufiĉas ne rifuzi lin. Antaŭe, tio estas. Poste jam estos alia afero. Kaj se vi ne volas doni vin al viro, eblus adopti. Ekzistas miloj da infanoj, kiujn la gepatroj ne povas prizorgi, kaj miloj da knabinoj, kiuj subite trovas sin gravedaj kontraŭ sia volo."

"Adopti infanon? Ĉu vi pretus fari tion, Willi?"

"Temas ne pri mi. Vi sopiras je infano, mi ne. Sed pensu pri tio, kion vi oferus."

"Mi neniam pensis pri adoptado. Tio ne plaĉus al mi. Laŭ mi infano prefere vivu kun siaj gepatroj."

"Kaj laŭ mi la gepatroj estas tiuj homoj, kiuj zorgas pri la infano", diris Willi.

"Nu, adopto certe ja estas pli bona ol orfejo, se la veraj gepatroj mortis aŭ ial forestas. Ĉu vi tamen ne pensas ke mankus io grava, se la infano ne estus 'karno el mia karno'? Ĉiuj homoj volas rekoni sin mem en siaj infanoj, ĉu ne?"

"Ĉu vere? Mi dubas. Cetere, ĉu tiu citaĵo ne venas de Adamo parolanta pri sia ripo, tio estas pri Eva? Mi trovas la biologion iom supertaksata kompare kun la kulturo. Fakte mi pensas ke la profesoro Mathilde Vaerting plejparte pravas pri tio ke la edukado signifas pli multe ol la denaska heredo. Sed eble la sango pli gravas por vi, kiu estas purrasa. Kiel vi scias, mi estas miksulo."

Nun ŝi efektive sukcesis grave inciti min, kaj mi lasis fali la bluzon, kiun mi ĵus nete faldis.

"Kia sensencaĵo! Mi solene fajfus pri tio, ĉu la infano estus judo aŭ gojo. Sed se ĝi tre malsimilus min, eble ambaŭflanke ni sentus ian fremdecon."

"Kredeble jes dum du tagoj; poste vi jam alkutimiĝus kaj estus plene okupata de la vartado; do vi certe rapide forgesus ĉion tian."

Mi pripensis tion. Eble ŝi pravis. Ĉiuokaze tio ne koncernis min. Mi nek adoptos, nek naskos infanon. Mi sciis ke senidaj geedzoj povas adopti infanojn el la orfejo *Zentralkinderheim* ĉe Lustkandlgasse, ne tre malproksime de mia ateliero en Alsergrund, sed sen edzo mi ne povus fari tion, eĉ se mi volus. Efektive estis tute evidenta afero ke mi neniam estos patrino, do nia disputo estis pure hipoteza. Malgraŭ tio mi ne povis regi miajn pensojn kaj sentojn. Kiu havas tian povon?

Do la interparolo kun Willi okazis, kvankam mi decidis nenion diri al ŝi. Sed ĝi ne fariĝis tia, kia mi povus antaŭvidi ĝin.

Ŝi estis tute ne ironia sed tre serioza kaj sobra, eĉ iom senkompate sincera. Kaj ŝi diris entute nenion pri Franz Halder, pro kio mi estis tre danka.

Mia laboro pri la muzikistoj progresis bone. Mi estis kontenta pri ĉio sed iomete bedaŭris ke ili ne estos pli multaj ol tri. Tamen mi havis grandan bonŝancon ricevi tiun mendon. La tempo ne estis favora; post kelkaj jaroj kun kreskanta ekonomio, nun regis en nia respubliko - kaj sendube ankaŭ aliloke - profunda maltrankvilo post la lastjara financa kraŝo en Usono. La internacia komerco stagnis kaj la senlaboreco ege kreskis. Nia federacia registaro volis nenion entrepreni kontraŭ la senlaboreco, ĉar laŭdire tio signifus malutilan enmiksiĝon de la ŝtato en la ekonomian vivon, kie la privataj iniciatoj devas regi sen baroj. La gvidantoj de la urbo Vieno ja volus alpreni rimedojn, sed krom daŭrigi la konstruadon de loĝejoj oni apenaŭ havis monon por aliaj publikaj laboroj.

Fine de la somero Willi menciis ideon vojaĝi al Rumanio por serĉi interesajn temojn de artikoloj. Precipe interesis ŝin strange religia organizaĵo de la ekstrema dekstro konata kiel la verdaĉemiza movado aŭ la Legio de l' Ĉefanĝelo Mikaelo. Sed ŝi esperis trovi ankaŭ aliajn ekzotaĵojn por pritrakti.

"Almenaŭ mi ne devus tie konkuri kun aliaj ĵurnalistoj", ŝi diris kun ekrido. "La plej multaj eĉ ne scias, kie situas tiu lando."

"Sed la lingvon vi sendube komprenus eĉ malpli ol la italan, ĉu ne?" mi diris.

"Ne gravas. Mi certe elturniĝus per la germana kaj franca."

Mi sentis fortan impulson insiste admoni ŝin ne entrepreni tiel riskan vojaĝon, sed mia lastjara malsukceso pri ŝia bierfareja laboro detenis min de tia provo. Tamen mi ne povis eviti pensi pri ŝia vojaĝo al la hungara pusto. Ŝi ankoraŭ ne klarigis, kio efektive okazis al ŝi tie. Kaj nun ŝi volis iri en landon eĉ pli sovaĝan, laŭ mia supozo. Sed mi sciis ke ŝi ne aŭskultos miajn avertojn pri riskoj, do mi evitis plu komenti la ideon kaj klopodis trovi aliajn temojn. Kaj post kelka tempo ŝi ial ne plu parolis pri Rumanio. Anstataŭe ŝi sidiĝis sub la ŝatata abrikotarbo en nia ĝardeno por verki, kaj ŝi ne volis esti ĝenata, nek respondi demandojn pri tio, kion ŝi verkas. Do mi lasis ŝin en paco, tre kontenta ke ŝi kvietiĝis kaj elektis resti hejme en sekureco.

La somera varmo kulminis meze de aŭgusto. Mi ŝatus rifuĝi en la montaro por spiri freŝan aeron, aŭ almenaŭ ekskursi al Danuba strando por naĝi kaj forlavi la ŝviton, sed Willi ne forlasis sian lokon en la ombro sub la arbo. Do ankaŭ mi dediĉis min al mia laboro en la ateliero, dum Vieno sufokiĝis ekstere, kaj ĉiuj, kiuj povis, fuĝis en la kamparon.

La laboremo de Willi daŭris pli longe ol mi atendis, dum semajno post semajno. La somero jam pli-malpli finiĝis, sed ŝi plu sidis verkante sub la arbo.

Komence de septembro mi povis kontakti la fandiston, kiu antaŭe faris bronzaĵojn por mi, por diskuti elfandadon de la tri skulptaĵoj. Lia eta firmao jam suferis pro la malvigla ekonomio, kaj li devis maldungi du laboristojn, do miaj sufiĉe komplikaj laboroj estis tre bonvenaj. Mi antaŭvidis kelkajn semajnojn da preparoj kaj kunlaboro pri kreado de muldiloj laŭ miaj gipsaĵoj. Poste mi devos fidi je la lerteco de li kaj liaj restantaj dungitoj.

En la sama tempo Willi denove surprizis min.

"Bonvolu preni kun mi glason da ŝaŭmvino ĉi-vespere", ŝi diris en ordinara ĵaŭdo. "Mi havas ion por celebri."

"Kion?"

"Mi finis la unuan version de mia romano."

Mi gapis al ŝi senkomprene.

"Kia romano? Ĉu vi estas serioza?"

"Seriozega. Mi verkis romanon surbaze de la vivo de sinjorino Müller, ŝia filo kaj miaj spertoj en la bierfarejo. Ĝi estas soci-indigna, romantika kaj... mi ne scias, ĉu tragedia aŭ tragikomedia. Kompreneble ĝi bezonas poluradon, kaj poste restos trovi eldoniston, sed provizore mi estas tre kontenta."

Ŝi surtabligis du glasojn kaj komencis malfermi botelon, sid-ante en nia saloneto.

"Do jen via mistera verkado sub la abrikotarbo. Sed mi ne sciis ke vi spertis ankaŭ romantikon dum la lavado de bierboteloj."

Ŝi gaje ridis.

"Jen la fikcia parto de la verko. Mi iom junigis kaj sufiĉe multe beligis sinjorinon Müller kaj transformis min mem en ameman sed perfideman kolportiston de biĵuterio. Necesas konsideri ke la legantoj deziras amrakonton. Sed malfeliĉan, evidente."

Kompreneble mi volonte trinkis kun ŝi glason, tostante unue por la sukceso de ŝia unua romano, kaj poste por sukcesa elfandado de miaj bronzaj muzikistoj.

"Fakte mi nun sentas bezonon de ferioj", ŝi diris, replenigante la glasojn. "Jam delonge ni nenien vojaĝas kune. Ĉu ne nun estus bona momento post la somera varmego kaj antaŭ la aŭtunaj pluvoj?"

"Nun ne eblas. Nur kiam la fina elfandado komenciĝos."

"Kiom do necesos atendi?"

"Du-tri semajnojn. Eble monaton. Sed kien vi volas iri?"

"Kial ne finfine realigi tiun viziton en Venecio?"

Mi pripensis la proponon kaj ne trovis motivon por rifuzi ĝin. Ĉu entute ekzistas argumento kontraŭ tia vojaĝo?

En septembro okazis elekto de la federacia parlamento de Germanio. Dum ĉe ni la parlamenton tute dominis du grandaj partioj, en Germanio estis preskaŭ kaosa situacio kun amaso da malgrandaj dekstraj kaj liberalaj partioj. Sed nun la nazioj ege kreskis, de tri al dek ok procentoj, konkerante voĉojn de la plej multaj dekstraj partioj. La socialdemokratoj malkreskis sed restis la plej granda partio, kaj la komunistoj kreskis. Sendube estos tre malfacile formi registaron bazitan sur plimulto en tiu parlamento. Cetere, ankaŭ ĉe ni la registaroj ofte ŝanĝiĝis, kvankam ĉiam de pli-malpli la samaj dekstruloj. En Aŭstrio liberaluloj estis nekonata specio, kaj la Komunista partio tute ne gravis.

Mi ŝatus aŭdi la opinion de Franz pri tiuj aferoj, sed tio ja ne plu eblis. Pli malfrue ĉi-jare, en novembro, ankaŭ ni havos elektojn. Ĝis nun la aŭstraj nazioj estis okupataj de internaj skismoj kaj de bataloj kaj molestado surstrate, kaj ili ne ricevis sufiĉe da voĉoj por eniri la parlamenton, sed tio povus ŝanĝiĝi. Ankaŭ la komunistoj povus gajni novajn voĉojn. Eble la ekonomia krizo kun kreskanta senlaboreco pelos homojn al tiuj ekstremaj partioj.

Jen aferoj pri kiuj mi cerbumis de temp' al tempo, sed evidente tio estis absolute vana. Okazos kio okazos. Nun mi devus prefere dediĉi mian plenan atenton al kreado de muldiloj por la bronza elfandado. Jam tio estis sufiĉe defia tasko.

Cetere, ne ĉio ĉe niaj nordaj najbaroj estis politiko kaj ekonomia krizo. Ekde kiam la germana kinokompanio UFA komencis produkti sonfilmojn, Johnny fariĝis vera amanto de la kino-arto, kaj kelkfoje ankaŭ Willi kaj mi akompanis lin al prezentado en la kinejo *Metropol*. La unua estis terura melodramo pri la amo de hungara husaro kaj juna servistino, kiu fine ĵetis sin en Danubon, sed tiu rakonto servis nur kiel preteksto por prezenti kelkajn kantojn. Kaj ĉi-aŭtune Johnny almenaŭ trifoje vizitis la kinejon por spekti la filmon *Blua Anĝelo* kaj ĝui la aktoradon de Marlene Dietrich en la rolo de Lola Lola. Ofte mi surprizis lin hejme, kiam li nekonscie zumis aŭ eĉ klare kantis ŝian ĉefkanton *De l' kapo ĝis pied' por amo vivas mi*, kaj kiam li ekkonsciis ke mi aŭdas lian kantadon, li nur faris invitan geston kaj indiferentan mienon, kiujn li eble same kopiis de la aktorino. Cetere li ne forgesis laŭdi miajn stukaĵojn en la kinejo.

"Kun tiuj ornamoj oni efektive sentas sin en luksa bordelo kun la bela Lola Lola", li diris, ŝajnigante voluptan voĉon.

Kaj de lia flanko tio ja estis komplimento, kvankam li prunteprenis la esprimon de Willi, krom se okazis inverse.

Kiam la vagonaro matene ruliĝis trans la lagunon, mi staris en la koridoro de la dormvagono, ŝovante mian kapon tra mallevita fenestro, gapante antaŭen. Baldaŭ mi ekvidis palacojn kaj turojn kun ore brilantaj suproj, kaj mi konstatis preskaŭ surprizite ke tiu fabela urbo efektive ekzistas ne nur en libroj kaj bildoj en nia Arthistoria muzeo sed eĉ reale. Ĝis tiam mi ne multe pensis pri ĝi; dum la veturado mi estis okupata de zorgoj pri la bronza elfandado ĝuste nun plenumata de laborejo en Vieno. Sed ĉe tiu vagonfenestro mi ekscitiĝis kaj sentis la bruston pleniĝi de fajreroj.

"Venu rigardi!" mi vokis al Willi, kiu plu kuŝis surlite en la kupeo.

"Ĉu ni alvenas?"

"Baldaŭ. Sed venu rigardi! Oni vidas ĝin!"

"Nu, mi rigardos ĝin, kiam ni alvenos."

Mi ne komprenis ŝian inertecon. Certe, ankaŭ kutime ŝi estis pli matenlaca ol mi, kaj ĉi-nokte ŝi eble dormis eĉ malpli ol mi, dum oni trenis nian vagonon sur diversaj trakoj laŭ nekonata itinero inter la landoj. Sed tio tute ne gravis nun, kiam ni proksimiĝas al la Plej Serena.

La vagonaro alvenis al la stacio de *Santa Lucia* kaj ni ŝanĝis al vaporŝipeto, kiu simile al surakva tramo trafikis de varfo al varfo sur la Granda Kanalo. Mia ekscitiĝo tute ne ĉesis sed male kreskis al maksimumo, dum ni ĉirkaŭate de karbofumo glitis antaŭen inter la plej mirindaj palacoj laŭlonge de la kanalo. Kaj nun eĉ Willi vigliĝis kaj unuiĝis kun mi, admirante la vidaĵon.

Se la urbo estis mirinda, la vetero ne same favoris nin. Willi ja volis vojaĝi inter la somera varmego kaj la aŭtuna pluvado. Vere, la somero jam delonge pasis, sed evidente ni alvenis tro malfrue por eviti la pluvojn. Ĉi-momente tamen ne pluvis, sed la ĉielo estis griza, kaj eble pli grave, la akvo en la laguno kaj kanaloj estis alta. Ĉe kelkaj haltejoj de la vaporŝipeto la kajon kovris decimetro da akvo, tra kiu homoj paŝis plaŭdante, kelkaj per botoj, aliaj nudpiede en pantalono kuspita aŭ jupo levita preskaŭ ĝisgenue. Ni pluiris ĝis la insulo Giudecca, kie ni rezervis ĉambron en pensiono, kaj feliĉe tie la kajo videblis iomete super la akvo.

Bonŝance, kiam ni post kelkhora ripozo reiris ŝipe kaj surteriĝis ĉe la Placo de Sankta Marko, la akvo iomete retiriĝis, kaj ni povis promeni sen vadi. Multloke la loĝantoj tamen estis plene okupataj per diversaj rimedoj por protekti siajn domojn kontraŭ inundo. La humido ĉie disigis odoron iomete malfreŝan, kaj mi vere ekhavis maltrankviligan senton ke la mirinda urbo sinkos reen en la maron, el kiu ĝi leviĝis antaŭ pli ol mil jaroj.

Kiam mi alkutimiĝis al la malsekeco kaj ŝlimodoro, mi tamen ege ĝuis promeni tra la stratetoj, trans kanaletojn, kaj subite aperi sur placo aŭ apud la Granda Kanalo. Mi konis la urbon sufiĉe bone el libroj, sed paŝi tra ĝi en realo estis tute alia afero, kiu tre impresis min. En ĉi tiu unua tago ni vizitis neniun muzeon aŭ alian vidindaĵon sed nur vagis senplane por ensorbi la atmosferon, ĝis ni vespere revenis al nia pensiono.

En la sekvaj tagoj mi tamen trenis kun mi Willi-n en preĝejojn kaj muzeojn por rigardi kaj admiri artaĵojn de Bellini, Tiziano, Tintoretto, Veronese, Canaletto kaj dekoj da aliaj majstroj. Intertempe ŝi ofte igis nin halti diversloke surstrate por fotografi – denove per luita aparato, tamen ne tiel multe palacojn aŭ preĝejojn, kiel la diversajn laborojn por protekti la urbon kontraŭ la alta akvo – kaj por provi intervjui la urbanojn pri ilia laboro. Tio lasta tamen ne tre prosperis al ŝi, parte pro manko de komuna lingvo, parte ĉar ili ne ŝatis esti ĝenataj dum sia penado. Mi rimarkis ke en restoracioj kaj kafejoj oni ofte sciis kelkajn vortojn germane aŭ france, sed la ordinaraj urbanoj parolis nur la italan aŭ la lokan dialekton.

Kompreneble ni vizitis kaj admiris la imponan katedralon de Sankta Marko, sed ankaŭ aliajn preĝejojn. En la granda *Santa Maria della Salute* mi ekpensis pri 'la ruĝa pastro' Antonio Vivaldi.

"Ĉi tiu preĝejo evidente estis nova, kiam li instruis muzikadon al siaj orfinoj", mi diris. "Mi scivolas, ĉu oni iam prezentis liajn verkojn ĉi tie. Laŭdire la knabinoj devis ludi kaj kanti malantaŭ ligna krado, ĉar normale inoj ne rajtis prezenti ion en katolika preĝejo."

"Kial ne?"

"Estus tro maldece, se oni vidus ilin. La eklezio ja preferis kastritojn por la altaj voĉoj."

Willi mienis ironie, levante la brovojn.

"Do oni trovis viron sen testikoj pli deca ol integra virino. Sendube la pastroj ege timas la inan sekson."

"Eble. Sed tiu krado verŝajne nur plialtigis la eksciton de la aŭskultantoj, iomete kiel la vualo de la orientaj virinoj."

"Tamen interese ke Vivaldi sukcesis ĉirkaŭiri tiun malpermeson", diris Willi. "Ĉu li do estis frua feministo?"

Mi ridetis.

"Tio eble estus troigo. Sed li kelkfoje spertis problemojn kun la aŭtoritatoj. Li komponis amason da muziko, interalie multajn operojn, kaj unu el tiuj estis malpermesita de la cenzuro, ĉar ĝi temis pri reĝino, kiu enamiĝas al virino maskita kiel viro."

Willi ekridis laŭte, kaj mi devis silentigi ŝin.

"Ŝŝ! Memoru ke ni estas en sankta loko."

"Sed kiel vi scias ĉion ĉi, Louise?"

"Iam antaŭlonge mia patro ludis liajn *Kvar Sezonojn*, kaj tiam mi ekinteresiĝis pri li kaj legis biografion."

Ankoraŭ kiam ni plupaŝis al la Galerio de l' Akademio, ni plu diskutis la barokan komponiston, kiu instruis muzikon al knabinoj en venecia orfejo.

"Ĉiuokaze li estas pli interesa ol lia samurbano, kiu fuĝis el la plumbejoj", diris Willi.

Mi konsentis. Amori kun cento da virinoj ne valoras same kiel instrui al ili muzikon. Nu, laŭdire eĉ Vivaldi foje kun lernantino 'ĉi-tage ne muzikis plu de l' notoj', sed tiun klaĉaĵon mi konservis por mi mem.

En la sekva tago ni admiris la renesancan rajdistan statuon pri la generalo Colleoni kreitan de la skulptisto Verrocchio en la dekkvina jarcento.

"Jen vi vidas, kion vi devus skulpti por gajni monon kaj famon", petolis Willi.

Post tio ni iom promenis en la geto kaj vizitis du etajn sed interne belajn sinagogojn. Jen Willi trovis kelkajn loĝantojn, kun kiuj ŝi povis interparoli germane, sed ili ne estis tre babilemaj, precipe kiam ŝi demandis, kiel ili trovas la vivon sub faŝista reĝimo.

"Ŝajne ili timas paroli kun alilandano", ŝi konkludis.

Mi ne sciis, ĉu ŝi pravis. Ial mi neniam sentis min malpli juda ol en ĉi tiu tre densa kvartalo, kie mi timis ke oni konsideras min entrudiĝanto. Fakte mi spiris pli libere, tuj kiam ni forlasis ĝin kaj transiris la Grandan Kanalon per gondolo nomata *traghetto* por plu promeni en la kvartalo *Santa Croce*.

Post kvar tagoj ni forlasis Venecion. Matene denove estis alta akvo, kaj oni almetis diversajn provizorajn pontetojn por ebligi atingi la vaporŝipeton sen vadi tra akvo, kaj Willi povis fari novajn fotografaĵojn de la sinkanta urbo. La fervoja trako al la ĉeftero tamen ne estis inundita, kaj nia dumtaga vagonaro poste iris norden laŭ alia vojo ol la nokta trajno suden: tra la pasejo de Brenner, kie ambaŭflanke neĝo jam kovris la montopintojn, kaj pluen tra Innsbruck kaj Salcburgo. Vespere ni revenis hejmen.

Reveninte mi rapidis esplori, kiel prosperis la elfandado, kaj mi ne komprenis, kiel mi povis forlasi Vienon ĝuste kiam okazos tiu grava laboro, kvankam mi mem povus nur observi ĝin. Sed evidente ĉio iris glate; miaj tri muzikistoj estis tre belaj kaj bezonis nur iom da polurado, kiel la romano de Willi. Por starigi ilin surloke tamen necesis atendi ĝis la printempo, kiam oni esperreble jam pretigos la ludejon kaj parkon.

Post nia reveno komenciĝis la kampanjoj antaŭ la elekto de nova federacia parlamento. Kiel antaŭe la socialdemokratoj akuzis la registaron, ke ĝi faras nenion kontraŭ la senlaboreco, kiu nun estis pli alta ol iam. La Kristan-Socia partio siaflanke akuzis la socialistojn, ke ili volas nuligi la privatan posedrajton kaj fordonaci la landon al la judoj. Willi esperis povi raporti pri ia drama ŝanĝo, sed nenio tia okazis. Kiam oni sciigis la rezulton, la socialdemokratoj ja fariĝis la plej granda partio, sed la Kristan-Socia partio plu regos dank' al kelkaj pli dekstraj listoj, interalie aparta listo ligita al *Heimwehr*. La nazioj kaj la komunistoj denove ne ricevis sufiĉe da voĉoj por eniri la parlamenton. Do sendube ĉio en nia respubliko daŭros kiel antaŭe ankaŭ en la sekvaj jaroj.

1931
Foresto de servistino

Esceptokaze mi ne pasigis ĉi tiun novjarfeston en Vieno. Jam meze de la pasinta aŭtuno la gepatroj de Willi komencis letere persvadi ŝin denove veni al Danlando dum la jarfinaj festoj.

"Mi volas kaj ne volas", ŝi diris kun hezito nekutima. "La Kristnaskon ili festos en la familia bieno sur la insulo Als, kiun nun posedas mia kuzo, la nevo de Panjo. Mi ja ŝatus iam revidi la bienon, ĉar pasis preskaŭ jardeko de kiam mi vizitis ĝin. Kaj mi ŝatus iam montri ĝin al vi. Sed dum Kristnasko gastos tie ankaŭ miaj gefratoj kaj aliaj parencoj, do tio estus ne tre konvena okazo. Por Novjaro miaj gepatroj reiros al Kopenhago. Kion vi opinias? Ĉu vi ŝatus vidi Danlandon?"

Komence mi estis sufiĉe konsternita pro la demando kaj sentis egan ambivalencon. Mi ja volonte vojaĝus kun ŝi preskaŭ kien ajn. Sed renkonti ŝiajn gepatrojn – tio povus esti tre embarasa, se ne paroli pri aliaj familianoj.

Aliflanke ŝi jam plurfoje renkontis la miajn, kaj tio ankoraŭ ne fariĝis katastrofo. Do la fina decido estis ke ni vojaĝu al la bieno sur Als, tamen nur post la Kristnaskaj festotagoj, kaj poste ni akompanu ŝiajn gepatrojn al Kopenhago.

Ni ekiris de Vieno la dudeksepan de decembro. La temperaturo estis kelkaj gradoj sub nulo, kaj maldensa nebulo el Danubo ŝvebis super la ĉefurbo kiel eluzitaj ĉifonoj el gazo. Ni vojaĝis dumtage tra Supra Aŭstrio kaj Bavario, kie maldika tavolo da neĝo kovris la teron. Poste ni pluiris norden per dormvagono de Munkeno, kaj matene en Hamburgo mi surprizite trovis ke ĉio estas grizbruna – neniu neĝo, eĉ ne prujno. Kaj same estis ankoraŭ pli norde, kiam ni eniris Danlandon.

En la urbo Sønderborg ni ŝanĝis al kurioza etŝpura relbuso, kiu unue transiris tute novan ponton al la insulo Als, kie ĝi poste pene zigzagis plu en la kamparon. Ankaŭ ĉi tie la kampoj estis senneĝaj kaj iuloke eĉ verdaj pro aŭtune ĝerminta greno. Mi miris ke tiel fore norde ne estas pli vintra pejzaĝo.

"Tio ŝuldiĝas al la maro, kiu ĉie proksimas", informis Willi kiel skrupula ĉiĉerono.

Malrapide kaj skuiĝante ni trairis vilaĝon kun blanka preĝejeto kaj biendomoj sub pajlotegmentoj.

"Jen naskiĝis Herman Bang", rakontis Willi. "Li estis unu el la plej gravaj danaj verkistoj sed kredeble la plej mistraktita. Li estis ankaŭ ĵurnalisto kaj devis migri eksterlanden por eviti la malicajn kalumniojn de kolegoj kaj aliaj kulturaj gravuloj. Mi tre admiras lin kaj sentas ian spiritan ligon al li, kvankam mi estis nur junulino, kiam li mortis en usona ekzilo."

"Kial oni kalumniis lin?"

Ŝi rigardis rekte en miajn okulojn kun malgaja mieno. Ni sidis en grand-kupeo, sed dank' al la klaktintado de la vagono aliaj pasaĝeroj ne povis aŭdi nian interparolon.

"Ĉar li estis talenta kaj sentema persono, kiu suferis de la malfeliĉo ami homojn de la sama sekso", ŝi diris amare. "Krome ĉar li estis parte de juda deveno, kvankam filo de vilaĝa pastro. Kaj ĉar li verkis aŭdacajn, modernajn, senhipokritajn romanojn. Lian unuan libron oni kondamnis en tribunalo kaj konfiskis."

Mi metis mian manon sur la ŝian, kiu ripozis sur ŝia genuo. Dum momento ni sidis silentaj.

"Cetere", ŝi poste diris kaj komencis kolekti siajn aferojn, "ni jam proksimiĝas al nia haltejo."

La loko, kie ni elvagoniĝis vere estis nura haltejo sen stacidomo, ĉirkaŭata de kampoj. Je ioma distanco videblis biendomoj. Atendis nin la kuzo Morten kun ĉevaltirata veturilo. Li manpreme salutis nin ambaŭ kun amika mieno sed sen grandaj gestoj aŭ emocioj. Willi preskaŭ pli amike salutis la ĉevalon, glatumante ĝian kolon.

"Ĉu ankoraŭ la maljuna Freja?"

"Tute ne. Ŝi mortis antaŭ kelkaj jaroj. Ĉi tio estas Emma."

Fakte, tiu interparolo okazis dane, sed Willi tuj interpretis ĝin al mi, kaj Morten konfirme kapjesis. Ni suriris la veturilon,

Morten levis niajn valizojn sur ĝin kaj ni ekiris. Baldaŭ ni ruliĝis sur la korton de bieno kaj povis eniri la domon.

Morten kaj lia edzino Jensine havis tri infanojn inter kvin kaj dek du jarojn aĝaj. En la bieno loĝis ankaŭ la patrino de Morten, kaj nun gastis tie la gepatroj de Willi. Do estis tuta grego da danaj familianoj, kiuj manpreme bonvenigis nin, babilante ĉiuj samtempe, jen dane, jen germane. Ambaŭ gepatroj de Willi bone regis la germanan, la plenkreskaj Als-anoj komprenis ĝin kaj iomete parolis, kvankam en stranga dialekto. Nur kun la infanoj mi tute ne povis interkompreniĝi. Ĉe la manĝotablo, al kiu Jensine preskaŭ tuj invitis nin, ni do sidis dekope. Nu, verdire ŝi mem sidis nur intermite po dum kelkaj sekundoj, kiam ŝi ne kuris tien-reen inter la tablo kaj la provizejo aŭ la forno, kie rezidis la dekunua persono, la maljuna servistino Juliane.

Ni restis en la bieno dum du noktoj kaj unu tago, kaj tiu mallonga tempo estis sufiĉe ripoziga, kvankam ĉirkaŭis nin tia aro da familianoj. Mi ŝatis vidi ke Willi vigle ludas kun siaj kuzidoj, el kiuj ŝi antaŭe renkontis nur la plej aĝan, kiu tamen tiam estis nur infaneto. La infanoj fiere montris al ni la ĉevalojn, bovinojn kaj porkojn en la staloj, la anserojn kaj anasojn en ilia dometo; plue ni promenis duope sur la kota vilaĝa vojo, dum Willi fumis siajn cigaredojn. Kaj ni manĝis. La internacia krizo ŝajne ne tuŝis danajn terkulturistojn, ĉar nenie mi antaŭe manĝis tiel ofte kaj multe.

"Mi esperas ke vi akceptas manĝi porkan rostaĵon, kara Louise", diris sinjoro Singer timeme. "En Danlando ne facilas manĝi koŝere kaj eviti porkaĵon."

Mi trankviligis lin kaj evidente montris sufiĉan apetiton por forpeli ĉiajn timojn. Cetere oni babilis, jen kaj jen demandis ion pri Aŭstrio sed nenion pri Willi kaj mi. Oni lasis nin en paco. Unu el la infanoj, la okjara Merete, helpe de sia patrino demandis min, ĉu mi havas infanojn, sed ŝi tuj akceptis la nean respondon, aldonante ke ankaŭ Onjo Wilhelmine ne, se mi bone komprenis.

Nokte oni metis ĉiujn infanojn en unu ĉambron, dum Willi kaj mi ricevis la ĉambron de Søren, la dekdujarulo, kaj neniu trovis tion rimarkinda, krom eble Søren mem, kiu devis dormi inter la knabinoj.

"Ne maltrankvilu", diris Willi vespere de sia surplanka matraco.

Mi kuŝis en la lito, kaj kredeble ŝi trovis min iomete nervoza.

"Ni povus eĉ dividi liton sen veki suspektojn", ŝi daŭrigis. "Ĉi tio estas la kamparo, ne ia burĝa kvartalo de Vieno."

Tion mi tamen ne kuraĝis. Mi ne sciis, kiel dikaj estas la vandoj de ĉi tiu trab-faka dana biendomo.

Mi volonte restus pli longe inter tiuj kamparaj familianoj de Willi, kiuj en tre amika maniero lasis nin en paco. Sed baldaŭ estis tempo denove ekiri. Nia plua vojaĝo al Kopenhago fariĝis plena revuo de diversaj komunikiloj. Unue la ĉevaltirata veturilo al haveneto, poste malgranda pramo al la insulo Fueno, kaj pluen per tri vagonaroj kaj unu pli granda pramo trans Grandan Belton al la insulo Selando kaj la ĉefurbo. Por mi, mezeŭropano el Vieno, ĉio ĉi estis ekzota sed iom laciga. La kopenhaganoj evidente trovis tion ĉiutaga rutino. En ĉiu pramo ili fortigis sin per glaseto da spicita vodko, kaj en ĉiu vagonkupeo ili elpakis diversajn manĝetojn kunportitajn el la bieno.

La gepatroj de Willi estis vigla paro laŭaspekte proksimume sepdekjara. En la bieno la sinjorino ŝajnis kamparanino inter siaj familianoj, sed nun ŝi transformis sin en burĝan urbaninon. Ŝia edzo tamen restis senŝanĝa en sia malhela kompleto, tre amika kaj kompleza sed ne tre babilema maljuna sinjoro. Mi facile imagis lin en butiko de bonkvalitaj ŝtofoj, kie li konsilas al mezklasaj klientinoj, kion plej favore elekti inter la varoj.

"En Kopenhago vi povos renkonti ankaŭ la gefratojn de Wilhelmine kaj iliajn familiojn", ĝoje informis la sinjorino. "Kaj ŝiajn gekuzojn de la patra flanko."

Mi kapjesis bonvole, pensante ke jen ankoraŭ da parencoj, kaj ke tiuj urbanoj eble estos pli suspektemaj pri mia personeco kaj rilato al Willi ol la kamparanoj de Als.

Fakte montriĝis ke mi renkontos tiujn familianojn nur mallonge, kaj ili preterpasis kvazaŭ en nebulo, kie mi apenaŭ distingis fratinon de bofratino aŭ kuzino, kaj la plejparte adoleskaj genevoj de Willi malmulte atentis min kaj ne emis uzi la okazon por ekzerci sin pri sia lerneja germana. Tiuj renkontiĝoj okazis dum vespermanĝoj en la vasta apartamento ĉe granda strato proksime de la urbocentro, inkluzive de silvestra supeo kun manĝado, tostado kaj spektado de artfajraĵoj en apuda parko nomata la Ĝardeno de l' Reĝo.

Dum la tagoj ni promenis duope en la urbo, vizitante diversajn vidindaĵojn kaj lokojn, kiuj signifis ion personan al Willi. Pinta vizitocelo evidente estis la muzeo de Thorvaldsen, kie mi povis ĝiskole profundiĝi en lian marmoran teknikon, dum Willi kun bonvola amuziĝo studis pli multe min ol la skulptaĵojn. Kompreneble la arto de Thorvaldsen hejmis en tute alia epoko, kies stilo hodiaŭ signifas malmulte, sed lia lerteco vere frapis min. Mi tamen dezirus al li ioman liberecon disde la modoj de lia tempo, ĉar post du horoj en la muzeo eĉ mi eksuferis pro ia trosateco, kvazaŭ manĝinte grandan kremkukon.

Unu tagon Willi vizitis la eldonejon Gyldendal en la urbocentro por proponi al ĝi sian manuskripton de romano.

"Ili eldonis la romanojn de Andersen Nexø, do mi esperas ke ili ne tro malŝatis mian artikolon pri la renkontiĝo kun li ĉe Bodenlago", ŝi diris. "Sed kredeble ĝi jam delonge estas forgesita. Jen la avantaĝo kaj malavantaĝo de ĵurnalista verkado."

Kiam ŝi revenis de la eldonejo, ŝi estis relative kontenta.

"La editoro nenion promesis, sed li bone konis mian ĵurnalistan pseŭdonimon kaj diris ke li legos mian verkon kun intereso. Espereble tio estas pozitiva signo. Fakte mi eĉ aludis la eblon verki pluan romanon, se ĉi tiu havos sukceson."

Mi kompreneble demandis, pri kio temus tiu dua libro, sed pri tio ŝi tute ne volis paroli.

Ĉi tie en la urba apartamento de ŝiaj gepatroj ni ne povis nokte dividi ĉambron; Willi dormis en sia iama ĉambro, kaj mi en tiu de ŝia fratino, kiu nun loĝis en alia kvartalo kun siaj edzo kaj infanoj. Esceptokaze Willi ŝteliris al mi nokte kaj restis dum kelka tempo, sed ni devis esti tute silentaj, por ke la gepatroj nenion rimarku.

Estis strange konstati ke la samaj homoj aplikis malsamajn morojn en la ĉefurbo ol en la kamparo - almenaŭ pri la sinjorino tio estis evidenta.

Nu, la tagoj kaj noktoj pasis, kaj baldaŭ estis tempo revojaĝi suden per vagonaroj kaj pramoj. Nur tiam mi ekkonsciis ke mi neniam vere interparolis pli ol tute supraĵe kun la gesinjoroj Singer. Sendube tio estis plej bona. Cetere mi ne rimarkis ke Willi mem havas tre profundajn konversaciojn kun ili, nek ke ili demandas pri ŝia vivo en Vieno. Eble ili jam delonge evitis tion por konservi la pacon kaj ne elvoki lupon el la arbaro.

Nia revojaĝo suden iris glate, kaj la dekduan de januaro Johnny kaj Ossian povis bonvenigi nin reen en *Vilao Elise*, kie eblis malstreĉiĝi kaj ekripozi. Mi vere ĝuis la trankvilon. Kiam Johnny post kelkaj tagoj aranĝis feston kun sia kutima 'dua viena secesio', mi ne povis eviti pensojn pri kiel estus, se anstataŭe la domon plenigus veraj familianoj kaj infanoj. Stulta ideo, evidente, sed ne eblas regi aŭ bridi la pensojn.

La ekonomia depresio plu daŭris, kaj la senlaboreco plu kreskis. La prezoj de kelkaj varoj komencis malaltiĝi, kaj evidente homoj pretis labori kontraŭ pli kaj pli malalta pago. Kaj tiu deflacio je mia surprizo montriĝis eĉ pli grava bremso de la ekonomio, ol la freneza inflacio antaŭ dek jaroj, kiam la krono preskaŭ senvaloriĝis. Oni pli kaj pli ofte vidis homojn vicatendi antaŭ bonfaraj organizaĵoj por ricevi hieraŭan panon aŭ bovlon da supo, kaj antaŭ ia ajn laborejo, esperante ekhavi okazan labortaskon por gajni kelkajn ŝilingojn. La nova registaro de kanceliero Ender daŭrigis la politikon de la antaŭaj, farante nenion por kontraŭi la senlaborecon.

Ankaŭ mi malhavis novajn mendojn sed atendis baldaŭ ricevi la finan pagon pro la tri muzikistoj, kiuj ankoraŭ ne estis starigitaj surloken. Oni informis min ke la nova loĝkvartalo havos la nomon *Goethehof* laŭ la fama verkisto. Kiam mi iris trame al la ateliero, mi vidis ke *Karl-Marx-Hof* jam estas preta kaj plena de loĝantoj en la longega konstruaĵo, kiu mezuris pli ol kilometron, kaj mi scivolis, ĉu Franz Halder efektive ekloĝis tie, kiel li planis. Sed ni ne plu havis kontakton.

Meze de aprilo mi tamen renkontis lin denove, kiam la bronzaj statuoj finfine staris surloke en la duonpreta ludejo, kie okazis mallonga kaj ne tre pompa inaŭguro de la artaĵo. Post semajno da varma printempa vetero sekvis regreso, kaj ĉiuj ĉeestantoj ŝajnis tro malvarme vestitaj en la morda vento. Franz parolis pri la bezono de beleco en la vivo de la proletaro, alia politikisto parolis pri la maltaŭgeco de la registara politiko en la nuna depresio, oni detiris la vualon kaj jen la akordionisto, la tamburisto, la liutisto kaj la ĉirkaŭanta ludejo estis oficiale inaŭguritaj, sen la ĉeesto de eĉ unu infano.

"Devus partopreni ludantaj infanoj por celebri la okazon", mi diris al Franz, kiam ni hazarde trovis nin unu apud la alia, piedirante for de la loko.

Fakte mi ŝatus rakonti al li pri la sovaĝaj infanoj, kiujn mi vidis ludi kaj bani sin en la apuda golfo pasintsomere, sed tio sendube ne interesus lin.

"Ne timu. Ili alvenos", li respondis. "Baldaŭ estos amaso da infanoj ludantaj ĉi tie."

Ni plu promenis kune ĝis la tramhaltejo, kaj post kelkatempa malvarma atendado ni veturis al la urbocentro. Estis jam post la tagmezo, do mi ne trovis pretekston por rifuzi tagmanĝon kun li, tamen ne en "nia" loko ĉe Bauernfeldplatz, sed en pli multekosta restoracio ĉe Graben, kie mi estis kontenta pri la bone hejtata lokalo.

"Mi bedaŭras ke mi delonge ne vidis vin", li diris post la unua gluto da biero.

Mi iom cerbumis, kiel respondi al li sen veki vanan esperon pri ŝanĝita sinteno de mia flanko.

"Ĉu vi fakte ekloĝis en *Karl-Marx-Hof*? Mi preteriras tiun longegan konstruaĵon preskaŭ ĉiutage per la tramo."

Li videble vigliĝis.

"Jes, mi loĝas tie. Estas bonega loĝejo, tute moderna kun elektro, gaso, akvo, ĉio! Kaj kun komuna banĉambro en la sama etaĝo. Eĉ propra balkono al okcidento, do kun vespera suno. Kaj ne nur la loĝejo mem, sed la tuta kvartalo estas bonega kun parko, komuna lavejo kaj infanvartejo. Nu, tion mi kompreneble ne bezonas, sed..."

Li iom embarasiĝis, kaj mi same.

"En la plej multaj apartamentoj ja loĝas familioj kun infanoj", li daŭrigis. "Multaj venis tien el tute mizeraj kondiĉoj."

"Sed ĉu ne multaj jam perdis sian laboron?" mi demandis.

Li trinkis pli da biero kaj viŝis al si la buŝon.

"Bedaŭrinde jes. Ni bezonus ŝtatan planon de krizaj laboroj. Sed la burĝoj rifuzas fari ion ajn."

Mi rigardis ĉirkaŭ ni al la homoj sidantaj ĉe la najbaraj tabloj. Ili estis plejparte viroj bone nutritaj kaj vestitaj, sed neniu el ili aŭdis aŭ atentis lian plendon pri "la burĝoj".

"Ĉu la senlaboruloj riskas perdi sian novan loĝejon pro nekapablo pagi la luon?" mi plu demandis.

"Ili estas sindikatanoj kaj ricevas kompenson pro senlaboreco. Malgrandan, bedaŭrinde, sed oni ne senhejmigas familiojn kun infanoj el la komunumaj loĝejoj."

Nia manĝo estis alportita, kaj la interparolo ĉesis por kelka tempo. Mi sentis ke nia amikeco eble povos rekomenciĝi, malgraŭ lia bedaŭrinda propono lastjare.

"Mi ĝojas ke ni hazarde renkontiĝis denove", mi diris.

Li rigardis min kun danka mieno.

"Ankaŭ mi. Ni daŭrigu tiel, ĉu ne?"

Estiĝis mallonga paŭzo, dum ni maĉis niajn bovidaĵojn.

"Fakte", li rekomencis, "mi tre ĝojus, se vi volus iam gasti ĉe mi en mia nova loĝejo."

Nun li rigardis min preskaŭ timeme.

"Kun via dana amikino, se vi preferas", li aldonis. "Povus esti interese por ŝi vidi ĉion. Eble ŝi verkus ion por sia gazeto."

Mi kapjesis.

"Ŝi jam antaŭlonge verkis pri la planoj, sed mi proponos al ŝi nun rigardi la pretan rezulton."

"Do mi baldaŭ kontaktos vin por fiksi daton, ĉu ne? Mi nun eĉ havas hejman telefonon", li aldonis fiere. "Cetere vi dumtage trovos min kiel antaŭe en la Nova Urbodomo. Kaj vi plu havas la atelieron, mi supozas?"

"Jes, certe. Sed mankas novaj mendoj post tiu de *Goethehof*."

"Bedaŭrinde la depresio ne faciligas la situacion. Sed ĝi devus iam finiĝi. Oni ja povus venki ĝin per progresema politiko, sed la urba magistrato ne povas fari tre multe sen ŝtata apogo."

La fino de la depresio tamen ne estis proksima. En majo okazis plimalpli katastrofo, por la lando kaj por nia triopo, kiam bankrotis la banko de Johnny, *Creditanstalt*. En unu momento li perdis sian oficon kaj ĉiujn enspezojn. La domo *Vilao Elise*, nia hejmo, estis je risko perdiĝi.

"Mi devos persvadi mian patrinon denove preni el la heredaĵo por kovri miajn elspezojn kaj la kurantajn kostojn de la domo, sed tio ne estos facila."

"Ĉu ŝi vere povus rifuzi tion?" mi demandis maltrankvile.

"Mi esperas ke ne. Ŝi devus konscii ke nun ne estas konvena momento por vendi la domon, pro la falantaj prezoj de nemoveblaĵoj. Sed ŝi jam estas duonkaduka, kaj la depresio kaj deflacio ege superas ŝian komprenpovon."

Evidente li sukcesis almenaŭ provizore elpeti iom da mono. Intertempe la kraŝo de *Creditanstalt* kaŭzis ondojn de ekonomia malkvieto ne nur tra la tuta Aŭstrio sed eĉ internacie. La posedantoj de la banko estis la familio Rothschild, kaj tio provokis furiozan kreskon de antisemitismo. Laŭdire la bankroto estis plia truko de la judaj uzuristoj por akapari pli da mono de ordinaraj homoj, kvankam efektive ĝi ja signifis enorman perdon de mono por tiu familio.

En la federacia parlamento la socialdemokratoj postulis naciigon de la banko, sed la registaro de Otto Ender rifuzis konsideri tiun proponon. La ŝtato tamen devis transpreni garantion de la ŝuldoj, dum la posedanta familio pagis parton de ili, kaj por kovri la ceteran parton necesis altigi plurajn impostojn. Pluraj el la dungitoj definitive perdis siajn oficojn, kiam oni rekonstruis la bankon, kaj inter tiuj estis Johnny.

Por nia triopo en Nussdorf la situacio do estis iom kriza. Johnny ne plu havis laboron, nek regulan enspezon, sed devis fojon post fojo almozi ĉe la vidvino Weininger, kiu nun aĝis pli ol sepdek jarojn. Mi ankoraŭ ne havis novan mendon, kaj la honorario pro la tri muzikistoj en *Goethehof* iom post iom estis foruzata. Kaj Willi plu dependis de sia kapablo elpensi novajn temojn de artikoloj kaj vendi tiujn al siaj gazetoj.

Pli frue ĉi-printempe ŝi tamen ricevis pozitivan respondon de la kopenhaga eldonejo, kiu efektive publikigos ŝian romanon, kondiĉe ke ŝi prilaboros ĝin kaj iomete mildigos kelkajn tro ŝokajn detalojn. Tion ŝi do faris dum majo kaj junio. En la fino de aŭgusto la romano aperos kaj certe vekos iom da atento en la dana reĝlando, se kredi la memfidan aŭguron de Willi. Do, ŝi ankaŭ perlaboris iom da mono per tiu penado kaj esperèble gajnos eĉ pli multe, se la libro bone vendiĝos.

"Kaj mi devas pripensi, kiel fari por kolekti materialon de alia romano", ŝi diris.

Pri la temo de tiu eventuala nova libro ŝi tamen ne volis paroli.

Willi volonte akompanis min dum vizito al Franz, kaj ni alvenis tien en varma sabata posttagmezo. Li estis fiera kiel koko pri la kvartalo kaj unue ĉiĉeronis nin de ĝia norda fino ĝis la suda. La konstruaĵo, kiun mi de la tramo vidis kiel longegan vicon, efektive konsistis el pluraj rektanguloj kun verdaj parkoj kaj ludejoj en la mezo. Ĉi tie la priplantita tero jam estis pli verda ol en la konstruata *Goethehof*, kvankam la arboj ankoraŭ ne estis grandaj.

Ĉar estis sabato, la plej multaj infanoj evidente jam revenis hejmen de siaj lernejoj kaj vere svarmis ĉie. En unu loko kelkaj knaboj rekonis kaj salutis sinjoron Halder, sed la plej multaj ne konis lin.

"Loĝas ĉi tie inter kvar kaj kvin mil homoj", li klarigis, "kaj preskaŭ duono el ili estas infanoj kaj gejunuloj."

"Do ĝi ampleksas preskaŭ kiel urbeto", mi diris.

"Iasence jes, tamen meze de la urbego."

Kelkaj knabinoj ok- aŭ dekjaraj vartis pli junajn infanojn kaj samtempe provis ludi inter si per pilkoj, hop-ludo kaj saltoŝnuroj.

Franz montris al ni ankaŭ la artan ornamon, kiu konsistis el bronza statuo de semisto fare de Otto Hofner kaj kelkaj mitologiecaj skulptaĵoj de Josef Franz Riedl sur la ĉefa fasado; jen sufiĉe tradicia elekto, laŭ mia opinio. Poste li fiere montris la komunajn servojn de la kvartalo: infanvartejojn, junulklubon, bibliotekon, sancentron, apotekon kaj butikojn, dum Willi notis, antaŭ ol li kondukis nin al sia apartamento, kiu havis kuirejon, ĉambron kaj alkovon. Li regalis nin per refreŝigaj trinkaĵoj. Lia balkono montriĝis tro malgranda por tri personoj kaj krome varmega je ĉi tiuj horo kaj sezono, do ni devis kontentiĝi admiri ĝin unu post la alia.

"Ĉu vi pensas ke oni sukcesos tute solvi la mankon de loĝejoj per ĉi tiaj projektoj?" demandis Willi.

"Tio postulos ankoraŭ kelkajn jarojn, sed ni ja sukcesos. Ni konstruos plu, ankaŭ en la suda parto de la urbo. Se almenaŭ ni konservos la rajton financi tion. Mi tamen scias ke oni volas malebligi tion. Kaj ĉi tiu nova registaro de Buresch certe ne estos pli bona ol tiu de Ender, aŭ tiuj antaŭ ĝi. Kompreneble la kapitalisma krizo ne helpas, ĉar nun la urbo havas malpli da enspezoj kaj pli da bezonoj ol antaŭe, kio evidente estas malfacila ekvacio."

Ni restis ĉe li ĝis la vespero, kiam li elsorĉis el sia kuirejo simplan vespermanĝon el supo kaj malvarmaj viandaĵoj kun salato. Evidente li estis viro kun kapablo mem mastrumi, kvankam en sufiĉe modesta formo. Mi supozis ke kiel socialisto li ne povus dungi servistinon.

Willi promesis verki plian artikolon pri la kvartalo por siaj legantoj en Danlando.

"Eble ankaŭ la danaj laboristoj bezonas pli da loĝejoj", diris Franz. "Aŭ almenaŭ pli modernajn, ĉu ne?"

"Trafe! Ĉe ni denove la socialdemokrato Stauning estas ĉefministro, en koalicio kun la radikala liberala partio. Kaj laŭdire oni preparas novajn ŝtatajn subvenciojn por konstrui loĝdomojn, ĉar denove fariĝis manko de loĝejoj, sed detalojn mi ne konas."

"Do per via artikolo vi povos doni ekzemplon el Vieno, ĉu ne?"

"Jes, sed eble mi prefere verku pri *Goethehof* ol pri ĉi tiu, por eviti ke oni komprenos ĝian nomon kiel politikan propagandon", ŝi diris kun ironia rideto.

Kompreneble la ŝtataj kostoj por la savo de *Creditanstalt* ankoraŭ pli profundigis la ekonomian krizon kaj plialtigis la senlaborecon. Kaj somere aldoniĝis al la malbonaj novaĵoj akcia kraŝo en Germanio, kiu ege suferigis ankaŭ la kompaniojn en Aŭstrio. La tutmonda depresio nur pli kaj pli profundiĝis.

Ankaŭ miaj gepatroj suferis pro la malbona tempo. Patrino plu instruis pianludadon al du-tri junaj personoj, sed pro la krizo ne estis facile altiri klientojn kaj eĉ pli malfacile enkasigi la pagojn. Ankaŭ la kvarteto de Patro havis malpli da okazoj ludi. Sed ambaŭ miaj gepatroj jam delonge alkutimiĝis al simpla vivo, do ili pli-malpli elturniĝis per la magraj enspezoj kaj iom da ŝparita mono. Ankoraŭ ne estis necese iri al lombardisto, kiel dum la malfacila tempo nun jam preskaŭ forgesita, dum kaj tuj post la Mondmilito.

Atendante novajn mendojn, mi aranĝis tiel ke Willi pozis por gipsa portret-kapo, kaj mi ankaŭ komencis serion da reliefoj de ludantaj infanoj, kiujn mi intencis poste proponi al vartejoj kaj lernejoj, kiam la depresio estos pasinta. Por fari skizojn de tiu serio mi kelkfoje vizitis Franz-on kaj konatiĝis kun kelkaj infanoj en lia korto. Do ni denove renkontiĝis de temp' al tempo, kaj mi ankaŭ petis lin memori min por la arta ornamo de pluaj loĝkvartaloj. Krome mi demandis lin, kion li opinias pri la artaĵoj en *Karl-Marx-Hof.*

"Nu, sufiĉe imponaj, ĉu ne?" li diris iom necerte.

"Sed ĉu vi ne trovas ilin tro eksmodaj?"

"Mi ne scias. Eble el via vidpunkto, sed necesas konsideri ke la loĝantoj ĉi tie kredeble ne havas tre avangardan guston pri arto."

"Do vi ne havas ambicion kulturi ilian guston?"

"Ne eblas trudi al homoj ion, kion ili ne komprenas aŭ aprezas."

"Ĉu tion mi faris en *Sandleitenhof*? Kaj en *Goethehof*?"

"Ne, tute ne! Mi certas ke viaj skulptaĵoj tie estas tre ŝatataj. Ili estas modernaj, sed ne tro. Precipe viaj metiistaj reliefoj ja estas tute realismaj. La tri muzikistoj eble estas iomete pli fantaziaj, sed tio tre konvenas en ludejo, laŭ mia opinio."

"Do, ĉu vi helpos min ekhavi pluajn mendojn?"

"Volonte mi farus, kaj mi vere klopodos, sed vi devas kompreni ke la ekonomio hodiaŭ estas ege pli malbona ol antaŭe. Necesas koncentri la fortojn sur la esenco."

Evidente arto estis lukso, ne esenco. Do mi plu okupiĝis pri nepagataj laboroj, la infanoj kaj la kapo de Willi. Krome mi komencis pri serio da etformataj gipsaj bustoj de famaj komponistoj. Eble mi povos vendi tiajn al muzikamantoj, se mi trovos konvenan lokon kaj okazon por tio.

Komence de septembro jam estis tempo por nova ŝoko, kiun preparis por mi Willi.

"Louise, ĉi-aŭtune mi forestos dum kelka tempo. Temas pri kolektado de materialo por dua romano."

Jen malbonaŭgura komenco, sed ĉi tio ja ne estis la unua fojo. Mi devus jam alkutimiĝi. Tamen mi ektremis interne. Ŝia unua romano bazita sur la bierfareja sperto ĵus aperis en Danlando, kaj mi antaŭtimis, kie ŝi nun "kolektos materialon".

"Kien vi do iros?"

Ŝi iom prokrastis la respondon por ekbruligi cigaredon kaj kapti cindrujon. Ni sidis en la teretaĝa saloneto de nia hejmo. El la supra etaĝo aŭdiĝis gramofonmuziko de Johnny, ia populara opereta kanto.

"Per helpo de dungo-perejo mi sukcesis dungiĝi kiel servistino de burĝa familio en Linz. Estas ĉefkuracisto en la urba hospitalo, lia edzino, bopatrino kaj du infanoj, kaj ili havas ankaŭ kuiristinon; do miaj taskoj estos precipe purigi, lavi, butikumi kaj eble iel servi la infanojn, kiuj tamen estas sufiĉe grandaj. Ne tro peza servado, mi esperas."

Mi rigardis ŝin kun konsterniĝo. Ŝi mienis sufiĉe neŭtrale.

"Ĉu vi estas serioza? Kion vi ekscios per tia servado?"

"Mi spertos, kia efektive estas la vivo de familia servistino, kaj tion mi uzos kiel bazon de nova libro. Kompreneble kun aldono de iom da dramo kaj romantiko, krom se mi reale spertus tion."

Ŝi elblovis elegantan fumringon kaj ridis laŭte laŭ sia malnova maniero, kiun mi de sufiĉe longe ne aŭdis.

"Mi devas konfesi ke mi trovas tion sensenca", mi diris. "Sed mi bone komprenas ke mi ne povos ŝanĝi vian decidon. Kiel longe vi restos tie?"

"Tiel longe kiel necesos, aŭ ĝis oni maldungos min pro senkapablo."

Denove ŝi ridis. Miaflanke mi ne sentis ridemon. Sed eblis nenion fari. Dum kelkaj tagoj mi refoje aŭdis ŝin de temp' al tempo ekzerci sin pri sia falsa ŝlesviga akĉento. Kaj post semajno ŝi vestis sin per vestaĵoj aĉetitaj brokante kaj foriris.

Mia portreta kapo de Willi ankoraŭ ne estis preta, do mi lasis ĝin ripozi ĝis poste kaj anstataŭe dediĉis min al la ludantaj infanoj. Mi ankaŭ invitis Franz-on al la ateliero kaj ŝerce proponis ke mi faru gipsaĵon ankaŭ de lia kapo. Li ridetis iom embarasite.

"Tion ĝi kredeble ne meritas", li diris.

"Kial ne? Vi havas tute belan kapon."

Li ne komentis tion sed plu studis la reliefojn de infanoj.

"Vi bone kaptas la moviĝojn de la etuloj."

Mi volis mencii al li mian koleginon Mary Duras en Prago, pri kiu mi pensis precize la samon, kion li ĵus diris pri mi. Sed tio verŝajne ne interesus lin.

"Ĉu vi pensas ke iu vartejo aŭ lernejo en la novaj kvartaloj povus interesiĝi pri ĉi tiuj?"

"Certe", li diris sen troa emfazo. "Kiam la ekonomio tion permesos."

Vizitis min mia kuzino Hedwig kun siaj du etuloj, la baldaŭ trijara Kurt kaj la dekmonata Heinz. Mi helpis al Kurt kolekti pomojn de unu el niaj arboj, dum Ossian, la mopso de Johnny, lamis tien-reen en la ĝardeno, peze snufante en la varmo, serĉante sian mastron. Dume Heinz rampadis ĉirkaŭ ni sur la gazono, kaj mia kuzino klopodis malhelpi al li manĝi putrajn pomojn, kiujn li trovis surtere.

La familio plu atendis respondon al sia peto migri en Usonon.

"Kiam la ekonomio refariĝos normala, oni denove permesos enmigradon", diris Hedwig.

Mi ne diris ke tia pliboniĝo tamen ŝajnas malproksima.

"Sed kiel vi planas vivteni vin? Certe ne estus facile por Herbert instrui en fremda lingvo."

"Komence li prenos ian ajn laboron. Sed ni ambaŭ jam delonge lernas la anglan."

Mi miris pri ŝia optimismo, kiam la ĵurnaloj ofte raportis pri amasa senlaboreco kaj eĉ malsato en Norda Ameriko. Sed eble oni publikigis tiajn novaĵojn por turni la atenton for de niaj propraj similaj problemoj.

"Nu", mi diris. "Espereble vi akiros la permeson. Sed mi ne vere komprenas vian deziron. Kiam la monda krizo pasos, ankaŭ ĉi tie sendube ĉio estos pli bona. Kaj tiam vi mankos al mi - vi kaj la knabetoj."

La semajnoj de la aŭtuno malrapide pasis, kaj Willi estis for. Mi aŭdis nenion de ŝi. Antaŭe mi supozis ke mi pli kaj pli sopiros je ŝi, kaj ke ju pli longe ŝi forestos, des pli ŝi mankos al mi. Laŭ mia memoro tiel okazis la antaŭajn fojojn, kiam ŝi forestis. Sed nun la efiko estis mala, aŭ ĉiuokaze alia. Dum pasis la semajnoj kaj eĉ monatoj, mi eksentis rankorojn kontraŭ ŝi. Kian vivon mi efektive havas kun ŝi? Ĉu mi vere volas tiel daŭrigi senfine, ĝis... ĝis unu el ni ne plu restos?

Revenis la pensoj pri infanoj. Dum la lasta jaro, eĉ iom pli, mi okupiĝis multege pri arto por infanoj, tamen sen vere koni ilin. Nun altrudis sin la demando, ĉu mi mem povus havi infanon. Eĥiĝis en mi la vortoj de mia patrino, ke post kelkaj jaroj jam estos tro malfrue. De tiam, de mia tridekjariĝo, pasis jam du jaroj kaj duono, baldaŭ tri jaroj. En ĉiu tago ŝia diraĵo fariĝis pli kaj pli vera kaj definitiva.

Mi certe ne volis pensi ĉi tiun penson, sed ĝi enŝteliĝis per si mem, kaj kiam ĝi unufoje jam instalis sin en mia kapo, ĝi absolute rifuzis forlasi ĝin. Mi diradis al mi ke tio estas absoluta frenezo, ke mi ne aspiru iluzion sed gardu tion, kion mi havas. Sed tio estis vana. La penso neeviteble nestis en mi, kaj mi ne plu povis malpensi ĝin.

Willi ne povus doni al mi infanon. Franz povus.

Li iam petis min edziniĝi al li. Kiam ni rekomencis la kontakton inter ni, estis subkomprenite ke li ne ripetu tiun proponon, eĉ se li volus.

Ĉu li plu volas?

Mi neniam vidis lin kun alia virino nek aŭdis lin mencii iun. Sed mi memoris ke Willi aludis fianĉinon, iun koleginon de Franz, kiun ŝi volis inviti kun li al la vespermanĝo ĉe ni antaŭ tri jaroj. Poste tiu nekonatino neniam plu estis menciata, do sendube temis pri rilato rompiĝinta, pri kiu li ne ŝatus paroli. Eble ŝi estis lia granda amo, kiun li ne povis forgesi. Ĉiuokaze mi tute ne imagis ke li povus vere enamiĝi al mi. Pli kredinde lia propono pri geedziĝo estis ia senespera provo forgesi la iaman amon. Tre kredeble li post mia rifuzo plene forlasis tiun vanan ideon. Jen kiel miaj pensoj kaj spekulativoj rondiris senĉese en mia kapo, kiel vespoj en vespujo, nehaltigeble sed absolute vane.

Dum la tuta aŭtuno mi ricevis unu leteron de Willi. Se konsideri ke ŝi estas talenta ĵurnalistino, kiu krome verkis romanon, ŝiaj leteroj estis mizeraj. Tio ne estis novaĵo. Ĉi-foje ŝi skribis iom pri la domo, kie ŝi servis, pri la burĝa ĝardenriĉa kvartalo, kie ĝi staris kaj pri la urbo Linz. Kiel ŝi eksciis ion pri la urbo, mi ne komprenis, ĉar laŭ la letero ŝi neniam estis libera. Ŝi esprimis surpriziĝon pri la granda kvanto da malpuraĵo, kiun altklasa familio povas amasigi en sia hejmo por laborigi la servistinon, kaj same pri la amaso da mebloj kaj ornamaĵoj, kiujn ili povas kolekti por ke ŝi senpolvigu ilin. Sed pri si mem ŝi skribis nenion, nek pri tio, kiam ŝi planas reveni al Vieno. Mi tralegis la leteron dufoje, sentante pli kaj pli fortan maltrankvilon. Willi ŝajnis al mi tre fora, multe pli fora ol la urbo Linz, ducent kilometrojn de ĉi tie. Sed ĉu tion kaŭzis ŝia konduto aŭ miaj propraj pensoj kaj duboj?

En la mezo de novembro mi jam cerbumis tiom pri la infana afero ke mi estis preta krevi. Mi denove faris viziton en *Karl-Marx-Hof* por skizi infanojn por miaj reliefoj. Pro la sezono ne plu estis tiom da geknaboj en la kortaj ludejoj, sed dank' al Franz mi rajtis eniri vartejon por desegni pli malgrandajn infanojn. Li lasis min tie dum horo kaj poste revenis por proponi al mi vespermanĝi ĉe li.

Ni sidis en lia ĉambro. Ekstere jam estis tute mallume, sed en la apartamento brilis elektra lumo de plafonlampo kaj de lampeto sur flanka tablo.

"Videblas ke la infanoj tre plaĉas al vi, Louise", li deklaris.

"Nu, certe. Kaj mi ĝojas ke oni disponigas vartejojn, por ke la patrinoj povu labori."

"Jes, tio necesas por multaj, bedaŭrinde."

Mi tute ne trovis tion bedaŭrinda, sed mi ne volis kontesti lian diraĵon.

Li trinketis bieron kaj preparis sin por paroli. Ankaŭ mi havis la koron sur la langopinto, sed mi sciis ke mi devas silenti.

"Sendube vi mem estus bonega patrino", li daŭrigis.

"Mi tre dubas."

"Fakte, kiam mi vidis vin en la vartejo, mi pensis ke jes. Kaj ke vi vere devus havi propran familion."

Dirante la lastajn vortojn, li evitis rigardi min. Mi scivolis, ĉu li pli ĝuste celas diri ke li mem volas familion. Sed demandi tion ja estus tre malkonvene.

"Tio ja ne povos okazi", mi anstataŭe diris. "Sed eble mi povus eklabori kiel vartistino en tia loko, se mi ne sukcesus vivteni min per la skulptado."

Tio estis ŝerco, kompreneble. Mi supozis ke oni bezonas specifan edukon por labori en infanvartejo. Sed Franz ne komprenis ke mi ŝercas.

"Mi dubas, ĉu fremdaj infanoj kaj laboro en vartejo povus anstataŭi la sperton esti patrino", li diris.

Mi ridetis al li por kaŝi ke mi trovas tion iom stulta diraĵo.

"Nu, neniu el ni spertos esti patrino, do ni prefere parolu pri io alia, kio efektive povas esti."

Mi celis ion pri arto en novaj loĝkvartaloj, sed li elektis alian temon.

"Se mi bone komprenis, ankaŭ viaj amikoj, la gesinjoroj Weininger ankoraŭ ne estas gepatroj."

Mi konsterniĝis kaj okulfiksis lin. Ĉu li do komprenis nenion? Aŭ ĉu li volas iel provoki min paroli pri tio, kion oni devas ne mencii? Fakte li mienis iom honteme.

"Pardonu, tio ja ne estas mia afero", li balbutis.

"Vi pravas", mi respondis, celante ambaŭ liajn lastajn diraĵojn.

Dum kelka tempo ni ambaŭ silentis. Mi rigardis ĉirkaŭ mi, al la mallumaj fenestro kaj balkonpordo, al la kuirejo kaj al la alkovo. En ĉi tiu malgranda apartamento ne estis facile eviti rigardi unu la alian.

Poste mi rakontis al li pri la nuna projekto de Willi. Ial mi antaŭe evitis paroli pri ĝi. Eksciante, kion ŝi faras, li unue konsterniĝis, same kiel mi mem, kiam ŝi malkaŝis al mi la planon. Sed poste li iom ŝanĝis sian sintenon.

"Sinjorino Weininger estas vere aŭdaca persono", li diris. "Kaj espereble ŝia sperto kondukos al libro, kiu helpos plibonigi la laborkondiĉojn de servistinoj. Sed tio estos en Danlando, kompreneble."

"Nu, ŝi menciis ideon fari ankaŭ germanlingvan version kaj petis min helpi pri lingva korektado. Sed mi dubas, ĉu mi estas kompetenta pri tio."

"Ha, jen bona iniciato", diris Franz.

Tiufoje mi do sukcesis konduki la interparolon for de la danĝera temo. Sed el mia kapo mi ne povis forpeli ĝin.

Johnny estis senlabora kaj vivis per mono, kiun lia patrino porciumis al li iom post iom, kion mi trovis stranga vivo de preskaŭ kvardekjara viro. Sendube ŝi timis ke pli grandaj sumoj degelus tro rapide, kaj verŝajne ŝi pravis pri tio. Mi iom miris ke li malgraŭ pli ol dekkvinjara sperto en *Creditanstalt* ne sukcesas trovi novan oficon en alia banko. Sed la tuta financa sistemo de nia respubliko estis minacata, kaj evidente la bankoj preferis se eble konservi siajn jamajn oficistojn anstataŭ dungi novajn.

Li cetere ne plu estis same eleganta aperaĵo kiel iam. Matene mi neniam vidis lin, kaj ankaŭ vespere li ofte nur kuŝis surlite en sia ĉambro, fumante kaj revante. En apotekoj li kutimis aĉeti opiajn tablojdojn kontraŭ tusado, kiujn li maĉadis unu post la alia por iom dampi la ĝenojn de la realo kaj restadi en agrable somnola stato. De temp' al tempo tamen pluraj el lia kutima amikaro vizitis lin, sed la grandaj festoj jam de kelka tempo estis historio.

Delonge mi ne vidis lian iaman specialan amikon Hansi, kaj unutage Johnny rakontis al mi ke Hansi troviĝas en la mensmalsanulejo *Am Steinhof*.

"Kaj de tie li eble neniam liberiĝos", li diris malgaje.

Kiam mi demandis, pro kio oni enhospitaligis lin, Johnny nur tiris la ŝultrojn. Mi vere bedaŭris lin. Duafoje en sia vivo li do perdis amanton aŭ eksulon al tiaspeca institucio, sed en kio efektive konsistis la malsano, restis malklare.

Ankaŭ lia posta amiko Jean-Pierre malofte aperis ĉe ni, kaj por la momento Johnny ne havis fiksan amanton. Entute li perdis multe de sia vigleco kaj energio.

Fine de novembro Willi revenis sen antaŭa averto. Mi pleniĝis de multaj diversaj sentoj, vidante ŝin vespere enpaŝi tra la pordo en sia servistina vesto. Ĝojo kaj amo, kompreneble, sed ankaŭ ĉagreno kaj elreviĝo pro tio ke ŝi ne zorgis teni kontakton kun mi dum sia longa forestado. Krome mi sentis ian obtuzan honton. Pri kio, mi mem ne bone komprenis.

Ŝi aspektis eĉ pli svelta ol antaŭe, kaj kiam ŝi ekbruligis sian amatan cigaredon, ŝi tusis en maniero, kiun mi antaŭe ne aŭdis.

"Willi, ĉu vi malsaniĝis?" mi maltrankvile demandis.

"Tute ne. Mi igis maldungi min, ĉar mi trovis min preta pri la afero."

"Sed vi tusas."

Ŝi ekridis.

"Evidente. Tamen ne timu. Eble mi tutsimple ne plu kutimas je la fumo. Ne zorgu; ĉio en ordo. Krome mi hodiaŭ festas mian trideksesjariĝon, ĉu ne?"

Ŝi raŭke ridis, sed tio estis rido sufiĉe malgaja.

"Ho, mi tute forgesis tion, Willi! Vi ne kutimas festi viajn datrevenojn, sed ĉi-foje ni celebru ĝin, kvankam improvize. Do nur ripozu, mi petas."

Mi kuiris vespermanĝon kaj ĉiel servis ŝin, kaj eĉ Johnny iom vigliĝis kaj helpis, proponante al ŝi viskion, varman plejdon kaj iom da blanka "neĝa" pulvoro, kiun li elsorĉis el sia ĉambro. Je mia kontenteco ŝi rifuzis ĝin kaj petis anstataŭe fortan kafon, kiun mi jam preparis.

"Rakontu, mi petas. Kiel estis? Kial vi restis tiel longe? Ĉu vi estas tute elĉerpita pro laboro?"

"Paciencu. Mi laboris, jes. Plej aĉa tamen estis ne la penado, sed la mallibero. Ĉu vi konsciis ke servistino estas sklavo de siaj gemastroj? Sklavo blanka, kompreneble."

"Ĉu oni do traktis vin tre malbone?"

Ŝi levis la ŝultrojn, nenion respondante. Poste ŝi eltrinkis la kafon kaj la viskion kaj stariĝis.

"Louise, ĉu vi bonvolus nun esti mia servistino kaj prepari por mi varman banon? Kaj alporti kelkajn el miaj propraj vestaĵoj. Elektu laŭplaĉe, mi petas. Ĉi tiujn mi neniam plu uzos."

Ŝi iom levis sian fadenmontran kotonan jupon, montrante siajn brungrizajn ŝtrumpojn kaj ruĝetajn, ostecajn genuojn.

Do, post duonhoro ŝi jam sidis en la vaporanta akvoplena bankuvo, dum mi sapumis kaj milde frotis aŭ glatumis ŝiajn ŝultrojn, brakojn, krurojn, ĉion. Mi ankaŭ lavis ŝian ruĝbrunan hararon kaj poste kombis kaj brosis ĝin.

"Tiel longaj mi antaŭe ne vidis viajn harojn."

"Mi tondos ilin."

"En ordo."

Ŝi efektive estis pli maldika ol antaŭe, kaj la manoj, genuoj kaj piedoj estis sekaj kaj plenaj de haŭt-fendetoj.

"Vi malbone manĝis, ĉu ne?"

"Nu, mi ne scias. Okaze estis restaĵo de luksa manĝo. Sed necesis gluti ĝin starante, eĉ kurante, kiam eblis. Kaj alifoje restis preskaŭ nenio post la familio kaj la dika kuiristino Augusta. Sed lasu tion, mi petas. Morgaŭ aŭ postmorgaŭ mi komencos verki, espereble. Dume mi ne volas tro multe paroli pri la afero."

Kaj tiel okazis. Tagon post tago ŝi sidis en sia laborĉambro, skribante sur siaj folioj. Ĝi ja estis iama servistina ĉambreto, kaj ŝi nun trovis "ironio de la sorto" verkadi la servistinan romanon en tiu loko. Post semajno ŝi jam retrovis iom pli bonan humoron, kaj mi kelkfoje aŭdis ŝin ekridi, dum ŝi verkis. Sed ŝi daŭre ne volis multe rakonti.

"Vi vidos, kiam mi verkos la germanan version."

Nun ŝi tamen okupiĝis pri la dana teksto, kaj de tiu mi povus rekoni nur unuopajn vortojn jen kaj jen.

Ĉi-jare Ĥanuko komenciĝis jam frue en decembro, kaj per sufiĉe da persvado mi sukcesis venigi kun mi Willi-n al festa manĝo ĉe miaj gepatroj.

"Eble vi povus eĉ verki artikolon pri la festo", mi sugestis.

"Mi dubas. Ĉi-sezone miaj karaj samlandanoj volas aŭdi nur pri tradicia dana Kristnasko."

Tamen ŝi cedis al mia insistado kaj akompanis min al Taborstraße. La salono estis ŝtopita, ĉar ĉeestis ankaŭ onklino Esther, la kuzinoj, Herbert kaj la knabetoj. La societo, la abunda manĝo kaj trinko vere efikis laŭplane; Willi baldaŭ iĝis gaja kunbabilanto de miaj parencoj. Mi ja sciis ke ŝi talentas pri societumado, kaj nun ŝi eĉ bonhumore ludis per la tradicia ĥanuka turbo kun la kuzinidoj Kurt kaj Heinz, gajnante unu de la alia nuksojn kaj sukeraĵojn.

Sed reveninte hejmen ŝi denove enfermis sin en la servistina ĉambreto. Mia propra menso plu estis plene okupata de la pensoj kaj duboj pri infano, pri mia vivo. Mi nepre bezonis paroli pri tio, sed ekzistis neniu, kun kiu mi povus dividi tion. Ne kun mia patrino, ne kun Willi, ne kun Johnny, certe ne kun Franz. Eĉ al mia kuzino Hedwig mi ne volis mencii tiujn pensojn.

Kun Willi mi tamen faris unu provon, kiam Kristnasko preterpasis ĉe ni nerimarkite, kaj Novjaro alproksimiĝis sen specifaj planoj.

"Ĉu vi memoras nian restadon ĉe viaj parencoj antaŭ jaro?" mi demandis, kiam ŝi dum momento paŭzis pri sia verkado kaj sidiĝis apud mi kun kafo kaj cigaredo.

"Kion do?" ŝi murmuris, avide suĉante fumon.

Ŝi jam ĉesis tusi pro la fumo, kaj la multa manĝo, per kiu mi servis ŝin, evidente faris al ŝi bonon, same kiel la frititaj terpomaj patkukoj kaj aliaj manĝaĵoj dum la Ĥanuka festo.

"Nu, mi pensas precipe pri la infanoj. Kiam mi vidis vin kun la knabetoj de Hedwig, mi memoris viajn genevojn kaj la idojn de via kuzo. Dum la festotagoj en Danlando ili alportis tiom da vivo kaj ĝojo. Ĉu ili ne mankas al vi?"

Willi rigardis min konsternite.

"Ĉu ili mankas? Absolute ne! Mi havis sufiĉe da ĝenoj pro bubaĉoj ĉi-aŭtune. Dank' al Dio ni evitas tiajn diabletojn ĉi tie. Kaj tiel restos, krom se vi intencas alporti infanojn."

Tion lastan ŝi diris tute ne serioze, mi rimarkis, sed kiel ironian ŝercon. Do mi ne plu komentis la aferon. Ĉar evidente mi ne intencis alporti al ni infanojn. Kiel tio eblus?

1932

Sur vojo nekonata

Willi plu verkadis, kaj iom post iom tio igis ŝin pli bonhumora. Tio tamen ne signifis ke ŝi pli multe rakontis pri sia aŭtuna sperto, nek ĝenerale pli komunikemis.

"Kial vi tiel sekretas?" mi foje plendis.

"Baldaŭ mi komencos pri la germana traduko", ŝi diris. "Tiam vi povos legi. Sed nun mi volas konservi la bonan fluon de verkado, en kiun mi trafis. Necesas profiti el tio. Pardonu min, Louise."

Eĉ enlite, antaŭ ol endormiĝi, ŝi ŝajnis al mi spirite forestanta, kvazaŭ ŝi nur agus aŭtomate kiel unu el la 'robotoj' de Čapek, kiam ŝi reciprokis miajn karesojn. Kaj simile estis pri nia intima interparolado.

"Willi", mi flustris en ŝian orelon, "mi sentas ke la vivo iel forfluas inter la fingroj. Kion mi faru? Ĉio estas vana kaj sensenca."

"Mi scias", ŝi murmuris. "Tio estas normala."

"Do kion fari?"

"Simple laboru plu."

"Sed pri kio?"

"Mi devas daŭrigi pri mia romano kaj vi pri viaj skulptaĵoj. Sed nun ni ambaŭ bezonas dormi."

Mi festis mian tridektrian naskiĝtagon kaj faris unu plian provon mencii al ŝi miajn pensojn, mian senton pri vaneco de la vivo, mian sopiron je infano. Sed ŝi ne pretis aŭskulti. Ŝi jam antaŭlonge revenis el Linz en Vienon, kaj tamen iasence ŝi tute ne revenis. Mi imagis kreski inter ni fendon, kiu minacis fariĝi abismo.

Kun kiu mi do dividu la profundon de mia koro, se ne kun Willi?

En unu februara tago, kiam prujno kovris la teron, la arbustojn kaj la arbojn de nia ĝardeno, kaj pala suno lumis sen ajna varmo tra la vintra brumo, mi simple ne plu eltenis. Mi telefonis al Franz por demandi, ĉu mi povas viziti lin. Li tuj konsentis kaj proponis vespermanĝon, kiun mi tamen rifuzis.

"Bone do, sed glaseton da abrikotbrando vi eble akceptos", li supozis.

Mi ne fidis je la forto de tiu glaso sed preparis min per la viskio de Johnny antaŭ ol ekiri. Al Willi, kiu enfermis sin en sia laborĉambreto, mi lasis noton, por ke ŝi sciu, kie mi estas. Kaj je kvarono antaŭ la sesa vespere mi eltramiĝis en Heiligenstadt kaj ekpaŝis al lia hejmo, tra la korto, kie kelkaj infanoj provis gliti sur la prujno per kartonskatolo, puŝante unu la alian de teraltaĵeto.

Franz iom babiletis pri siaj politikaj problemoj kaj lokis min en fotelon, verŝis la promesitan brandon kaj evidente ne plu sciis, kion diri.

Mi malplenigis la glason per unu tiro. Li rigardis min konsternite.

"Ĉu io okazis, Louise?" li demandis grandokule.

"Ne."

Li verŝis pluan abrikotbrandon, sed mi ne kuraĝis trinki pli multe. Necesis tuj ekparoli.

"Vi eble jam komprenis, kiam ni interparolis pri infanoj antaŭ kelkaj monatoj", mi komencis kaj poste haltis.

"Komprenis kion?"

Mi rigardis suben al miaj manoj en la sino. Ili moviĝis kvazaŭ per si mem, jen tordante la fingrojn unu de la alia, jen kvazaŭ knedante neekzistantan argilon. Mi ne komprenis, kial ili faras tion. Ĉu ili knedas mian estontan sorton?

Mi suspiris.

"Ke mi volus havi infanon."

Li grakis kaj siavice glutis iom el sia glaseto.

"Nu, laŭ via maniero rigardi la infanojn, kiam vi desegnis ilin, mi supozis ion tian."

"Tamen, kiel vi scias, tio ne povos okazi."

"Kial ne? Ĉu vi suferas de ia malsano? Ĉu kuracisto diris ke vi ne kapablus naski?"

"Temas ne pri tia problemo. Sed... Mi ne..."

Kiel diri tion? Kaj kion mi efektive celas? Mi ekprovis el alia flanko.

"Kiel vi scias, mi jam delonge vivas kun Willi."

"Mi scias ke vi subluas de ŝi kaj ŝia edzo."

Mi rigardis lin. Malantaŭ li estis la nigra rektangulo de la fenestro. Ĉirkaŭe staris liaj mebloj simplaj sed oportunaj kaj iel senstilaj. Mi sciis ke li konas multajn homojn diversspecajn, interalie per sia partia laboro. Kaj ankaŭ mi kredis koni lin. Certe li ne estas naivulo, mi pensis.

"Franz", mi diris en petega tono. "Ne alportu tian stultaĵon, mi petas. Vi estas pli sagaca ol tiom. Vi devas travidi, kio estas fasado kaj kio realo. La geedzeco de Willi kaj Johnny necesas kiel protekto. Sed kiel vi mem iam rimarkigis, la gesinjoroj ankoraŭ ne estas gepatroj. Mi povas malkaŝi al vi ke ili ankaŭ ne estos. Nek mi, krom se..."

Li mienis tre embarasite. Jen li rigardis min per demandaj okuloj, jen li cedis per sia rigardo. Li denove grakis por ekparoli sed nenion diris. Li levis la botelon kaj remetis ĝin, vidante ke plu restas brando en ambaŭ niaj glasoj.

"Bone", li fine diris. "Sed kiel vi do imagas tion? Vi ne povos havi infanon, estante fraŭlino."

Vidante mian ironian mienon, li precizigis:

"Mi volas diri ke tio stampus vin en la okuloj de aliaj kaj tre malfaciligus vian vivon. Des pli se vi plu loĝus kun la geedzoj, kiuj ne havas infanon. Nur imagu la klaĉadon de najbaroj kaj aliaj. Sciu, Louise, inter la laboristoj multaj virinoj havas infanon, eĉ plurajn, sed ne edzon. Tio estas ĉiutagaĵo. Multaj el ili devas forlasi siajn infanojn al parencoj, fremduloj aŭ orfejo. Aliaj mem prizorgas ilin sed vivas en mizero pro ili. Imagu ekzemple patrinon, kiu devas ĉiumatene enŝlosi sian infaneton en ĉambro, irante al la fabriko. Sed por vi, en via socia klaso, estus alia afero. Por vi temus plej multe pri morala kondamno de la ĉirkaŭanta socio."

"Mi scias."

Li rigardis min senvorte dum minuto. Ankaŭ mi silentis. Mi sentis ke mi ŝvitas kaj ke miaj manoj kramfe fikstenas la brakapogilojn de la fotelo.

Poste li denove parolis.

"Louise, mi jam unufoje demandis, ĉu vi volas edziniĝi al mi. Tiam vi rifuzis min. Ĉu vi... ĉu vi nun pretus rekonsideri tion?"

Subite mi sentis ke mi estas ebria. Ĉu tion kaŭzis la alkoholo aŭ la absurda situacio? Ĉu liaj vortoj? Aŭ la miaj?

"Ĉu mi komprenu tion... kiel novan svatiĝon?" mi elpuŝis per la lasta aero en miaj pulmoj.

"Se vi volas."

Mi enspiris profunde trifoje, poste ankoraŭ kvaran fojon.

"Mi pretas esti via edzino por havi infanon kun vi. Sed..."

Mi malfermis la buŝon por denove kapti aeron, kiel fiŝo surtere.

"Sed kio?" li sufloris.

"Sed mi ne povas ŝanĝi min tute. Mi volas plu skulpti. Mi ne rezignos la arton. Kaj mi volas... mi ne volas rezigni mian rilaton al Willi."

Li rigardis min kun mieno de intensa pensado. Dum momento li stariĝis, kvazaŭ li intencus foriri ien, sed en la ĉambro ne estis spaco por longe promeni, do li tuj residiĝis.

"Kompreneble vi plu skulptus, kaj vi ja rajtus plu renkonti ŝin. Sed vi devus loĝi kun mi, tio estas ĉi tie, almenaŭ komence. Eble iam ni povos translokiĝi al pli vasta apartamento. Precipe kiam... se ni havos infanon."

Mi kapjesis.

"Bone", mi diris. "Tiel estu."

Li malplenigis sian glason kaj rigardis min atente.

"Ĉu vi certas ke ĉi tion vi volas?"

Mi denove kapjesis kvar- aŭ kvinfoje.

"Jes."

"Do mi demandas vin, Louise, ĉu vi volas fariĝi mia edzino?"

Plua kapjeso. Mi sentis min kiel mekanika pupo.

"Jes. Mi volas."

Li rigardis ĉirkaŭ si, kvazaŭ li vekiĝus en nekonata loko. Miaflanke mi eĉ ne kuraĝis rigardi flanken. Post kelka tempo li denove turnis sin al mi kaj renkontis mian rigardon.

"Nu, jen vera surprizo", li diris. "Vi ne povas imagi, kiom mi feliĉas. Fakte mi neniam povis lasi la penson ke ni iam fariĝos paro. Kaj nun tio efektiviĝos. Do ni povas konsideri nin gefianĉoj, ĉu ne? Kvankam provizore sen ringo, sed ni povus jam morgaŭ iri por aĉeti ĝin."

"Ne necesas ringo."

Li mienis surprizite.

"Mi certas ke jes."

"Geedzaj jes, sed ne fianĉina. Cetere mi devas averti vin ke kiam mi laboros pri skulptado, mi devos demeti la edzinan ringon."

Li ridetis iel rezignacie.

"Mi konstatas ke ni daŭre havos aferojn por diskuti."

"En ordo", mi diris, "se ni almenaŭ evitos disputi."

Li faris gorĝan sonon kvazaŭ de duona ekrido. Poste ni silentis. Li gratis al si la vangon kaj pinĉetis sian nazon.

"Jen alia afero, pri kiu mi ekpensis", li poste diris. "Ĉu sinjorino... ĉu Willi scias ke vi volas ĉi tion?"

"Ankoraŭ ne."

"Do vi devos tuj rakonti al ŝi. Mi povas akompani vin tien, se vi preferas."

Mi rigardis lin terurite.

"Absolute ne!"

"Sed ĉu vi vere povos tion malkaŝi al ŝi? Mi imagas ke ŝi eble reagos... mi ne scias kiel, sed ni diru en ne antaŭvidebla maniero."

Mi mallaŭte ekridis.

"Ne timu. Mi scias, kiel trakti ŝin."

Tio efektive estis kruda mensogo. En tiu momento mi havis nenian ideon, kiel mi "traktos ŝin" sciigante al ŝi la novaĵon. Plej multe mi preferus tute nenion diri sed sekreti pri la afero. Mi tamen estis sufiĉe prudenta por konscii ke tio estus katastrofa konduto. Male mi devos tuj ĉi-vespere, reveninte hejmen, rekte kaj senkaŝe informi ŝin ke mi edziniĝos al Franz Halder kaj ekloĝos kun li. Kiel ŝi reagos? Mi tute ne kapablis imagi tion. Ĉia reago eblis, kaj mi ne povis antaŭdiri, kia estas plej probabla.

Tamen mi ne tuj iris hejmen sed restis ankoraŭ horon ĉe Franz, plu interparolante kun li pri nia kuna decido kaj ties sekvoj. Mia ebrieto forvaporiĝis, sed mi ankoraŭ eble ne tute konsciis, kion mi faris. Aŭ pli ĝuste, kion mi promesis fari. Plejparte ni supozeble nur ripetis tion, kion ni jam interkonsentis, sed tio signifis ankaŭ konfirmi ke la decido estas definitiva. Mi sciis ke estas stulte prokrasti la hejmeniron; efektive mi devus prefere kuri al Willi por informi ŝin. Malgraŭ tio mi plu prokrastis. Mi eĉ estus preta resti dumnokte ĉe Franz. Se mi jam decidis, kial do ne plenumi la decidon tuj? Sed li nek proponis nek aludis ion tian, kaj mi mem certe ne povus altrudi min. Tio estas, ne pli ol mi jam faris. Reale mi ja venis al li por svati min, kvankam necesis ke la vortojn prononcu li.

Fine mi reiris hejmen, duafoje rifuzinte la proponon de Franz akompani min tien. Mi elvenis sur la korton kaj ekspiris la malvarmetan vesperan aeron kun stranga sento, kvazaŭ mi trafus en tute novan mondon. Dum mi atendis la tramon, komencis neĝi. Poste, kiam mi paŝis de la fina tramhaltejo laŭ la kvietaj stratoj de Nussdorf, la neĝo plu falis silente en formo de grandaj flokoj, kaj sur la pavimo ĝi jam kuŝiĝis kiel maldika blanka tuko, sur kiu miaj ŝuoj lasis grizajn piedsignojn post mi. Videblis neniu alia promenanto. En la domoj ambaŭflanke kelkaj fenestroj estis lumigitaj, aliaj senlumaj. Tie ene la familioj vivis siajn ordinarajn vivojn. Kiam mi rigardis dorsen al mia spuro en la neĝo, ŝajnis al mi ke mi suriras vojon nekonatan, sur kiu neniu paŝis antaŭ mi.

Neniu estis teretaĝe, kiam mi eniris tra la dompordo. Willi kaj Johnny sidis en la supra salono, fumante kaj trinkante blankan vinon. Mi alportis plian glason, sidiĝis apud ili kaj verŝis al mi vinon senvorte. Ili babilis pri ia komuna burleska travivaĵo antaŭ preskaŭ jardeko en Berlino. Fakte mi ne kaptis, kion ili diras. Ilia interparolo konsistigis ian fonan sonkulison, kies enhavo restis enigma, kvazaŭ ili parolus en nekonata lingvo. Mi vidis ke ili ambaŭ de temp' al tempo ĵetas al mi rigardon, sed dumlonge neniu el ili alparolis min. Kaj miaflanke mi tute ne kapablis malfermi la buŝon por diri tion, kion mi devas rakonti.

"Nu, kiel fartas nia kara socialisto, sinjoro Halder?" fine diris Willi, tamen sen tre demanda tono.

"Bone", mi respondis aŭtomate.

Poste ni ĉiuj silentis.

"Nu, bone do", diris Johnny kaj replenigis sian glason. "Mi trinkos la lastajn gutojn enlite. Bonan nokton, karaj."

Evidente li sentis ke li estas troa. Li stariĝis kaj eniris sian ĉambron, sendube intuante ke Willi kaj mi bezonas interparoli private.

Mi rigardis ŝin, pensante: nun!

"Mi devas rakonti ion", mi diris.

"Do parolu, mi petas."

"Prefere malsupre."

Ŝi suspiris sed prenis sian glason kaj la arĝentan cigaredujon, stariĝis kaj paŝis al la ŝtuparo senvorte. Mi postsekvis ŝin. Malsupre ŝi sidiĝis ĉe la tablo en la saloneto kaj rigardis min, atendante. Ŝi elektis novan cigaredon el la ujo sed ne ekbruligis ĝin.

Ankaŭ mi sidiĝis.

Mi enspiris, rigardis ŝin kaj diris nenion.

Ŝi rigardis min kompate, ŝajnis al mi.

"Simple diru, Louise", ŝi diris mallaŭte, preskaŭ flustre, kun laca mieno, dum ŝi palpadis la cigaredon.

Ĉi-foje mi ne enspiris.

"Mi interkonsentis kun Franz. Ni geedziĝos. Mi volas havi infanon. Klopodu kompreni."

Poste mi silentis, tute elĉerpita, senspira, dirinte tiujn kvar mallongajn frazojn.

Ŝi kapjesis, laŭaspekte tute trankvila.

"Mi komprenas. Fakte mi jam longe antaŭvidis tion."

Dum momento plenigis min kolero pro tiu diraĵo. Ĉu ŝi

do travidas min? Ĉu mi entute neniam povos fari ion ajn, kio surprizos aŭ ŝokos ŝin? Ĉu ŝi scias pli multe pri mi, ol mi mem? Sed poste mi sentis ke tio eble ne estus malbona afero. Bonŝance, se almenaŭ unu persono komprenus min!

"Sed", mi komencis. "Sed... mi volas ke ĉio, se eble... Tio estas: Mi ne volas perdi vin, Willi."

Ŝi ridetis amare kaj finfine ekfumis sian cigaredon.

"Tre bone. Ankaŭ mi. Sed kiel vi imagas tion? Ĉu la kara Franz akceptos dividi vin?"

"Li devas akcepti."

"Kaj mi? Ĉu vi opinias ke mi devas akcepti tion?"

Mi kapablis nenion respondi. Evidente ŝi pravis. Mi petis ion de ŝi, kion oni ne rajtas peti. Kaj same de Franz. Sed kion fari? Mi ne povus elturniĝi alimaniere. Jen tio, kion mi volas. Kio okazos, dependos ne de mi.

"Nu, ni vidos", diris Willi post minuto da silento. "Ni vidos. Ĉu nun ne estas tempo enlitiĝi? Almenaŭ ĉi-nokte vi restos ĉi tie, ĉu ne?"

Matene ni ambaŭ restis enlite, iel senurĝe, kvazaŭ ni estus en mielmonato. Mi tamen sentis korodantan timon interne, eĉ terurigon. Kio okazos nun? Kio sekvos?

Kio tuj sekvis, estis tio ke Willi ellitiĝis por kuiri kafon, kiun ŝi baldaŭ alportis kun panbulko por mi. Ŝi reenlitiĝis, kaj ni ambaŭ trinketis nian kafon.

"Vi povas fumi, se vi volas", mi diris.

Normale ŝi ne fumis enlite. Ne pro mi, ĉar ŝia fumo ne ĝenis min, sed ĉar ŝi mem trovus tion "tro dekadenca". Sed aliflanke ni ankaŭ ne kutimis matenmanĝi enlite, kaj ŝia matenmanĝo ĉiam konsistis nur el kafo kaj cigaredo.

"Ĉu vi interkonsentis pri dato?" ŝi demandis, palpante sian cigaredujon, kvazaŭ en ambivalenco, ĉu fumi aŭ ne.

"Ankoraŭ ne", mi respondis. "Li volis tuj aĉeti fianĉinan ringon, sed mi konvinkis lin rezigni tion. La geedzajn ni tamen elektos sabate. Kaj poste ni decidos la daton. Estos en la Urbodomo, kompreneble. Li estas katoliko, kvankam ne religiema."

"Ĉu mi estos invitita?"

Mi puŝetis ŝin, ŝajnigante koleron.

"Eble vi memoras ke mi ĉeestis en la via."

Nun ŝi finfine enbuŝigis cigaredon kaj ekbruligis ĝin.

"Viaj gepatroj estos kontentaj. Ĉu vi jam rakontis al ili?"

"Kiam mi farus tion? Mi estis kun vi, ĉu ne? Tuj kiam ni fiksos la daton, mi invitos ilin al la ceremonio. Kaj vin kaj Johnny-n. Mi ne scias, kiuj parencoj de Franz venos. Lia patro mortis, sed lia patrino plu vivas."

"Bone. Sed nun diru sincere: ĉu Franz komprenis, kia estas nia rilato? Ĉu vi rakontis tion al li senkaŝe?"

Mi pripensis, kiel respondi. Ial mi sentis etan malagrablon, kiam ŝi demandis pri tiu afero.

"Li komprenis", mi tamen certigis. "Nu, li ŝajnigis ne kompreni, babilante pri 'la geedzoj Weininger' ko-to-po, sed fakte li ja komprenis. Mi klarigis tion. Evidente mi ne menciis detalojn, sed mi sufiĉe klare diris."

Ŝi rigardis min iel zorgeme.

"Eble ĝuste la detalojn vi devus mencii. Sciu, Louise, la viroj ĝenerale havas mirindan kapablon ne kompreni aferojn, kiuj embarasus ilin."

Mi klopodis kontempli tion. Fakte, la malagrabla sento ne malaperis. Tamen ja ekzistis neniu kialo por maltrankvili.

"Bone", mi diris. "Mi klarigos denove. Sed vi ne povas postuli ke mi priskribu precize ĉion, kion vi faras kun mi."

Ŝi ridis.

"Sufiĉus diri, kion faras *vi* kun *mi*."

Mi klinis min al ŝi kaj metis la kapon sur ŝian ŝultron, dum ŝi turnis sin por elblovi fumon foren de mi.

"Mi tamen devus iomete indulgi lin", mi diris.

Ni duonsidis-duonkuŝis tiel dum kelka tempo. Ŝi stumpigis la cigaredon. Mi eltrinkis la lastan guton da malvarma kafo.

"Mi esperas ke ne estos tro naŭze", mi diris.

Ŝi levis mian kapon permane por rigardi en miajn okulojn kaj poste mallaŭte ekridis.

"Ĉu vi celas la kopuladon?"

Mi faris grimacon.

"Kia vorto! Sed jes, mi iom timas ke tio estos al mi tro forpuŝa."

Ŝi denove ridis, jam iomete pli laŭte.

"Ne timu. Eble vi eĉ ŝatos tion."

"Mi dubas."

"Ĉiuokaze vi povas fidi ke li prizorgos ĉion. Verŝajne li eĉ preferos ke vi restu pasiva. Jen ilia sinteno, kiel ĝenerale en la vivo, laŭ mia sperto. Ili ne aprezas virinojn aktivajn."

"Laŭ via sperto?"

Ŝi faris ekskuzan grimaceton.

"Vi jam scias ke mi havis virajn amantojn. Ne, tamen ne amantojn. Nur kopulantojn. Ne eblas vivi sen foje erari."

Mi pripensis tion. Espereble ĉi tio ne montriĝos eraro. Ĉar se jes, ĝi estos eraro grandega.

"Willi", mi diris.

"Kio?"

"Mi amas vin."

Ŝi iomete suspiris.

"Vi trovis kuriozan manieron por montri tion."

Poste ni ambaŭ silentis. Kompreneble ŝi pravis, sed ĉu necesis diri tion? Kial ŝi ne povis respondi simple "kaj mi vin" aŭ ion similan?

Willi plu verkadis sian romanon kaj baldaŭ finis ĝin. Preskaŭ tuj ŝi eklaboris pri la germanigo, kaj por tiu ŝi dependis de mia helpo. Komence ŝi skribis kaj transdonis al mi paĝon post paĝo, por ke mi korektu kaj plibonigu la lingvaĵon. Post kelka tempo ni tamen provis alian metodon: ni sidis flanko ĉe flanko; ŝi recitis provizoran frazon, kiun mi aprobis aŭ korektis, kaj ŝi skribis ĝin. Post tio restis nur eraretoj, ĉefe ortografiaj, kiujn necesis korekti. Tio signifis ke mi nur malofte vizitis la atelieron, sed pro manko de mendoj mi ne havis fortan motivon ĉiutage iri tien.

Dum ĉi tiu kunlaboro, kiu estis tute nova sperto, mi sentis pli grandan proksimecon al ŝi ol delonge. Certe kontribuis al tio la scio ke ĉio tre baldaŭ draste ŝanĝiĝos. Mi trovis ŝin pli amema ol antaŭe, precipe kompare kun la ĵusa tempo, kiam ŝi enfermis sin en la laborĉambreto por verki.

Ŝia romano efektive estis pli burleska ol mi atendis. Ja aperis multaj epizodoj pri peza laboro kaj malestima sinteno de la gemastroj, precipe de la doktoredzino. Sed ofte intervenis komikaj miskomprenoj, kaj la priskribo de la familio prezentis ilian snobecon kaj malvastajn mensojn en ridiga maniero.

En la dua duono de la libro malagrable surprizis min amafero inter la servistino kaj la plej aĝa filo de la gemastroj. Evidente Willi rimarkis mian ŝokiĝon.

"Ne estu tiel naiva, Louise. Estas romano. Oni volas legi tiajn aferojn. Vere la du diablidoj aĝis ok kaj dek unu jarojn. Espereble vi ne suspektas min pri amindumado kun infanoj!"

Miaj gepatroj kompreneble estis kontentaj kaj verŝajne sufiĉe surprizitaj pro mia subita decido edziniĝi. Patrino ja murmuris ion pri tio ke plej bone estus resti kun siaj propraj, alivorte ke mi devus elekti judan edzon, sed Patro deklaris tion stultaĵo el malnova tempo.

"Gravas nur ke la knabino estos feliĉa", li diris al ŝi. "Cetere en ĉi tiu tempo ni devus bonvenigi gojan bofilon. Tio ne povas malutili."

"Espereble ni tamen rajtos porti la infanon al la sinagogo", diris Patrino.

Mi elektis tute ne komenti tion. Fakte mi ne diskutis aferojn pri bapto, cirkumcido aŭ aliaj religiaĵoj kun Franz, kiu estis proksimume tiel katolika kiel mi estis juda, do ĉefe formale. Kaj ĉiuokaze ni unue vidu, ĉu "la infano" entute volos alveni aŭ ne.

Do alproksimiĝis la dato de mia edziniĝo, la oka de aprilo, du semajnojn post la katolika Pasko. Jam en la Sankta Vendredo mi unuafoje pasigis nokton ĉe Franz, post kiam li finfine demandis, ĉu mi pretus fari tion. Mi vere ne scias, kial li elektis ĝuste tagon, kiam katolikoj ne rajtas fari ion plezuran. Eble tio estis lia silenta protesto kontraŭ la konservativa eklezio. Kaj cetere ni enlitiĝis nur post la noktomezo, do se estis ia religia problemo, ĝi estis la mia. Nu, la juda sabato ja komenciĝis jam vespere, kio tamen ne gravis al mi, kaj la juda Pasko okazis nur du semajnojn pli malfrue.

Je mia surpriziĝo enlite malaperis mia maltrankvilo, eble ĉar mi rimarkis ke Franz siaflanke estas sufiĉe nervoza. Ĉio tamen pasis senprobleme, aŭ almenaŭ tiel ŝajnis al mi. Li kondutis tre milde kaj singarde, aŭ eble mallerte, kaj kiel antaŭdiris Willi, mi povis resti pasiva kaj lasi al li iniciati ĉion. Mi neniam demandis pri liaj antaŭaj spertoj. Je nia unua renkontiĝo li ĵus forlasis amrilaton kun sampartianino, laŭ la supozo de Willi. Sed pli ol tiom mi ne sciis pri lia pasinta ama vivo.

Do, kiam oni en la Urbodomo proklamis nin geedzoj, mi sentis neniun fortan emocion. Tio estis nur leĝa konfirmo de la drasta decido farita antaŭ du monatoj. Sed poste, kiam ni per luita aŭtomobilo transportis miajn malmultajn aferojn la mallongan distancon de *Vilao Elise* en Nussdorf al *Karl-Marx-Hof* en Heiligenstadt, mi sentis ian fortan prenilon kunpremi mian bruston.

"Ni baldaŭ revidos nin", mi diris al Willi per streĉita voĉo, antaŭ ol forlasi mian hejmon en *Vilao Elise.*

"Vi ĉiam estos bonvena viziti nin", ŝi respondis en neŭtrala tono.

Kompreneble ŝi diris tiel, ĉar Franz staris ĉe mia flanko kaj ene de aŭdodistanco ĉeestis ankaŭ lia sampartiano Dietrich, kiu ŝoforos, sed malgraŭ tio mi teruriĝis pro ŝiaj sekaj vortoj kaj malvarma tono. Tamen mi povis nenion fari, krom turni min kaj veturi for kun mia edzo.

Jam semajnon post la geedziĝo kaj transloĝiĝo mi povis konstati ke niaj unuaj antaŭtempaj provoj ne kondukis al gravedigo. Kompreneble mi sciis ke ĝi povos prokrastiĝi, tamen mi duonkonscie esperis je tuja efiko. Nu, ne indis malesperi. Ni simple daŭrigu diligente.

Post ankoraŭ unu semajno Franz kaj mi iris al balotejo por elekti parlamenton de la federacia lando Vieno. Kiel antaŭe la socialdemokratoj gajnis du trionojn de la voĉoj. Unuafoje nun la nazioj eniris la vienan parlamenton per dek kvin procentoj de la voĉoj, kiujn ili konkeris de la Kristan-Socia partio.

En la ĉefurbo do plu regos la partianoj de Franz, sed sur la federacia nivelo la situacio restis mala. La dudekan de majo nia respubliko refoje ricevis novan federacian kancelieron, Engelbert Dollfuß, kiu formis novan registaron el la Kristan-Socia partio, la Kampara Unuiĝo kaj la Hejma Bloko, kiu estis la politika branĉo de *Heimwehr*. Plu regos do la samaj naciismaj kaj antisemitaj konservativuloj kiel antaŭe, kvankam de temp' al tempo ja aperis inter ili novaj nomoj.

Kelkajn semajnojn post tio mi jam sciis kun certeco ke mi estas graveda. Mi tuj rakontis la novaĵon al Franz, kiu ja ekĝojis, kvankam pli kviete ol mi atendis. Kaj en la sekva tago mi iris al Nussdorf por rakonti al Willi.

Mi ne scias, kion mi atendis de ŝi. La scio ke mi portas en mi novan vivulon tute plenigis min. Eble mi trovis nature ke ankaŭ al ŝi tio estas miraklo. Jes, sendube mi estis naiva kaj egocentra. Kiam mi malkaŝis la novaĵon al Franz, li ja gratulis kaj ameme kisis min, sed eĉ li ne saltegis pro feliĉo, do kial supozi ke Willi faros tion? Pli kredinde estus ke ŝi konsideros la feton parazito, kiu forŝtelos min de ŝi.

Fakte, jam kiam mi rakontis al ŝi ke mi edziniĝos al Franz, ŝia reago estis ege neŭtrala kaj dampita, tute alia ol mi antaŭtimis. Almenaŭ se juĝi laŭ tio, kion ŝi montris eksteren, do al mi. Kiel ŝi efektive sentis interne, mi ne povis konstati. Dum la unua tempo post mia edziniĝo Willi kaj mi plu pasigis multe da tempo kune dumtage, tradukante ŝian romanon. Sed nun ĝi jam estis preta. La danan manuskripton ŝi sendis al Kopenhago, kaj por la germana ŝi serĉis eldonejon en Vieno, ĝis nun vane.

Nokton mi ankoraŭ ne pasigis en *Vilao Elise* post la edziniĝo. Iel ŝajnis al mi ke mi ŝuldas al Franz resti kun li dumnokte. Sed nun mi jam estis graveda, kaj baldaŭ povos esti en ordo foje tranokti tie, mi pensis.

Kiam mi alvenis en la domon, Willi estis okupata per studado de kelkaj broŝuroj.

"Willi, mi volas rakonti ion."

Ŝi rigardis min distrite.

"Bone, bone. Ĉu vi povas atendi iom? Mi bezonas prepari min. Oni baldaŭ inaŭguros ĉi tiun projekton."

"Sciu ke mi nun estas certa."

"En ordo. Fakte ĉi tiuj domoj estas io tute nova. Mi certas ke oni interesiĝos pri ili ankaŭ en Danlando."

"Mi jam transpasis la tempon je pli ol du semajnoj."

"Hm. Kiun tempon? Jen rigardu."

"Mi estas graveda, Willi."

Ŝi etendis la manon por preni alian broŝuron de la tablo, ĵetis al mi rigardon kaj poste denove profundiĝis en siajn paperojn.

"Bone. Gratulon. Tion vi ja volis, ĉu ne?"

"Ĉu vi komprenas? Mi estos patrino!"

"Jes, mi komprenas, Louise. Tio estas logika."

Mi silentiĝis, ne sciante kiel atingi ŝin. Ĉu ŝi fakte trovas tiujn presaĵojn pli gravaj ol mia venonta patriniĝo? Aŭ ĉu ŝi nur aktoras?

"Rigardu ĉi tiujn", ŝi diris, etendante al mi du broŝurojn pri iaj domoj. "Post kelkaj tagoj oni inaŭguros la projekton, kaj mi raportos. Pluraj arkitektoj desegnis ilin en tre modernisma stilo. Imprese!"

Fine mi komprenis ke ŝi estas tute kaptita de tiu afero. Se mi volas paroli kun ŝi, mi devas mobilizi iom da interesiĝo pri ĝi.

"Mi ne memoras ke Franz parolis pri nova modernisma konstruprojekto."

"Ne, ĉi tio estas privata iniciato. *Werkbundsiedlung*."

"Kie ĝi situas?"

"En okcidenta periferio. Temas pri unufamiliaj domoj relative grandaj, do ne por malriĉuloj, sed kun tre interesa formo. La ĉefa arkitekto nomiĝas Josef Frank; ĉu vi konas lian nomon? Cetere li ja desegnis ankaŭ por la urbaj loĝ-projektoj; ĉi tie oni mencias ĵus konstruitan domblokon en la 12-a distrikto, populare nomatan 'Ĉielarka bloko'."

"Jes, mi memoras ke la arkitektoj de *Goethehof* menciis lian nomon kun respekto."

Mi rigardis la bildojn. Se juĝi laŭ tiuj, temis pri arkitekturo inspirita de la germana arta lernejo *Bauhaus*, kiu ĵus devis translokiĝi al Berlino, ĉar la nazioj gajnis la lokan elekton en Dessau, kie ĝi delonge situis, kaj ili ordonis fermi la instituton. Ĉi tiuj unufamiliaj domoj tamen havis pli personajn stilojn kaj aspektis malpli kiel fabrikoj ol kelkaj el la konataj konstruaĵoj el tiu skolo en Germanio.

"Ĉu oni konstruis multajn domojn?" mi demandis.

"Sepdekon, kaj de tuta aro da malsamaj arkitektoj."

"Nu, esperebIe ekzistas en Vieno sepdek familioj sufiĉe riĉaj kaj kun sufiĉe vasta menso por ekloĝi en tia modernisma domo."

Ŝi ridis.

"Ĉu vi mem ne ŝatus loĝi tie kun via ido?"

"Eble. Sed mankas la mono. Kaj cetere mi preferus ĉi tiun malnovan domon."

"Ĉu vere? Kaj tamen vi forlasis ĝin por ekloĝi en la eta apartamento de via socialisto."

Ŝi diris tion en tono nek ŝerca, nek malica, sed prefere laca aŭ indiferenta, kaj mi ne sciis, kion respondi. Mi vere volus ĉi-nokte dormi tie kun Willi, sed ŝi plu kondutis iel malvarme, kaj krome Franz eble trovus tion tro provoka. Tamen mi restis ankoraŭ iom en la saloneto de *Vilao Elise*, konversaciante unue pri domoj, la stilo de *Bauhaus* kaj diversaj vienaj kvartaloj, poste ankaŭ pri ŝia romano kaj la ŝancoj eldonigi ĝin en Vieno, sed neniom pri tio, kio venigis min tien: mia naskota infano. Evidente Willi rigardis tion kiel temon, kiu ne tuŝas ŝin. Kaj malfrue vespere mi reiris al *Karl-Marx-Hof*.

Ial la broŝuroj de Willi pri la modernisma konstruprojekto inspiris min al pli da skulptaj provoj. Mi do denove iris preskaŭ ĉiutage al mia ateliero por labori, interalie pri nova ideo de ceramikaj figuretoj en ovoformaj ŝeloj. Sekve, dum Willi intervjuis arkitektojn kaj fotografis novkonstruitajn unufamiliajn domojn en la distrikto Hietzing okcidente de la parko de Schönbrunn, mi knedis argilon en la ateliero ĉe Glasergasse en Alsergrund.

Krome mi denove memorigis al Franz ke li promesis klopodi por peri al mi pluajn mendojn de arta ornamo de novaj loĝkvartaloj. Mi esperis ke li proponos min por unu el la aktualaj projektoj en la sudo de Vieno. Sed je mia surpriziĝo li tute ne aprezis mian memorigon.

"Mi tre ŝatus, se tio eblus", li diris. "Sed vi devas kompreni ke vi nun estas mia edzino. Se la urbo entute havos monon por mendi pluajn artaĵojn, estos normale ke oni donos prioritaton al artistoj, kiuj bezonas vivteni sin mem kaj sian familion, ne al edziniĝinta skulptistino. Krome ne estus tre konvene, se mi proponus mian propran edzinon. Oni eble kritikus tion, eĉ aludante pri korupteco."

Mi konsterniĝis. Jen tute nova sinteno de li.

"Kial vi do promesis klopodi por mi?"

"Mi ne memoras ke mi vere promesis ion. Mi ja volis fari, kion mi povas, sed praktike nun nenio plu fareblas."

Lia trankvileco aŭ eĉ inerteco incitis min, kaj mi sentis mian sangon ekboli.

"Franz, aŭskultu min. Vi ne povas havi tiel malbonan memorkapablon. Vi fakte promesis agi por mi. Neniun vorton vi diris pri korupteco aŭ artistoj kun familioj. Kial nun subite vi tute ŝanĝis sintenon?"

"Trankviliĝu, Louise. Akceptu ke vi ne plu bezonas vendi skulptaĵojn por vivteni vin. Jen kio ŝanĝiĝis, ne mia sinteno. Mia salajro ja ne estas alta, sed ĝi tute sufiĉas por niaj bezonoj. Kaj nun, kiam vi eĉ estas graveda, vi prefere ne laboru tro peze."

"Mi gravedas apenaŭ du monatojn! Mi estas skulptistino, kaj mi laboros ankoraŭ duonjaron sen problemo. Kaj mia edzo devus agi por mi, ne kontraŭ mi!"

"Ne incitiĝu, kara. Vi certe povos denove ricevi mendojn, sed ĝuste nun vi prefere ripozu. Mi jam faris ĉion, kio eblas."

En bela vespero komence de julio, kiam mi sidis kun Willi en la ĝardeno de *Vilao Elise*, Johnny aranĝis etan feston por kelkaj amikoj. Tio en la lasta jaro ne okazis tre ofte.

"Bone ke li almenaŭ faras ion", diris Willi. "Kelkfoje mi timas ke li tute kadukiĝos. Li diras ke se lia patrino ne baldaŭ mortos, li devos vendi la aŭton."

Pro la najbaroj la 'dua viena secesio' ne kuraĝis restadi ĝardene sed kolektiĝis en la salono, kaj baldaŭ Willi kaj mi aliĝis al ili. Je mia surprizo inter la gastoj estis ankaŭ Felicia, kiu ĵus revenis el Berlino. Ŝi aspektis pli trivita ol antaŭ du jaroj kaj jam estis iom ebria, sed Willi tre volis aŭdi pri ŝiaj spertoj en Berlino.

"Kiel estis al vi tie? Ĉu vi ricevis la 'transvestulan pasporton', pri kiu vi parolis?"

"Komence ĉio estis bona, kaj mi ja vizitis la Instituton de doktoro Hirschfeld kaj vere ricevis tiun dokumenton."

"Ĉu ĝi ne utilis al vi?"

"Ĝi helpis nur en kontaktoj kun la polico. Nun la SA-bandoj pli kaj pli teroras en la stratoj, kaj kelkaj tiaj brunĉemizuloj disŝiris mian pasporton kaj poste molestis kaj batis min. Mi devis kuŝi dum semajno en hospitalo sed estis bonŝanca eskapi viva. Ili atakis ankaŭ la Instituton, kie ili frakasis fenestrojn kaj provis ekbruligi ĝin."

"Terure! Kiel agis la polico ĉe tio?"

"Neniel. Ĝi faras nenion kontraŭ ili. Do ne plu eblas moviĝi libere surstrate. Ankaŭ pluraj kluboj kaj kafejoj estas atakitaj de SA. Nur la ruĝ-frontaj bataluloj de la komunistoj ankoraŭ klopodas kontraŭstari ilin, sed ili protektas nur siajn proprajn kamaradojn. Jen kial mi revenis ĉi tien."

Ŝi faris geston de rezignacio, verŝis al si plian ŝaŭmvinon kaj avide trinkis.

"Ĉu vi povis senprobleme transpasi la landlimon?" mi demandis.

"Jes, sed kompreneble ne ĉi tiel. Mi devis transvesti min kiel Felix, laŭ mia pasporto."

Ŝi ridis je tiu komento, sed ĝi estis rido sufiĉe amara.

"Ĉu vi eksciis ion pri la eblo fari operacion?" plu demandis Willi.

"Nu, lastatempe oni multe parolis pri kirurgia operacio farita al la dana artisto Lili Elbe, kiu naskiĝis viro kaj eĉ edziĝis al kolegino sed poste ekkonsciis ke ŝi estas virino en la korpo de viro. Tiun operacion tamen plenumis ne doktoro Hirschfeld sed alia kuracisto en Dresdeno. Laŭdire li vere sukcesis fari el ŝi veran virinon, sed poste ŝi mortis pro kirurgiaj komplikaĵoj."

"Ho, kia terura sorto!" diris Willi. "Mi fakte pensas ke mi iam en Kopenhago vidis portreton de tiu malfeliĉulo, pozanta kiel virino kaj pentrita de la edzino, Gerda Wegener. Ŝi estas talenta artisto, kiu nun loĝas en Parizo."

Felicia kapjesis malgaje.

"Oni diras ke ilia geedzeco estis nuligita, kiam Lili oficiale far-iĝis virino, ĉar virino ne rajtas esti laŭleĝa edzino de virino. La operacio okazis pasintjare. Sed ĉiuokaze tia tranĉado estus nenio por mi. Mi ne deziras ŝanĝi min; mi volas nur ke oni lasu min en paco tia, kia mi estas. Mi ĝenas neniun, do kial oni ne povas akcepti min?"

"Trafe!" konsentis Willi.

Sekvis ĝenerala diskuto pri la maltoleremo de tielnomataj normaluloj, en Berlino same kiel ĉi tie en Vieno, kaj pri la risko esti molestata de nazioj aŭ arestita de la polico kaj enfermita en malliberejo aŭ mensmalsanulejo.

"Ĉu ĉe vi en Danlando estas pli bone?" Felicia demandis Willi-n.

"Mi vere ne scias. Jam de jardeko mi ne plu loĝas tie. Almenaŭ ĝis nun la danaj nazioj estas sensignifaj, sed pri la normaluloj mi ne povas paroli. Mi ne konas ilin, sed kelkfoje mi pensas ke ili ĉiuj nur aktoras normalecon."

Post kelka tempo Willi kaj mi forlasis la aliajn kaj retiriĝis en nian ĉambron, kiu nun ja estis nur ŝia. Ŝi estis malkontenta pri tio ke ankoraŭ ne eblis trovi eldoniston, kiu volas publikigi la germanan version de ŝia romano.

"Oni pretekstas ke povus okazi juĝproceso kontraŭ ĝi, se la vera doktora familio en Linz denuncus ĝin pro ofenda misfamigo. Jen stultaĵo, kompreneble. Tiuj filistroj certe ne volus aperi en la ĵurnaloj kiel modeloj de skandala romano."

Ŝi jam antaŭe rakontis al mi ke la dana versio aperos en aŭgusto, kaj oni antaŭvidis sufiĉe grandan intereson, dank' al la antaŭa romano. Por ambaŭ libroj ŝi uzis la aŭtoran nomon Willi Singer, sed la eldonejo malkaŝis al la publiko ke temas pri la sama persono kiel la pseŭdonimo 'Bubo', kiu estas sufiĉe konata en ŝia lando pro sprite trafaj gazetartikoloj pri diversaj aktualaj temoj.

Ĉi-foje mi decidis resti dumnokte. Mi telefonis al Franz por sciigi tion, ne imagante ke li reagos tre negative. Unue li tute silentiĝis dum kelka tempo. Poste li komencis riproĉadmoni min.

"Tio estas malbona ideo, Louise. Vi devas kompreni ke homoj interpretus tion tre kondamne, se ili ekscius. Vi jam estas edzino kaj devas pasigi la nokton en via hejmo."

"Kiaj homoj? Se vi kondamnas min, bonvolu diri tion sincere kaj ne kaŝiĝu malantaŭ iaj 'homoj'. Mi rigardas *Vilaon Elise* kiel mian duan hejmon, kaj post cent noktoj en via apartamento mi jam rajtas dormi ĉi tie. Mi ne estas servutulo."

"Kial vi diras 'via apartamento'? Ĝi estas nia komuna! Kompreneble vi povas gasti en Nussdorf dumtage, sed nokte ne. Tion vi certe komprenas."

"Franz, ĉu vi pensas ke nokte okazos io, kio ne povas okazi tage?"

"Louise, klopodu resti deca. Mi petas vin pripensi, kion vi diras, por ke oni ne kondamnu vin."

"Kiu estas tiu 'oni', se ne vi?"

"Mi aŭdas ke ne eblas paroli kun vi. Evidente tio estas influo de la danino, kaj tio estas plia motivo por reveni hejmen."

"Mi ja revenos morgaŭ, Franz. Kaj mi telefonis ne por peti vian permeson, sed por rakonti al vi ke mi tranoktos ĉi tie, por ke vi ne estu maltrankvila. Do bonan nokton kaj ĝis morgaŭ."

Li denove restis senvorta dum kelka tempo kaj poste diris al mi "ĝis revido" en tre malvarma tono.

Sume Franz denove elrevigis min per alia konduto ol mi atendis, kaj ankaŭ alia ol ni interkonsentis antaŭ la geedziĝo. Fakte mi ne povis memori precize kion ni tiam diris pri la noktoj. Eble ni forgesis paroli pri ili, kaj mi nur supozis ke mi mem decidos, kie mi dormos. Ĉiuokaze mi estis tute certa ke mi neniam promesis pasigi ĉiujn noktojn en *Karl-Marx-Hof*.

Mi ne volis plendi al Willi, sed ŝi rimarkis mian elreviĝon, do mi devis klarigi la aferon. Ŝi tamen prenis ĝin ne tre serioze.

"Nu, laŭdire estas jam ofta sperto ke viro antaŭ kaj post la edziĝo similas al doktoro Jekyll kaj sinjoro Hyde", ŝi diris kun seka ironio.

Vespere en la sekva tago Franz kaj mi revidis nin, kaj ankaŭ tiam li komence estis silentema. Mi atendis pluajn admonojn kaj estis sufiĉe kontenta, ke li preskaŭ nenion diris. Poste, kiam ni enlitiĝis, li volis "dormi kun mi", kiel li diris, aŭ alivorte "kopuli", laŭ la esprimo de Willi. Mi sincere ne volis tion, sed ĉar mi jam de kelka tempo prokrastis la aferon, kaj pro la pasinta nokto kun Willi, mi ne trovis eble rifuzi lin. Kaj ĉi-foje li tute ne estis tiel milda kaj tenera kiel antaŭe, sed bruska, preskaŭ feroca. Tion mi antaŭe ne spertis kaj tute ne ŝatis, sed denove mi decidis toleri tion. Vere mi ja ne sciis, kio estas normala konduto de viro. Do mi restis pasiva, memorante la aserton de Willi, laŭ kiu la viroj preferas virinon tia. Bonŝance li sufiĉe rapide estis preta, kaj mi baldaŭ povis endormiĝi.

Matene mi restis enlite, kiam Franz iris labori. Ĝis tiam mi ne malbonfartis pro la gravedeco, nek pro matena naŭzo, nek pro aliaj problemoj, sed nun mi tute ne fartis bone. Mi sentis obtuzan doloron kaj malagrablajn kuntiriĝojn en la ventro. Kaj kiam mi ellitiĝis por viziti la necesejon, mi malkovris ke mi sangas.

La doloro kaj la sangado daŭris dum la tago. Vespere Franz akompanis min al kuracisto, kiu konstatis ke mi spertas aborton.

Mi pasigis du tagojn enlite, dum Franz laŭ kapablo flegis min. Komence li estis tre kompleza kaj ŝajne tre timis inciti min. Vespere en la dua tago lia komplezemo elĉerpiĝis.

"Kiel vi fartas?" li demandis. "Ĉu jam iomete pli bone?"

"Mi estas tre laca. Eble morgaŭ mi provos ellitiĝi."

"Bone. Sendube vi nun komprenas ke estas plej sekure resti hejme dumnokte", li diris kun stranga mieno, kiun mi ne kapablis interpreti.

Mi konsterniĝis.

"Kion vi volas diri?"

"Ĉu ne evidente? Estonte vi ne dormu aliloke ol ĉi tie. Precipe se vi denove gravediĝos."

Mi gapis al li por malkovri, ĉu temas pri stulta provo ŝerci, sed kompreneble mi sciis ke ne. Li entute tre malofte ŝercis, do kial li farus tion nun? Ne estis okazo por ŝercoj. Anstataŭe mi sentis grandan koleron ekfermenti en mi.

"Ĉu vi aludas ke Willi kaŭzis al mi la aborton? Kiel tio eblus?"

"Mi ne scias, sed evidente ŝi havas malbonan influon al vi. Post unu nokto tie, vi perdis la idon."

Ĉi tio ja estis absurda, mi pensis. Estis absurde pensi tiel, sed eĉ pli absurde eldiri tion.

"Vi mismemoras", mi diris tiel kviete kiel mi kapablis, kvankam mi tremis pro indigno. "Mi perdis ĝin post unu nokto kun vi, kiam vi pli-malpli perfortis min. Kiel vi efektive imagas ke Willi farus tion? Ŝi ne havas tian ilon, per kiu vi mortbatis la feton."

Li rigardis min terurite. Fakte mi diris pli multe ol mi intencis, sed tio okazis pro lia abomena provo kulpigi Willi-n pri la afero. Li meritis ĉiun vorton, kiun mi diris. Mi pretis repreni neniun el ili. Do mi faris spitan mienon kaj okulfiksis lin el mia pozicio en la lito.

"Louise, evidente vi ankoraŭ ne resaniĝis. Sed mi petas vin neniam paroli tiel maldece. Tio simple ne estas akceptebla. Kaj mi opinias ke vi tute ne renkontu tiun virinon, almenaŭ dum kelka tempo. Mi ne volas ke ŝi plu delogu vin."

"Neniu delogis min. Eĉ vi ne. Mi mem decidis pri ĉio. Ankaŭ pri ĉiuj eraroj, kaj mi komencas kompreni ke ĉi tio estis la plej granda eraro de mia vivo. Kaj cetere ŝia nomo estas 'Willi', ne 'tiu virino', nek 'la danino'."

"Willi, ĉu? Tio ja ne estas nomo de virino. Almenaŭ ne de normala virino."

"Ĉu ne? Do kial vi ne elektis edziĝi al normala virino?"

Mi kuŝis enlite, en la senfenestra alkovo, kiu funkciis kiel dormoĉambro. Li staris en la senporda aperturo inter tiu alkovo kaj la ĉambro. Li tretis surloke, kvazaŭ ne sciante, ĉu antaŭeniri al mi aŭ foriri de mi.

"Louise, mi petas vin, ne diru ion, kion vi bedaŭros. Prefere ni ĉesu paroli pri ĉi tio. Estis malbona ideo jam nun ekparoli pri ĝi. Ripozu, kaj eble morgaŭ vi estos pli ekvilibra."

Mi rigardis lin kaj tute ne komprenis, kio okazis. Kien malaperis mia bona amiko Franz, kiu respektis min kaj admiris miajn artaĵojn, kiu ŝatis diskuti kun mi pri ĉiuj temoj? Kien malaperis la homo, kun kiu mi sentis egalecon, kaj kiun mi antaŭvidis kiel bonan patron de mia infano? Ĉi tiu nova viro estis nekonato, fremdulo. Kiel li povis tiel draste ŝanĝiĝi? Aŭ ĉu mi antaŭe tute misjuĝis lin?

Nenion plu dirante, mi turnis min al la muro, for de li, kvazaŭ por dormi. Sed efektive mi dumlonge ne povis endormiĝi. La pensoj kaj rimorsoj rondiris karusele en mia kapo, kaj mi ne povis eskapi de la ideo ke mi tute fuŝis mian vivon, edziniĝante al tiu viro.

En la sekva tago, kiam Franz estis en sia laborejo, mi telefonis al Willi. Mi mallonge rakontis, kio okazis kaj kiel mi nun konceptas mian situacion. Post duonhoro ŝi alvenis per la aŭtomobilo. Mi kolektis miajn plej gravajn aferojn, lasis koncizan noton al Franz, paŝis el la apartamento ĉe ŝia brako kaj sidiĝis apud ŝin en la aŭto. Ŝi veturigis tre mole kaj malrapide al Nussdorf kaj *Vilao Elise.*

Poste dum horoj ŝi kuŝis ĉirkaŭtenante min en nia lito, parolante jen pri etaĵoj, jen pri tio, kio okazis al mi – kaj al ŝi, antaŭlonge.

"Klopodu trankviliĝi, Louise. Kaj antaŭ ĉio, ne kulpigu vin mem."

Mi premis min pli proksimen al ŝi kaj ekparolis mallaŭte en ŝian orelon.

"Ĉu vi pensas ke lia kruda maniero penetri min fakte kaŭzis la aborton?"

"Ne eblas scii. Ĉiuokaze li kondutis netolereble. Esence li seksperfortis vin."

"Ne, tio ne estas vera, kvankam mi diris tiel al li. Sed mi ja konsentis kuŝi kun li. Kaj li ĉiuokaze estas mia edzo. Mi jesis al li en la Urbodomo."

"Vi tamen neniam konsentis al li perforti vin. Sed klopodu forgesi lin por la momento. Vi devas ripozi kaj resaniĝi, refortiĝi."

"Jes. Mi ŝatus resti ĉi tie. Ĉu en ordo?"

"Kompreneble."

Dum kelka tempo ni silentis unu apud la alia. Poste ŝi rekomencis paroli.

"Louise, ĉu vi memoras mian vojaĝon al la hungara pusto antaŭ kvar jaroj?"

"Certe. Sed vi neniam klarigis, kio okazis."

"Ĝis nun mi ne volis rakonti. Eĉ nun mi dubas, ĉu indas ŝarĝi vin per tio, kiam vi mem spertis malfacilan travivaĵon."

Mi levis la kapon de la kuseno kaj rigardis ŝin. Ŝi mienis iel melankolie, aŭ eĉ amare.

"Mi ŝatus aŭskulti", mi diris, premante ŝian manon.

"Bone. Mi provos. Do, mi jam pasigis tie kelkajn tagojn. Poste mi per iom da penado sukcesis viziti aron da paŝtistoj kun bovoj, ĉevaloj kaj ŝafoj meze de la vasta stepo. Oni gvidis min tien piede el la plej proksima vilaĝo. Mi studis kaj fotografis ilian laboradon kaj provis interkompreniĝi kun ili sen komuna lingvo. Unue ĉio pasis tre bone. Sed poste alrajdis du militistoj, aŭ eble iaj ĝendarmoj; mi neniam eksciis ilian precizan funkcion. Unu el ili parolis tre bone la germanan kaj komence kondutis tre ĝentile. Li volis savi min de danĝero. Laŭ li, mi ne povis resti tie, ĉar kiel sola virino mi riskis esti mortigita. Nu, mi ne kredis lin kaj ne volis foriri, sed li ne cedis. Li ne permesis al mi resti sed sidigis min rajde antaŭ li sur lian ĉevalon, kaj tiel ni senurĝe rajdis for tra la senarba tereno. Unue mi koleris, sed poste mi trovis tion romantika aventuro, kiu kontribuos al mia artikolo. Impresis min la fortikaj ĉevaloj kaj la elegantaj uniformoj. Surĉevale li plu kondutis ĝentile, sed vespere, kiam ni haltis por bivaki ĉe baskulputo meze de nenio, li ŝanĝis sintenon. Ĉar ili savis mian vivon, mi nun ŝuldis konsenti al ili etan favoron. Mi rifuzis. Li klarigis ke mi ne havas elekton. Li interparolis hungare kun la alia, kiu kaptis kaj fikstenis min, dum la unua komencis detiri mian veston. Mi ekpensis pri liaj vortoj, ke mi riskas esti mortigita.

Eble ili murdos min kaj poste kulpigos pri tio la paŝtistojn, mi pensis. Do mi decidis konsenti la deziratan favoron, unue al li, poste al lia kolego. Unuafoje ili ambaŭ estis rapidaj kaj ne tro bruskaj. Duafoje ili bezonis pli da tempo kaj agis pli feroce. Kiam li provis triafoje sed ne sukcesis, mi preskaŭ delire petis lin atendi ĝis morgaŭ, kiam estos pli bone. Tiam li provizore lasis min en paco kaj anstataŭe dividis kun la alia viro botelon da ia alkoholaĵo. Mi endormiĝis kvazaŭ en febra kapturno kaj revekiĝis nokte. Regis absoluta mallumo. La aero estis varma kaj humida. Ili ambaŭ dormis ronkante. Kuŝinte senmova dum kelka tempo, mi sukcesis je la minimuma lumo de lunarko kaj steloj palpe trovi kelkajn el miaj vestaĵoj kaj trinki iomete da akvo ĉe la puto. Mian sakon kun posedaĵoj mi ne retrovis; eble iu el ili kaŝis ĝin sub siaj aferoj. Mia pasporto kuŝis enpoŝe; jen la plej grava afero. La ĉevalojn mi ne kuraĝis tuŝi, do mi paŝis for piedpalpe tra la mallumo en nekonata direkto. La steloj ja povus helpi min orientiĝi, sed mi estas urbano, kiu ne konas ilin. Kiam tagiĝis, mi ekvidis tri pinojn, kie mi kaŝis min por la okazo ke la du militistoj rajdos miadirekte, sed bonŝance mi neniam plu revidis ilin. Posttagmeze mi atingis bienon kaj ricevis helpon reiri al la urbo Debrecen. Jen mia romantika sperto sur la pusto!"

Ŝi silentiĝis. Mi ne kuraĝis rigardi ŝian vizaĝon defronte sed brakumis ŝin kaj kisis ŝian vangon.

"Mi bedaŭras ke vi antaŭe ne povis rakonti tion", mi diris. "Sed bone ke vi nun diris al mi, kio okazis."

"Fakte mi aludis duonon al Johnny. Li ne estas tiel sentema kiel vi, do mi pensis ke mi devas diri ion al li. Sed ĉi tiel detale mi rakontis al neniu. Nun diru al mi, Louise, ĉu tio estis seksperfortoj?"

"Kompreneble jes! Kiel vi povas dubi?"

"Mi ja akceptis tion."

"Por savi la vivon! Ne vi kulpas, sed ili. Tio estas evidenta."

"La polico ne konsentus."

"La polico ja estas tiuj krimuloj! Aŭ se ili estis militistoj."

"Nu, kio ajn ili estis, ili ĉiuokaze konsideris sia rajto laŭplaĉe uzi solan virinon, kiun ili trovis sur la ebenaĵo."

Mi povis nenion respondi al tio, krom eble ke Franz ne trovis min sur ebenaĵo, sed tio ja estus sensenca. Do mi silentis. Ŝi rigardis min senvorte dum kelka tempo. Poste ŝi prenis mian dekstran manon inter ambaŭ siaj. Ŝi karesis mian nudan ringofingron sed diris nenion.

"Mi lasis la ringon en la apartamento", mi klarigis. "Kiam mi estas ĉi tie, mi ne sentas min edzino."

"Ĉu ne? Miaflanke mi sentas ke vi estas mia edzino."

Mi ridis, rigardis en ŝiajn helbrunajn okulojn kaj plu ridis. Willi vere povis diri la plej absurdajn aferojn, kvazaŭ ili estus tute naturaj.

Mi restis ĉe Willi kaj Johnny dum la tuta julio. Franz telefonis post tri tagoj, sed mi ankoraŭ ne estis preta paroli kun li. Anstataŭe Willi donis al li vipan draŝadon, kiun mi subaŭskultis kun mikso de teruro kaj volupto. Interalie mi komprenis ke ili ambaŭ minacas unu la alian per denunco al la polico - pro kio, mi ne povis aŭdi. Ĉe la fino mi aŭdis ŝin diri ke li ne meritas ian ajn edzinon, ĉar li havas la saman manieron trakti virinon kiel la nazioj, kio eble estis iom tro ofenda akuzo, sed tiumomente mi sentis ke li ricevas laŭmerite.

Kelkajn tagojn post tio mi mem telefonis al li kaj klopodis paroli sobre kaj aferece.

"Mi promesas renkonti vin por diskuti, kiel fari pri la geedzeco, sed ankoraŭ estas tro frue", mi diris.

"Almenaŭ diru, kion mi faris!"

"Kiel mi diris, mi ne pretas paroli pri tio. Kion vi faris, vi devus mem scii. Sed kiam mi estos preta, mi kontaktos vin."

"Ni povus almenaŭ renkontiĝi ie, se vi ne volas reveni hejmen."

"Mi telefonos, kiam tio eblos al mi."

Post tio la tagoj pasis por mi en stranga sento, kvazaŭ ĉio reirus al la iama situacio, kaj samtempe ĉio estis ŝanĝita kaj malklara. Willi plu klopodis por trovi eldonanton de ŝia germana manuskripto, sed ĝis nun vane, kaj ŝi komencis malesperi pri ĝi. En unu tago ni rikoltis niajn abrikotojn kaj poste kuiris sufiĉe da marmelado por cent Sacher-tortoj. Unufoje ni ekskursis aŭtomobile sur la altaĵojn de Viena Arbaro, kaj mi preskaŭ sentis tion kiel la unuan fojon antaŭ ses jaroj. Tamen nenio ja estis sama, kaj mi ne sukcesis plene ĝui la veturadon per la verda diablino de Johnny, des pli ĉar ne plu eblis tute fidi ĝiajn bremsojn. Ankaŭ Willi ne restis tute la sama. Iel ŝi ŝajnis al mi duone forestanta, almenaŭ dum parto de la tempo. Ĉu ŝi bedaŭris ke ŝi rakontis al mi tion, kio okazis al ŝi en Hungario? Mi ne povis demandi pri tio, kaj ĉiuokaze ŝi eble neniam agnoskus tian bedaŭron.

"Pri kio vi pensas?" mi foje demandis.

Ŝi ridetis evite.

"Pri nenio. Aŭ... Nu, mi pensas ke mankas al mi temo de nova libro."

"Ĉu vi do decidis esti verkisto de romanoj kaj ne plu ĵurnalisto?"

"La danaj gazetoj pli kaj pli perdas la intereson pri alilandaj aferoj, se temas pri arto kaj kulturo. Kaj la hamburga ĵurnalo ne plu akceptas kontribuaĵojn de mi, eble pro la nomo Singer."

"Ĉu vi ne povus subskribi per Weininger?"

"Certe, sed por la redaktoro mi ĉiuokaze restus la dana judino, kvankam dank' al mia panjo mi estas tute bonorde baptita de luterana pastro kun krispo ĉirkaŭ la kolo."

Do ne nur por mi sed ankaŭ por ŝi la profesia estonteco estis necerta. Ĝenerale la ekonomia krizo kun depresio ne nur plu daŭris sed eĉ profundiĝis. En Germanio la senlaboreco jam atingis tridek procentojn. Ĉi-lande ankoraŭ ne estis same grave, sed oni ne antaŭvidis pliboniĝon.

Kaj en Germanio okazis nova parlamenta elekto. Denove la nazioj kreskis kaj nun fariĝis la plej granda partio. La socialdemokratoj iom malkreskis, la komunistoj kreskis kaj la multaj konservativaj partioj perdis pli da voĉoj al la nazioj. Post tiu elektorezulto estis neeble trovi regipovan koalicion, kaj fine la junkro Franz von Papen fondis registaron el senpartiaj sed konservativaj nobeloj, kiu do regis sen parlamenta bazo.

Tiuj novaĵoj kompreneble memorigis al mi ke mi iam ŝatis paroli kun Franz pri politikaj aferoj. Kaj krome mi rekomencis pensi pri infano. Eĉ se mi perdis la unuan feton, tio kredeble ne signifis ke la afero estas definitive senŝanca. Se mi povus rekonstrui la iaman rilaton kun Franz, aŭ trovi novan interkonsenton, ankoraŭ restis eblo iam fariĝi patrino. Sed kiam mi memoris la aborton kaj lian tiaman konduton, inkluzive de liaj vortoj pri Willi, mi ne havis grandan esperon pri nia geedzeco.

Unufoje mi faris klopodon diskuti tiujn aferojn kun Willi, sed ŝi tre malvarme forregalis min.

"Ne atendu ke mi flikos vian rilaton al Franz. Tion mi nek povas nek volas fari."

Kompreneble mi devus paroli kun Franz por atingi ian decidon pri la estonteco, sed mi plu prokrastis tion pro forta antaŭsento ke tiu interparolo estos same malagrabla kaj animskua kiel nia kverelo post la aborto. Fine mi tamen telefonis al li.

Ĉi-foje li parolis en tre mola tono kaj preskaŭ tuj komencis pardonpeti pro sia antaŭa konduto.

"Mi ege bedaŭras, Louise. Fakte mi ne scias, kial mi reagis tiel. Mi povas nur peti vin pardoni min."

Lia sinteno surprizis min, sed mi ne sciis, ĉu fidi tiun novan version de Franz.

"Estus bone, se ni povus renkontiĝi", mi diris. "Por almenaŭ sperti, ĉu ni kapablas interparoli pace."

"Certe! Mi ĝojas ke vi volas tion. Tuj kiam vi revenos hejmen, ni priparolos ĉion funde, ĉu ne?"

"Ne. Ne en la apartamento, nek ĉi tie. Mi proponas renkontiĝi en kafejo, kie aliaj homoj ĉirkaŭas."

Li aŭdeble elreviĝis, aŭdante tiun proponon, sed fine ni interkonsentis tagmanĝi kune en nia malnova gastejo ĉe Bauernfeldplatz. Tio estis lia ideo. Mi preferus restoracion kun malpli da emocia ŝarĝo, sed mi ne volis rifuzi. Eble ĝi fakte estos bonaŭgura loko.

Mi zorge pripensis antaŭe, kion mi diros, kaj pri kio mi pretos interkonsenti. Mi ja ŝatus ankaŭ diskuti tion kun Willi, sed mi komprenis ke tio ne eblas. Kaj finfine mi ne povus antaŭvidi, kiel evoluos la afero, ĉar tio dependos ankaŭ de Franz.

Li daŭre konservis la mildan tonon kaj ripetis siajn pardonpetojn, kiujn mi tamen ne komentis, des pli ĉar li ne precizigis, kion li vere bedaŭras.

"Mi pretas fari novan provon", mi diris. "Sed mi ne volas konstante restadi ĉe vi en *Karl-Marx-Hof.* Mi ne volas denove senti ke mi estas enfermita tie. Mi tranoktos en *Vilao Elise,* kiam mi volos, kaj mi denove laboros en mia ateliero."

"Certe. Mi neniam volis malhelpi al vi skulpti. Mi nur timis ke tio estos tro peza por vi."

"Kaj mi ne plu akceptos ke vi diros ofendojn pri Willi."

"Bone, mi pardonpetas pro tio. Sendube ni ambaŭ diris aferojn ne funde pripensitajn. Ni ambaŭ estis malfeliĉaj pro la perdita ido, ĉu ne?"

"Kaj..." mi rigardis ĉirkaŭ mi. "Mi petas atendi iomete pri intimaĵoj. Ni unue esploru, ĉu ni povas interrilati en civilizita maniero."

"Certe. Mi ja ne kutimas altrudi min."

Do ni interkonsentis ke post kelkaj tagoj mi venos al li en la apartamento, sed ke ni provizore rigardu tion kiel viziton. Kiam ni disiĝis post la manĝo, mi estis sufiĉe kontenta, kaj revenante al *Vilao Elise* mi sentis pli bonan humoron ol delonge. Willi male mienis tre vinagre kaj vagadis tien-reen tra la ĉambroj, de temp' al tempo sendante al mi sufiĉe korodajn rigardojn. Mi komprenis ke ŝi ne volas aŭdi ion pri Franz, do mi klopodis trovi aliajn temojn, sed ŝi pli-malpli ignoris ĉion, kion mi diris.

"Ĉu okazis io malbona?" mi fine demandis.

"Mi ne scias. Ĉu al vi?"

"Tute ne, sed vi ŝajnas malkontenta."

"Mi nek kontentas nek malkontentas. Mi simple atendas vian sciigon, ĉu mi denove dividu vin kun Franz aŭ ne."

Mi pripensis, kion diri. Evidente mi eraris, pensante ke mi domaĝas ŝin, kiam mi ne raportas pri mia renkontiĝo kun Franz. Do nun mi provis tamen rakonti, kion ni decidis, sed mi rimarkis ke fakte troviĝas sufiĉe malmulte por raporti. Estis strange ke parolante kun li, mi sentis ke ni interkonsentas, sed poste mi ne plu certis pri kio.

"Mi bedaŭras, Willi, sed mi simple ne scias, kio okazos. Ni renkontiĝos denove, sed kiel kaj kiom, dependos de tio, kiel mi akordiĝos kun li."

"Alivorte ĉio restas same nebula kiel antaŭe, kaj vi supozas ke mi akceptos tion senproteste."

Mi rigardis ŝin kaj skuis la kapon. Kion fari? Mi komencis kompreni ke la situacio turmentas ŝin netolereble, sed mi simple ne kapablis malligi la nodon.

"Mi ne povas disduigi min", mi diris.

"Eĉ se vi povus, duono ne sufiĉas al mi."

Dum la aŭtuno mi do pasigis pli kaj pli da tempo kun Franz, kvankam mi plu pasigis multajn noktojn kun Willi. Estis vere stranga situacio; tamen mi tute ne sentis ke mi disduiĝas aŭ suferas pro ia skizofrenio. La du rilatoj estis ege malsamaj, kaj miaj sentoj por Franz tute ne similis tiujn por Willi. Sed evidente la situacio estis pli malfacila por ili. Mi kelkfoje rimarkis ke Franz devas ŝlosi siajn lipojn por ne diri ion, kio eble provokus novan malpaciĝon inter ni.

Willi, aliflanke, estis longe for de sia iama babilema memo - ĉiuokaze kun mi. Kun Johnny kaj liaj amikoj ŝi plu ŝajnis al mi pli facilmensa kaj gaja. Mi demandis min, kian negativan influon mi faras al homoj, sed evidente la kialo estis mia duobla ludo. Mi do konsciis mian kulpon sed ne povis eviti ĝin.

Kompreneble, dum la tagoj Franz laboris en sia oficejo kaj mi en mia ateliero; tamen, dum li perlaboris sufiĉe bonan salajron, mi nur malofte enspezis ion. Mi jam komencis antaŭvidi la finon de mia ŝparita mono, kaj tio estis plua motivo por ripari la geedzecon, se eble. Ne pro tio ke mi vere volus vivi je lia kosto, sed la estonteco por mia arto estis necerta, kaj mi eĉ timis ne povi konservi la atelieron.

La kvarteto de mia patro reduktiĝis al triteto, ĉar unu el la maljunaj muzikistoj, la klarnetisto, grave malsaniĝis pro kancero.

Ili plu ricevis okazajn taskojn, kvankam pli kaj pli ofte oni rifuzis ilin, ĉar ili ĉiuj estis judoj. Patro ŝerce proponis ke ili nomu sin 'La arja trio' por ekhavi pli da laboro, sed tio estis pli multe sarkasmo ol gaja ŝerco. Cetere ankaŭ Patrino plu laboris, instruante al kelkaj lernantoj skalojn, akordojn kaj en plej bona okazo etudojn de Chopin aŭ la 'Por infanoj' de Bartók. Ŝi havis nur judajn klientojn, tamen eble ne pro antisemitismo, sed simple ĉar ŝi varbis ilin inter la proksimaj loĝantoj de 'Maco-insulo'.

En la komenco de novembro mi dum kelkaj tagoj kredis denove esti graveda, sed baldaŭ alvenis malkonfirma mesaĝo en ruĝo sur blanko. Kaj en la sama monato la germanoj denove iris al la balotujoj – kvankam iom malpli amase ol en julio. Mi bone komprenis, se ili tediĝis de la politiko. En septembro la senpartia registaro de von Papen devis dissolvi la parlamenton kaj proklami novan elekton, ĉar la komunistoj kaj nazioj minacis voĉdoni por malkonfido, per kio oni renversus la registaron. Oni diris ke jam en julio la Centra partio proponis al Adolf Hitler, la gvidanto de la germanaj nazioj, fariĝi vickanceliero de koalicia registaro, sed ke li rifuzis akcepti ion ajn krom la plena potenco.

Nun en novembro la nazioj unuafoje iom malkreskis sed restis la plej granda partio. Malgraŭ tiu malkresko la kanceliero von Papen kaj la ŝtatprezidanto von Hindenburg, kiu lastatempe regis plejparte per dekretoj, kiam la registaro malhavis parlamentan bazon, komencis intertrakti kun la nazioj por fondi konservativan koalicion.

Samtempe mi legis en ĵurnaloj ke en Usono la ekonomia krizo influis la politikon en tute alia maniero ol en Aŭstrio kaj Germanio. La elekton de ŝtatprezidanto gajnis la demokrato Roosevelt, kiu promesis ampleksajn ŝtatajn subvenciojn, ekonomiajn garantiojn kaj publikajn laborojn por venki la teruran depresion, kiu senlaborigis kaj malriĉigis milionojn da homoj, paralizante la tutan landon. La konservativuloj kriaĉis pri 'socialismo', sed evidente la popolo jam laciĝis de la neagemo de prezidanto Hoover kaj esperis novan politikon de nova gvidanto.

Kaj kun tiuj tre variaj novaĵoj alproksimiĝis la jarfinaj festoj. Willi pasigos ilin en Danlando; mi plejparte en *Karl-Marx-Hof*. Mi ne povis nei ke mi atendas tion kun ambivalenco.

1933
Batalhalto

La jarfinaj festoj pasis kun milda vetero kaj pluvado, sed meze de januaro la temperaturo iom malaltiĝis, kaj la pluvo transiris en neĝadon, kio alportis pli helan etoson en la vintra mallumo – almenaŭ por ni, kiuj loĝis en hejtataj domoj. Ĝuste tiam Willi revenis al Vieno post sia vizito ĉe la familio en Danlando, sufiĉe kontenta pri la kunestado tie, sed tute ne pri la vojaĝo tien kaj reen.

"Mi preferus se ekzistus alia vojo, kiu ne kondukus tra Germanio. Tiuj brunĉemizaj bandoj molestas homojn en la stacidomoj kaj iufoje eĉ en la trajnoj, kaj evidente neniu kuraĝas haltigi ilin."

Mi alvenis post alvoko de Johnny por bonvenigi ŝin hejmen. Nun mi observis ŝin maltrankvile. Ĉu denove ŝi spertis ion kruelan, kion ŝi kaŝas ene de si?

"Ĉu ili fakte atakis vin?" mi demandis.

"Neniu tuŝis min, sed ege ĝenis min rigardi ilian arogantan pavadon. Mi vidis ilin forpeli kaj eĉ bati nedeziratajn homojn en la stacidomoj de Hamburgo kaj Munkeno. Ili establas sian ordon per teroro kaj krome postulas ke ĉiuj homoj respektu ilian fian bandon."

Mi klopodis redoni al ŝi pli bonan humoron per flegado kaj karesoj, sed ne eblis al mi proksimiĝi al ŝia memo. Ŝi starigis nevideblan ekranon, malantaŭ kiu ŝi kaŝis sin.

Kaj baldaŭ montriĝis ke oni tute ne haltigos tiun brunan armeon de malamo. Kun triono de la parlamentanoj la nazioj estis la plej granda partio de la germana parlamento, tamen longe for de plimulto. Malgraŭ tio Hitler nun estis nomita kanceliero, ĉar la konservativaj kaj liberalaj partioj preferis lin antaŭ la maldekstro. La plej granda el tiuj partioj estis la Centro. Ĝi konsideris sin liberala kaj kristana partio kaj reprezentis katolikojn, interalie tiujn de Rejnlando en la okcidenta parto de la regno, kiu laŭ mia patro estis la plej progresema regiono de Germanio. Ankoraŭ en la antaŭa jaro tiuj liberaluloj firme kontraŭstaris la naziojn. Nun ili tamen preferis la gvidanton de bruna teroro antaŭ la socialdemokratoj.

Do kun tia liberala subteno Hitler kaj liaj nazioj fondis registaron kune kun eta konservativa partio. Li proklamis novan parlamentan elekton en marto, la trian en ok monatoj, kaj prepare al tiu provo gajni plimulton la nova reĝimo komencis severe persekuti la komunistojn, la socialdemokratojn kaj la sindikatojn. Kaj tiam, en la fino de februaro, brulis la berlina parlamentejo. La nazioj tuj akuzis la komunistojn pro tiu atenco, kvankam ŝajnis pli kredinde ke ili mem kulpis pri la ekbruligo. Malgraŭ arestoj, malpermesoj kaj amasa molestado, la maldekstro nur iom malkreskis en la marta elekto. La nazioj ja kreskis sed daŭre ne atingis la celitan plimulton. Dank' al persekutoj, minacoj, arestado de ĉiuj komunistaj parlamentanoj kaj rekta rompado de la konstitucio, la nazioj malgraŭ tio igis la restantan parlamenton akcepti leĝon, per kiu ĝi nuligis sin mem, finis la demokratan sistemon kaj transformis Hitleron en diktatoron.

Jam kelkajn semajnojn pli frue nia kanceliero Dollfuß realigis ion similan en pli diskreta aŭstra formo. Li fermis la federacian parlamenton kaj komencis regadon per dekretoj helpe de la ŝtatprezidanto Miklas. La socialdemokrata opozicio protestis, sed vane. Evidente li estis inspirita de la faŝistoj en Italio, kie Mussolini regis jam de dek jaroj. Liaj agoj estis vere paradoksaj: por kontraŭstari al la eksterparlamentaj nazioj, li abolis la parlamenton, kaj por venki la demokratan opozicion, li nuligis la demokration.

Meze de ĉi tiuj politikaj dramoj mi trovis min denove graveda. Ĉi-foje mi ne kuraĝis ĝoji sed subpremis ĉiujn sentojn kaj esperojn, simple atendante, kiel evoluos la afero. Mi prokrastis sufiĉe longe, antaŭ ol sciigi mian staton al Franz, sed konsultinte kuraciston, kiu konfirmis mian gravedecon, mi informis lin.

"Bone", li diris. "Mi tre ĝojas. Sed ĉi-foje vi estu pli singarda. Faru nenion, kio povus alporti danĝeron."

Mi ne volis memorigi lin, nek min mem, pri la antaŭa fojo, do mi nenion respondis al tio. Fakte mi jam demandis la kuraciston, ĉu la antaŭa malsukceso iel signifas pli grandan riskon de nova aborto.

"Ne pro tio", li respondis. "La risko de spontana aborto ja iom kreskas kun pli alta aĝo de la virino, sed tio ne maltrankviligu vin, sinjorino. Vi estas sana kaj forta, do plej probable ĉio prosperos al vi."

Post kiam mi revenis al Franz en la pasinta aŭtuno, ni vivis pli multe paralele ol vere kune. Ni ambaŭ zorge klopodis por ne inciti unu la alian. Mi trovis tion sufiĉe malnatura; regis batalhalto anstataŭ vera interpaciĝo. Tamen mi preferis tiun nepersone ĝentilan apudvivadon, antaŭ kvereloj kaj spirita vundado.

Vespermanĝon plej ofte preparis mi, krom kiam li forestis en partia kunveno aŭ mi pasigis la vesperon en *Vilao Elise*, kaj manĝante ni konversaciis iomete kiel iaj komercaj negocantoj aŭ diplomatiaj intertraktantoj. Fakte tio estis stranga geedza vivo, sed jen eble la plej bona solvo por eviti novan disrompon. Kelkfoje ŝajnis al mi ke ni havis pli proksiman interrilaton en la tempo, kiam ni estis nur geamikoj, ol nun kiel geedzoj.

Ankaŭ nia kuna seksa vivo estis relative malintensa. Franz malofte iniciatis ion sed atendis ke mi montru intereson, kaj tion mi faris ĉefe en la tagoj, kiam mi supozis ke fekundiĝo estas plej probabla. Evidente tiu strategio nun pruviĝis efika. Kaj ĉar mi jam estis graveda, mi ne vidis fortan motivon por pliaj intimaĵoj. Eble mi superstiĉe timis ke tio denove estus fatala por la nova vivulo.

Al Willi mi ankoraŭ diris nenion pri mia stato, kvankam mi vizitis ŝin sufiĉe ofte. De kelka tempo ŝi tamen ne plu petis min resti dumnokte, kaj meze de aprilo mi malkovris la supozeblan kialon de tio. Inter la 'secesia' amikaro de Johnny lastatempe aperis juna kolegino de Willi, Dorothea Baumgartner, karesnome Dora. Ŝi estis proksimume dudekkvinjara fraŭlino el Graz, nealta, rondeta kaj brunhara kun rozaj vangoj kaj grandaj senkulpaj okuloj, kiu transloĝiĝis al sia onklino en Vieno kaj ekhavis laboron ĉe la granda ĵurnalo *Neue Freie Presse*. Laŭdire ŝi verkis plej multe pri modo kaj mondumo, kaj eble pro tio ŝi konatiĝis kun Johnny, kvankam li ne plu estis tia eleganta dando kiel iam. Ĉiuokaze mi baldaŭ rimarkis ke ŝi tre amike rilatas ne nur al li sed ankaŭ al Willi. Fine ŝi eĉ forlasis la hejmon de sia onklino kaj ekloĝis en *Vilao Elise*. Ŝi instalis sin en unu el la apudsalonaj ĉambroj de la supra etaĝo, kaj nur post sufiĉe longa tempo mi komencis suspekti ke ŝi eble ne ĉiam dormas tie.

Dora kaj Willi ofte diskutis profesiajn aferojn. Kompreneble mi tiam sentis min ekskludita kaj superflua gasto, vidante ilin flanko ĉe flanko sur la dupersona sofo de la saloneto, kaj aŭdante la laŭtan ridon de Willi kaj la pli diskrete raŭketan klukadon de Dora. Mi ne atendus ke ili havus tre multe da komunaj interesoj, sed evidente Willi tre aprezis la rakontojn de Dora pri vienaj famuloj kaj anoj de la malpli konata mondumo. Mi demandis min, ĉu la danaj legantoj do ekde nun legos pri amaferoj kaj kvereloj de la aŭstra nobelaro.

Estis strange vidi ilin unu apud la alia - Willi kun siaj mal-longaj haroj, en hejma robo aŭ sia vasta pantalono, kaj Dora kun zorga frizaĵo, perla kolĉeno kaj kloŝforma jupo kun strikta talio, tre konscia pri la lasta modo. Venante de sia laborejo ŝi ĉiam surhavis etan ĉapelon kaj plej ofte peltjakon, eĉ en majo. Kiam mi vidis ŝin unuafoje ŝi eĉ portis mufon kiel ia antaŭmilita nobelino, kaj en unu festo de Johnny mi vidis ŝin porti boaon el vulpo ĉirkaŭ la ŝultroj.

Finfine komprenante ke temas pri amrilato inter ŝi kaj Willi, mi eksentis teruran doloron interne. Unue mi eĉ timis ke mi denove abortas, sed ĉi-foje la turmento sidis pli alte, en la brusto kaj diafragmo. Evidente mi suferis pro ĵaluzo, kaj ĝi tranĉis min senkompate kaj des pli akre, ĉar mi ja tute ne rajtis ĵaluzi pri Willi. Jam de jaro ŝin perfidis mi, do jen kvite kaj pagite. Tiu logiko tamen tute ne helpis kuraci la doloron, kiu daŭre tranĉis min.

Kompreneble ĉio ĉi devus signifi ke mi tenu min for de Willi, for de *Vilao Elise*, for de Nussdorf. Sed tiel tute ne okazis. Mi ne povis resti fore. Kiel nokta papilio mi altiriĝis al lampo kaj kompreneble bruligis al mi la flugilojn fojon post fojo.

Willi cetere ne forpuŝis min, sed ŝi kondutis iel malvarme aŭ neŭtrale. Pli precize: ŝi kvazaŭ ludis kun mi, iomete kiel kato kun kaptita muso. Jen ŝi logis kaj invitis min, proponante kareson, jen ŝi malvarme rifuzis min. Jam de kelka tempo mi tamen alkutimiĝis al tio. Antaŭe ŝia laboro kaptis ŝian ĉefan atenton; nun Dora ludis tiun rolon.

Dora evidente konis nian historion; ŝi rigardis min kun ia mikso de timo kaj triumfo. Tamen mi ne povis malŝati ŝin; eĉ male mi trovis ŝin beleta kaj simpatia kvankam iom naiva, sed eble plej grave posedanta la potencon de juneco kaj freŝeco. Mi ankoraŭ ne bone komprenis, kiom ŝi kaj Willi efektive dividas profesiajn interesojn. Laŭ mia opinio Dora okupiĝis ĉefe pri vantaĵoj, kiuj devus ne gravi al Willi. Sed eble ŝi havis ankaŭ aliajn interesojn pli seriozajn. Aŭ povus esti ke Willi posedas flankon pli leĝeran, kiun mi antaŭe ne konis, aŭ kiun ŝi ne flegis dum la jaroj kun mi, ĉar mi ne kapablis dividi ĝin.

Pro sia laboro Dora de temp' al tempo ĉeestis en diversaj prestiĝaj aranĝoj de la viena mondumo por raporti pri ili. Temis pri baloj, teatro-premieroj kaj diversspecaj festoj. Nun ŝi kelkfoje venigis kun si ankaŭ Willi-n al tiaj okazaĵoj, kiel reprezentanton de la monda gazetaro. Mi neniam eksciis, kiom da artikoloj en danaj ĵurnaloj efektive rezultis el tio, sed evidente mia amikino aprezis kaj ĝuis tiujn festojn en ege pli alta grado ol mi povus imagi antaŭe. Ĉar ni ne plu dormis samloke, mi ne konis la horojn de ekiro kaj reveno de tiuj aranĝoj. Sed en unu dimanĉo, kiam mi tagmeze alvenis al *Vilao Elise*, ili ambaŭ aperis en negliĝoj el nia iama dormoĉambro, hirtaj, kun disŝmirita ŝminko sur la palaj vizaĝoj, paŝante rigide kaj duone somnambule. Willi rigardis min tra malvastegaj okulfendoj.

"Kion vi volas?" ŝi raŭkis kun malfacilo artikulacii. "Ĉu okazis io?"

"Nenio, sed ni interkonsentis renkontiĝi hodiaŭ."

"Ĉu?"

Ŝi falsidiĝis sur seĝon kaj palpe serĉis ion sur la tablo.

"Dora", ŝi vokis per rompiĝema voĉo, "ĉu vi vidas miajn cigaredojn?"

Ankaŭ Dora estis ĵusvekita kaj hirta sed en iomete pli bona stato, kiam ŝi alportis la paketon kaj fajrilon.

"Dankon, kara", knaris Willi.

Ŝi enbuŝigis kaj ekbruligis cigaredon, elblovis fumon kaj denove rigardis min per okuloj nur iomete pli malfermitaj.

"Devas esti miskompreno... Hodiaŭ ne eblas... Mi estas okupata..."

Ĉiu frazo aperis iel izolite kaj ŝajne postulis de ŝi egan fortostreĉon kaj ensuĉon de plia fumo. Mi devis konstati ke mi estas troa kaj povis nur forlasi la domon.

Ĉar mi anoncis al Franz ke mi pasigos la tagon kun Willi, mi ne volis reveni al la apartamento sed iris al mia ateliero. Tie mi tamen ne trovis la necesan forton por tuj eklabori pri io ajn. Mi rondiris tra la pelmelo, kritike rigardante ĉiujn vanajn rezultojn de mia arta kreado dum jaroj. Kelkaj ja estis malsukcesaj el arta vidpunkto, aliaj nur el komerca. Tamen deprimis min vidi tiujn objektojn plenajn de polvo kiel trovaĵoj de arkeologia elfosado en antikva ruinurbo.

Surplanke en angulo de la ateliero staris la gipsa portret-kapo de Willi. Ŝi neniam finis la pozadon por ĝi; tamen ĝi estis preskaŭ preta. Dum kelka tempo mi rigardis ĝin kun tre miksitaj sentoj. Unue mi sentis impulson piedbati ĝin, elĵeti ĝin sur la korton, frakasi ĝin en gipsan gruzon. Sed temis pri objekto, al kiu mi dediĉis sufiĉe multajn horojn da laboro. Ĉu mi male konservu ĝin kiel memoraĵon pri io pasinta, kio neniam revenos? Aŭ ĉu uzi ĝin por memorigi al Willi nian komunan pasintecon?

Mi levis la gipsaĵon sur stablon kaj palpis ĝin permane. La vizaĝo, kiun mi konis pli bone ol mian propran, jam estis finfarita. Mi provis karesi ĝin, sed ĝi neniel memorigis al mi la molon, varmon kaj vivon de la reala modelo. Unu orelo restis iom bula kaj bezonis pluan cizeladon, kaj la samo validis pri la mallonga hararo, kiu aspektis iomete kiel kasko. Mi fermis la okulojn kaj klopodis memori la unuan fojon, kiam mi karesis la vizaĝon de Willi, dum miaj fingroj rekone esploris la etan nazon kaj la grandan buŝon. Tre mole mi tanĝis la okulglobojn, vidante en mi ilian koloron, kiu iam fascinis min. Poste mi prenis cizelilon kaj eklaboris pri la orelo. Ne necesis ŝia pozado por tiu orelo, en kiun mi iam flustris tiom da amaj vortoj.

Mi restis ĝis la malfrua vespero, elirante nur por aĉeti kolbason el stando. Mi memoris ke Willi nomis ĝin viena kolbaso kaj amuziĝis, eksciante ke ĉi tie ĝi estas frankfurta. Poste mi reiris al la ateliero kaj eĉ restis tie dumnokte.

En la sekva tago mi pretigis la hararon de Willi, kaj vespere mi enpakis la kapon kaj portis ĝin trame al Nussdorf.

Willi, Dora kaj Johnny sidis vespermanĝante, kiam mi alvenis. Johnny tuj alportis kvarajn teleron, glason kaj manĝilojn sur la tablon.

"Bonvenon, Louise", li diris amike. "Vi venas ĝustatempe."

"Dankon, sed mi ne restos por manĝi. Mi ja ne avertis vin antaŭe."

"Stultaĵo! Simple sidiĝu. Ĉi tio estas ankaŭ via hejmo, kaj nun ni estas du paroj, ĉu ne?" li ridis kaj verŝis al mi vinon.

"Bone do, mi trinkos gluton da vino, sed mi venis ĉefe por doni ĉi tion al vi, Willi. Pli bone malfrue ol neniam."

Ne estis sufiĉa spaco sur la manĝotablo, do mi metis la pakon sur apudan seĝon.

"Ĉu donaco al mi? Kion ni do celebras?"

"Nenion specifan", mi diris, trinkante la vinon, per kiu Johnny regalis min. "Estas via kapo."

Ili ĉiuj tri rigardis min konsternite.

"Ĉu mia kapo?"

"La gipsa, por kiu vi iam pozis."

"Ha! Nu, bone ke vi ne senkapigis min reale. Dum momento mi imagis vin Salome, kiu postulas kapon sur telero."

Mi ne sciis, kiel komenti tion, sed malplenigis mian glason.

"Do malfermu ĝin, Willi!" diris Johnny kaj ĝentlemane replenigis mian glason. "Se ne, mi faros. Mi tre scivolas pri via kapo. Mi ĉiam trovis ĝin fascina."

Li ridis kaj komencis malfermi la pakon, sed Willi forpuŝis lin kaj eligis la gipsaĵon. Ŝi eĉ liberigis iom da spaco surtable kaj metis ĝin tien.

"Ho, ĝi estas perfekta!" diris Johnny. "Jen rigardu, eĉ la ironia rideto videblas. Vera portreto!"

Willi rigardis alterne la kapon kaj min. Fine ŝi kapjesis.

"Jes, vi vere sukcesis. Mi eĉ forgesis ĝin. Pasis sufiĉe da tempo, dum kiu intervenis diversaj aliaj okazaĵoj, ĉu ne?"

Ŝi stariĝis, paŝis al mi, klinis sin kaj kisis min leĝere kaj rapide sur la buŝo. Mi ne havis tempon reagi.

"Dankon, Louise!"

Poste ŝi residiĝis.

Mi ne sciis, kion plu diri. Kaj dum la tuta tempo Dora elparolis eĉ ne unu vorton, nur rigardis suspekteme kaj alterne al mi kaj Willi. Sed Johnny sentis sian respondecon kiel mastro de la domo kaj plu laŭdis la portret-kapon kaj ties similecon kun la modelo. Malgraŭ liaj bonvolaj klopodoj la streĉita etoso tamen restis inter ni tri virinoj. Ĉiu el ni gvatis la du aliajn por ĝisatendi ke iu diros aŭ faros ion, al kio necesos reagi. Post kelka tempo mi do stariĝis, iom malstabile pro la du rapidaj glasoj da vino en stomako malplena, kaj forlasis la domon, kiu laŭ Johnny estas ankaŭ mia hejmo.

Post la establo de nazia diktatoreco en Germanio, gvidata de la denaska aŭstro Adolf Hitler, ankaŭ la aŭstraj nazioj pli kaj pli entuziasme aktivis por postuli unuiĝon aŭ aliĝon de Aŭstrio al la germana regno. Dollfuß firme kontraŭis tion kaj pli intensigis la kontakton kun Mussolini por akiri italan subtenon al la sendependeco de Aŭstrio. En majo li kreis el la Kristan-Socia partio, la Kampara Unuiĝo kaj la Hejma Bloko, la politika branĉo de *Heimwehr*, novan partion nomatan Patruja Fronto. Poste li malpermesis unue la Komunistan partion, kaj en junio ankaŭ la Nazian. La Socialdemokrata partio ankoraŭ restis permesita, sed ĝi fariĝis celo de oftaj subpremaj agoj de la sekureca polico, kaj la parlamento restis fermita. Oni eĉ igis la policon bari la parlamentejon por malhelpi eventualajn provojn de opoziciaj parlamentanoj rekolektiĝi tie. Ankaŭ la *Respublika Protektligo,* duonmilita organizaĵo de la Socialdemokrata partio, estis malpermesita kaj devis plu agi sekrete kaj kontraŭleĝe.

Samtempe la nazia reĝimo de Germanio rapide ekplenumis sian programon. Oni kreis koncentrejojn, kie oni malliberigis politikajn kaj aliajn malamikojn sen juĝo. Oni atakis judojn en ĉiuj kampoj, lanĉis bojkoton de butikoj posedataj de judoj kaj malpermesis al judoj okupi publikajn oficojn. Komence de majo nazioj prirabis kaj detruis la klinikon de doktoro Hirschfeld en Berlino. Kaj en multaj lokoj oni la dekan de majo bruligis librojn de verkistoj progresemaj, modernismaj aŭ judaj, interalie de Heine, kio estis malbonaŭgura, konsiderante liajn vortojn antaŭ pli ol jarcento: *Kie oni bruligas librojn, oni fine bruligas ankaŭ homojn.*

Al mi ĉiuj ĉi tragikaj politikaj eventoj en Aŭstrio kaj Germanio tamen formis nur fonon de mia persona dramo. Ripetiĝis la afero spertita jam unufoje antaŭe; denove mi perdis la feton. Ĉi tiu dua aborto ne estis tute neatendita, malgraŭ la kuraĝigaj vortoj de la kuracisto. Tamen mi sentis eĉ pli profundan elreviĝon ol je la unua okazo. Mi jam perdis Willi-n, mia skulptista profesio suferis pro daŭra manko de mendoj, mia rilato al Franz baziĝis ĉefe sur ambaŭflanka strebado ne inciti unu la alian, kaj nun elfluis el mi kun la sango ankaŭ la ĉefa motivo de nia geedzeco. Mi spertis preman deprimiĝon kaj malesperon pri mia estonta vivo.

Post la unua aborto plej ŝokis kaj elrevigis min la konduto de Franz. Pri la infano, kiu neniam naskiĝos, mi tiam pensis malpli multe. Nun, post la dua, ambaŭ tiuj idoj neniam vivontaj komencis hanti min. Mi eĉ ne sciis, ĉu ili estus knaboj aŭ knabinoj aŭ po unu el ambaŭ. Kiam ili forlasis min, ili konsistis nur el sango kun iaj densaĵoj. Ĉu mi devus observi tiujn proksime por vidi, ĉu ili fakte estas embrioj de miaj idoj? Ne, tio ja estus perversa sinturmento. Tamen mi nun sentis konsciencriproĉon pro tio ke mi ne sufiĉe atentis ilin. Mi lasis miajn idojn forflui en la kloakon sennome, senatente. Sed kion mi do povus fari pri kelkaj densaĵoj de sango?

Mi pripensis, ĉu mi provu skulpti ilin tiaj, kiaj mi imagus ilin, se ili restus en mi almenaŭ iom pli longe, tiom ke eblus vidi, kiaj homoj ili fariĝus. Eble mi formu ilin el argilo aŭ gipso kaj donu al ili nomojn? Sed mi persvadis min ke tio estus malsaneta ideo. Mi devis pluiri en mia vivo. Necesis provi se ne forgesi la du abortojn, almenaŭ postlasi ilin en la pasinteco kaj ne permesi al ili restadi por ĉiam en miaj pensoj, kie ili blokus ĉion alian kaj malhelpus al mi plu vivi.

Tio tamen ne estis tute facila. Unu nokton mi sonĝis pri Willi, kvankam ŝia tute nuda figuro ensonĝe ne tre similis la realan personon. Ŝi estis pli dika kaj hele rufa, iomete kiel 'Eva' en pentraĵo de Gustav Klimt, kaj kiam mi parolis al ŝi, mi ricevis neniun respondon nek alian reagon. Fine mi malkovris ke ŝi estas nur marmora skulptaĵo sur la blanka fasado de la Secesia konstruaĵo, dekstre de ties enirejo, kaj maldekstre aperis nuda statuo de Franz, kiu tamen ne estis pli dika ol reale. El liaj seksaj partoj fluis sango preskaŭ nigra suben laŭ la kruroj, formante vastan flakon sur la tero. Male al Willi, li senĉese parolis al mi, sed mi ne komprenis liajn vortojn. Subite mi sentis ke miaj infanoj troviĝas en la konstruaĵo. Mi eniris tra la pordego inter tiuj du vivantaj skulptaĵoj por serĉi la idojn, kaj dum kelka tempo mi devis naĝi subakve en plena mallumo, vane palpante per ambaŭ manoj, provante trovi kaj savi miajn dronantajn idojn, ĝis mi tre pene atingis la surfacon kaj eliĝis el la sonĝo, kaj el la dormo. Vekiĝinte mi eksentis profundan solecon, memorante ke mi ne havas kaj verŝajne neniam havos infanojn en la reala vivo.

Dum ĉi tiuj tagoj Franz kondutis al mi milde kaj zorgeme, sed li estis ege okupata de sia laboro kaj pasigis nur malmulte da tempo hejme. Tamen mi sukcesis iom post iom forlasi aŭ bari la maltrankviligajn pensojn pri la perditaj idoj por pli kaj pli atenti realajn aferojn kaj homojn ĉirkaŭ mi. Do, kiam mi fizike resaniĝis, mi ekdediĉis min al skulptado kun nova energio. La urbo Vieno invitis al konkurso pri arta ornamo de nova publika biblioteko en la kvartalo *Favoriten*. Mi komencis skizi laŭ ideo, kiu tuj naskiĝis en mia kapo, kaj baldaŭ mi povis fari la unuan argilan modelon. Temis pri vico da libroj, unu fermita, dua kaj tria parte malfermitaj kaj kvara kuŝanta surdorse plene malfermita alsupre.

El inter la paĝoj de tiuj libroj aperis serio da figuroj rekoneblaj el fabeloj kaj rakontoj: Cindrulino, Neĝblankulino, Kato en botoj, Ratkaptisto de Hameln, Pinokjo, la kapreolo Bambi kaj Reĝidino sur pizo. Kelkaj el ili devis aperi nur parte inter la paĝoj, aliaj tute libere kaj memstare sur la kuŝanta libro. Mi baldaŭ rimarkis ke malfacilas formi kelkajn el la figuroj tiel ke ili estos rekoneblaj, sed la ideo plu plaĉis al mi, kaj ĝi helpis min reveni al pli-malpli normala spirita ekvilibro.

Post kiam mi pretigis la modelojn kaj liveris ilin al la juĝantoj, mi jam spiris pli libere ol delonge. Tiam mi reiris al *Vilao Elise,* kaj nun Willi ne plu fermis al mi la pordon sed akceptis min kun nova ambigua sinteno, kvazaŭ ia kombino de logemo, spito kaj indiferento, kiun mi ne povis rezisti. Mi do rekomencis pasigi la tagojn kun ŝi, kaj la vesperojn ofte ankaŭ kun Dora, trinkante kun ili vinon en pli granda kvanto ol mi kutimis antaŭe. Ni estis stranga triopo, kaj la komplika teksaĵo el amo, ĵaluzo, timo kaj konkuro inter ni kreis eksciton kaj fojfoje angoron en mi kaj sendube ankaŭ en Dora. Iel mi perdis mian normalan hontosenton, aŭ eble mi nur ŝajnigis tion antaŭ ili por povi restadi tie. Kiel Willi konceptis la situacion, mi ne certis. Kelkfoje mi trovis ke ŝi ĝuas la rolon de paŝao ĉirkaŭata de du konkurantaj konkubinoj, kiuj faras ĉion por gajni la favoron de sia mastro. Ridinde, sendube, sed iom post iom ŝia pli bona humoro ol antaŭe almenaŭ indikis ke la situacio jam ne tute malplaĉas al ŝi, kaj ankaŭ mi mem alkutimiĝis preni la aferon sufiĉe leĝere, almenaŭ dum kelka tempo.

"Ha, la tri menadoj", ekkriis Johnny unu vesperon, vidante nin trinkfesti en la salono.

Li ĵus revenis hejmen de vizito al kinejo, kie li spektis la filmon *Ŝanhaj-ekspreso* kun Marlene Dietrich, kaj li estis sufiĉe ekscitita de la sperto.

"Kio do estas vi?" reciprokis Willi. "Ĉu satiruso?"

"Eble Dionizo mem", mi proponis, dum Dora nur nervoze subridis.

Mi ne certis, ĉu ŝi konas la antikvajn figurojn, kiujn ni menciis, sed tio vere ne gravis. Ŝi ne bezonis klasikan erudicion, ĉar ŝi havis aliajn ĉarmaĵojn. Dume Johnny aliĝis al ni por refreŝigi sin per iom da ŝaŭmvino.

"Fakte nia amika rondo similas duan helenismon, almenaŭ pli multe ol la via duan secesion", plu rezonis Willi. "Eble mi verku sapfan strofon pri tio. Aŭ kial ne romanon? Jen! La menadoj de *Vilao Elise*. Erotika rakonto el la reala vivo. La legantoj interbatalos por akiri ekzempleron."

"Precipe ĉar ĝi estos vendata nur kaŝe por eviti leĝan persekuton pri pornografio", komentis Johnny, dum Willi laŭte ridis.

En alia tago ni eĉ faris kunan ekskurson triope per la aŭtomobilo de Johnny, kiun li ankoraŭ ne vendis, kvankam li ripete minacis fari tion por savi sian malfacilan financan situacion kun ĉiama deficito. Ni ne iris foren, nur sur la deklivojn de Grinzing por manĝi kaj trinki en tradicia viena vinejo. Sed ĉar la aŭto havis nur du sidlokojn, Dora devis sidi sur mia sino apud la ŝoforanta Willi, kio evidente tre amuzis tiun. Fakte mi mem ne trovis tion tro suferiga, kaj por inciti Willi-n mi eĉ uzis la okazon por iom karesi kaj kisi tiun beletan knabinon dum la veturado, kiam neniu alia povis vidi nin. Je mia elreviĝo tio tamen ne ĵaluzigis Willi-n, dum Dora videble embarasiĝis, sidante sur miaj genuoj. Do, denove la rezulto estis pli favora por Willi ol por mi, sed mi baldaŭ povis dronigi mian ĉagrenon en freŝan vinon. La tuta triopo trinkis abunde, kaj nia malsupreniro al Nussdorf fariĝis sufiĉe sinua vojaĝo, sed Willi iel evitis la vojfosaĵon, do ni ĉiuj trafis sanaj kaj sekuraj en la dormoĉambron de *Vilao Elise*, kie ŝi denove povis ekspluati sian pozicion kiel paŝao inter du odaliskoj, dum ŝia gipsa portret-kapo lokita sur komodo silente rigardis nian triopan ludon kun rideto ironia kaj malpruda.

Pri ĉio ĉi kompreneble la kompatinda Franz sciis nenion. Li plu strebadis por almenaŭ konservi la socialdemokratan regadon de la ĉefurbo, eĉ se la cetera respubliko jam estis perdita. La ekonomia krizo plu daŭris sed almenaŭ ne pli profundiĝis. Ankaŭ la loĝejkonstruaj projektoj daŭris, kvankam en pli malgranda amplekso ol antaŭe kaj sen mia arta kontribuo. Plu validis ankaŭ la lerneja reformo de la urbo Vieno por proponi pli egalan edukadon de la infanoj kaj gejunuloj sendepende de socia klaso kaj enspezo de la gepatroj.

Ĝuste tiu eduka reformo donis al Willi novan ideon de romano, pli seriozan kaj eldoneblan ol la ŝerco pri menadoj, kiun ŝi ebrie fantaziis en nia amika rondo. Ŝia libro pri la servistino en doktora familio sukcesis nur meze bone en Danlando kaj ne estis eldonita en Aŭstrio, tamen ŝi jam akiris sufiĉe fidelan legantaron, kaj ŝia dana eldonejo malpacience atendis trian verkon. En la viena distrikto Simmering oni lanĉis projekton por prezenti bazan instruadon al infanoj de ciganoj, aŭ romaoj, kiel tiuj homoj mem nomis sin, laŭ Willi. Evidente temis pri grupo tre fora de la romantika kliŝo pri restoraciaj muzikistoj, konata tra la tuta mondo, pri kiu ŝi verkis artikolojn jam antaŭ pluraj jaroj. Iliaj tradiciaj metioj, kiel stanado de kupraj potoj, ĉevalvendado, sortodivenado kaj alio, jam perdis sian signifon. La plej multaj ciganoj nun estis senlaboraj, senhejmaj proletoj, kiuj serĉadis okazajn labortaskojn por kelkaj ŝilingoj, iomete simile al la galiciaj judoj de Leopoldstadt, sed formante eĉ pli suban tavolon de la socio, kaj male al tiuj ili ofte estis analfabetoj. Nun Willi estis dungita dum unu semestro kiel instruisto de tiaj ciganidoj. Kaj ŝia sekreta celo estis - verki romanon, kiu malkaŝos la veron malantaŭ la romantikaj kliŝoj pri vagemaj ciganoj.

"Ĉu tamen aperos romantika amafero kun bela cigano?" mi demandis.

"Tio neeviteblas en romano."

Mi ĝojis ke ŝi ĉi-foje ne bezonos aperi maskite, sub falsa identeco, kaj ke ŝi plu loĝos hejme, kiel mi supozis.

"Ne, tio ne eblos", ŝi tamen klarigis. "Estus tro da vojaĝoj ĉiutage, kaj krome mi volas vere ekkoni la infanojn kaj se eble ankaŭ kelkajn el la familioj. La lernejo havas ankaŭ internulejon por la infanoj el vojaĝantaj familioj, dum aliaj lernantoj loĝas kun siaj gepatroj en diversspecaj kaj diverskvalitaj loĝejoj en la proksimaĵo, kelkaj eĉ en tendo dum la tuta jaro. Mi mem dormos en la lernejo dumsemajne sed revenos ĉi tien en kelkaj semajnfinoj."

Dora estis maltrankvila pri ĉio, kio povos okazi al Willi en tia loko, sed ŝi nur ridis pri tio.

"Vere, Dora, mi jam spertis pli danĝerajn situaciojn ol instrui legadon al kelkaj infanoj."

Miaflanke mi plej bedaŭris ke mi ne povos renkonti ŝin dum la semajnoj. Viziti *Vilaon Elise,* kiam ĉeestas nur Johnny kaj Dora, ne estus alloge. Denove mi decidis dediĉi pli da tempo al mia laboro en la ateliero, sed ial ĉio ĉirkaŭa rabis de mi la inspiron. La perditaj idoj, la perturboj en mia rilato al Willi, la interveno de Dora, la sekeco en mia rilato kun Franz, kaj krome la daŭra ekonomia krizo plus la negativa politika evoluo, ĉio ĉi iel paralizis mian krean povon. Mi ne komprenis tion. Kial ne okazis male, tiel ke mi dediĉus min al la arto por eskapi el tiuj maltrankviligaj aferoj? Ne eblis al mi klarigi tion.

La decido de la juĝantoj pri arta ornamo de biblioteko ne favoris mian kontribuon. Premiita estis maljuna skulptisto, kiu proponis statuon de Karl Braun von Braunthal, verkisto kaj bibliotekisto en Vieno antaŭ cent jaroj. Eksciante tion, mi povis nur profunde suspiri. Kiam mi klarigis la aferon al Willi, ŝi laŭte rikanis.

"Ha! Kiaj dinosaŭroj! Ili timas ĉion modernan kaj volas rifuĝi en la historio. Kion do verkis tiu bruna brunulo?"

Tion mi tamen ne sciis. Se mi entute iam lernis ion pri li dum miaj lernejaj jaroj, tio jam delonge forvaporiĝis el mia kapo.

"Eble ili tutsimple trovis lian nomon konvene aktuala", mi supozis.

"Trafe!" elsputis Willi laŭ sia kutimo, sed sen la kutima entuziasmo.

En la pasintaj someraj monatoj la mopso Ossian, kiu ĉiam suferis dum troa varmo, grave malsaniĝis. Ĝi malbone vidis, spiris pli kaj pli malfacile kun peza snufado kaj komencis ankaŭ moviĝi mallerte. Jam delonge ĝi likis jen kaj jen, ne nur ekstere sed bedaŭrinde ankaŭ endome, kaj fine ĝi komencis laksi, kio ne estis tre agrabla. Kiam li estis hejme, Johnny bone zorgis pri ĝi, sed dum liaj forestoj Willi, Dora aŭ mi devis purigi post ĝi. Ni ofte petadis lin pro kompato fini ĝian vivon, sed tio evidente ne estis facila decido.

"Vi ne komprenas", li kontestis. "Ossian kaj mi kunvivas jam pli ol dek du jarojn, kaj ni spertis tiom da ĝojo kaj malĝojo kune. Oni ne mortigas amikon, kiam li maljuniĝas."

"Sed vi mem vidas ke ĝi suferas konstante", diris Dora.

Fine ni persvadis lin akcepti ke Willi prizorgu la aferon per dormigaj piloloj. Poste mi helpis fosi tombon en la ĝardeno. Bonŝance Johnny ne insistis pri formala entombiga ceremonio, do ni anstataŭe plantis azaleon sur la tombon por honori kaj memori la fidelan amikon. Sed dum monato aŭ eble eĉ pli longe li ja funebris pri ĝi.

Dum kelka tempo mi pripensis, ĉu vojaĝi por viziti mian koleginon Mary Duras en Prago, kun kiu mi tenis sporadan kontakton letere, por eble trovi novan inspiron. Mi imagis ke tio povus stimuli min ne nur en mia arta kreado, sed ankaŭ en la persona vivo. Sed mia ŝparita mono jam preskaŭ elĉerpiĝis, kaj novaj enspezoj restos tre malcertaj. Por realigi tian vojaĝon mi eble eĉ devus peti monon de Franz. Do mi decidis prokrasti la ideon kaj dume sendis al Mary leteron. Sendube ŝi estis meze de intensa arta laboro, ĉar post du semajnoj mi ricevis mallongan respondon afablan sed iel formalan, kun la fina indiko ke ŝi skribos pli amplekse poste, "kiam ĉio ĉe ni rekvietiĝos". Mi eĉ ne komprenis, ĉu temas pri malkvieto en ŝia persona vivo aŭ en la ĉeĥoslovaka socio. Mi kelkfoje aŭdis kaj legis ke la germanlingvanoj en Bohemio pli kaj pli subtenas politikajn partiojn, kiuj postulas aŭtonomion de siaj regionoj aŭ eĉ aliĝon al Germanio, sed nun la registaro malpermesis tiujn partiojn. Mary ja estis germanlingva, aŭ eble dulingva, sed kiel modernisma artisto en Prago ŝi certe ne apartenis al tiuj iredentistaj kaj naziaj rondoj. Almenaŭ tiel mi supozis.

Do, manke de inspiro mi rekomencis pri la gipsaj bustoj de komponistoj. Mi demandis mian patron, kiujn verkojn lia triteto ludos, kaj poste mi serĉis bildojn aŭ statuojn de la kreintoj, laŭ kiuj mi faris skizojn por formi skulptaĵojn. Mia ideo estis akompani la triteton al ĝiaj prezentadoj por oferti miajn gipsaĵojn al eblaj aĉetemaj muzikamantoj. Patro ne antaŭdiris al mi grandan sukceson pri la vendado; tamen li ne kontraŭis mian planon.

Iuvespere Dora menciis ke la verkisto Robert Musil revenis al Vieno post kelkaj jaroj en Berlino, kiun li devis forlasi, interalie ĉar lia edzino estas judino.

"Laŭ mia kolego li verkis avangardan romanon pri viro sen kvalitoj", ŝi diris.

"Ho, jes", diris Johnny. "Mi eĉ aŭdis lin mem reciti el sia manuskripto antaŭ pluraj jaroj en ia kultura salono. Poste, kiam la unua volumo aperis ĉe eldonejo en Germanio, mi aĉetis ĝin sed neniam legis. Ĝi temas pri pasinta tempo, kiun mi preferas forgesi. Kaj nun laŭdire jam aperis dua volumo."

Mi pruntis de li la verkon kaj legis la centpaĝan enkondukon. Je mia surprizo mi trovis ĝin ege sprita, humura kaj trafa pri diversaj absurdaĵoj. Kvankam ĝi temis pri la antaŭmilita Aŭstrio, multajn aferojn oni povus senprobleme apliki ankaŭ al la nuna socio. Mi ŝatus diskuti ĝin kun Willi kaj eble eĉ instigi ŝin intervjui la verkiston por artikolo. Sed tio ja ne eblis. Ŝi forestis kaj kredeble ne volus konsideri aliajn temojn, dum ŝi plene absorbiĝas de sia aktuala misio.

Poste, kiam mi plulegis la ĉefan parton de la romano, la spritaj komentoj aperis pli maldense, kaj post ankoraŭ cent paĝoj mi iom perdis la intereson kaj komencis prokrasti la pluan legadon.

Unu kialo de tio estis ke mi finfine ricevis mendon de novaj skulptaĵoj. Temis pri ornamo de kafejo en la Urba Parko. La kafejposedanto vidis miajn stukaĵojn en la kinejo *Metropol* ĉe Opernring kaj deziris ion similan sed en pli malgrandaj skalo kaj amplekso. Mi do tuj eklaboris pri skizoj, kaj baldaŭ ni interkonsentis pri kvar stukaĵoj en formo de nudulinoj - unu kun korno de abundo, alia kun grapolo da vinberoj kaj la du ceteraj kun nudaj manoj farante invitajn gestojn - kaj ĉiuj en grandeco de duonmetro, do starigotaj sur lignaj postamentoj. Kvankam tiaj dolĉaj ornamaĵoj ne estis io, kion mi mem elektus krei, mi tamen estis tre kontenta denove havi veran taskon. Jam pasis tro da tempo, dum kiu mi sentis min nebezonata.

Pli frue mi kelkfoje akompanis mian edzon al vesperaj kunestadoj kun liaj sampartianoj, foje en restoracio, aliokaze en ies hejmo. Sed al mi tia amika societumado neniam estis facila, kaj kutime la interparolado temis plejparte pri partiaj aferoj. Nun lastatempe li ne plu petis min kuniri.

"Estas tro severa situacio, kaj la diskutoj ne interesos vin", li diris.

Eble li simple ne fidis min en la okazo ke oni priparolos sekretajn planojn. Kaj ĉar Willi estis en Simmering, en sia lernejo, mi ne volis iri al Nussdorf en labortagoj sed pasigis ankaŭ multajn vesperojn en la ateliero.

Duafoje la polico vizitis *Vilaon Elise*. Ĉi-foje tamen temis ne pri la moralpolico sed pri la sekureca polico, kaj supozeble ne pro denunco de klaĉemaj najbaroj. Oni arestis Johnny-n kaj traserĉis la tutan domon, kiu estis senhoma, ĉar Willi estis ĉe siaj ciganidoj, mi en la ateliero kaj Dora en la ĵurnalredaktejo. Kion oni serĉis, ni ne eksciis, sed oni konfiskis kelkajn skribaĵojn, interalie danlingvajn notlibrojn de Willi, kiuj evidente estis ege suspektindaj.

Post du tagoj Johnny liberiĝis kaj revenis hejmen. Tio estis en vendredo, kaj mi ĉeestis, atendante ke Willi revenos por pasigi la semajnfinon hejme.

"Oni efektive ne celis min", li klarigis, "sed iujn aliajn personojn, kiuj povus esti danĝeraj por la reĝimo. Oni esperis ke mi denuncos ilin, sed mi kompreneble ne sciis, pri kio aŭ kiuj oni parolas. Oni minacis min per leĝa akuzo pro krimo kontraŭ la homa naturo, se mi ne kunlaborus, sed por tio oni bezonus atestantojn, kaj mi pli-malpli certis ke tio mankas. Fakte la polico estas fiuloj. Laŭdire Felix Hofer, tio estas Felicia, estis arestita de la moralpolico, kaj li, tio estas ŝi, konfesis seksan krimon, kiu inkludis min, sed mi certis ke tio ne povas esti vera. Estis tipa polica blufo por impliki la suspektatojn en memkontraŭdirojn kaj trompe atingi konfesojn. Tiel naiva mi tamen ne estas. Sed mi trovas malbonaŭgure ke la politika kaj morala policoj nun kunlaboras."

Reveninte hejmen, Willi koleris pro la konfiskitaj notlibroj kaj grumblis ke ŝi plendos ĉe la dana ambasado, sed ŝi baldaŭ trankviliĝis.

"Se oni arestos min kiel danan spionon, mi almenaŭ ekhavos temon de nova artikolo."

Poste mi petis ŝin rakonti pri siaj spertoj de la instruado, sed ŝi ne volis paroli pri ĝi.

"Lasu min iom ripozi, Louise", ŝi petis. "Tiuj etaj romaidoj ege lacigis mian kapon."

Dum tagoj ni cerbumis, kion kaj kiun efektive celis la serĉado de la polico. Johnny sendube suspektis ion, sed li ne volis aŭ povis doni precizajn detalojn. Estis fakto ke oni arestis ankaŭ Felician kaj liberigis ŝin post du tagoj, kaj nun ŝi evitis la *Vilaon Elise*, supozeble por eskapi de pluaj suspektoj.

"Verŝajne temas pri konato de Felicia kaj Jean-Pierre, kiu estas komunisto, kaj kiu malaperis senspure antaŭ du semajnoj", diris Johnny. "Ni ne scias, ĉu li mem ie kaŝas sin aŭ elmigris, aŭ ĉu la polico havas lin, aŭ ĉu *Heimwehr* deponis lian kadavron en Danubo. Ial Jean-Pierre evitis areston. Li mem pensas ke oni anstataŭe postsekvas lin kaŝe por trovi tiun komuniston, kaj eble tial oni atakis min kaj la vilaon, pensante ke li eble kaŝiĝis ĉi tie."

Du semajnojn poste mi eksciis de Johnny ke Willi denove pasigos la semajnfinon hejme, kaj ĉi-foje ŝi estis pli komunikema pri sia laboro en Simmering.

"Estas tre interesa sed terura penado por solvi ĉiajn miskomprenojn kaj malfidon. En la internulejo estas nur knaboj, ĉar la familioj neniam kuraĝus lasi siajn filinojn tranokti fore de la familio. Ĝenerale estas malfacile venigi knabinojn eĉ al la dumtaga lernado, kaj oni timas ĉiajn danĝerojn. Laŭdire la aŭtoritatoj jam pli frue forrabis infanojn de la romaoj, kaj nun oni timas ke la lernejo kondukos al pliaj forŝteloj de infanoj."

"Ĉu vere?" mi diris konsternite. "Mi ofte aŭdis la malon – ke ciganoj forŝtelas infanojn de aliaj homoj."

Willi ridis sarkasme kaj poste reserioziĝis.

"Kompreneble. Kaj judoj ŝtelas kristanajn infanojn por buĉi ilin kaj uzi ilian sangon en siaj ritoj, ĉu ne?"

Mi ridetis amare.

"Nu, se oni ne konas unu la alian, estiĝas ambaŭflanka suspektemo, mi supozas. Ĉu do ankaŭ en Danlando oni disvastigas tiajn fiajn mitojn?"

"Fakte, pri tiu buĉado de kristanaj infanoj mi neniam vere aŭdis, nur legis. Sed kiel okjarulo mi estis punita de la instruistino, ĉar mi batis samklasan knabon, kiu akuzis min ke mi mortigis Jesuon."

"Ho, terure!" mi ekkriis. "Eĉ la senkulpaj infanoj estas infektitaj."

"Nu, ili papagas laŭ siaj gepatroj, ĉu ne? Sed ĉe ni estas tiel malmultaj judoj ke oni devas ataki eĉ miksulojn. Cetere, mi tute ne sciis ion ajn pri judeco, ĝis tiu sama instruistino kelkan tempon pli frue admonis la infanojn de mia klaso ke ili kondutu bone al mi, ĉar mi ne kulpas pri tio ke mi estas judo. Kompreneble, ekde tiam ili komencis mokadi min."

"Evidente vi ne kulpas, ĉar nia urbestro Karl Lueger jam antaŭ tridek jaroj deklaris ke 'kiu estas judo, decidas mi'."

"Ha, jen perfekta resumo de la absurdo. Sed por reveni al miaj lernantoj, unu familio fakte asertis ke la urbaj aŭtoritatoj de Vieno forrabis plurajn infanojn de romaoj kaj sendis ilin en orfejon, kvankam ambaŭ gepatroj vivas, kaj la familioj bone zorgis pri la infanoj."

"Sed eble ili estis pli-malpli sovaĝaj kaj needukitaj", mi provis igi la aserton pli komprenebla. "La ciganidoj, kiujn mi vidis, plejparte aspektis malpuraj kaj misnutritaj, kvazaŭ neniu zorgus pri ili."

"Nu, mi ne scias; mi rakontas nur, kion mi aŭdis. Kaj pluraj aferoj surprizis min. Fakto estas ke nenio tiel gravas al ili, kiel pureco. Ili havas amason da striktaj reguloj pri kiel konservi purecon, ne nur materian, sed ankaŭ en ia spirita senco."

Tiu informo ja surprizis min, sed mi unue ne sciis, kion diri pri tio. Laŭ mia sperto la esprimo 'malpura cigano' inter multaj homoj estas same ofta kiel 'malpura judo'.

"Tamen devas esti vana luktado kontraŭ malpureco, se konsideri la loĝkondiĉojn", mi poste diris. "Se ili entute havas fiksan loĝejon."

"Certe. Kaj estas la tasko de knabinoj portadi akvon enen kaj elen, ofte longan distancon de komuna puto aŭ krano. En la hejmoj, kiujn mi vizitis, la virinoj senĉese lavas. Se kompari kun la domaĉo de sinjorino Müller, iliaj hejmoj ŝajnas al mi multe pli puraj. Antaŭ ol eniri, mi devis demeti la ŝuojn, kion mi antaŭe neniam spertis. Ili havas ankaŭ strangegajn ideojn, ekzemple ili neniam lavas virajn kaj virinajn vestaĵojn en la sama akvo. Do, la kompatindaj knabinoj devas multe portadi."

"Tio eble klarigas, kial ili ne havas tempon por lernejo."

"Sendube. Kaj jen alia afero: ili tute ne estas unu popolo kun sama lingvo kaj samaj kutimoj, sed pluraj malsamaj grupoj, kvankam ili iom rilatas inter si. Kelkaj el miaj familioj eĉ ne nomas sin romaoj sed sintioj, kaj ili ŝajne opinias sin pli bonaj ol la romaoj. Ili parolas sian propran lingvon, kiun ne komprenas la aliaj, tielnomataj Burgenlandaj romaoj. Ankoraŭ aliaj, el muzikistaj familioj, parolas la hungaran. Do estas granda diverseco de homoj."

"Sed ĉu ili ne volas ke la infanoj frekventu la lernejon?"

"Kelkaj jes, precipe ke la knaboj lernu legi kaj skribi la germanan. Kelkaj ankaŭ volas ke la knabinoj lernu, se tio ne malhelpas iliajn taskojn pri hejma mastrumado kaj vartado de pli junaj gefratoj. Sed pri la ceteraj studfakoj multaj suspektemas, aŭ ne vidas la utilon. Oni ĉefe volas ke la infanoj havu rimedojn por estonte vivteni sin, sed samtempe oni timas ke ili perdos sian identecon kiel romaoj aŭ sintioj. Kaj oni sufiĉe malfidas min kaj la ĉirkaŭan socion pri la celoj de la instruado. Eble eĉ prave; mi ankoraŭ ne povas prijuĝi tion."

"Do vi jam kolektis informojn por nova libro, ĉu ne?"

Ŝi ridis, ĉi-foje pli gaje.

"Certe. Restas nur la demando, kie kaŝi miajn notojn de la sekureca polico."

Dum pasis la aŭtuno mi dufoje akompanis mian patron kaj liajn kolegojn al muzikprezentadoj por oferti miajn komponistajn gipsaĵojn. Unuafoje mi efektive sukcesis vendi du bustojn de Johann Strauss filo, sed duafoje okaze de geedziĝo atakis min ebria viro, kiu insultis min kaj minacis frakasi la gipsaĵojn.

"Reiru tien, de kie vi venis kun via rubaĵo!" li elsputis en forta karintia aŭ tirola dialekto. "Ĉu oni eĉ en geedziĝa festo ne evitos profitemajn judaĉojn? Foriru do!"

Kompreneble estus tute vane informi lin ke male al li mi estas denaska vienano same kiel ambaŭ miaj gepatroj. Do mi kolektis miajn bustojn kaj retiriĝis, esperante ke almenaŭ mia patro ne suferos pro la atako. Mi tamen ne povis ne scivoli, kiel tiu bruto eksciis ke mi estas judino. Verŝajne iu menciis al li ke ludas juda triopo, kaj el tio li deduktis ke ankaŭ mi apartenas al la malamata raso. Aŭ ĉu mia vizaĝo tiel klare perfidis min?

Paralele kun tio mi plu laboris pri la kafejaj stukaĵoj, kiuj prezentis al mi taskon iomete pli stimulan.

Proksimume ĉiun duan semajnfinon mi renkontiĝis kun Willi, kiu alvenis ripozi en *Vilao Elise*. Ŝi aperis pli kaj pli laca. Evidente la instruado estis pli elĉerpa ol ŝi antaŭvidis. Mi rimarkis ke Dora ĉiam pli klopodas bari al mi la vojon al ŝi, kaj unu dimanĉon Willi eĉ – sendube pro suflorado de Dora – petis min lasi ŝin en paco.

"Louise, vi certe mem rimarkis la streĉitan etoson ĉi tie", ŝi diris. "Estas tro malfacile por Dora, se vi ĉiam ĉeestas, kiam mi venas hejmen. Ne ofendiĝu, mi petas, sed klopodu respekti ŝiajn sentojn."

Do jam pasis la tempo, kiam Willi ĝuis esti paŝao kun duvirina haremo, aŭ unu el la tri menadoj.

En novembro alvenis pli longa letero de Mary Duras, en kiu ŝi klarigis kian "rekvietiĝon" ŝi antaŭe atendis. Temis pri tio ke ŝi divorcis de sia edzo Max Kopf.

"La plej peza afero ne estis la disiĝo mem", ŝi skribis, "ĉar tiu esence okazis jam pli frue, sed la disdivido de miloj da damnitaj posedaĵoj, ne nur en la hejmo, sed krome en la ateliero, ĉar ni ja estas antaŭ ĉio kolegoj. Jen kio plej multe defiis mian paciencon.

Sed nun ĉio jam estas salomone dividita, kaj mi pretas dediĉi min tute al la arto. Feliĉe – kaj mi diras tion ne por pli suferigi vin, sed ĉar mi forte sentas tion – feliĉe mi ne havas infanojn, kiuj perdus sian patron."

Mi longe kontemplis tion. En mia letero mi eble tro facilanime malkaŝis al ŝi miajn malfeliĉojn. Ĉu mia deziro patriniĝi estas tro egoisma, mi nun demandis min. Se iam estonte la stranga geedzeco kun Franz tute finiĝus, eble mi devus diri la samon kiel ŝi, ke feliĉe mi ne havas infanon? Tamen ne! Mi neniam benus la fakton ke dufoje mia propra karno kaj sango forfluis el mi, same kiel en mia sonĝo tiu makabre nigra sango fluis el Franz, kvazaŭ ne mi sed li estus graveda.

Komence de decembro Johnny finfine devis vendi sian amatan verdan *Frazer Nash*. Ĝi ne plu estis eleganta laŭmoda veturilo, sed iomete ridinda relikvo el pli frua epoko. Krome ĝi lastatempe komencis suferi pro kelkaj malsanoj de alta aĝo, kiel nefidindaj bremsoj kaj kaprice haltema motoro, kaj la patrino de Johnny rifuzis konsenti monan subtenon necesan por riparigi ĝin. Tial la vendo ne donis tiom da profito, kiom li esperis. Malgraŭ tio li decidis uzi parton de la akirita sumo por granda festo, al kiu li invitis ĉiujn anojn de sia 'dua secesio', kiuj ankoraŭ vivis, estis liberaj kaj volis kolektiĝi. Li invitis ankaŭ min, kaj mi iris tien, iom timante la reagon de Willi.

Johnny mem, Jean-Pierre, Felicia kaj manpleno da aliaj personoj vere klopodis rekrei la iaman senzorge gajan kaj spitan etoson de la rondo, kaj ankaŭ Willi provis vigligi la kunestadon per bizaraj rakontoj el sia ĵurnalista vivo. Sed ĉiu tia strebado restis duone vana. Ĉiuj iom pliaĝiĝis, kvankam aliĝis Dora kaj iu junulo, kiuj povis reprezenti pli junan generacion. La ĝenerala socia kaj politika evoluo ekster *Vilao Elise* ŝvebis kiel nigra nubo super la evento. Eĉ ampleksa kvanto da alkoholo kaj iom da aliaj substancoj ne sufiĉis por forgesigi la nubojn kaj ombrojn de la tempo. Unuafoje Willi persvadis eĉ min snufi iom da neĝo, kaj mi certe sentis tre fortan efikon de tiu pulvoro, sed iel la akirita puŝo el vigleco, feliĉo kaj memfido ŝajnis al mi artefarita kaj efemera, do mi ne ŝatus ripeti la eksperimenton. Male Dora kaj Willi mem evidente ĝuis la stimulon de la kokaino kaj iĝis pli kaj pli ekzaltitaj eĉ kiam la mateno proksimiĝis kaj mi lacega kolapsis surlite en unu el la gastoĉambroj. Ĉar tio mi nuntempe estis en ĉi tiu domo - okaza gasto dormanta en soleco kun mi mem.

1934

Pafado kaj lulkanto

Denove mi festis naskiĝtagon, ĉi-foje mian tridekkvinan. Franz kompreneble volis festi ĝin hejme, tio estas en la apartamento, sed mi preferis interkonsenti kun Willi ke mi rajtu aranĝi festeton en la pli vasta spaco de *Vilao Elise*, kien mi povis inviti lin, miajn gepatrojn kaj kompreneble la nunajn loĝantojn de la domo, kiuj estis Willi, Johnny kaj Dora. Tio fariĝis tre kvieta kaj modesta celebrado. Eĉ mia patrino ne plu memorigis al mi ke baldaŭ estos tro malfrue por ekhavi infanojn. Verŝajne ni ĉiuj havis paralizan senton ke baldaŭ estos tro malfrue por ĉio ajn.

Willi finis sian instruistan karieron, kaj post longa pasiva ripozado dum la jarfinaj festoj ŝi nun estis meze de intensa verkado – ĉu de romano, ĉu de gazeta raporto, ĉu de ambaŭ, mi ne sciis. Kiel ofte en tiaj periodoj ŝi kondutis sufiĉe ermite. Mi tamen estis tre kontenta ke ŝi konsentis dediĉi iom da tempo al mia jubileo.

Kaj ne nur mi ĉiujare maljuniĝis je unu jaro. Ankaŭ miaj gepatroj ŝajnis al mi pli aĝaj ol antaŭe, kio kompreneble devus ne surprizi min. Tamen mi ne estis vere preparita por tio. Patro – mi devis kalkuli – jam aĝis sesdek tri jarojn, kaj Patrino sesdek du. Tio estis konsiderinda aĝo; tamen neniu el ili suferis pro malsano, laŭ tio, kion mi sciis, kaj ili espereble plu vivos sufiĉe multajn jarojn, eĉ se ili neniam estos geavoj. Lastatempe ili komencis timi pro la oftaj antisemitaj atakoj plenumataj de junaj nazioj aŭ aliaj banditoj en Leopoldstadt kaj aliloke. Ni tamen ĉiuj klopodis konvinki nin ke vere troviĝas neniu kialo supozi ke tiuj krimoj trafos miajn gepatrojn. Ili loĝis ĉe granda strato, en stabila apartamenta domo de etburĝoj, kaj ili ne nokte frekventis la stratojn. Eble mia patro riskis insultojn aŭ molestadon okaze de siaj koncertoj, sed tiam li ne estis sola kaj do devus elturniĝi.

Vespere post tia ludado li ĉiam revenis hejmen per taksio kun sia aldviolono en ties protekta ujo. Do mi konvinkis min ke ilia vivo estas relative sekura - nu, tiom kiom entute eblas vivi sekure.

Willi senproteste akceptis ke mi festu mian datrevenon en *Vilao Elise*, sed post tio ŝi klare komprenigis al mi ke mi ne estas bonvena tie. Ĉiufoje, kiam mi telefonis tien por eble interkonsenti pri renkontiĝo, ŝi sciigis - ĉu mem, ĉu per Dora - ke nun ne estas konvena okazo. Evidente ŝi donis prioritaton al sia verkado kaj al Dora. Nur unufoje ŝi faris escepton, kiam la triopo el la vilao, tio estas Willi, Dora kaj Johnny, kune kun Franz kaj mi vizitis la politikan kabaredon *Die Stachelbeere* en la kafejo *Colonnaden* ĉe Rathausplatz, kie Rudolf Spitz kaj Hans Horowitz tre akre kaj kun tipa viena humuro satiris pri la nuntempo. Post tiu komuna travivaĵo ni disiĝis, kaj mi longe ne plu renkontis ilin.

La tempo pasis kaj fariĝis semajnoj, dum mi pasigis la tagojn en mia ateliero, laborante pri la kafejaj statuetoj, kaj la noktojn kun Franz en *Karl-Marx-Hof*. Ankaŭ li multe laboris, kaj kiam li estis hejme, li parolis senĉese pri la streĉita politika situacio en nia lando. Fizike ni jam malofte kuniĝis, kaj mi ne tre bedaŭris tion. Mia deziro pri infano transformiĝis en ian malĝojon, aŭ eble mi eĉ povus diri funebron pro la du perditaj idoj.

Do, la tagoj pasis kvazaŭ en griza nebulo, kaj tri semajnojn post mia naskiĝtaga festo komenciĝis milito.

Jen stranga diraĵo. Jam pasis preskaŭ dudek jaroj post la pafoj en Sarajevo, kiuj fariĝis preteksto por komenci la Mondmiliton, kaj nun denove ni estis en iaspeca milita stato, tamen de tre malsama karaktero. Neniu fremda regno atakis Aŭstrion, nek nia respubliko atakis alian regnon. Ĉi-okaze Aŭstrio ekmilitis kontraŭ si mem.

Jam en la antaŭa jaro oni malpermesis la *Respublikan Protektligon*, la duonmilitan branĉon de la Socialdemokrata partio, kaj de temp' al tempo oni arestis aktivulojn de tiu ligo. La partio mem tamen ja plu funkciis kaj restis laŭleĝa, sed ekde oktobro oni malpermesis publikan vendadon de *Arbeiter-Zeitung*, la ĉefa laborista ĵurnalo de Vieno, kio laŭ Franz estis tre malbonaŭgura signo, kvankam ĝi plu estis eldonata kaj kaŝe vendata. Kaj oni diversloke faris provojn trovi kaj senarmigi la sekretajn arsenalojn de la Protektligo. Lunde la dekduan de februaro en Linz okazis armita kunpuŝiĝo inter la polico kaj la Protektligo okaze de tia provo senarmigi ĝin, kaj tuj en la sama tago komenciĝis zorge preparita atako fare de la polico kaj la federacia armeo kontraŭ la laboristaj loĝkvartaloj de Vieno kaj kelkaj aliaj industriaj urboj. Kanceliero Dollfuß ordonis al la artilerio pafi kontraŭ la loĝdomegoj de *Karl-Marx-Hof*, kun la rezulto ke la domoj parte ruiniĝis kaj centoj da loĝantoj estis mortigitaj. La defendantoj de la Protektligo reciprokis, sed ili disponis nur malpezajn pafilojn, kiuj malmulte efikis kontraŭ la kanonoj. Nia apartamento rigardis internen al la korto kaj parko, do ĝi ne estis rekte trafita, sed ni senĉese aŭdis la pafadon, kiu daŭris dum du tagoj, ĝis la defendantoj kapitulacis.

Tiuj du tagoj kaj la nokto inter ili estis por mi sperto nepriskribebla. La scio ke ni estas celo de tia kanonado kaŭzis al mi fortan angoron, al kiu sendube kontribuis ankaŭ la nekapablo fari ion ajn por protekti nin aŭ eviti la danĝeron.

Franz ne estis ano de la Protektligo, sed laŭ li la atako celas ne nur tiun.

"Evidente oni volas neniigi ankaŭ la partion, fini la laboristan regadon de Vieno kaj nuligi por ĉiam ĉiujn esperojn pri demokratio", li asertis.

Dum la tuta tempo de pafado li ŝteliris tien-reen en la domego por diskuti kun siaj sampartianoj kaj ricevi mesaĝojn de ili. Baldaŭ liaj kamaradoj decidis kaŝe forlasi la respublikon por establi ekzilan partiorganizaĵon en Ĉeĥoslovakio, kie plu regis demokrata sistemo - la lasta restanta demokratio de centra kaj orienta Eŭropo. Franz tuj decidis mem kuniri tien kaj volis ke mi aliĝu al li poste, kiam tio eblos.

"La fuĝo povos esti danĝera", li diris. "Estos pli sekure por vi kaŝiĝi ĉi tie en Vieno kaj poste vojaĝi, kiam ĉio pli kvietiĝos."

"Mi ne volas forlasi Vienon", mi diris.

"En ordo, sed mi ne povas resti. Mi trovos rimedon por kontakti vin post iom da tempo."

Franz ricevis informon ke en la kvartalo *Goethehof* la armeo eĉ atakis per grenadoj de aeroplano. Ŝokite mi ekpensis pri miaj bronzaj muzikistoj, sed tuj poste mi diris al mi ke tio estas stulta zorgo. Kiom gravas kelkaj skulptaĵoj sur ludejo, kiam oni mortigas la infanojn kaj aliajn loĝantojn en iliaj hejmoj?

Kiam la pafado ĉesis, la polico kaj la armeo komencis traserĉi ĉiujn loĝejojn de *Karl-Marx-Hof* kaj aresti homojn sen evidentaj akuzoj. Laŭdire oni jam en la sekva tago per tielnomata milita tribunalo kondamnis homojn je morto kaj tuj ekzekutis ilin. Tiunokte Franz kaj mi tamen sukcesis preskaŭ sen posedaĵoj eskapi el la kvartalo kaj piediri suden al Alsergrund. Feliĉe la malvarma neĝ-pluvado, kiu daŭris pli-malpli semajnon, finfine ĉesis, kaj ni sukcese atingis mian atelieron per stratetoj kaj fervoja trako. Alveninte ni restis tie dum dudek kvar horoj, ĝis Franz en la sekva nokto dividis inter ni sian monon kaj foriris por unuiĝi kun kelkaj kamaradoj, kiuj kune espereble trovos vojon trans la landlimon. Mi do dormis tie sola en la malvarmo dum dua nokto kaj poste iris al miaj gepatroj en Leopoldstadt.

Je mia surprizo mi eksciis ke ili rimarkis entute nenion de la milito. Ili nenion vidis kaj nenion aŭdis. La vivo ĉe Taborstraße daŭris tute kiel kutime. Kaj poste mi mem povis konstati ke ankaŭ trans la Danuba kanalo, en la urbocentro, ĉio impresas tute normala. La tramoj plu ruliĝis, en la kafejoj oni kafumis legante la ĵurnalojn – tamen ne la laboristan, kies redaktejo jam en la unua milita tago estis okupita de *Heimwehr*. Kaj en la aperantaj ĵurnaloj oni povis legi ke la armeo normaligis la situacion post socialista ribelprovo.

En kafejo mi telefonis al Willi kaj eksciis ke ankaŭ en Nussdorf ĉio estis trankvila, kvankam de tie oni efektive povis aŭdi la foran pafadon ĉe *Karl-Marx-Hof*. Ŝi konsterniĝis, aŭdante mian rakonton kaj eksciante ke mi rifuĝas ĉe la gepatroj, dum Franz survojas al esperebla ekzilo en Ĉeĥoslovakio. Tuj dirinte tion, mi dum momento ektimis. Ĉu eble la sekureca polico subaŭskultas la telefonon de *Vilao Elise*? Sed mi trankviligis min, pensante pri la miloj da telefonoj pli gravaj, kiujn oni devas kontroli.

"Diable!" ekkriis Willi. "Ja mi estas la ĵurnalisto, kaj jen mi maltrafis militon apenaŭ du kilometrojn fore. Sed venu ĉi tien, Louise! Revenu loĝi ĉe ni, mi petas."

Mi sentis fortan emocion, aŭdante ŝiajn vortojn. Iamaniere mi volus rifuzi, ĉar dum kelka tempo mi ne estis bonvena tie. Ĉu mi do estas hundo, kiu alkuras je la unua fajfado? Sed tio ja estis stulta reago. Kompreneble mi iros tien, des pli ĉar ĉe miaj gepatroj esence nenio ŝanĝiĝis.

Mi ne kuraĝis provi, ĉu plu funkcias la tramlinio D preter *Karl-Marx-Hof*, sed piediris al Schwedenplatz kaj trovis taksion, per kiu mi atingis la vilaon en malpli ol kvaronhoro. Willi vere akceptis min tre amike kaj tuj komencis intervjui min pri la spertitaj okazaĵoj. Evidente revekiĝis ŝia ĵurnalista ambicio.

En la sekvaj tagoj kanceliero Dollfuß agis tre efike, kaj sendube li jam delonge preparis ĉion zorge. La Socialdemokrata partio kaj la sindikatoj estis malpermesitaj, kaj oni arestis tiujn el iliaj gvidantoj, kiuj ankoraŭ restis enlande. La ĉefurbo Vieno perdis sian statuson kiel federacia lando kaj estis proklamita 'senpera subfederacia urbo', kio signifis ke ĝin diktatore regas Dollfuß mem, kaj tiel do la deksesjara 'Ruĝa Vieno' perforte finiĝis. Karl Seitz, la urbestro, kaj Otto Glöckel, kiu kreis la edukan reformon, estis senditaj al novkreita koncentrejo kune kun aliaj personoj, ne nur socialdemokratoj kaj komunistoj sed ankaŭ nazioj. La konstruado de loĝkvartaloj por laboristoj en Vieno ĉesis. Kaj evidente oni planis pluajn decidojn, kelkajn drastajn, aliajn pli simbolajn, kiel la renomadon de stratoj. Ekzemple Ring des 12. November, nomita laŭ la dato, kiam oni proklamis respublikon en 1918, ekde nun estis nomita laŭ doktoro Karl Lueger, la fifama antisemito, kiu fondis la Kristan-Socian partion.

La ŝtata radio kaj ĉiuj ĵurnaloj ankoraŭ ekzistantaj – la socialistaj ne plu estis permesitaj – raportis tre koncize pri la 'ribelprovo'. Oni agnoskis ke mortis kelkaj centoj da homoj sed asertis ke ili fariĝis viktimoj de kontraŭleĝa socialista perforto. Per Dora, kiu plu laboris en *Neue Freie Presse*, unu el la ĉefaj ĵurnaloj, ni tamen baldaŭ aŭdis ankaŭ onidirojn, laŭ kiuj la nombro de mortintoj estis pli alta, al kio necesus aldoni milojn da vunditoj. Sendube la plej multaj mortis aŭ vundiĝis en siaj hejmoj, ĉar tie okazis la batalo. Post iom pli ol semajno *Arbeiter-Zeitung*, jam eldonata ekzile en Brno kaj kontrabandata en Aŭstrion, estis kaŝe aĉetebla de ĉiu, kiu konis fidindan peranton, kaj ĝi prezentis la militon kiel perfidan faŝistan atakon por definitive neniigi la demokration.

Meze de marto mia patro sciigis al mi ke li ricevis buŝan mesaĝon de anonimulo, laŭ kiu lia bofilo estas en sekureco ie en la najbara lando kaj baldaŭ trovos vojon por kontakti sian edzinon. Mi kompreneble ĝojis pro tio sed eksentis neniun emon sekvi lin en ekzilon. Vieno estis kaj restos mia hejmurbo.

Post la fuĝo de Franz Willi denove kondutis al mi amike, fojfoje eĉ ame. Baldaŭ ŝi rakontis ke ŝi jam finis la libron pri sia instruado al la ciganidoj kaj proponis ĝin al sia kopenhaga eldonejo. Pri la eblo krei germanan version ŝi diris nenion, kaj tre probable la ciganoj de Vieno interesus niajn eldonejojn eĉ malpli ol la doktora familio de Linz. Post la nuligo de la federacia lando Vieno la lernejo en Simmering devis ĉesi, kaj ĝenerale la popoleduka sistemo de la ĉefurbo estis en danĝero.

Sed baldaŭ Willi trovis tute novan temon, pri kiu verki artikolojn. Mi apenaŭ kredis miajn orelojn, kiam mi aŭdis ŝin mencii ĝin. Temis pri piedpilkado!

"Ĉi-somere en Italio oni aranĝos la duan tutmondan ĉampionadon de futbalo", ŝi informis. "La unua okazis en Urugvajo, kaj tiam partoprenis plejparte teamoj el Sudameriko. Sed nun anoncis sin tiom da landoj ke necesas aranĝi kvalifikajn ludojn por elkribri la plej lertajn. La nacia teamo de Aŭstrio konkursos kontraŭ Hungario kaj Bulgario pri du lokoj. Bedaŭrinde mia kara Danlando retiriĝis el la konkurado, kio aparte ĝenas min, precipe ĉar la svedoj partoprenos, se mi ne eraras."

"Mi ne komprenas ke povas interesi vin aro da viroj, kiuj kuras tien-reen por piedbati pilkon tra ia pordego, kiam nia armeo pafmortigas infanojn en iliaj hejmoj", mi vinagre kontraŭis.

Ŝi faris geston kaj mienon kvazaŭ por pardonpeti. Estis posttagmezo, Johnny kiel kutime ripozis en sia ĉambro kaj Dora supozeble laboris en sia redaktejo, dum Willi kaj mi sidis en la saloneto post leĝera tagmanĝo el omleto kun ŝinko kaj fromaĝo. Eksterdome la fruprintempe blindiga suno brilis enen tra la fenestroj kaj origis polvon ŝvebantan en la aero.

"Kara Louise, vi kompreneble pravas, sed kion mi do faru por ili? Mi ne povas revivigi ilin. Se la homoj ne povas havi demokration, ili deziras iom da distro. Ĉu vi iam spektis futballudon? Ĝi estas ekscita kaj amuza spektaklo. Kaj se via nacia teamo venkus la hungarojn aŭ bulgarojn, mi volonte ĉeestus por spekti tion. Prefere oni pafu pilkojn ol kuglojn."

Atendante la daton de la unua piedpilka ludo, Willi tamen konsentis akompani min al la apartamento en *Karl-Marx-Hof*. Kiam Franz kaj mi kaŝe forlasis ĝin, ni povis kunporti preskaŭ nenion krom duoblaj vestoj sur la korpoj. Do mi volis reiri tien por preni la plej gravajn aferojn al *Vilao Elise*, ĉar mi certe neniam revenos por loĝi sola en la eta apartamento. Mi eĉ ne sciis, ĉu mi rajtus tion fari.

La eksteraĵo de la domegoj estis deprima. Fakte la konstruaĵoj ne ruiniĝis tiel multe, kiel mi supozis, sed plimulto de la fenestroj estis kovritaj de kartono aŭ tabuloj manke de vitro, kaj en la fasado videblis amaso da truoj, evidente faritaj de kugloj pli aŭ malpli grandaj. Ĉirkaŭe oni postenigis kelkajn kirasaŭtojn kaj gardantajn soldatojn. Kiam ni volis eniri tra la pordego al la korto por pluiri ĝis la apartamento, haltigis nin viro vestita en verdgriza uniformo kun la ridinda ĉapelo de *Heimwehr*, tiu kun la granda birda plumo ĉe la fronto.

"Kien vi iros, sinjorinoj?"

"Al mia apartamento. Mi loĝas ĉi tie."

"Identigilon, mi petas."

Mi montris ĝin.

"Kaj vi, sinjorino?" li direktis sin al Willi.

Ŝi montris sian pasporton.

"Ĉu eksterlandano? Vi ne rajtas eniri."

"Sed mi bezonas ŝian helpon por porti aferojn", mi kontestis.

"Estas malpermesite."

Ni retroiris kaj interkonsentis ke mi iros sola, dum ŝi atendos ĉe la pordego.

"Mi provos ĉarmi tiun koko-vostulon", diris Willi kun okulumo. "Mi ja havas sperton de tiaj bubegoj."

"Atentu, gardu vin. Ne igu aresti vin."

"Cetere, ĉu vi povis identigi lian dialekton? Ne stiria, ŝajnas."

"Kredeble ne. Verŝajne el Malsupra Aŭstrio aŭ eĉ el la urbo mem."

"Domaĝe. Kiel vi scias, mi pli kutimas je la stirianoj."

Do mi pluiris sola en la korton. Estis strange vidi ĝin preskaŭ senhoma. Supozeble la loĝantoj tenis siajn infanojn en la hejmoj. Mi atingis mian enirejon, sed ankaŭ tie staris gardisto. Ĉi-loke li estis armeano, mi pensis.

"Identigilon, sinjorino."

Mi montris.

"Al kiu loĝejo?"

Mi klarigis, kaj li konsultis liston.

"Tiu estas fermita kaj sigelita. Vi ne rajtas eniri."

"Kial?"

"Mi ne scias. Mi nur gardas."

"Sed mi urĝe bezonas miajn aferojn."

"Mi ne povas helpi."

"Kiu do?"

"Eble la polico. Tiu apartamento kaj ĉio en ĝi jam estas ŝtataj posedaĵoj."

Do mi devis reiri kun malplenaj manoj. Al la polico mi ne volis turni min. Prefere mi akceptos ke mia ĝistiama vivo kun Franz restos sub embargo en la forlasita apartamento.

Willi ĉe la gardisto de *Heimwehr* ne sukcesis pri sia ĉarmado; fakte li eĉ forpelis ŝin je dudek metroj de si. Evidente li prenis sian taskon serioze. Grumblante ni reiris piede al Nussdorf, kaj se pripensi pli funde, mi eble devus esti kontenta eskapi nearestite.

Mi pretigis la kvar invitajn nudulinojn por la kafejo de la Urba Parko, kvankam mi trovis absurde nun okupiĝi pri tiaj dolĉetaj ornamoj. Kaj eĉ pli absurda estis alia afero. En la komenco de aprilo mi jam tute certis ke mi denove estas graveda. Sufiĉe longe mi trovis tion neebla, sed kiam mi rigardis la kalendaron kaj kalkulis la tagojn, mi devis konkludi ke tio tamen ja povus okazi sen tia mirakle senpeka koncipo, pri kia kredas la kristanoj. Se jes, Franz gravedigis min en la unua nokto de rifuĝo en mia ateliero, kiam la angoro kaj malvarmo pelis nin kunen.

Ĉi-foje mi eĉ ne devis pripensi, ĉu rakonti aŭ konservi tion sekreta. Ekzistis neniu, al kiu rakonti, kaj cetere mi kompreneble supozis ke sekvos nova aborto post neantaŭvidebla nombro da semajnoj. Prefere eĉ mi mem klopodu ne pensi pri la afero. Do, dum en la vienaj parkoj kaj sur la arbokovritaj deklivoj ĉe ni en Nussdorf la printempo ĝermis kaj ekfoliis, kaj ankaŭ nia propra ĝardeno komencis verdiĝi, sekrete ĝermis en mi nova vivo, pri kies estonteco mi tamen ne havis grandan esperon.

En la vilao ni nun loĝis kvar personoj, plej ofte dise en kvar malsamaj ĉambroj. Johnny supozeble jam elspezis la plej grandan parton de la mono el la vendita aŭtomobilo, kaj li denove komencis sieĝi sian patrinon por peti ŝin pri monhelpo. Laboron li de jaroj ne plenumis. Ofte li pasive vegetis en la hejmo, sed de temp' al tempo li ekiris en nekonatajn lokojn por renkonti konatojn. Kiam li revenis en la morgaŭo aŭ postmorgaŭo li ofte aspektis dek jarojn pli aĝa.

Dora plu verkadis pri modo kaj mondumaj klaĉoj, sed de siaj kolegoj ŝi krome alportis novaĵojn kaj onidirojn, kiuj ne povis aperi en la presita ĵurnalo. Nun oni supozis ke Dollfuß preparas ion por ankoraŭ pli fortigi sian regadon de la lando. Lia celo evidente estis kontraŭstari al du flankoj, la socialdemokratoj, kiujn li ĵus plene venkis, eble definitive, kaj la nazioj, kiuj volis aligi nian respublikon al la germana regno. Por venki tiun duan malamikon li fidis je la subteno de Italio kaj ties faŝista reĝimo.

"Sed", diris Dora, "laŭ miaj kolegoj tio estas tre duba strategio, ĉar se Mussolini iam devos elekti inter Aŭstrio kaj Germanio, li ne bezonos multan konsideron antaŭ la elekto."

"Kial do?" demandis Willi. "Ĉu la italoj ne preferas bufron inter si kaj la germana regno?"

Sed al tio Dora ne povis respondi.

Willi de temp' al tempo plu verketis ion, pri kio ŝi ne volis paroli. Pri la interna milito aŭ 'ribelprovo' ŝi jam sendis artikolojn al siaj danaj gazetoj. Pri la cigana libro ŝi ankoraŭ ne ricevis reagon de la eldonejo. Mi kredis rimarki ke ŝi ne plu estas same enamiĝinta al Dora, kaj efektive ŝi jam rekomencis dividi siajn favorojn inter ni, simile kiel en la lasta somero. Do ni tri virinoj denove vivis kvazaŭ en frivola amtriopo, kvankam malpli diboĉe ol lastjare, dum la sinjoro de la domo nuntempe lokis sian amoran vivon plejparte ekstere, en lokoj nekonataj kaj nekonindaj al ni. Kaj dume mi ĉiutage atendis ke mi eksangos kaj triafoje perdos mian feton.

La aludoj de Dora pri novaj planoj de Dollfuß montriĝis pravaj. En aprilo li kunvokis la federacian parlamenton, kiu de pli ol jaro estis fermita kaj blokita de lia reĝimo. Nu, la parlamenton... Fakte temis nur pri la parlamentanoj nun apartenantaj al la partio Patruja Fronto, kiun li mem kreis, kaj kiu jam estis la sola permesita partio. Al tiuj parlamentanoj – kiuj origine estis elektitaj kiel reprezentantoj de aliaj partioj, plejparte la Kristan-Socia – li prezentis aŭ altrudis proponon pri nova konstitucio de modelo kopiita laŭ la korporacia ŝtato de la italaj faŝistoj, kvankam li nomis ĝin *Ständestaat*, 'ŝtato de statoj'. Reale ĝi estis definitiva diktaturo de unu gvidanto kaj unu partio, sen elektoj kaj sen libereco de parolo. La tielnomata parlamento aprobis tiun novan konstitucion, kiu ekvalidos la unuan de majo. Denove oni povus diri ke li kopias la nazian Germanion por eviti ke Aŭstrio fariĝu parto de ĝi.

Dume oni distris la popolon per la piedpilka spektaklo, kiun Willi trovis tiel amuza. La bulgara nacia teamo, kiun jam dufoje venkis la hungara, nun gastis en Vieno por ludi kontraŭ nia nacia teamo en la stadiono de *Prater*. Willi tre deziris spekti la ludon kaj eble postlude intervjui iun sportiston, kaj iel ŝi sukcesis persvadi Doran kaj min akompani ŝin. Johnny siaflanke rezignis kuniri, kvankam aliokaze li ja aprezis la korpojn de atletoj.

"Mi supozis ke futbalistoj plaĉus al vi", Willi moketis lin.

"Eble jes, sed premiĝi inter kriegantaj spektantoj ne estus laŭ mia gusto."

Do en bela merkreda vespero fine de aprilo nia virina triopo kunpuŝiĝis kun dudek kvin mil sportemuloj, plejparte viroj, unue en atendovicoj, poste sur la ŝtupaj sidlokoj de la spektejo.

Dum la ludo daŭris, mi trovis preskaŭ same interese rigardi la spektantojn kiel la ludantojn. De la ludo mi komprenis ne tre multe. Oni kuris, oni piedbatis la pilkon tien-reen, oni krurfalĉis unu la alian, dum la arbitracianto same kurante blovis sian fajfilon. Laŭ la entuziasmaj komentoj de Willi okazis diversaj ŝotoj: angulŝotoj, liberaj ŝotoj kaj tute ordinaraj ŝotoj, dum mi vidis nur ke oni piedbatas kaj kapobatas la pilkon, laŭeble en la direkto al la golejo de la kontraŭa teamo. Iom konfuzis min tio ke post duono de la tempo la du teamoj paŭzis kaj interŝanĝis lokojn, do mi devis tute ŝanĝi vidpunkton. Sed la plej multaj spektantoj, inkluzive de Willi, ege vigle kaj energie partoprenis en la okazaĵoj, kriante, saltante, sakrante kaj jubilante, kiam oni sukcesis pafi la pilkon en la ĝustan golejon, tio estas en la bulgaran. Nia teamo faris tion eĉ sesfoje, dum la bulgaroj reciprokis nur unufoje, do la ludo estis plena sukceso el la vidpunkto de miaj samlandanoj.

Willi aparte admiris ke iu Hans Horvath faris tri el la ses goloj, kaj post la ludofino ŝi kuris por eble intervjui tiun talentan piedbatiston, pilkopafiston aŭ kio ajn estis la ĝusta vorto. Dume Dora kaj mi batalis preskaŭ senesperan lukton por ne droni en riverego el viroj, kiuj forlasis la spektejon plejparte ebriaj pro nacia gloro kaj biero.

"Oni ne enlasis min", Willi acide raportis, kiam ni post eterno retrovis ŝin ekster la stadiono. "Virinoj ne komprenas futbalon, laŭdire. Ĝi estas vira afero, kaj inoj volas nur delogi la stelulojn tiel ke ili perdas sian forton."

Malgraŭ tio ŝi estis kontenta pri la tago.

"Ĉi tio signifas bonan komencon por la aŭstroj, ĉu ne?"

"Mi iom antaŭtimas, kiel estos, kiam la hungaroj venos ĉi tien", mi diris.

"Kial do? Ĉu ili tiel danĝeras?"

"Eble ne ili, sed la spektantoj. Se ili tiom malamas bulgarojn, kvankam ni neniam havis problemon pri nia rilato al Bulgario, nur imagu, kiel ili tenos sin al la hungara teamo."

Poste tamen montriĝis ke mi vane maltrankvilis. Post tri malvenkoj, du kontraŭ la hungaroj kaj unu kontraŭ la aŭstroj, la bulgara teamo rezignis pluan konkursadon, kaj tio signifis ke Hungario kaj Aŭstrio jam estas pretaj por la granda ĉampionado en Italio kaj ne bezonos plu ludi por kvalifikiĝi.

"Mi vere ŝatus iri tien por spekti kelkajn matĉojn", diris Willi. "Sed tio kostus tro multe, kaj la danaj ĵurnaloj ne aĉetus raporton de virino, precipe pri evento, kie Danlando mem eĉ ne partoprenos."

En majo alvenis nova mesaĝo al miaj gepatroj enhavante adreson en Prago kaj la kaŝnomon František Hlinka, al kiu mi povos skribi por atingi mian edzon. Do mi sendis al li leteron, kie mi rakontis pri la nuna situacio en Vieno, pri nia neatingebla apartamento kaj pri la nova diktatoreca konstitucio, kiun li certe jam konis pli bone ol mi. Pli personajn aferojn mi evitis. Precipe mi ne menciis mian propran staton, kiu restis senŝanĝa, se eblas tiel diri pri stato, kiu per si mem signifas malrapidan sed kontinuan ŝanĝiĝon.

Male al la antaŭaj du fojoj, mi nun preskaŭ ĉiumatene sentis naŭzon, precipe flarante la odoron de kafo, kaj mi mem povis trinki nur teon, neniam kafon. Anstataŭe mi komencis obsede ŝtelmanĝi olivojn kaj peklitajn kukumetojn, kiam neniu tion vidis, kaj mi devis ĉiam zorgi aĉeti novajn bokalojn da tiaj delicaĵoj, por ke miaj kunloĝantoj nenion suspektu, ĉar mi volis daŭre prokrasti la anoncon. Ial mi flegis superstiĉan ideon ke la feto des pli longe vivos, ju pli longe mi sukcesos teni ĝin sekreta.

Laŭ la onidiroj daŭre perataj de Dora la reĝimo plu arestadis homojn, kiujn oni prave-malprave konsideris malamikoj. Kelkajn oni kondukis antaŭ tribunalojn, kiuj kondamnis ilin je malliberigo pro ribelo kontraŭ la ŝtato aŭ io alia. Aliajn oni laŭdire enfermis en koncentrejoj senjuĝe. Cetere, neniu tribunalo atentis la evidentan fakton ke la reĝimo mem estas kontraŭleĝa. La ĵurnaloj lojale raportis pri la kondamnoj de kelkaj ŝtatperfiduloj, alterne socialdemokratoj kaj nazioj, sed la ĵurnalistoj sendube sciis multe pli ol ili povis raporti en presita formo.

Dume la rilatoj en nia virina triopo iom post iom ŝoviĝis. Evidente Willi certagrade tediĝis de la kunestado kun Dora, kiu ja estis ĉarma kaj aminda sed eble ne havis tiel profundan spiritan vivon, kiel dezirus Willi. Samtempe la rilato inter mi kaj Willi pliboniĝis, kvankam eble ne kiel iam, antaŭ la apero de Dora. Aŭ antaŭ mia edziniĝo, mi eble diru pli ĝuste. Certe influis ankaŭ tio ke Franz jam forlasis Aŭstrion, do ŝi ne plu devis dividi min kun li.

Iunokte en la lito ŝia mano glitis sur mia haŭto sub la nokto-ĉemizo kaj haltis ne tie, kie mi dezirus, sed meze de la ventro.

"Vi iomete grasiĝas, Louise", ŝi murmuris.

Mi profunde enspiris. Antaŭ kelkaj tagoj mi unuafoje sentis ian moviĝon, kvazaŭ de fiŝo naĝanta aŭ turniĝanta en la fiŝbovlo de mia utero.

"Mi ne volis paroli pri ĝi", mi diris. "Mi timis ke denove finiĝos same kiel antaŭe. Fakte mi ankoraŭ timas tion."

Ŝi plu glatumis min.

"En ordo, Louise. Ni atendu. Kiam vi estos preta paroli pri ĝi, ni parolos. Sed vi ne bezonos plu kaŝi viajn olivojn kaj kukumetojn."

Kaj poste ŝi tre delikate movetis la manon tien, kien mi volis.

Alvenis letero de Franz, kie li rakontis pri sia laboro, konsistanta el administrado de la ekzila partio. Mi demandis min, ĉu vere kontentigas lin tia oficeja laboro pri organizaĵo, kiu ne plu povas plenumi tre konkretajn agojn. Li ja kutimis plani kaj realigi la konstruadon de dekmiloj da loĝejoj por malriĉuloj. Mi ne povis imagi, kiel li nun konceptas sian situacion. La tono de lia letero estis optimisma, sed tre kredeble tio estis nur sindeviga optimismo. Leterfine li menciis ankaŭ ke mi mankas al li, sed ke ne tre facilus al li akcepti min en Prago, kie li ankoraŭ ne havas propran loĝejon.

Fine de majo kaj komence de junio Willi vere eksuferis pro febro – piedpilka febro. Preskaŭ ĉiutage ŝi ŝajnis preta ekveturi trajne al norda Italio, kie la konkurso pri monda ĉampioneco okazis paralele en stadionoj de pluraj urboj. Manke de dana teamo ŝi adoptis la aŭstran kaj sekvis ĝian vojon almenaŭ komence triumfan. Kaj ŝi tiel entuziasme dividis kun siaj kunloĝantoj la rezultojn ke ne eblis al mi rezisti. Ridetante mi aŭskultis ŝiajn raportojn bazitajn sur radiodisaŭdigoj kaj ĵurnalaj artikoloj.

Do mi ne povis ne ekscii ke la aŭstra teamo unue venkis la francan en Torino kaj poste la hungaran en Bolonjo, kie ŝia favorato Horvath denove faris golon por Aŭstrio, malgraŭ sia hungardevena nomo. Sed la trian de junio en Milano la gastiganta nacio venkis la aŭstrojn en duonfinalo, kaj post tio la germanoj ŝtelis la trian lokon venkante la aŭstran teamon en Napolo. Fine en la finalo Italio sukcesis gajni la ĉampionecon, venkante Ĉeĥoslovakion en Romo, sendube je la granda kontentiĝo de Mussolini kaj ĉiuj aliaj italoj, ĉu faŝistoj, ĉu demokratoj.

Laŭ Dora disvastiĝis onidiro, aŭ eble oniflustro, inter kelkaj el ŝiaj kolegoj, laŭ kiu Mussolini antaŭ la finalo ŝmiris la ĉefan arbitracianton por garantii italan venkon. Sed en la ĵurnalo komprenelbe aperis neniu mencio de tia skandalo.

Meze de junio, kiam la febro de Willi jam pli-malpli pasis, kaj ŝi denove atentis aliajn aferojn, mia ventro apenaŭ plu estis neglektebla, kvankam mi neniam estis maldikega kaj kutime ne surhavis striktan veston. Nun finfine mi konsultis kuraciston, kiu konstatis ke ĉio estas normala kaj ke mi "estas kreita por naski", kio tute ne kuraĝigis min. Sed estis bone ekhavi konfirmon ke mi ne fantazias la tutan aferon. Mi sendis leteron al Franz kun la informo ke li eble estos patro, kaj okaze de vizito ĉe miaj gepatroj mi rakontis tion, kio apenaŭ plu estis kaŝebla.

"Kara Louise, imagu, kiom mi ĝojas", diris Patrino plorante.

Ankaŭ en la okuloj de Patro mi kredis vidi iom da humido, sed eble tio estis nur pro maljunaĝo.

"Ne ĝoju tro frue", mi avertis.

De mia 'František' venis letero kun la admono, kiel eble plej frue aliĝi al li en Prago. Laŭ lia supozo ne estus problemo por mi vojaĝi tute laŭleĝe per trajno kaj transiri la landlimon per mia propra pasporto.

Mi tamen sentis neniun deziron elmigri. Ĉu mia vivo tie en ekzilo estus pli facila ol ĉi tie? Ĉu Franz povus vivteni min kaj la infanon? Ĉu mi tie povus skulpti? Mi pripensis, ĉu skribi al Mary Duras por peti ŝian konsilon, sed aliflanke mi iom hontus ŝarĝi ŝin per miaj zorgoj.

Do mi parolis nur kun Willi, kaj ŝia konsilo estis klara kaj senhezita.

"Kion vi volas kun tiu viro? Vi jam ricevis de li tion, kion vi deziris, ĉu ne? Restu ĉi tie kun mi. Mi ne tro amegas kriadon de beboj, sed la domo estas sufiĉe granda por unu plia loĝanto, precipe tia etulo."

Aŭdante tion, mi sentis larmojn ruliĝi laŭ miaj vangoj. Jen la plej favoraj vortoj, kiujn Willi ĝis nun eldiris pri infano.

El Germanio venis dramaj novaĵoj, kiujn mi dum kelka tempo rigardis kiel esperigaj. Ĉu eble la reĝimo de Adolf Hitler disfalos pro internaj konfliktoj? Temis pri la timataj brunĉemizuloj, la duonmilita organizaĵo SA, kiu dum la lastaj jaroj kreskegis kaj evidente havis ambicion fariĝi kerno de nova germana armeo. Ĝia gvidanto Röhm aperis kiel ebla konkuranto de Hitler, kaj nun tiu konflikto eksplodis en sanga kunpuŝiĝo. Denove ni aŭdis unue onidirojn, peratajn de Dora, sed post kelkaj tagoj ili estis iom post iom konfirmataj de oficialaj novaĵoj. La SA-gvidantaro kolektiĝis por plani sian pluan agadon, kaj tiun okazon ekspluatis Hitler por sendi sian sekretan policon *Gestapo* kaj aliajn partiajn servojn por ataki la SA-gvidantojn, tuj surloke pafmortigi kelkajn kaj kapti kaj ekzekuti aliajn. Granda parto de la gvidantaro de SA estis inside murdita, kaj la restantan organizaĵon oni subordigis al la partia hierarkio kun Hitler ĉe la pinto. Do mia dummomenta espero pri disfalo de lia reĝimo estis tute vana; fakte temis pri plifortigo kaj unuecigo de lia murdista bando. Kaj kun la kreskanta aktivado de aŭstraj nazioj, tiu fakto povus iĝi fatala ankaŭ por nia lando.

Jam de tridek kvin jaroj Karl Kraus redaktis kaj eldonis sian revuon 'La Torĉo', en kiu dum la lastaj jardekoj li mem estis la sola kontribuanto. Ĝi aperis kun neregulaj intertempoj kaj kun varia amplekso. Nun en julio, post longa tempo de neapero, li publikigis numeron, kiun li nomis 'deksesobla', kun 316 paĝoj sub la titolo 'Kial La Torĉo ne aperas'.

Antaŭ sep jaroj, post la sanga masakro ĉe la Justica palaco, li vekis grandan atenton per sia afiŝkampanjo, postulante demision de la policestro Johann Schober. De tiam multaj aferoj ŝanĝiĝis - en nia lando kaj ekster ĝi. Schober, kiu mortis antaŭ du jaroj, nun ŝajnis mallerta amatoro kompare kun Dollfuß, kaj protesta manifestacio de laboristoj hodiaŭ estus tute neimagebla. Estis konata afero ke Kraus jam de pluraj jaroj malamas la social-demokratojn; tamen ege konsternis preskaŭ ĉiujn, ke li nun en sia deksesobla 'La Torĉo' esprimas plenan subtenon al kanceliero Dollfuß kaj lia 'ŝtato de statoj'. Laŭ Kraus tiu estas la sola ŝanco de Aŭstrio resti sendependa kaj ne fariĝi provinco de la nazia germana regno.

Willi fakte aĉetis la dikan publikaĵon, sed neniu el ni en Vilao Elise havis la forton kaj persiston tralegi ĝin tute. Mi estis sufiĉe konfuzita. Dum mia tuta vivo mi alkutimiĝis ke Kraus kritikas ĉiujn kaj ĉion en nia lando, senkompate, ofte sprite, alifoje insulte, kaj nun, kiam ni vivas sub faŝista diktaturo, li laŭdas tiun. Ĉu iam ajn antaŭe li laŭdis ion ajn? Mi ne sciis. Eble jes, sed tio ne estis sinteno, kiun oni normale atendus de li.

"Mi fakte ne estas tiel surprizita kiel vi", diris Willi penseme. "Jam kiam mi vane provis intervjui lin antaŭ eterno, mi rimarkis ke li antaŭ ĉio emas je ekstremaj pozoj. Cetere, li eble pravas. Eble Dollfuß estas la sola, kiu povos kontraŭstari Hitleron."

"Sed kiom gravas nacia sendependo, se la politika enhavo ĉiuokaze estas sama?"

"Certe ĝi ja gravas", ŝi kontraŭis. "Mi pensas ke la regado de Dollfuß ne povos daŭri por ĉiam. Kaj restarigi demokration evidente pli facilos, se Aŭstrio plu restos sendependa, ol se ĝi estos parto de Germanio."

Mi pripensis ŝian diraĵon dum kelka tempo.

"Mi dubas, ĉu eblus demokratio ĉi tie, dum ambaŭflanke regas diktatoroj", mi poste diris.

Ŝi sulkis la frunton kaj rigardis min hezite. Ni ne kutimis diskuti politikajn aferojn tiel eksplicite.

"Nu, Ĉeĥoslovakio ja restas demokrata oazo, ĉu ne? Sed eble vi pravas. Mi estas simpla eksterlandano, do mi ne bone komprenas tiujn aferojn."

"Sed ĉu vi timas ke ankaŭ via Danlando fariĝos germana provinco?"

"Fakte mi eĉ ne pensis pri tio. Sed ne estas tute simila afero. Neniu povas aserti ke ni estas germanoj. Ni ne parolas germane, kaj laŭ mia scio eĉ la danaj nazioj ne strebas al tia anekso, kaj ili tamen estas nur grupeto da klaŭnoj. Almenaŭ tion mi supozas. Mi ne plu bone konas eĉ mian propran landon."

Ŝiaj vortoj, ke la regado de Dollfuß ne daŭros por ĉiam, estis pravaj. Tamen la ideo restarigi demokration en nia lando restis nur revo. Fine de julio grupo da nazioj penetris en la konstruaĵon de la federacia registaro en Vieno por fari puĉon. Ilia provo transpreni la regadon tute fiaskis, sed dum la tumulto ili sukcesis pafmortigi la kancelieron Engelbert Dollfuß.

Dum kelkaj tagoj ni vivis en ia intertempo. Ni ne sciis, kio okazos, kiuj regos nian landon, kia estos la morgaŭo. Poste la nebulo disiĝis kaj la registaro reorganiziĝis. Transprenis la kancelieran povon Kurt Schuschnigg, la relative juna ministro pri justico, kiu estis antisemito de sudtirola kaj slovena origino. Kaj per tio ŝajnis ke fakte nenio vere ŝanĝiĝis, kvankam oni murdis la estron de la registaro, la diktatoron de nia respubliko.

Ankaŭ ĉe ni en Nussdorf aferoj ne multe ŝanĝiĝis. Mia ventro plu ŝvelis, Dora ĉiutage iradis trame tien-reen al sia redakcio, Johnny pli kaj pli ofte forestis, neniam klarigante, kie li pasigas la tagon kaj iufoje ankaŭ la nokton, kaj Willi plu de temp' al tempo sendis artikolojn pri okazaĵoj en nia parto de Eŭropo al la ĵurnaloj en Danlando, kie oni eble demandis sin, ĉu ni tute freneziĝis. Kiel kutime ni rikoltis la abrikotojn de nia arbo kaj kuiris marmeladon, kvankam ankoraŭ restis kelkaj bokaloj el la antaŭa jaro. Ĉi-foje mi devis lasi la kuiradon al Willi kaj Dora, ĉar la odoro de la varmega kaĉo naŭzis min, sed mi helpis lavi kaj varmigi bokalojn.

Unu tagon en aŭgusto mia kuzino Hedwig venis por adiaŭi min. Estis konata afero ke Usono, kiu iam akceptis milionojn da eŭropanoj serĉantaj pli prosperan vivon, dum la depresio reduktis la enmigradon al kelkaj miloj ĉiujare, do praktike al preskaŭ neniom. Kaj tio ĝis nun ne ŝanĝiĝis eĉ dum la regado de Roosevelt. Malgraŭ tio ŝi kaj ŝia familio post kelkjara atendado ricevis la konfirmon ke ili estos inter tiu malgranda nombro. Jam post du semajnoj ili forlasos sian hejmon kaj ekiros per transatlanta ŝipo de Ĝenovo al Novjorko.

La sciigo kompreneble ŝokis min. Mi simple ne povis imagi ke mi ne plu havos okazon renkonti ŝin, nek ŝiajn knabetojn.

"Ho, Hedwig", mi preskaŭ plore lamentis. "Kial vi venis ĉi tien sola, sen ili?"

Ŝi rigardis min iom kulpe.

"Mi ne volis tro eksciti vin pro via stato", ŝi diris, ĵetante rigardeton al mia ventro.

"Sed mi devas brakumi kaj kisi ilin lastan fojon!"

"Ne parolu tiel, Louise! Tio sonas kvazaŭ iu el ni mortus. Certe ni ja revidos nin iam."

"Mi dubas."

"Tamen jes! Kiam la tempo estos pli bona, ni renkontiĝos denove, ĉu tie fore, ĉu tie ĉi. Cetere, se vi ne intencas iri al via edzo, kial vi mem ne petas permeson de enmigro?"

"Ĉu mi en Ameriko? Vi ŝercas."

Mi memoris la iamajn vortojn de Mary Duras, ke tie ĉio estas nur konkurado. Ne, mi pensis, tio ne estus loko por mi. Mi estas ĝisosta eŭropano.

Tamen mi ne akceptis adiaŭi ŝin tiel sed vizitis la familion post kelkaj tagoj en ilia hejmo, kie ĉio estis en plena mikskonfuzo pro la pakado. Mi efektive ricevis kisojn de Kurt kaj Heinz, el kiuj la pli aĝa estis ege ekscitita pro la venonta vojaĝo, kies longecon kaj definitivecon li kompreneble ne povis imagi.

"Ĉion bonan al vi ĉiuj", mi singultis. "Skribu ofte por ne forgesi vian gepatran lingvon!"

Forirante mi viŝis la larmojn, embarasita de mia nekutima emocio, pensante ke ĝin eble kaŭzas la hormonoj de mia gravedeco.

Do mia kuzino forlasis niajn urbon kaj landon. Kelkajn tagojn post tio oni frumatene je la kvina horo frapis ĉe nia pordo kun granda persisto. Johnny, kiu tiunokte dormis hejme, senurĝe subeniris por malfermi, dum Willi haste kolektis siajn vestaĵojn kaj kuris supren al lia ĉambro, laŭ nia jam konata ŝarado. Kompreneble estis la polico. Enpaŝis kvar policistoj, kaj tre kredeble aliaj restis ekstere por gardi. El la kvaropo du restis ambaŭflanke de Johnny, dum la du aliaj komencis traserĉi la domon. Willi kompreneble protestis, sed ili neniel atentis tion. Ili tamen ne tre interesiĝis pri ni tri virinoj; post kiam ni identigis nin kaj ili notis niajn nomojn, ili lasis nin en paco. Same kiel la antaŭan fojon interesis ilin skribaĵoj, kaj denove Willi perdis siajn notlibrojn. La traserĉado daŭris preskaŭ du horojn, dum kiuj ili apenaŭ parolis, krom per duonaj silaboj inter si. Fine ili foriris sen klarigo, trenante kun si Johnny-n kaj kelkajn suspektindajn skribaĵojn. La leterojn de Franz mi bonŝance konservis en la ateliero, sed ĉe Johnny ili evidente kolektis leterojn kaj diversajn notojn.

Ni reenlitiĝis, kaj poste ni atendis ke Johnny revenu post la tradicia dutaga aresto, sed tio ne okazis. Pasis pli da tagoj, pasis du semajnoj, kaj jen en lunda vespero revenis la polico, ĉi-foje nur duope, el kiuj unu superulo kun pli da oro sur la uniformo ol ĉe la apuda ordinara policisto.

La ĉefo alvokis nin, la tri virinojn de la domo, kaj prenis pozon sufiĉe aplomban.

"Jen oficiala informo ke tiu ĉi konstruaĵo estas konfiskita por la bezono de la ŝtato", li proklamis. "Vi ĉiuj devas forlasi ĝin en maksimume kvardek ok horoj."

Ni rigardis lin mute el tri malsamaj direktoj. Mi klopodis pensi, sed tio ne prosperis al mi.

"Tio ne eblas", kontestis Willi. "La domon posedas mia edzo. Kie li estas?"

"Ĉu vi estas sinjorino Weininger?"

"Jes."

"Identigilon, mi petas."

Ŝi alportis kaj montris sian pasporton. Li studis ĝin intense dum kelkaj minutoj, foliumante kaj studante la diverslandajn stampojn de ŝiaj vojaĝoj.

"Kiel eksterlandano vi devos anonci vin unufoje ĉiun semajnon en la centra policejo de Vieno, sekcio de eksterlandanoj. Kaj mi ripetas, la domo devas esti evakuita post kvardek ok horoj. Kiuj estas la aliaj sinjorinoj?"

"Ili estas niaj subluantoj, kaj mi havas restadpermeson por Aŭstrio. Kie estas mia edzo?"

"Kiel dirite, vi anoncu vin unufoje semajne, sinjorino. Joseph Weininger estas provizore internigita en Wöllersdorf kiel persono danĝera al la ŝtatsekureco. Viajn identigilojn mi petas, sinjorinoj."

"Ĉu en la koncentrejo?" mi kriis. "Tion vi ja ne rajtas!"

"Ne ekzistas koncentrejo nialande. Ĝi estas restigejo", diris la policoficiro en tre afereca tono, studante la identigilojn de Dora kaj mi. "Ĉu sinjorino Halder?"

"Jes."

Li gapis al mia ventro.

"Kaj kie estas via edzo, sinjorino?"

Mi hezitis dum momento.

"Li vojaĝas."

"Ĉu vere? Eksterlande, mi supozas."

Mi ne respondis, kaj li ankaŭ videble ne atendis tion.

"Ĉi tio estas absolute neakceptebla", diris Willi. "Vi ne havas leĝan rajton konfiski la domon de mia edzo."

"Ĉu ne?" li diris en indiferenta tono. "Do vi povas plendi ĉe tribunalo. Sed evakui vi devas ĉiuokaze. Se ne, vi estos forigitaj perforte kaj ĉiuj posedaĵoj estos konfiskitaj. Kaj vi, fraŭlino Baumgartner", li diris, rigardante la identigilon de Dora, "kion vi faras en ĉi tia societo?"

"Mi loĝas ĉi tie. Mi subluas ĉambron."

"Ne tre saĝa elekto de loĝejo, laŭ mi. Nu, ĉiuokaze vi ekde nun devos trovi pli bonan domicilon. Espereble vi ĉiuj komprenis, kion mi diris, kaj forlasos la domon rapide kaj sentumulte. Mi persone ne ŝatus tuŝi vian specon, sinjorinoj, sed eble aliaj kolegoj malpli sentemas. Bonan vesperon!"

Li turnis al ni la dorson, dum lia subulo silente rikanis al Willi. Kaj per tio ili ambaŭ foriris.

Kompreneble ni estis terure ŝokitaj. Dum kelka tempo, kiun mi sentis tre longa, ni restis starantaj en la vestiblo, rigardante alterne unu la alian senvorte. Fine Willi prenis nin ĉe la brakoj kaj puŝis nin en la saloneton, sidigis nin kaj verŝis al si kaj Dora konjakon. Poste ŝi malaperis en la kuirejon kaj tuj revenis, alportante al mi glason da mosto kaj bokalon da olivoj. Malgraŭ la situacio mi ridetis kaj akceptis ilin.

"Ĉu vere eblas ke ili rajtas agi tiel?" demandis Dora.

Neniu el ni sciis, sed la aplomba sinteno de la policoficiro lasis malmulte da espero.

"Ni povus fari provon turni nin al tribunalo, kiel li diris", mi proponis. "Aŭ pli ĝuste tion povus vi, Willi, en la nomo de Johnny. Intertempe ni mem sendube devos forlasi la domon kaj forporti ĉion valoran en mian atelieron. Sed por tio ni bezonos veturilon."

Willi mienis serioze.

"Mi scivolas, kion signifas tiu ĉiusemajna anoncado", ŝi diris penseme inter glutetoj da konjako. "Sed vi pravas, Louise. Ni devas savi, kiom saveblas. Mi iros al la garaĝo ĉe la stacidomo de Nussdorf por demandi pri ŝarĝaŭto. Aŭ eble transportisto kun ĉevaloj estos sufiĉa. Prefere ni ĉi-vespere kaj morgaŭ specigu kaj aranĝu aĵojn ĉi tie, kaj merkrede posttagmeze ni transportos ilin, ĉu ne?"

"Bone", mi diris. "Sed ĉu eblas ke ili enfermis Johnny-n en Wöllersdorf? Li ja tute ne aktivas pri politiko."

"Fakte mi ne scias, kion li kutime faras ekster ĉi tiu domo", diris Willi. "Mi ĉiam supozis ke li bugras junulojn, sed eble li ne estas tiel senkulpa, kiel mi pensis."

La koncentrejo aŭ 'restigejo' de Wöllersdorf situis sude de Vieno, kaj tien oni sendis homojn sen antaŭa juĝo, plejparte socialdemokratojn post la februara milito kaj naziojn post la juliaj puĉprovo kaj murdo de Dollfuß. Oni diris ke la vivkondiĉoj tie ne estas tro severaj, sed kion tio signifas konkrete, ne eblis scii.

"Kie loĝos vi, Dora?" demandis Willi.

"Mi ne scias. Ĉe mia onklino en Reindorf, supozeble. Kaj vi?"

Willi rigardis min.

"En la ateliero, ĉu ne?" mi diris.

"Jes. Tie estos bone", ŝi respondis, dum Dora turnis al ni la dorson.

Willi rigardis esplore al tiu dorso kaj poste turnis sin al mi kun serioza mieno.

"Louise, ĉu vi pensas ke eblus provizore aranĝi lokon ankaŭ por Dora en la ateliero? Da litoj ni ja havas sufiĉe, ĉu ne?"

Ŝi rigardis min ekzamene. Mi komprenis ke ŝi ne volas tute forlasi Doran.

"Jes, tion ni povus fari", mi diris. "Ne estus tre komforte, kompreneble, sed certe eblus almenaŭ provizore."

Dora ne komentis tion. Mi ne imagis, kion ŝi sentas tiumomente; mi mem estis tro frapita de la okazaĵo kaj paŝis kvazaŭ somnambule, klopodante ordigi miajn aferojn kaj decidi, kion kunporti kaj kion postlasi.

"Ni eble povus vendi kelkajn meblojn brokante", mi diris, "sed bedaŭrinde mankas tempo."

Do merkrede ni kun helpo de transportkompanio portis preskaŭ ĉion per ŝarĝ-aŭtomobilo de *Vilao Elise* en Nussdorf ĝis mia ateliero ĉe Glasergasse en Alsergrund. Willi, Dora kaj du viroj de la kompanio portadis, dum mi donis indikojn kaj konsilojn, ĉar Willi malpermesis al mi porti eĉ la plej malpezan aĵeton. Eĉ meze de la ŝoko mi devis rideti vidante ilin porti aferojn flanko ĉe flanko, Dora en ŝika bluzo kaj jupo, Willi en kruda ŝelkpantalono kutime uzata en la ĝardeno. La ateliero, kiu jam antaŭe estis plena de artaĵoj, materialo kaj rubo, nun ŝtopiĝis kiel densa stokejo. Vespere ni estis pretaj kaj triope iris manĝi. Hazarde ni trafis en la gastejon ĉe Bauernfeldplatz, kie iam Franz kaj mi plurfoje rendevuis. Estis por mi surrealisma sento nun sidi tie kun Willi kaj Dora. Mi volis rilaksiĝi per glaso da vino, sed ankaŭ tion malpermesis Willi. Mi miris pro ŝia sinteno. Ĉu ŝi kredas sin mia patrino? Ĉiuokaze mi ne havis forton kontraŭstari. Ni ĉiuj estis tute elĉerpitaj, kaj forlasinte la restoracion, Dora rifuzis reiri al la ateliero. Ŝi jam firme decidis reekloĝi ĉe sia onklino en Reindorf, en la okcidenta parto de Vieno.

En la sekvaj tagoj Willi kaj mi sukcesis vendi kelkajn aferojn al brokanta meblejo, kaj ŝi konsultis juriston por ekscii, kio fareblas por kontesti la konfiskon de la domo. Sed evidentiĝis ke komenci proceson kontraŭ la ŝtato kostus ege multe, kaj la ŝanco gajni tian proceson ne estus granda, precipe dum la vera posedanto Johnny plu forestas, kredeble en la koncentrejo de Wöllersdorf.

Krome Willi devis vizitadi la policejon, kvankam ŝi ja havis restadpermeson ĝis la fino de la jaro kaj antaŭe neniam spertis problemon plilongigi ĝin. Mi mem paŝadis balanciĝante kiel anaso, klopodante reordigi ĉion en la ateliero por liberigi spacetojn, kie mi povus iam rekomenci mian skulptadon.

Iel la vivo rondiris laŭ plena turno kaj ni revenis al la situacio de antaŭ ok jaroj, kiam ni kunloĝis super mia ateliero. Kaj tamen ĉio estis absolute alia. Nun tiu tempo ŝajnis al mi ia ora epoko de naiva feliĉo kaj optimismo pri la estonteco. Kio nun sekvos estonte, estis tute ne antaŭvidebla.

Doran mi ne plu revidis. Evidente ŝi ne volis viziti mian atelieron, do Willi de temp' al tempo rendevuis kun ŝi en kafejoj kaj restoracioj. Tamen ŝi ne rakontis al mi ion ajn pri tiuj renkontiĝoj, ĉu por indulgi min aŭ sin mem, mi ne sciis.

"Mi hontas pri tio, kiel mi traktis Doran", ŝi unufoje konfesis al mi. "Sed kion fari? Ŝi ne volas tranokti ĉi tie, la gepatroj plu loĝas en Graz, do restas tiu onklino, kiun mi ne konas, kaj ĉe kiu mi certe ne estus bonvena."

Mi sendis leteron al Franz por rakonti pri la okazaĵoj, kaj li respondis post kelkaj tagoj, insiste petante min veni al Prago kaj naski la infanon tie. Sed mi preferis resti kun Willi en Vieno. La legado de lia letero finfine konvinkis min ke mi efektive fariĝos patrino ĉi-aŭtune, en la aĝo de preskaŭ tridek ses jaroj.

"Vintre estos malfacile", mi diris al Willi. "Mi povos rifuĝi kun la infano ĉe miaj gepatroj, sed kien vi iros, se estos tro malvarme por loĝi ĉi tie?"

"Nun ne pensu pri tio", ŝi respondis. "Ni iel solvos tion."

Mi miris pri ŝia facilanima sinteno kaj multe cerbumis, kiel ni aranĝu nian vivon dum la venonta vintro. Mi pripensis, ĉu denove esplori pri la apartamento en *Karl-Marx-Hof*. Laŭ la gardanta soldato la ŝtato konfiskis ĝin, sed eble mi povus reakiri ĝin. Mi tamen ne povis imagi situacion, kie Willi akceptus kunpuŝiĝi kun mi kaj krianta suĉinfano en tiu loĝejeto.

Tamen montriĝis ke tio estas vana zorgo. Fine de septembro ŝi revenis de sia semajna vizito en la policejo. Ŝi aspektis furioza, kun rigardo tre rigida. Ŝi falsidiĝis sur unu el la multaj seĝoj.

"Oni ekzilas min", ŝi elsputis per raŭka voĉo. "Kvankam mi havas skriban restadpermeson ĝis la jarfino, oni simple nuligis ĝin. Post tri tagoj, la unuan de oktobro, mi devos jam esti ekster la limoj de Aŭstrio."

Ŝi parolis monotone, kvazaŭ la afero ne tuŝus ŝin. Mi rigardis ŝin senkomprene kaj sidiĝis apud ŝi.

"Tio ja ne eblas!" mi diris stulte. "Kial do?"

"Evidente ĉio ajn jam eblas. Por certigi la ŝtatan sekurecon, laŭdire. Pli konkretan motivon oni ne donas. Ne eblas batali kontraŭ muro el brikoj; mi simple devos tuj reiri al Danlando."

Mi kapablis nenion diri. Ĉio kvazaŭ malpleniĝis antaŭ mi. Ĉiuj planoj, atendoj, esperoj estis viŝitaj, eĉ la estonteco mem malaperis. Subite mi sentis ke mi estos tute sola en la mondo. Dum momento mi forgesis la naskotan infanon.

"Mi ŝatus diri 'venu kun mi al Kopenhago', sed tio preskaŭ certe ne povus okazi", diris Willi. "Mi eĉ dubas, ĉu oni hodiaŭ enlasus vin kiel okazan vizitanton kun tiu ventro. Komence de la antaŭa jaro kelkaj judoj efektive migris el Germanio en Danlandon, fuĝante de la nazioj, sed okazis tro da protestoj kontraŭ la 'importo de judoj'. Oni timis konkuradon pri oficoj. Do, tre baldaŭ nia registaro fermis tiun eskap-vojon, almenaŭ por la plej multaj. Kaj la samo certe validus por aŭstra judino. Precipe se oni dubus, ĉu ŝi kapablus vivteni sin mem kaj sian infanon. Mi bedaŭras. Kompreneble vi povus provi, petante permeson, sed la ŝanco estas preskaŭ nula, mi timas."

Mi malrapide kapneis.

"Kion mi farus en Danlando? Kun suĉinfano? Ne, Willi, mi devos aŭ resti ĉi tie, aŭ iri al Prago. Laŭ Franz, Ĉeĥoslovakio ja donus restadpermeson. Sed mi tre hezitas. Ĉi tie restas miaj gepatroj. Kiu helpus ilin, kiam ili pli maljuniĝos? Kaj Vieno estas mia hejmurbo. La ĉeĥan lingvon mi komprenas eĉ malpli ol la danan."

Willi sulkis la frunton, kvazaŭ serĉante ian eliron. Sed evidente ne eblis trovi solvon de nia situacio. Ni trafis en sakstraton.

Tiunokte ni malmulte dormis. Ni kuŝis brakumante unu la alian, jen interparolante pri niaj komunaj memoroj, jen silentante kune. Pri la estonteco ni dumlonge evitis paroli. Ŝi palpis mian ventron, kaj kiam la infano puŝis kaj batis ĝin de interne, ŝi kantaĉis al ĝi danan lulkanton pri ia 'Ole kun ombrelo', sendube la sama figuro kiel nia Sablovireto, kiu ŝutas sablon en la okulojn de la infanoj, kiam ili devas dormi. Protekte teni super ili ombrelon ŝajnis al mi pli humana rimedo. Ŝi tamen sukcesis dormigi nek la infanon nek min per sia misa kantado.

Poste ŝi klopodis pliĝojigi min kaj eble sin mem menciante iamajn okazaĵojn el nia kuna vivo.

"Ĉu vi memoras nian skiadon sur la Alpoj? Kiom ni ridis, falante fojon post fojo en la neĝon!"

"Kiel mi povus forgesi tion?"

"Kaj la stultajn filmojn, kiujn ni spektis kun Johnny?"

"Jes. Mi scivolas, kiel li nun fartas."

"Kaj niajn aŭtoekskursojn?"

"Ni estis bonŝancaj eviti akcidenton."

"Neniu risko! Mi stiras kiel ralia ŝoforo."

Fakte mi memoris precipe, kvankam iom nebule, la ekskurson, kiam Dora sidis sur mia sino, sed tiun mi ne volis memorigi al ŝi.

"Eble kiam vi estas sobra", mi do diris.

"Stultaĵo! Mi iam montros al vi..."

Ni ambaŭ silentiĝis por kelka tempo.

"Damnita polico!" ŝi poste grumblis. "Damnitaj politikistoj! Damnita kio ajn! Sed venontjare mi petos novan restadpermeson. Oni ja ne povos forbari min por ĉiam de ĉi tiu pugtruo de Eŭropo."

Mi ridetis senvorte kaj nevideble en la nokte malluma ĉambro.

"Ĉu vi ne konsentas, Louise?"

"Espereble vi pravas. Sed ne facilas aŭguri. Antaŭ kelkaj jaroj, ĉu ni antaŭvidus la nunan situacion?"

Ŝi ne tuj respondis sed denove palpe spertis la puŝojn de interne al mia ventro.

"Kiam ĉi tiu futbalisto jam kikos pilkon sur ludejo, la mondo nepre estos pli bona, ĉu ne?"

"Kaj se estas knabino?"

"Mi jam antaŭlonge aŭguris ke ankaŭ inoj ludos futbalon. Ĉu vi ne memoras tion? Ŝi estos la unua futbalistino de Aŭstrio!"

Fakte mi ja memoris, sed mi plu konsideris tion nura ŝerco aŭ provoko.

"Negrave ĉu estas knabo aŭ knabino, mi esperas ke ĝi okupiĝos pri aferoj pli gravaj ol piedbati pilkon", mi diris.

"Tamen homoj bezonas ankaŭ ludi, ĉu ne?"

"Eble. Sed la nuno ne ŝajnas al mi tempo taŭga por ludi."

Ŝi reserioziĝis kaj dum kelka tempo nur silente karesis min. De la eksteraj stratoj penetris al ni la sirena sono de preterpasanta policaŭtomobilo aŭ ambulanco. Cetere malmultaj sonoj atingis nin en mia postkorta azilo.

Pasis iom da tempo. Willi ne plu movis sian manon. Mi preskaŭ pensis ke ŝi finfine endormiĝis, sed jen ŝi denove ekparolis.

"Ni estu paciencaj", ŝi diris, eble plej multe al si mem. "Kiam la depresio ĉesos kaj la ekonomio pliboniĝos, sendube ankaŭ la politikaj kondiĉoj iom post iom ŝanĝiĝos kaj ni revenos al pli normala vivo. Tiam ni revidos nin, ĉi tie, en Danlando aŭ aliloke."

Mi komprenis ke ŝi provas kuraĝigi min kaj samtempe sin mem. Tio sendube estis bona ideo. Ni ambaŭ bezonis kuraĝigon.

"Jes, certe", mi do respondis. "Ĉi tio estas nur provizora. Ĉio devos baldaŭ renormaliĝi. Post du-tri jaroj ni jam apenaŭ memoros la nunajn absurdaĵojn."

Ja necesis diri ion tian. Sed kiel kredigi al mi tion, mi ne sciis. Kaj evidente nek ŝi estis tre konvinkita pri la venonta pliboniĝo.

Tiel do abrupte finiĝis ĉio. En la posttagmezo de la sekva tago ni iris al la kafejo *Museum* por reviziti la lokon, kie ni komencis ekkoni unu la alian antaŭ naŭ jaroj. Mi jam de kelka tempo konstatis ke la Secesia konstruaĵo ne plu montras novajn interesaĵojn sed fariĝis muzeo pri la pasinteco, do ĝi ne allogis min. Ni malmulte interparolis. Mi ŝatus nur tuŝi ŝiajn manojn, sed tio ja ne eblis en publika loko. Do ni tuŝis nin nur per la okuloj, ĝis vualo el larmoj malklarigis al mi ŝian vizaĝon kaj la abrikotajn okulojn.

Poste ni promenis malrapide reen tra la urbocentro, preter la Operejo, kie iam antaŭlonge mia patro ludis sian aldviolonon, la iama imperiestra kastelo *Hofburg*, la kafejo *Central* kaj la tielnomata Skota Monaĥejo. Mi sentis la alvenon de aŭtuno, kvankam la aero ankoraŭ estis sufiĉe varma kaj la arboj restis plejparte verdaj. Ni iris tra la strato Berggasse kaj haltis dum momento antaŭ la numero 19, kie doktoro Freud havas sian hejmon kaj konsultejon. Mi bezonis iom streĉi la dorson kaj ripozigi la ŝvelintajn krurojn.

"Jen la fasado", mi diris. "Nun vi jam povos verki vian artikolon pri la doktoro."

Ŝi ne respondis sed nur premis mian manon, kaj ni baldaŭ pluiris al Glasergasse kaj la ateliero.

En la sekva tago ŝi foriris per vagonaro al Munkeno kaj plu norden. De tiu tago Vieno fariĝis por mi dezerto, en kiu mi trenis min tra estado, kiu ne plu similis veran vivon. Se mi tiam ne portus la valoran ŝarĝon en mia ventro, mi ne scius, kiel daŭrigi. Sed kiel nun statis la afero, mi simple ne havis elekton. Mi devis elteni, se ne por io alia, do almenaŭ kiel transportilo de tiu, kiu vivos en pli bona tempo.

1935

Epilogo

Mi sidas en la salono de miaj gepatroj, ĉe Taborstraße en Leopoldstadt, la 'Maco-insulo'. Mia filo Wilhelm kuŝas en korbo apud mi surplanke. Antaŭ momento li kontente ludis per siaj piedoj, kiujn li ĵus malkovris, sed nun liaj okuloj fermiĝadas; baldaŭ li dormos. Mi skribas leteron al Willi en Kopenhago, sed tio ne tre prosperas al mi. Mi rigardas al Wilhelm kaj klopodas memori la danan lulkanton, kiun ŝi kantaĉis en unu el la lastaj noktoj ĉe mi, sed la tonoj plejparte ne revenas al mi, kaj la danajn vortojn mi evidente ne povis enmemorigi.

Mia filo naskiĝis la kvinan de novembro. Male al mia patrino, mi elektis naski en la akuŝejo de la Ĝenerala Hospitalo de Vieno, kie plu videblas mia skulptaĵo de virino kun infano. Mi atendis suferigan sperton, kaj kvankam oni diris al mi ke mi estas kreita por naski, la realo estis eĉ pli granda turmento ol mi povis imagi antaŭe. Finfine tamen ĉio pasis bone, kaj post kelkaj tagoj mia patro venigis min ĉi tien kun la etulo. En decembro mi provis dum kelka tempo loĝi kun Wilhelm en la ateliero, sed mi baldaŭ revenis ĉi tien al miaj gepatroj.

Franz ankoraŭ ne vidis sian filon. En siaj leteroj li estas sufiĉe malkontenta ke mi ne venas al li, sed mi ne scias, kiom li efektive zorgas. Eble plej multe ĉagrenis lin mia informo ke mi konforme al la tradicio igis cirkumcidi la knabon en la oka tago, kvankam tio ja devus ne surprizi lin. Se li restus ĉi tie, mi tute ne kontestus, se li volus porti Wilhelm-on ankaŭ al bapto. Laŭ mi nenio tia povas malutili al infano, kvankam ja povas esti ke ĝi ankaŭ ne multe utilas.

Mi sendis leteron al Mary Duras en Prago, rakontante pri miaj vivo-turnoj, sed ĝis nun mi ne ricevis respondon. Verŝajne ŝi trovas ke miaj personaj aferoj ne tuŝas ŝin, kaj se jes, ŝi kompreneble pravas.

La socia situacio restas pli-malpli senŝanĝa. La reĝimo de Schuschnigg ŝajnas sufiĉe stabila; almenaŭ ne okazis pluaj puĉprovoj de nazioj, nek de aliaj. Ĉu la socialdemokratoj planas iajn agojn ĉi tie, mi ne scias; Franz kompreneble ne povus skribi ion pri tio. La kanceliero multe vojaĝas por krei bonajn interŝtatajn rilatojn, precipe kun Italio. La ekonomio ĉi-lande kaj tutmonde finfine komencas refortiĝi. Mi esperas ke atendas tempo pli bona, kaj ke la plej dramaj kaj teruraj jaroj jam estas pasintaj.

Pri Johnny mi aŭdis nenion, do verŝajne li restas en la koncentrejo. Mi vendis ankoraŭ kelkajn meblojn, kvankam ili verdire ne estis la miaj, por krei pli da spaco en la ateliero. La gipsan portret-kapon de Willi mi portis ĉi tien, kaj ĝi nun staras sur breto en mia ĉambro, vidalvide al la lito.

Mi antaŭvidas ke mi baldaŭ povos rekomenci pri mia skulptado. Mi jam havas kelkajn ideojn. Se Wilhelm plu kontentiĝos ludi per siaj piedoj, li povos akompani min en la atelieron. Aŭ eble ne; la gipsa polvo sendube ne estus bona por lia spirado. La avino volonte vartos lin. Sed tiuokaze mi devos atendi, ĝis mi ne plu mamnutros lin. Mi ŝatus skulpti portreton de li, ne nur la kapon sed la manojn, la piedojn, la tutan hometon. Patrino diras ke li similas mian fraton Jacob, kiu vivis du semajnojn. Mi ne scias, ĉu tio estas malbonaŭgura, sed mi komprenas ke li memorigas al ŝi la perditajn filojn kaj volas ke Wilhelm iel vivu anstataŭ ili.

Bonŝance Patrino ankoraŭ restas sana kaj vigla. Patro estas iomete laca, sed li plu ludas sian aldviolonon en la maloftaj okazoj, kiam lia triteto havas ŝancon muziki. Fakte ni ĉiuj kvar estas sanaj kaj esperas baldaŭ alfronti pli favoran tempon.

Ne-PIV-aj vortoj kaj nacilingvaj esprimoj

Bauhaus
Germana modernisma lernejo por arto, dezajno kaj arkitekturo 1919-1933

Bolonjo [AC ACN BK EDK EW G GW LA LPD PM TSM V]
itala urbo *Bologna*

celibato [AC BK BL BS CM EBo EDK G HL HV MG MM TM V]
fraŭleco, abstino de seksaj rilatoj (celiba [ACE EĈ OJ])

ĉampionado [BK BSL CM EV FD G V]
konkurso pri ĉampioneco

Fueno [AC ACN BSL EV EDK G LF]
dana insulo *Fyn*

Gestapo
Geheime Staatspolizei, sekreta ŝtat-polico de la nazia Germanio

Gotenburgo [ACN E EDK EV G JLG V]
(Göteborg) havenurbo en sudokcidenta Svedio

Heimwehr
"hejm-defendaj" dekstra-naciismaj armitaj grupoj en Aŭstrio 1920-1936

kurlingo [AC ACE BE EB EĈ EDK EV G HL LF MCB OJ PN TM]
sporto kie oni glitigas pezajn ŝtonojn sur glacio

lodeno [ACE CM EDK EV LPD]
feltigita lanŝtofo por vestaĵoj, kutime verda

mediokra [AC EDK FD G HV RV]
(apenaŭ) mezkvalita, mezaĉa, neelstara

Paneŭropa [EDK G V]
Tut-eŭropa

pusto [AC CM G HV V W1]
senarba ebena stepo en suda kaj orienta Hungario

Perchtenlauf	popola tradicio en la Alpa regiono, dum kiu du timige maskitaj grupoj prezentas bruan interbatalon por venki la vintron
Pinokjo [BK CM G RV V]	*Pinocchio*, ligna pupo en fabelo el 1881 de Carlo Collodi
restigejo	*Anhaltelager*, internigejo (koncentrejo) en Aŭstrio dum la tempo 1933-1938
SA	*Sturmabteilung*, "brunĉemizuloj", duonmilitista nazia organizaĵo en Germanio 1921-1945
secesio [NPIV]	Krom la PIV-a senco de politika apartiĝo, ankaŭ nomo de artaj movadoj por apartiĝi disde la tradicia "akademia" arto, precipe la Viena Secesio ekde 1897, pli-malpli identa kun la okcidenteŭropa Nova Arto kaj la germania-nordeŭropa *Jugendstil* (junaĝ-stilo)
Selando [AC ACN BSL EDK EV G LF]	la dana insulo *Sjælland*, sur kiu situas Kopenhago
sintio [G V]	ano de branĉo el romaoj en centra Eŭropo
societumi [BK G RV]	renkontiĝadi kaj plezure interrilati kun homoj
Sudetoj [AC BK G V]	montaro laŭ la ĉeĥa-pola landlimo; regiono iam loĝata de germanlingvanoj
ŝaperono [AC FL G HL HV MCB]	duenjo, akompananto de junulino aŭ gefraŭla paro por certigi decon
Tafelspitz	aŭstra kaj bavara plado el bolkuirita bovaĵo aŭ bovidaĵo el la gropo kun hakitaj pomo kaj kreno

torno-disko [EV]	rotacianta stablo por torni argilon, potista rado [V]
trab-faka [BE EB EDK EV G]	konstruita per skeleto el traboj, inter kiuj oni plenigis la fakojn per brikoj, argilo kaj pajlo, verga plektaĵo aŭ alio

Fontoj

AC André Cherpillod: NePIVaj vortoj, 1988

ACE André Cherpillod: Konciza Etimologia Vortaro, 2003

ACN André Cherpillod: Etimologia Vortaro de la propraj nomoj, 2005

BE Bildvortaro en Esperanto, 2012

BK Boris Kondratjev: Esperanto-rusa vortaro, http://eoru.ru/ 2006

BL www.bonalingvo.org

BSL Eckhard Bick, Jens S. Larsen: Dansk-Esperanto Ordbog, 2010

CM Carlo Minnaja: Vocabolario italiano-esperanto, 1996

EB Esperanta Bildvortaro, 1988

EBo E. Bokarev: Esperanto-Rusa Vortaro, 1974

EĈ Esperanto-ĉina Vortaro, Pekino 1990

EDK Erich-Dieter Krause: Großes Wörterbuch Esperanto-Deutsch, 1999

EV Ebbe Vilborg: Ordbok Svenska-Esperanto, 1992

EW E. Wüster: Esperanto-Germana Vortaro, 1920

G Glosbe, https://glosbe.com/

GW Gaston Waringhien: Grand Dictionnaire Espéranto-Français, 1955/76/94

HL Hajpin Li: Esperanto-Korea Vortaro, 1983

HV Henri Vatré: Neologisma glosaro, 1989

LA Léger-Albault: Dictionnaire Français-Espéranto, 1961

LF L. Friis: Esperanto-Dana Vortaro, 1969
LPD J. Le Puil, J.P. Danvy k.a.: Grand Dictionnaire Français-Espéranto, 1992
MCB M.C. Butler: Esperanto-Angla Vortaro, 1967
MG Marinko Gjivoje: Esperanto-Serbokroata Vortaro, 1958
MM Miyamoto Masao: Japana-Esperanto Vortaro, 1982
NPIV Nova Plena Ilustrita Vortaro, 2002
OJ Okamoto Joŝicugu: Nova Esperanto-Japana Vortaro, 1963
PM Poŝatlaso de la Mondo, 1971
RV Reta Vortaro, http://www.reta-vortaro.de/revo/
TM T. Michalski: Esperanto-Pola Vortaro, 1959
TSM Tibor Sekelj: Mondmapo, aŭ Nepalo malfermas la pordon, 1958
V Vikipedio
W1 Maura (Waringhien): Duonvoĉe, 1963

Citaĵoj kaj aludoj

Paĝo 28: *Berg komponis operon.* Temas pri *Wozzeck* el 1914-1923 de Alban Berg (1885-1935).

Paĝo 29: *naivaj ĝenroj de Bruegel.* Temas pri *Kinderspelen* (Infanludoj) el 1560 kaj *Jagers in de sneeuw* (Ĉasistoj en la neĝo) el 1565 de Pieter Bruegel (1525/1530-1569).

Paĝo 33: *filozofo, kiu verkis ion pri la seksoj.* Temas pri *Geschlecht und Charakter* (Sekso kaj karaktero) el 1903 de Otto Weininger (1880-1903).

Paĝo 36: *pro siaj dramoj, precipe tiu pri la Mondmilito.* Temas pri *Die letzten Tage der Menschheit* (La lastaj tagoj de la homaro) el 1922 de Karl Kraus (1874-1936).

Paĝo 46: *pentraĵo de la franca artisto Courbet.* Temas pri *L'Origine du monde* (La origino de la mondo) el 1866, pentraĵo de Gustave Courbet (1819-1877).

Paĝo 48: *du romanegojn po pluraj volumoj.* Temas pri *Pelle Erobreren* (Pelle la Konkeranto) el 1906-1910 kaj *Ditte Menneskebarn* (Ditte Homido) el 1917-1921, romanoj de Martin Andersen Nexø (1869-1954).

Paĝo 142: *operojn, kaj unu el tiuj estis malpermesita.* Temas pri *Arsilda regina di Ponto* (Arsilda, reĝino de Ponto) el 1715, opero de Antonio Vivaldi (1678-1741).

Paĝo 142: *samurbano, kiu fuĝis el la plumbejoj.* Temas pri Giacomo Casanova (1725-1798).

Paĝo 142: *ĉi-tage ne muzikis plu de l' notoj.* Aludas al la verso 138 de la kvina kanto el *Infero* de Dante Alighieri (1265-1321), verkita komence de la 14-a jarcento, en traduko de Kálmán Kalocsay (1891-1976) el 1933, kie Francesca diras *"ĉi-tage ni ne legis plu de l' libro."*

Paĝo 145: *Lian unuan libron oni kondamnis.* Temas pri *Haabløse Slægter* (Senesperaj familioj) el 1880 de Herman Bang (1857-1912).

Paĝo 204: *Kie oni bruligas librojn, oni fine bruligas ankaŭ homojn.* El *Almansor*, tragedio el 1823 de Heinrich Heine (1797-1856).

Paĝo 211: *avangardan romanon pri viro sen kvalitoj.* Temas pri *Der Mann ohne Eigenschaften* (La viro sen kvalitoj), romano el 1930, 1933 kaj 1943 de Robert Musil (1880-1942).

Paĝo 214: *Kiu estas judo, decidas mi.* Laŭ pluraj fontoj diraĵo de Karl Lueger (1844-1910), urbestro de Vieno 1897-1910, fondinto de la Kristan-Socia partio. La sama citaĵo poste estis atribuita ankaŭ al la germana nazia korifeo Hermann Göring (1893-1946).

Pri realo kaj fikcio en la romano

Ĉi tio estas romano. Tio signifas ke la intrigo, la protagonistoj kaj pluraj flankaj personoj en ĝi estas plene fikciaj fruktoj de mia fantazio. Por la realaj lokoj, personoj kaj okazaĵoj, kiuj rolas fone de la fikcia rakonto, mi utiligis multajn diversajn fontojn por laŭeble eviti tro da eraroj. Kompreneble tamen povas esti ke mi ion miskomprenis aŭ misjuĝis, kvankam mi ĉiam konsultis plurajn verkojn, aŭ ke mi uzis nefidindajn fontojn.

Escepte mi permesis al la fikcio iomete modifi la realon. Ekzemple, la pionira usona sonfilmo *La ĵazkantisto* el 1927 havis aŭstrian premieron ne en mia fikcia kinejo *Metropol* en aprilo 1928, sed en la reala kinejo *Central* en januaro 1929. Espereble tiu historia falsado ne tro ŝokos la legantojn.

La fikciaj figuroj ja ŝuldiĝas al mia propra imagpovo, sed krome mi iom inspiriĝis de kelkaj realaj personoj. El tiuj mencindas nur unu: la sveda ĵurnalisto kaj verkisto Ester Blenda Nordström (1891-1948), de kiu mi pruntis kelkajn trajtojn por mia Willi. Dankon, Ester Blenda!

Pluaj dankoj

Pro tre valoraj kritikoj kaj proponoj pri enhavo kaj lingvaĵo de la romano mi volas esprimi dankojn al Anina Stecay kaj Christian Cimpa. Fine mi ŝatus aparte danki la eldoniston Ulrich Becker, kiu persiste kaj profesiece eldonas miajn verkojn, kvankam mi altrudas ilin en tro densa sinsekvo.

La aŭtoro

Lightning Source UK Ltd.
Milton Keynes UK
UKHW040940160223
417122UK00002B/292

9 781595 694256